Die Hexe fällt nicht weit vom Stamm

~

Eine Vollmondlektüre

ANNA WINTER

ISBN-13: 978-1512103779
ISBN-10: 1512103772

~ Kein Buch mehr verpassen
durch den Newsletter auf der Homepage ~

http://annawinter.de

Email: write@annawinter.de

Facebook:
https://www.facebook.com/Anna.Winterromane

Lektorat: Dorothea Kenneweg
Korrektorat: Diana Falke DKF-Korrekturen

WIDMUNG

Für meine zauberhafte Tochter
Egal ob Engelchen,
Prinzessin,
kleine Hexe oder
Meerjungfrau in der Badewanne
Ich liebe dich für immer
♥

„Wer mit Ungeheuern kämpft, mag zusehn, dass er nicht dabei zum Ungeheuer wird. Und wenn du lange in einen Abgrund blickst, blickt der Abgrund auch in dich hinein.“

Friedrich Nietzsche

Jenseits von Gut und Böse

PROLOG

Sie würde ihn verlassen. Ein letztes Mal musste sie seine Wohnung noch betreten, um ihre Sachen zu holen. Nur noch ein einziges Mal und sie würde für immer fortgehen. Fort von ihm.

Wenn sie ihre Halskette doch nur nicht auf seinem Nachttisch vergessen hätte! Dann wäre sie gar nicht mehr hergekommen. Aber sie liebte dieses alte Familienerbstück. Es kam ihr falsch vor, zu gehen und es zurückzulassen. Er sollte es nicht als Erinnerung an sie haben. Er sollte gar nichts mehr von ihr besitzen.

Also würde sie ihre wenigen Sachen alle einpacken. Sie umklammerte den kleinen Beutel, den sie extra mitgenommen hatte. Was gäbe sie nicht dafür, es hinter sich gebracht zu haben?

Die Nacht schien voller Augen zu sein. Als lauerte etwas Dunkles in den Schatten der Straße. Sie fröstelte trotz der milden Luft und ihre Finger zitterten, als sie sich eine Strähne aus der Stirn strich. Die leisen Klänge eines Windspiels schwebten heran. Auf einem Balkon schräg über ihr hingen kleine silberne Stäbe, die unentwegt aneinanderschlugen. Sie hatte das Windspiel schon oft gehört, wenn sie zu ihm gegangen war.

Beim ersten Mal hatten sich die Töne zu einer lieblichen Melodie zusammengefügt und die Schmetterlinge in ihrem Bauch begleitet. Heute klang es für sie bloß noch unheimlich. Wie Nägel, die, statt über eine Tafel zu kratzen, nun an ihren Nerven schabten.

Schaudernd spähte sie zu den Hauswänden empor. Viele Fenster lagen im Dunkeln. Über der Silhouette der kantigen Dächer prangte der volle Mond am Himmel. Er war so blass wie die Haut ihres Liebhabers. Ein Mann, der aufregend und ungezügelt war, aber mitunter auch kalt und fremd. Dann stand eine seltsame Besessenheit in seinen Augen, die ihr Angst machte. Bisher hatte sie sich nicht getraut, sich von ihm zu trennen. Doch nun musste es sein: Er hatte ihr einen Antrag gemacht. Sie musste die Notbremse ziehen, bevor sie ihm niemals mehr entkam.

Noch immer spürte sie diese Blicke im Nacken. Blicke, die sie beunruhigten.

„Reiß dich zusammen!“, flüsterte sie sich zu.

Nervös umfasste sie den schmalen Glücksbringer in ihrer Jackentasche. Die Obeliskenform des Kristalls lag gut in ihrer Hand. Er gab ihr Kraft. Sie spürte, dass eine schützende Energie von dem Rauchquarz ausging, die in sie hinein pulsierte. Sie brauchte ihn nur zu berühren.

Atme. Du schaffst das!

Entschlossen schaute sie zu den dunklen Fenstern seiner Wohnung hinauf. Sie hatte gewartet, bis er gegangen war. Hatte ihn in seinen Wagen steigen und wegfahren sehen. Das war der Zeitpunkt, um zu handeln, damit sie endlich frei von ihm war. Vor Aufregung sprang ihr fast das Herz aus der Brust.

Sie gab sich einen Ruck, huschte mit wachsweichen Knien über die Straße und schlüpfte mit einer jungen Frau durch die Tür, die gerade ihren Müll herausbrachte. Stufe für Stufe erklomm sie die Treppen, bis sie vor seiner Fußmatte stand. So weit war sie schon gekommen.

Mit fahrigen Bewegungen kramte sie den Schlüssel hervor. Das Türschloss klickte und sie stahl sich in seine Wohnung hinein. Jetzt, da sie sich umsah und alles aus einer gewissen Distanz erfasste, fiel ihr auf, dass er von der Farbe Rot besessen zu sein schien. Der Anblick seiner Wohnung erstickte sie.

Eilig stopfte sie ihre Habseligkeiten in ihren Beutel und holte auch die goldene Kette aus seinem Schlafzimmer. Sie genoss den Moment, als sie diese endlich wieder in den Händen hielt. Es war fast befreiend.

Dann spürte sie einen Lufthauch im Nacken und fuhr herum.

Er stand in der Tür und beobachtete sie aus schmalen, dunklen Augen. Schwarzes Haar rahmte sein blasses Gesicht ein. Er war so schön und so düster. Fast wie ein Todesengel.

„Was tust du da?“, fragte er lauernd.

Ihr Herz raste und brannte in ihrer Brust, doch ihre Finger fühlten sich ganz klamm an.

„Nichts“, flüsterte sie und verbarg die Kette in ihrer Hand.

Sie sah den Kampf in seinen Augen toben, sah, dass er

ahnte, was sie dabei war zu tun. „Zeig mir deine Tasche!"

„Nein, ich ..." Sie wich einen Schritt zurück.

Sofort war er bei ihr.

„Wieso packst du?", fauchte er.

Er zwang sie, es auszusprechen, obwohl sie lieber leise verschwunden wäre.

„Ich kann nicht bei dir bleiben. Verzeih mir, aber ..."

Er schleuderte sie gegen die Wand. Der Hieb kam so heftig und unerwartet, dass ihr der Beutel aus der Hand fiel.

Sie klammerte sich an dem Nachttisch fest und spürte, wie der Kristall gegen ihren Bauch stieß. Ganz von selbst glitt ihre Hand in die Tasche und umfasste den Rauchquarz. Kraft sickerte in ihre Fingerspitzen.

„Du kannst mich nicht verlassen", dröhnte seine Stimme durch ihren Kopf und überlagerte das Rauschen in ihren Ohren. „Ich lasse dich nicht gehen. Niemals. Du gehörst mir."

Seine Hände packten sie grob. Er schüttelte sie und ihr Kopf flog gegen die Wand. Schmerz explodierte in ihrem Schädel und Sterne tanzten vor ihren Augen. Gleißende Lichtpunkte. Der Kristall in ihrer Hand schien zu brodeln.

Sie musste etwas tun. Musste unbedingt ...

„Eher bringe ich dich um!", schrie er.

Gewaltsam krallte sich seine Hand um ihren Nacken und seine Nägel bissen in ihre Haut. Er packte ihren Kopf ganz fest. Sie wusste, dass dies das Ende war. Als er sich auf sie warf, riss sie schützend ihre Hände hoch.

Dann wurde alles ganz still.

So still.

Sie spürte eine warme Flüssigkeit an ihren

Handflächen. Mit einem Mal war er so schlaff. Entsetzt starrten seine dunklen Augen sie an und schauten dann an sich herunter. Auch sie blickte hinab. Wie ein Dolch steckte der schwarze Kristall in seiner Brust. Aber wie war das nur möglich?

„Oh Gott", stammelte sie und stieß ihn erschrocken von sich.

Er fiel hintenüber auf das Bett und krümmte seine Hände um den Rauchquarz, der wie eine rußige Glasklinge aus seinem Brustbein herausschimmerte. Da war so viel Blut. Immer mehr Blut. So rot wie seine Möbel.

„Das wirst du bereuen", röchelte er.

Panisch schnappte sie sich ihren Beutel und rannte davon.

Er spürte, wie der Verrat durch seinen Körper brannte und ihn infizierte. Sie hatte seine Braut werden sollen. All die Zeit hatte er nie von ihrem Blut getrunken und nun lag er in seinem eigenen. Der erste Biss, das erste Trinken ... Er hatte sie sich aufgespart für jenen ganz besonderen Moment. Rein und heilig. Sie war nicht wie andere Frauen. Sie war die Eine.

Seine Braut.

Hätte es für immer sein sollen. Endlich hatte er sich ihr offenbaren wollen. Es wäre der größte Moment seines Lebens geworden. Stattdessen brannte der Kristall in seiner Brust, steckte in seinem Herzen. Sie hatte ihm ein Loch hineingebohrt und seine Liebe gepfählt. Die Spitze des Obelisken hatte seinen Herzbeutel durchstoßen. Er fühlte die Magie, die dem Kristall anhaftete. Magie ...

Jetzt sehnte er sich nur noch nach Rache.

Doch mit jedem Schlag seines schwächer werdenden Herzens riss die Wunde in seiner Brust tiefer und tötete ihn.

Das alles war so falsch.

Rache.

Er wollte Rache.

Dann drang kein Atem mehr aus seinem Mund. Sein Herz stand still. So wie die Zeit. Und sein Körper zerfiel zu Staub. Bis nur noch die Splitter des Rauchquarzes zwischen Asche und Blut auf seinem Bett lagen.

KAPITEL 1

„Jill, wo bleibst du denn? Husch, husch, mach dich fertig", trällerte Winifred von drinnen. „Ich bin schon längst startklar."

Das war doch nichts Neues. Meine Großtante war irgendwie immer startklar.

„Gleich." Ich kuschelte mich noch ein bisschen in den gemütlichen Korbsessel auf meiner Terrasse, von dem aus ich eine herrliche Aussicht auf meinen wunderbar duftenden Kräutergarten hatte. Der Zitronenthymian roch besonders verführerisch. Ich hatte ihn neben die hellen Terrassensteine gepflanzt. Ein paar Hummeln flogen brummend zwischen den Blumenstängeln hin und her und ließen sie wippen.

An meinen Garten grenzte wie ein wogender Teppich die grün-golden leuchtende Grasfläche der Prärie an. Sie schien endlos weit zu sein. Nur ein paar Bäume, die ich nahe beim Haus gesetzt hatte, spendeten ein wenig Schatten. Die Sommerhitze flirrte über der weiten

Landschaft und stieg als kleine Luftverwirbelungen auf. Alles wirkte so friedlich. Kleine Vögel hüpften durch meinen Garten und badeten in der tönernen Vogeltränke, die ich für sie bereitgestellt hatte.

Es war mein kleines Paradies. Ein Ort des Friedens und der Stille ...

„Jillie!"

Also, fast ein Ort der Stille.

Ich seufzte und schloss die Augen, während die wärmenden Strahlen der Sonne meine Nase kitzelten. Heute war der längste Tag des Jahres. Ich roch meinen Garten, lauschte den Tieren. Alles war fast perfekt.

Allerdings hörte ich meine Tante ein fröhliches Liedchen anstimmen, in das sie immer wieder meinen Namen einbaute, als wäre sie ein kleiner Wecker. Ich gab mir alle Mühe, sie zu überhören. Sie hatte noch nie besonders gut singen können.

„Jillie, Jillie, wir geh'n auf ein Fest. Tralala, tralalaaa. Jillie, Jillie schwing die Hufe, ich will ganz viel Spaß ..."

Oh je, war das die Melodie von »*Yankee Doodle*«? Das war ja kaum zu erkennen. Und noch schwerer zu ertragen. Leider war die Stimme meiner Tante nach ihrem Tod kein bisschen schöner geworden. Eher ganz im Gegenteil.

Sie hörte sich wirklich gespenstisch an: „Du und ich, wir gehen tanzen, du und ich, wir ..."

Wie der schauderhafte Klang einer rostigen Säge.

Ich hielt mir die Ohren zu. Das hier war schließlich mein Zuhause, mein ganz privates Reich, ein Ort des Friedens und der Ruhe. Zumindest sollte er das sein.

Unwillkürlich begann ich, im Stillen zu zählen.

Drei.

Zwei.

Eins.

„Jillie!“

Sie war manchmal wie ein Uhrwerk. Viele Geister waren das. Sie besaßen ihren eigenen Rhythmus. Tick. Tack. Immer in ihrem eigenen Strom. Immer ein bisschen losgelöst aus der Spur dieser Welt und aus der, in die sie eigentlich gehörten. Wie ein Plätschern in einem Raum ohne Wasser. Es klang so betörend und gehörte trotzdem nicht dorthin. Aber ich nahm es wahr. Dieses Plätschern in der Stille. Die Abdrücke der Geister in dieser Welt.

„Jillie!“, schrillte meine Tante.

„Du lieber Himmel, ja, gleich!“

Am liebsten würde ich jetzt einfach hierbleiben, statt mich für das große Sommersonnenwendenfest, den Midsummer Eve, fertigzumachen. Das Faulsein war mir so vertraut. Ich war mir sicher, dass die Seele wirklich auf ihre eigene Art baumeln konnte. Ich stellte sie mir gerne als ein kleines Blatt im Wind vor.

Aber als eines der Highlights des Jahres für Wesen mit Magiehintergrund – und insbesondere für uns Hexen – war der Midsummer Eve ein fest gebuchter Termin, den man nicht einfach im Korbstuhl verbrachte. Ganz gleich, wie herrlich der Thymian neben der Terrasse duftete oder wie faszinierend ich den Flug der Hummeln zu den Blütenkelchen fand. Während andere sich liebend gerne Tanzsendungen im Fernsehen anschauten, beobachtete ich viel lieber die Tiere in meinem Garten. Sie folgten ihrem ganz eigenen Rhythmus: dem von Wind, Düften und Jahreszeiten. Es war der Puls der Erde.

„Jillie, es ist nicht nett, Tote so lange warten zu

lassen“, flötete meine Tante. „Weißt du, wir werden nicht hübscher davon.“

Ich musste schmunzeln.

Im Grunde könnte ich dem Spektakel des Midsummer Eve natürlich schon irgendwie fernbleiben, denn ich hatte mich trotz mehrerer Einladungen noch immer keinem Hexenzirkel angeschlossen, weil ich meine Freiheit und Unabhängigkeit liebte. Allerdings war ich dadurch bereits zu einem gewissen Grad eine Außenseiterin. Wenn ich nun noch begann, die großen Feste zu schwänzen, konnte ich mich auch gleich bei den anderen Hexen abmelden und als Einsiedlerkrebs mein Dasein fristen. Nicht, dass meine Tante es dazu kommen lassen würde!

Und ja, die magische Veranlagung, sowohl bei mir als auch bei anderen, war durchaus aufregend und spannend. Manchmal wachte ich auf, war einfach nur glücklich, dass ich dazugehörte, und konnte es auch nach so vielen Jahren kaum fassen, dass magische Kräfte Teil meiner Existenz waren. Meine Kräfte und die Geister selbstredend. Und meine Tante redete ganz besonders viel.

Zwar war ich wirklich nicht sonderlich scharf auf das sehr beliebte Zurschaustellen der magischen Fertigkeiten, die bei solchen Festen immer in einem Wettkampf gipfelten, allerdings hatte ich jedes Mal ein paar nützliche Tricks dabei gelernt.

Mein Blick glitt zu den großen Bäumen neben meinem Haus, die ich erst vor drei Jahren dort gepflanzt hatte, die aber aussahen, als wären sie schon über fünfzig Jahre alt. Die Anwendung von Magie zur Wachstumsbeschleunigung mochte ich bis heute sehr gerne. Und ich hatte das Wissen darüber von einer anderen Hexe, die ich auf einem dieser Feste getroffen hatte, erworben.

Ihr Name war Jasema, aber ich nannte sie einfach Jassy. Sie leitete einen Hexenzirkel und gab nie auf, mich danach zu fragen, wann ich ihrem Kreis denn endlich beitreten würde. Bei dem Gedanken an die gewitzte Hexe musste ich schmunzeln, doch dieses Händchenhalten in der Gruppe und das kollektive „Eine für alle, alle für eine“-Motto könnte etwas anstrengend sein. Ich wollte mich nicht permanent mit anderen abstimmen, als wären wir eine große, glückliche Familie mit einem gewaltigen magischen Sprung in der Schüssel.

„Jill, hör endlich auf zu bummeln! Es ist Midsummer Eve“, rief meine Tante und klang dabei so mahnend wie meine Grundschullehrerin Miss Oldpeace, wenn sie nicht gewollt hatte, dass ich Kaugummis unter die Tische klebte und erst recht nicht auf die Sitzflächen von Stühlen. Dabei hatte ich das doch wirklich nur bei sehr unliebsamen Mitmenschen gemacht. Zum Glück war mit der Pubertät meine Magie erwacht und hatte mir mehr Möglichkeiten als nur das Anbringen von Kaugummis eröffnet.

„Bummeln ist aber schön“, entgegnete ich kichernd.

„Das ist Hexe wie Hose, komm endlich rein! Ich will nichts verpassen.“

Was sollte sie denn schon verpassen? Sie war schließlich nicht einmal eine Hexe.

Ich fügte mich in mein Schicksal und stand auf, weil sie ja doch keine Ruhe geben würde. Außerdem hatte sie recht: Es war langsam an der Zeit aufzubrechen.

„Nach den verrückten letzten Wochen habe ich mir

aber eigentlich eine Verschnaufpause verdient“, rief ich ihr zu, während ich mich aufrappelte.

Schließlich hatte ich einen Werwolf aufspüren müssen, der meiner Freundin Emily ihre Erinnerungen gestohlen hatte. Bei der Gelegenheit hatte ich ihr auch offenbart, dass ich eine waschechte Hexe war und nicht bloß eine spirituell angehauchte Esoterikerin, für die sie mich bis dahin gehalten hatte. Und ihren Werwolf zu entlarven, war gar nicht so leicht gewesen, denn Werwölfe liebten das Verborgene und schickten die Erinnerungen an haarige Begegnungen mit ihnen gerne ins Land des Vergessens. Ich hatte also alle Hände voll zu tun gehabt.

„Papperlapapp“, krähte sie. „Wenn du noch länger dort draußen sitzt, wirst du noch zur Mumie. Und dann will Billy dich bestimmt nicht mehr.“

Ich rollte mit den Augen. Meine Tante war regelrecht verknallt in ihn.

Billy Bonnet.

Ich hatte ihn bei meiner Mission, den Werwolf zu finden, zufällig kennengelernt. Eine solche Begegnung hatte ich dabei absolut nicht auf dem Radar gehabt, denn er war ein Wiedergänger. Jemand, dessen Seele schon mehrmals gelebt hatte. Und solche Seelenwanderer waren ausgesprochen selten. Ich musste wirklich zugeben, dass es sehr spannend war, seine magischen Aspekte zu erforschen. Und ja: Er war irgendwie auch sexy und sah ein bisschen aus wie James Dean.

Allerdings war ich mir nicht sicher, ob ein so alter Geist, dessen Wurzeln bis in die indianische Kultur zurückreichten, wirklich zu mir passte. Bestimmt würde er dauernd alles besser wissen als ich und mir das Gefühl geben, ein unerfahrenes Kind zu sein. Und im Vergleich zu ihm war ich das durchaus. Ich wollte mich nur nicht unbedingt so fühlen müssen. Deshalb waren meine Gefühle für ihn sehr zwiespältig und ich mochte keine Komplikationen in Beziehungen.

Punkt.

Gutes Aussehen hin oder her.

Beziehungen durften wie gute Korbstühle auf einer sonnigen Terrasse sein: entspannend und gemütlich.

Dabei hatte ich durchaus eine Affinität zu Geistern. Und Billy war sogar von der quicklebendigen Sorte. Ganz anders als meine verstorbene Tante Winifred. Ich hatte noch immer nicht das Rätsel um ihren Zustand gelüftet. Warum sie eigentlich zum Geist geworden war, statt einfach ganz normal zu sterben. Es gab dafür stets einen Grund.

Jetzt wehte sie gerade zu mir heraus auf die Terrasse, weil sie auch das letzte bisschen Geduld verloren hatte. Sie war blass wie alle Geister. So als wäre ihr Körper aus Rauch. Das lag daran, dass sie nicht mehr wirklich hier war, sondern ihr Abbild bereits aus der nächsten Ebene in diese Welt durchschimmerte.

Heute hatte sie sich in ein blumiges Kleid hineingedacht. Ich wünschte, ich könnte auch so leicht mein Aussehen verändern. Das brachte mich auf eine Idee.

Ich schielte zu den großen Bäumen hinüber und betrachtete dann meine dunkelbraunen Haarspitzen. In letzter Zeit hatte ich einen kinnlangen Pagenschnitt getragen. Aber für das Hexenfest wäre eine wallende Mähne viel passender. Und ich hatte noch etwas Wachstumsbeschleuniger übrig. Eigentlich hatte ich ihn für meine Zuckerahorne gebraut, aber eine kleine Menge dürfte meinen Haaren wohl nicht schaden.

„Irgendwie wäre mir eine Geisterparty im beschaulichen Kreis jetzt lieber", sagte ich zu meiner Tante und steuerte auf die kleine Messingkanne zu, mit der ich die Bäume immer pflegte.

Meine Schuhe ließ ich dabei neben dem Korbstuhl stehen. Der Boden war herrlich warm unter meinen nackten Sohlen. Ich liebte es, Erdkrumen zwischen den Zehen zu spüren. Wenn ich mich der Natur so verbunden fühlte.

„Geister sehe ich ständig", tat Winifred meinen Vorschlag ab. „Hexenfeste finde ich viel lustiger."

„Du bist doch gar keine Hexe", erinnerte ich sie und nahm die Kanne in die Hand. „Und der Midsummer Eve ist in erster Linie eine Hexenparty, auch wenn noch andere kommen."

Irgendwie tanzte jeder gerne auf den Festen der anderen mit. Natürlich gab es zwischen uns sonnenliebenden Hexen und den dunkelheitsliebenden Vampiren eine ewige Debatte darüber, ob nun eigentlich der Midsummer Eve oder das Wintersonnenfest der wichtigere Termin im Jahr war. Eine Einigung in diesem Streit lag nicht in Sicht.

Außerdem durfte man die Geister nicht vergessen, die eindeutig Halloween zum Feiern bevorzugten, weil dann das Tor zwischen der belebten und der ins Jenseits mündenden Welt am durchlässigsten war.

Und ach, die Druiden, denen die frühjährliche Frostschmelze als besonders heilig galt.

Da waren die Werwölfe schon einfacher gestrickt, die grundsätzlich jeden Vollmond in ihrer haarigen Gestalt auslebten. Aber wie mir der wölfische Lebenspartner meiner besten Freundin Emily nicht müde wurde zu versichern, waren jene Vollmondnächte, an denen der Erdbegleiter unserem Planeten besonders nahe kam, für sie die mächtigeren Zeiträume.

Das würde mal wieder heiter werden.

Seufzend beugte ich mich zur Seite, fasste meine Haare zu einem kleinen Zopf zusammen und hielt ihn so gut es ging von mir fort, was bei der kurzen Länge ein echter akrobatischer Akt war. Dann setzte ich den Gießkopf an die Spitzen, um etwas Wachstumswasser daraufzugeben.

Winifred sah mir mit schief gelegtem Kopf bei der Arbeit zu und stützte dabei ihr Kinn zwischen Zeigefinger und Daumen ab. „Na und? Ich gehöre trotzdem auf ein magisches Fest. Leider sehen mich die meisten Leute überhaupt nicht. Ich sage dir, als Geist kommt man sich manchmal vor wie Luft."

Das glaubte ich ihr gerne. Unsere anderen Verwandten sahen sie auch nicht. Selbst die Mehrheit der Magiebegabten konnte Geister nicht wahrnehmen. Wir hatten alle unsere eigenen Fähigkeiten. Und ich war eben medial veranlagt.

Ich erinnerte mich noch deutlich an jenen Tag, als ich von der Schule nach Hause zurückkehrte und man mir erklärte, dass Tante Winifred tot wäre.

Ich war dreizehn Jahre alt, es war Sommer und mein Turnbeutel hatte sich auf dem Weg von der Schule bis nach Hause regelrecht durch meine Handflächen gefressen, weil sie so verschwitzt waren und das Ding so verflucht viel wog. Erleichtert atmete ich auf, als ich zu Hause ankam. Doch als ich die Haustür aufstieß, erwarteten mich ganz betretene Gesichter. Mein Vater war völlig wortkarg, was praktisch nie vorkam. Und Mom standen sogar Tränen in den dunklen Augen.

„Was ist denn los?", wollte ich wissen.

Sie schob mich ins Wohnzimmer. „Jillian, wir müssen dir leider etwas ganz, ganz Trauriges sagen."

„Fällt der Regen etwa noch lange aus?" Das wäre wirklich furchtbar, denn die Prärie sah schon ganz gelb aus. Unter der Dürre litten alle. Besonders die Tiere. Und mein allerliebster kleiner Rosenbaum bereitete mir echte Sorgen. Die Triebe waren schon ganz welk. Ich pflegte ihn jeden Morgen beim ersten Sonnenstrahl und füllte auch stets die Vogeltränke daneben auf. Ich hoffte einfach, dass, wenn die kleinen Vögel fröhlich badeten und dabei ein Lied zwitscherten, ihm das gefallen und er wieder prächtig gedeihen würde.

„Nein, Schatz." Mom suchte den Blick meines Vaters. Der nickte nur. Ihre Augen wanderten zurück zu mir. „Es hilft ja doch nichts", schniefte sie und begann zu weinen. „Deine Tante Winifred ist gestorben." Ihre letzten Worte gingen in einem Schluchzen unter und sie drückte sich ein Taschentuch an die nassen Wangen.

Für einen Moment blieb ich still. Die ganze Szene war so grotesk.

Doch dann fing ich an, lauthals zu lachen. Das bekümmerte Schauspiel meiner Eltern war ausgesprochen filmreif, allerdings hätten sie sich ruhig ein wenig mehr Mühe mit ihrem Scherz geben können. Es waren eben immer die Details, auf die es ankam, und schließlich lief Tante Winifred gerade mitten durch das Wohnzimmer.

Als sie hörte, dass sie tot sein sollte, fasste sie sich gespielt an die Brust, als erleide sie einen Herzinfarkt, und sank dann mit verdrehten Augen und heraushängender Zunge in den Couchsessel mir gegenüber.

Die Darbietung war zum Schreien komisch. Deshalb lachte ich immer weiter.

Aber Mom packte mich bei den Schultern, schüttelte mich ganz leicht und starrte mich entsetzt an. „Jillian, das ist doch nicht lustig."

„Sie muss wohl so was wie einen Schock haben", attestierte mein Vater und sah ganz ratlos aus. „Schließlich hing unsere Jillie immer so an Winifred."

Meine Tante zuckte noch ein paar Mal und blieb dann reglos liegen. Doch dann schielte sie unter einem Augenlid hervor und zwinkerte mir zu.

Ich gluckste und pflückte die klammernden Hände meiner Mutter von meinen Schultern. Tadelnd schüttelte ich den Kopf. „Mom, du solltest wenigstens warten, bis Tante Winifred aus dem Zimmer draußen ist, bevor du mir einen Streich spielen willst."

„Aus dem Zimmer raus?", fragte sie verdattert und sah aus wie ein Gespenst.

Ich rollte mit den Augen und zeigte zum Couchsessel. „Na, da ist sie doch."

Wir sahen uns gegenseitig an, als würde etwas mit der jeweils anderen nicht stimmen. Mom schaute zwischen mir und dem Sessel hin und her, wo meine Tante ihr fröhlich winkte und ganz entzückt „Juhu!" rief.

Moms anfängliche Trauer wich purer Bestürzung.

„Da ist doch niemand", behauptete sie und klang etwas schrill.

„Mom, ich bin dreizehn und nicht zwei", stellte ich

klar.

„Natürlich bin ich hier“, beharrte meine Tante.

„Woher weißt du, dass sie in dem Sessel gestorben ist?“, hauchte Dad.

„Aber sie ist doch überhaupt nicht tot!“, krähte ich.

„Ja, genau, ich bin gar nicht tot. Ich hatte nur diesen klitzekleinen Infarkt.“ Tante Winifred beschrieb mit Daumen und Zeigefinger einen minimalen Abstand, um Maß zu nehmen. „Aber jetzt bin ich wieder munter.“ Sie nickte bekräftigend.

„Du hattest einen Infarkt?“ Sofort drückte ich mich an meiner Mutter vorbei und lief zu meiner Tante, die zugegebenermaßen etwas blass aussah, aber wenn sie wirklich erst vor Kurzem einen Infarkt gehabt hatte, war das doch kein Wunder.

Wie konnten sich meine Eltern in so einem Moment nur solch einen Scherz erlauben? Das war völlig geschmacklos.

„Woher weißt du von ihrem Infarkt?“ Mein Vater klang ganz panisch.

Ich war einfach nur erleichtert, dass die Ärzte meine Tante wieder nach Hause gelassen hatten, und wollte sie drücken. Doch dabei plumpste ich fast über den Sessel, weil ich nur durch Luft fasste.

„Ah!“, schrie ich.

Mom schrie ebenfalls.

„Hihi, das kitzelt“, behauptete Winifred.

Ich rappelte mich hoch. Dabei stand ich halb in meiner Tante. Ich starrte sie aus großen Augen an und schrie erneut.

Sofort spürte ich die Hände meiner Mutter auf mir. „Schatz, was ist denn nur mit dir los?“

Ich machte einen Satz rückwärts in ihre Arme und quiekte: „Ich stehe in meiner Tante!“

Jene legte verschwörerisch den Finger an die Lippen und sagte: „Die sehen mich alle nicht.“ Dann kratzte sie sich nachdenklich am Kinn. „Ich glaube, ich bin jetzt ein Geist.“

„Was meinst du mit: Du stehst in deiner Tante?“, hakte Mom nach.

„Du bist ein Geist?“, staunte ich. Das war ein kleines bisschen cool.

„Du siehst Geister?“ Dad sackte in den Sessel. Mitten durch meine Tante.

Ich wollte schon etwas sagen, aber sie schwebte kurzerhand über ihn hinweg.

Ja, sie schwebte!

Im Moment kam sie mir wie ein Ufo vor.

„Oh, mein Gott. Bei allen sieben Weltwundern, sie muss die Fähigkeiten von Juanna geerbt haben.“ Mom drückte mich fest an sich.

Juanna war die schillernd tragische Figur in der zigeunerischen Ahnenreihe meiner Mutter, denn jene war vor mehr als zweihundertfünfzig Jahren als Hexe verbrannt worden. Die alte Familienlegende besagte, dass wenn ein Mädchen aus ihrer Blutlinie bei Vollmond geboren wurde, es deren magische Kräfte erben würde.

Und ich war bei Vollmond geboren worden. Nach ganz vielen männlichen Nachkommen und erstaunlich vielen Geburten an Neumond, war ich das erste Vollmondmädchen seit Juannas Verbrennung. Doch erst der Todestag meiner Tante Winifred war der Tag, an dem wir alle merken sollten, dass an den Mythen meiner Familie auch ein riesengroßes Körnchen Wahrheit haftete. Ich steckte mitten in der Pubertät und meine Kräfte waren erwacht ...

Tante Winifred war der erste Geist, den ich bewusst gesehen hatte. Erst später merkte ich, dass ich auch andere Geister sah. Ich lernte sie von lebenden Menschen zu unterscheiden. Ja, sie waren immer etwas blasser. Wie auf einem alten Foto. So, als wären sie mehr Rauch als Wahrhaftigkeit.

Und meine Familie, die ohnehin stets gebannt an den überlieferten Geschichten aus früheren Zeiten hing, war glücklich darüber, dass die alte Magie in mir wiedergeboren worden war.

Meine Tante hingegen war einfach froh, dass ich sie nicht wie Luft behandelte.

„Ach, es ist so aufregend“, juchzte sie. „Ich werde auf dieses tolle Fest gehen.“

Sie klatschte die Hände zusammen und wirbelte durch die Luft wie Peter Pan.

Vorsichtig träufelte ich mir noch ein paar Tropfen von dem verzauberten Wachstumswasser auf die Haarspitzen. Sie sogen es sofort auf, ohne davon nass zu werden oder zu tropfen. Genauso wie die Bäume es immer gleich in sich aufnahmen. Das war wirklich gut, denn ich wollte davon nichts auf meinen Körper bekommen. Ich hatte den starken Verdacht, dass das Märchen von Pinocchio nur in Teilen erfunden war. Denn mit diesem Gebräu wäre es kein Problem, jemandem eine lange Nase zu verpassen.

Und Schrumpfwasser herzustellen, war viel schwieriger. Das hatte ich mühevoll lernen müssen, als einmal ein Frosch in die Kanne gesprungen war, weil meine Abdeckung verrutscht war. Das Quaken eines beinahe pudelgroßen Hüpfers, der in einem Metallbehälter feststeckte, welcher seine Laute verzerrt wieder ausspuckte, war noch gruseliger als Tante Winifreds Gesang. Und das, obwohl sie ein Geist war.

Sie wirbelte zu mir herunter und beäugte neugierig meine Haare. Als Geist konnte sie in dieser Welt nur zuschauen, aber nichts mehr berühren. Das war vielleicht ganz gut so, weil sie sonst ständig durch alle möglichen Leute hindurchfliegen und ihnen den Schreck ihres Lebens verpassen würde.

„Ui, die wachsen aber toll", freute sie sich. „Das sieht viel besser aus, Jillie."

„Hoffentlich wachsen sie nicht zu viel."

„Mehr als die Bäume werden sie schon nicht sprießen", versuchte sie, mich aufzuheitern.

Allerdings wäre das ziemlich beunruhigend. Meine Zuckerahorne waren inzwischen etwa fünfundzwanzig Meter hoch. Für solch lange Haare bräuchte ich einen leeren Schlauchaufroller von der Feuerwehr. Tante Winifred würde es den größten Lockenwickler der Welt nennen. Und ganz vielleicht würde ich damit sogar Rapunzel übertrumpfen. Was mich auf die Frage brachte, ob an dem Märchen nicht vielleicht ein bisschen Wachstumswasser dran war.

Ich stellte die Kanne beiseite und deckte sie sorgfältig ab. Der Frosch, der seither ständig bei mir vorbeikam und den ich irgendwann Brutus genannt hatte, weil er sich für so viel Hartnäckigkeit einen eigenen Namen verdient hatte, war eine Sache. Aber die Vorstellung von monströs großen Mücken, die wie Flugroboter durch meinen Garten tobten, bot den Stoff für Albträume. Zum

Glück konnte Tante Winifred als Geist keinen Unsinn mit dem Wachstumswasser treiben. Es wäre ihr sonst zuzutrauen, riesig wie Godzilla über die Häuserdächer meiner Nachbarschaft zu steigen und ihre gespenstischen Gesänge anzustimmen.

„Oh, deine Haare werden so hübsch“, stellte sie entzückt fest und sah meinen Haaren beim Sprießen zu. „Das finde ich gut, dann kann ich besser mit dir angeben.“

„Ja, das war mein einziges Ziel“, murmelte ich und ging nach drinnen, um mich im Spiegel zu betrachten.

Meine Tante folgte mir.

„Sieht gar nicht so schlimm aus.“ Beruhigt strich ich über mein inzwischen schulterlanges Haar. „Allerdings wird die Wirkung noch etwas anhalten.“

„Egal, egal. Gib damit an. Ich will es genießen.“ Sie strahlte über das ganze Gesicht.

„Du bist ja noch aufgeregter als sonst, wenn wir auf ein Fest gehen“, stellte ich erstaunt fest.

„Na, wer weiß, wie viele Midsummer Eves ich noch erleben werde“, gab sie zurück.

Irritiert schaute ich sie an.

Der fröhliche Unterton, den sie sonst bei allen Gelegenheiten an den Tag legte, fehlte plötzlich. Sie zwinkerte auch nicht, um einen Scherz zu untermalen, sondern wendete sich von mir ab, als würde sie ihre eigene Frisur im Spiegel prüfen müssen. Aber das war noch seltsamer, weil meine Tante gar kein Spiegelbild mehr besaß.

„Was meinst du damit?“, hakte ich nach.

Ich wusste nicht, weshalb meine Tante als Geist in unserer Welt geblieben war.

Kannte sie denn überhaupt selbst den Grund dafür? Die wenigsten Geister wussten, worin die Aufgabe ihres Verbleibs bestand, bis es so weit war. Bisher hatte ich nicht angenommen, dass meine Tante nähere Details kannte. Und falls es doch so war, hatte sie mir nichts verraten. Ich hatte sie ein paar Mal danach gefragt, aber sie hatte nur die Schultern gezuckt. So sehr, dass kleine Rauchwirbel von ihr aufgestiegen waren.

Bis heute hatte sie noch nie angedeutet, dass sie nicht mehr lange bei mir sein könnte. Irgendwas stimmte da nicht. Ahnte sie vielleicht etwas?

Tante Winifred verdrückte sich auf meinen Kleiderschrank. Sie beschränkte sich längst nicht mehr auf Plätze, zu denen sie früher nur hatte laufen können. Schweben fand sie wesentlich toller. Nun saß sie mit den Beinen baumelnd auf dem Schrank, wodurch sich der obere Teil von ihr in meiner Zimmerdecke verlor. Vermutlich war das auch der Grund für den neu gewählten Ort. Ich konnte ihr Gesicht jedenfalls nicht mehr erkennen.

Hören konnte ich sie trotzdem noch: „Und was willst du zur großen Party anziehen?"

Sie versuchte, möglichst unbekümmert zu klingen, als wäre gar nichts Merkwürdiges vorgefallen.

„Tante, bitte, was meintest du denn gerade?"

Offensichtlich wollte sie nicht darüber reden, denn als hätte ich nichts gefragt, sang sie zur Melodie von Joe Cockers *»Summer in the city«* ein Lied über den Midsummer Eve:

„In the summer,
in the ev'ning,
and the witches

fly their big brooms ...“

Ich seufzte genervt.

„Tante, wir Hexen fliegen nicht“, unterbrach ich sie. Jedenfalls meistens nicht. „Wir hüpfen. So wie Frösche.“

So wie Brutus aus meiner Kanne.

Mal abgesehen von jenen wenigen Hexen, die ihre ganze Energie dafür einsetzten, Flugzauber anzuwenden. Seit Harry Potter war es bei ihnen unheimlich in Mode gekommen, sich an Fluggeräten in Form von Besen zu versuchen.

Ich selbst nutzte meine Zeit ja lieber für andere Dinge, als ein Putzutensil abzurichten wie ein Turnierpferd. Denn wir Hexen selbst vermochten dadurch trotzdem nicht zu fliegen. Nur die Fluggeräte konnten es. Und Hubschrauber gab es doch schon. Was mir bei der ganzen Sache außerdem nicht einleuchtete: Wieso um Himmels willen verwendeten sie eigentlich Besen? Warum nicht lieber eine bequeme Couch oder ein weiches Bett?

In früheren Zeiten war es bei einer Hexe aus dem Morgenland sehr beliebt gewesen, entsprechende Zauber auf orientalische Teppiche anzuwenden. Und schneller als man „Rubbel die Lampe“ sagen konnte, war so ein Ding gesichtet worden und als Märchen in Tausendundeiner Nacht unter dem Hintern von Aladin gelandet.

Tante Winifred bückte sich, um unter der Zimmerdecke hervorzulugen, und verdrehte die Augen. „Sei nicht so spießig, Jillie. Du kannst jeden Menschen fragen: Ihr benutzt Besen. Die Leute mögen die Besengeschichten. Besen und Hexen gehören nun mal zusammen. Du weißt doch: *Alte Hexen kehren gut*.“

Das war noch so ein Ding in meiner Familie, seit mein übersinnliches Erbe sich offenbart hatte: Wir ersetzten in beliebten Sprichwörtern gerne das entscheidende Wort durch *Hexe*. Das klappte natürlich nicht mit allen Formulierungen. Niemand grub anderen eine Hexe. Aber man konnte durchaus Hexen eine Grube graben und selbst hineinfallen. Das soll schon vorgekommen sein, wenn auch nicht bei mir. Meistens half dabei ein Schubser nach. Vermutlich mit einem Besenstiel.

Gut, ja, manchmal machte ich selbst Besenwitze und tat dann so, als ob ich einen Reisebesen hätte, den ich in Wahrheit gar nicht besaß. Es verleitete einen schnell, die Vorstellungen der Menschen von Hexen, die sie aus Märchen hatten, aufzugreifen und sie an der Nase herumzuführen.

Meine Tante fand es klasse, dass ich eine Hexe war. Und sie liebte es, ein Geist zu sein. Das war schließlich viel besser als zu sterben und zu verschwinden. Vor allem hielt sie sich dadurch für etwas Besonderes, denn immerhin wurde nicht jeder, der starb, zu einem Geist.

Was mich auf die Frage zurückbrachte, worauf die Seele meiner Tante eigentlich noch im Diesseits wartete und weshalb sie nun glaubte, nicht mehr lange hier zu sein.

Ich öffnete die Tür meines Kleiderschranks, weil die herabbaumelnden Beine meiner Tante keine Barriere darstellten, und suchte mir für den heutigen Abend ein feuerrotes Kleid heraus.

Winifred schwebte auf mein Bett, als hätte ich sie vertrieben, und rieb sich gedankenverloren den Bauch. Das tat sie in letzter Zeit öfter, doch ich hatte keine Ahnung, weshalb. Schließlich spürte sie ihren Bauch überhaupt nicht.

Ich stieß einen weiteren Seufzer aus und strich mir mein inzwischen taillenlanges Haar, das langsam einen Kamm vertragen konnte, über die Schulter. „Du willst also nicht mit mir darüber reden, ob du dich bald ins Jenseits aufmachst?“

Ihre Augenbrauen hüpften erschrocken nach oben, weil ich sie mit diesem Thema behelligte. Dann summte sie beharrlich. Diesmal klang es so ähnlich wie: „It's a long way to Tipperary“. Es saß kaum ein Ton, wo er hingehörte. Meine Tante trällerte oft Lieder aus der Bürgerkriegszeit. Dabei war sie noch gar nicht so lange tot, dass diese Gesänge zeitlich zu ihr gepasst hätten. Sie schien einfach das Gefühl zu haben, dass alte Songs ihr als Geist mehr Würde verliehen.

„Du würdest es mir doch sagen, oder?“, drängte ich weiter.

Ich machte mir ein bisschen Sorgen.

Meine Tante verstummte und starrte aus dem Fenster.

„Ich will noch einen Midsummer Eve erleben“, sagte sie schließlich. „Einen letzten strahlenden Vollmond und einen malerischen Sonnenuntergang über der Prärie. Es gibt ein paar Dinge, die ich noch einmal ganz bewusst in mir aufnehmen will, bevor ich gehe. Dann verrate ich es dir.“

KAPITEL 2

Mit viel Schwung strich ich mir meine neue wallende Haarpracht nach hinten, klemmte mir den Riemen meiner Tasche über die Schulter und sperrte mit unterdrückter Wut und einem Gefühl der Hilflosigkeit die Tür ab. Das war doch alles nicht wahr! Die Worte meiner Tante hingen wie ein Damoklesschwert in der Luft. Ich war so sehr mit meinem Gefühlschaos beschäftigt, dass ich sie fast übersah.

„Halt, du hast mich vergessen!", krähte Winifred und flog mitten durch das Holz zu mir nach draußen. Ihr Gesicht tauchte dabei durch den bronzenen Löwenkopf auf, mit dessen Metallring im Maul man bei mir klopfen konnte. Ich liebte diesen antiken Krimskrams. Im Moment hätte ich damit allerdings auf den Gehweg einhämmern können, weil ich nicht wusste, wie ich mich fühlen sollte. Nach all den Jahren, die sie nun schon ein Geist war, trafen mich ihre Worte wie ein Schock.

„Ich kann nicht fassen, dass du so ein Geheimnis vor

mir hast“, stieß ich mit gedämpfter Stimme hervor, weil meine Nachbarn von gegenüber draußen auf ihrer Veranda unter ihrem langsam drehenden Deckenventilator saßen, Limonade schlürften und mich wie immer beobachteten. Daher vermied ich es tunlichst, dass sie mich bei Unterhaltungen mit meiner Tante erwischten, die sie garantiert als Selbstgespräche fehlinterpretiert hätten. Immerhin sahen die Belmonds keine Geister.

„Jillie, ich will doch nur nicht, dass du dich aufregst“, erklärte Winifred.

Dafür war es irgendwie zu spät. Mein Innerstes fühlte sich an, als hätte jemand einen Mixer in meinem Bauch eingeschaltet. Die Sonne brannte mir zwar weiter ins Gesicht, trotzdem wärmte sie mich nicht mehr.

Ich stapfte zu meinem Auto. Was das Einparken betraf, war ich wirklich keine Heldin, daher stellte ich den Wagen immer an der Straße ab, statt ihn in meine vollgepfropfte Garage hineinzumanövrieren. Ich hatte mir schon hundert Mal vorgenommen, einen Frühjahrsputz zu starten, doch jedes Mal wurde es Sommer, ohne dass ich etwas entrümpelt hätte.

„Hallo, Jillian“, grüßte mich Miss Belmond. Sie trug wie so oft eine pastellfarbene Strickjacke, hatte ein Knäuel Wolle und lange Nadeln auf dem Schoß liegen und blinzelte mich über den Rand ihrer Brille hinweg an. „Deine Haare sind ja plötzlich so lang“, stellte sie fest.

Ihr Mann nickte stumm dazu. Er war sehr wortkarg, aber schließlich redete seine Frau schon die meiste Zeit. Mister Belmond war ein Fan von Gärtnerstrohhüten und Fruchtsäften. Wenn er gerade nichts am Haus reparierte, saß er in seinem Schaukelstuhl und stopfte seine Pfeife oder paffte daran herum.

Meine Nachbarn waren wirklich süß mit ihren schrulligen Eigenheiten. Hin und wieder behandelte ich ihr Rheuma mit meiner Spezialsalbe, die viel besser wirkte als die aus der Apotheke.

Erneut strich ich mir eine Strähne über die Schulter.

„Haarverlängerung", erklärte ich bloß und lächelte, als hätte ich mich eines simplen Frisörtricks bedient. In der heutigen Zeit schummelten die Leute doch ständig. Niemand musste dabei an Zauberei denken.

„Nein, wie nett. Ist das Echthaar?"

Ich nickte und versuchte, bei der Unterhaltung nicht auf meine Tante einzugehen, auch wenn sie um mich herumschwirrte, als hätte sie eine Karussellfahrt gebucht, und kritisch anmerkte: „Sie trägt immer diese hässlichen Stricksachen."

Mir war die Kleidung meiner siebzigjährigen Nachbarin herzlich egal. Im Moment ganz besonders, denn der Umstand, dass Winifred bald verschwinden könnte, ging mir nicht mehr aus dem Kopf. So als hätte sie mir ihre Worte mit einem Schürhaken eingebrannt.

Obwohl sie längst gestorben war, hatte ich mich bisher nicht wirklich mit ihrem Tod auseinandersetzen müssen. Ja, irgendwann verschwanden alle Geister, aber dass es auch Winifred treffen würde, hatte ich eisern verdrängt. Am liebsten wollte ich zurück in meinen Korbstuhl. Zurück zu jenem Moment, als die Welt noch in Ordnung gewesen war. Oder als ich zumindest geglaubt hatte, dass sie es wäre.

Miss Belmond sagte: „Sehr hübsch. Gehen Sie auf ein Fest, Jillian?"

Ich riss mich am Riemen und nickte. „Ja, ich treffe ein

paar Freunde und wir grillen zusammen.“

Dann blickte ich an meinem fetzigen, kurzen Kleid herunter, das wenig nach Lagerfeuerstimmung aussah, obwohl es fast die Farbe von Feuer besaß und so asymmetrisch wie Flammen geschnitten war.

„Getanzt wird auch“, ergänzte ich deshalb.

Zum Grillen allein würde sich niemand so aufbrezeln. Es war auch nicht bloß das Kleid und die extra vorgenommene Haarverlängerung. Ich hatte meine rauchgrauen Augen mit einem schwarzen Kajal umrandet und mir Smokey Eyes geschminkt. Dazu hatte ich leuchtenden Lippenstift in der Farbe meines Kleides aufgetragen. Und die roten Spangenschuhe an meinen Füßen schrien geradezu danach, dass man mit ihnen die Nacht durchtanzte. Obendrein hatte ich mich mit passenden Accessoires ausstaffiert: eine hauchzarte Strumpfhose mit Spinnennetzmotiv, kleine Spinnenohrringe, ein Katzenaugenamulett und Silberarmbänder mit Talismananhängern wie etwa den Elementen von Feuer, Wasser und Erde.

Auf einen Spitzhut, eine künstliche Warze am Kinn, eine bucklige Katze auf der Schulter oder einen Besen als Utensil hatte ich verzichtet. Es war Midsummer Eve und nicht Halloween. Ich kannte den Unterschied zwischen einer Verkleidung und meiner Bekleidung.

„Ah, haben Sie etwa ein Rendezvous oder sogar einen festen Freund dort?“, horchte mich Miss Belmond aus.

Sie hatte seit über vierzig Jahren kein Date mehr gehabt und war chronisch neugierig, was mein Privatleben betraf. Dabei fragte sie am liebsten nach möglichen Verehrern. All das, während ihr redescheuer Mann immer nickend daneben saß.

„Genau, Jillie, was ist eigentlich mit dir und dem Rodeoburschen?“, schaltete sich nun auch meine Tante ein. Dabei war das doch gerade wirklich ganz egal.

Ich konzentrierte mich darauf, ihr keinen genervten Blick zuzuwerfen.

„Nein, kein Freund“, vertröstete ich Miss Belmond wie immer.

„Schade. Sie sind so hübsch und jung. Heute klappt es bestimmt“, versuchte sie, mir gut zuzureden, als müsste ich unter meinem herrlich unabhängigen Single-Status leiden.

Für eine Frau ihrer Generation schien es unvorstellbar zu sein, dass ich mit siebenundzwanzig noch unverheiratet und kinderlos war. Vermutlich schob sie es auf meine „esoterischen Hobbys“, zu denen auch die Herstellung ihrer Rheumasalbe aus meinen Gartenkräutern gehörte, die ich immer in einem kleinen polierten Kristalltiegel aufbewahrte. Sie sagte es zwar nie direkt, aber damit war ich in ihren Augen so sonderbar, dass es schwierig werden könnte, einen Mann zu finden.

Dabei hatte das eine mit dem anderen absolut nichts zu tun. Im Gegenteil: Häufig konnte ich mich vor Anfragen kaum retten. Es konnte ein echter Vollzeitjob sein, nein zu sagen.

Winkend stieg ich in mein Auto. Tante Winifred sank neben mir auf den Beifahrersitz und würde so tun, als führe sie mit, während sie in Wahrheit mühelos neben mir her schwebte. Geister kannten keine Erschöpfung. Und Entfernungen in unserer Welt waren für sie und mich nicht dasselbe. Raum und Zeit – alles schien sich auf dem Weg ins Jenseits zu verzerren.

„Wieso willst du es mir eigentlich erst danach sagen:

nach dem Fest, dem Sonnenuntergang und dem Vollmond?“, wollte ich von ihr wissen, während ich mir den Gurt über die Brust zog und ihn einrasten ließ.

„Na, wenn ich es dir vorher sage, lässt du mich das nicht mehr machen.“

Was war denn das schon wieder für eine Ansage?

Ich runzelte die Stirn und fuhr los. Sie hatte doch garantiert etwas ausgefressen. Ansonsten ergab ihre Antwort überhaupt keinen Sinn.

„Ich will bestimmt nicht, dass du nicht mehr da bist“, versicherte ich ihr.

Ja, sie konnte manchmal ein echter Quälgeist sein, doch sie war schon immer meine Lieblingstante gewesen. Nichts hatte daran etwas geändert. Auch der Tod nicht. Ich wollte nicht, dass sie verschwand. Also warum glaubte sie, dass ich sie nicht einmal mehr ein paar letzte Dinge veranstalten ließe?

„Jillie, morgen ist schon Vollmond“, seufzte sie.

Ich bekam einen Kloß im Hals. Einerseits wollte ich wissen, was los war. Andererseits hatte ich allmählich Angst vor der Wahrheit.

Vielleicht war ein Aufschub sogar ganz gut. Heute würde sie jedenfalls keinen Sonnenuntergang mehr über der Prärie beobachten können, weil das Fest mitten im Wald stattfand. Aber sie konnte sich unaufhaltsam jeden Tag einen Wunsch erfüllen: heute das Fest, morgen den Vollmond und wenn der Himmel nicht Hagel und Donner aussandte, würde nichts den Sonnenuntergang über der Prärie verhindern.

Tick. Tack.

Ihre Zeit lief ab.

Nach all den Jahren kam es mir bloß noch wie winzige

Momente vor.

Tage würden zu Sekunden schrumpfen.

Und dann?

Die Straße führte uns nordwärts durch die weite Prärie, die nur im Sommer so golden leuchtete, wie sie es jetzt tat, obwohl das Gras grün war. Die Halme schimmerten unter der strahlenden Sonne, so dass alles glänzte wie ein endloses Smaragdmeer. Für mich gab es keinen schöneren Ort auf der Welt als die Provinz Saskatchewan in Kanada. Sie war so rein und pulsierte vor natürlicher Kraft. Ein klein wenig vermochte die Landschaft es sogar, mich von der Bedrohung abzulenken, meine Tante zu verlieren.

Wir benötigten fast zwei Stunden für die Fahrt. Die letzten Kilometer verliefen über eine Schotterpiste, auf der Schnellfahren eine besonders schlechte Idee war, wenn man nicht über ein Ersatzrad verfügte. Aber die Abgeschiedenheit war notwendig, wenn zweihundert Magieanwender es krachen ließen.

Der Austragungsort des Midsummer Eve und seines Wettkampfes befand sich auf einer Insel im Redberry Lake. Er lag im Zentrum der drei Städte Saskatoon, North Battleford und Prince Albert. Aus diesem Einzugsgebiet kamen zu allen großen Festen die hier ansässigen Magiebegabten zusammen. Provinzhauptstädtler aus Regina traf man hier dagegen fast nie, denn sie hatten anderswo ihren eigenen Schau- und Festplatz. Was da wohl los war?

„Hach, ich bin so aufgeregt, dass ich fast Herzrasen bekomme“, gestand Winifred.

Dabei spürte sie gar keinen Herzschlag mehr. Es war

lange her, dass ihr Herz aufgehört hatte zu schlagen.

„Das ist so ...“ Sie suchte nach dem passenden Wort.

Mir fiel nur eines ein.

„... endgültig“, flüsterte ich.

Ein mulmiges Gefühl breitete sich in mir aus. Plötzlich wollte ich nur noch vor dem Midsummer Eve davonlaufen, damit sie nicht dort wäre. Damit sie die drei Punkte von ihrer Wunschliste nicht abhaken konnte. Damit sie bei mir bliebe.

Ja, ich war egoistisch. Und offenbar gab es an ihrem Hiersein einen Umstand, der mir nicht gefallen würde. Wäre ihr doch nur nichts herausgerutscht. Hätte ich doch nur nicht nachgebohrt.

Es war, als würde nun ein Fluch auf diesem Tag lasten.

„Lass uns das Beste draus machen“, bat mich Winifred. Als ich sie ansah, klebte eine gespenstische Träne auf ihrem Abbild.

Alles kam mir falsch vor. Und ich wurde dieses Gefühl auch nicht los, als wir ein paar große, dicht beieinanderstehende Scheunen am Seeufer erreichten. Es sah aus, als läge hier nur ein ländliches Gehöft. Doch das Anwesen war im Besitz einer Gruppe von Magiebegabten. Auf der südlicheren der beiden großen Inseln im See würde die Zusammenkunft stattfinden.

Ich sprang aus dem Wagen, um ein großes Scheunentor aufzuziehen. Alle, die zum Midsummer Eve mit ihrem Auto anreisten, konnten die geräumigen Schober als Garagen nutzen, so dass man nicht gleich sah, dass hier etwas los war.

Als ich nun das Tor öffnete, fand ich bereits etliche Fahrzeuge vor. Zum Glück entdeckte ich noch genau eine Lücke. Ich stieg wieder ein und fuhr im Schneckentempo darauf zu. Dieses vermaledeite Einparken. Ich besaß schon extra keinen monströsen Pickup, sondern nur einen relativ kompakten, zweitürigen Urban SUV. Aber wenn es um Parklücken ging, litt ich unter einer Art Dimensionsverzerrung. Nächstens würde ich doch pünktlich kommen, nur um vor den anderen Autos hier zu sein.

„Oh, oh, Vorsicht, Jillie!“, quäkte meine Tante. „Mach bloß keine Schramme in Vezel. Du hast doch schon einen Kratzer im Tankdeckel, weil du in einen Briefkasten gefahren bist.“

Ihre Panik war echt nicht hilfreich. Und der Briefkasten hätte da überhaupt nicht stehen dürfen.

Ich fuhr einen Honda Vezel und Winifred nutzte diese Modellbezeichnung immer als Namen für meinen Wagen. Sie sagte mir oft, worauf ich achtgeben sollte. Schließlich hatte ich das meiste Geld, das ich ausgab, von ihr geerbt. Das verleitete sie schnell dazu, mir vorschlagen zu wollen, was ich davon kaufen sollte und was nicht und wie die Produkte dann zu behandeln wären. Ich wollte mich wirklich nicht beschweren, allerdings konnte sie mir schon manchmal den letzten Nerv rauben. Besonders dann, wenn ich einparken musste, und mir ohnehin schon der Angstschweiß auf der Stirn klebte.

„Ich geb’ mir alle Mühe“, versicherte ich ihr und kaute auf meiner Unterlippe herum, während ich über die Motorhaube schielte und versuchte, Vezel abzustellen.

Langsam piepte mein Parkassistent los, als ich mich dem großen schwarzen Pickup näherte. Wie war der bloß hier reingekommen? Wer fuhr nur so ein Ding? Ich stellte mir vor, wie ein selbstsicherer Kerl – bestimmt einer dieser Alpha-Werwölfe – mit lässig auf dem herabgelassenen Fenster platziertem Ellbogen, nur einer Hand am Steuer und einem Ruhepuls von sechzig dieses Blechungetüm gegen jedes Gesetz der Natur und ohne lästiges Vor- und Zurücksetzen eingeparkt hatte. Während ich mich mit Vezel abmühte, als würde ich versuchen, einen viel zu großen Elefantenfuß in einen viel zu kleinen Puppenschuh zu zwängen.

Es kam mir vor, als würden die anderen Wagen auf mich zurücken. Das war doch wie verhext. Das Piepsen der Parktronic wurde immer alarmierender, dabei war ich noch nicht mal zur Hälfte drin.

„Pass auf!“, kreischte Wini und hielt sich die Augen zu.

Jetzt reichte es aber! Bevor am Ende wirklich noch Metall quietschte, knallte ich den Parkgang rein und stellte den Motor ab. Völlig fertig mit den Nerven stieg ich aus und ließ mein Auto schief in der Lücke stehen. Dabei ragte das komplette Heck noch in die Durchfahrt.

„Was machst du denn da?“, wunderte sich Winifred und beäugte den Parkzustand. „Der guckt noch raus.“

Sie deutete mit den Händen einen riesigen Abstand an und nickte ganz kritisch.

Kurzerhand kramte ich ein Blatt Papier und einen Kuli aus meiner Tasche und kritzelte eine Nachricht drauf: *„Ich bin eine Frau, ich kann verdammt noch mal nicht einparken, und wenn du rausfahren willst, dann ruf mich unter dieser Nummer an.“* Dazu hinterließ ich meine Handynummer und legte die Notiz gut sichtbar hinter die Scheibe.

Dann klatschte ich zufrieden in die Hände. „Das wäre geschafft.“

Winifred rieb sich nachdenklich die Nase. „Vielleicht

nicht ganz konventionell, aber es könnte funktionieren. Hauptsache Vezel und den anderen Autos passiert nichts. Ich mag keinen Versicherungskram."

Wer mochte den schon? Doch es war ja nicht so, als würde sie sich persönlich damit herumschlagen müssen.

„Meinst du, da ruft einer an?", fragte sie.

„Kommt drauf an, wie lange wir bleiben. Wenn wir als Erste gehen, meldet sich niemand. Hier drin ist jetzt eh alles voll."

Nachdenklich spitzte sie die Lippen und wiegte ihren Kopf hin und her. Dann lächelte sie. „Ich denke, wir bleiben etwas länger und warten, wer sich meldet."

Sie wollte mich doch gerade nicht wirklich mit anderen Autofahrern verkuppeln, oder?

„Das ist sicher eine Scheune voller Frauenautos", feixte ich.

Sie schüttelte den Kopf, als hätte ich das ernst gemeint. „Oh, nein, das glaube ich nicht. Schau nur, wie gerade die anderen alle parken konnten."

Ich verdrehte die Augen und lief hinaus ins Freie. Auch wenn Wini einfach durch Gegenstände fliegen konnte, wartete ich dieses Mal, bis sie bei mir draußen war, bevor ich das Tor zuzog.

„Ich würde mal drauf tippen, dass der schwarze Wagen neben meinem einem Werwolf gehört."

Sie flog doch tatsächlich noch einmal hinein, um nachzuschauen. Als sie wieder nach draußen kam, zuckte sie nur die Schultern. „Also, ich konnte nichts finden, was auf den Fahrer schließen lässt."

„Sag mir bitte nicht, dass du deinen Kopf in das Handschuhfach gesteckt hast."

Erneut zuckte sie die Schultern. „Ist gut, dann sage ich

es eben nicht."

Ich schmunzelte. Für genau solche Eigenheiten liebte ich meine Tante einfach. Und sie benutzte ihre „Barrierefreiheit" immer wieder für die drolligsten Ideen.

Wir gingen zum Ufer und warteten auf den Fährmann, der uns übersetzen würde. Vermutlich transportierte er gerade eine Ladung Gäste, die kurz vor uns eingetroffen waren, hinüber zur Insel. Sie befand sich etwa fünfhundert Meter weit weg im See. Wie immer, wenn unsere Veranstaltungen stattfanden, lag sie auch jetzt hinter einer leichten Nebelfront verborgen.

Der feine Wasserdunst war nicht der einzige Sichtschutz. Einige Hexen und Druiden hatten besondere Mühe darauf verwandt, einen großen Wald auf der Insel anzulegen, auch wenn sich selten mal ein Angler oder Kajakfahrer hierher verirrte. Zudem lag die Insel im Süden des Sees, während sich die wenigen Häuser in Ufernähe und das Vogelschutzgebiet im Nordwesten befanden. Dort trieben sich vor allem Vogelkundler herum, allerdings waren das Leute mit Ferngläsern. Das ganze Gebiet war die Heimat unzähliger Pelikane und anderer Piepmatze.

Dann gab es hier noch den Louisianawürger. Als ich das erste Mal von ihm gehört hatte, war mir ein Schauder über den Rücken gelaufen und ich hatte sofort an einen Serienmörder gedacht, der hier sein Unwesen trieb. Aber es handelte sich nur um einen kleinen grauweißen Vogel, der aussah, als hätte er eine schwarze Augenmaske auf. Er war recht putzig. Und er hieß auch nicht Würger, weil er gerne umherzog und andere strangulierte, sondern weil er – na gut, das war ein bisschen eklig – unverdauliche Nahrungsreste als kleine Speiballen von sich gab.

Ja, ich war ein paar Mal mit einem Ornithologen ausgegangen. Das war gar nicht so langweilig gewesen, wie es sich zunächst anhörte. Er konnte zwar nicht zaubern, doch er teilte meine Vorliebe für die Natur. Trotzdem hatte es zwischen uns nicht funktioniert, denn es war einfach zu anstrengend, einen großen Teil meiner Persönlichkeit – nämlich die Magie – ständig vor ihm verbergen zu müssen.

Schließlich war ich eine Hexe. Das bedeutete auch, dass ich reizbar war. In einem Moment der Streiterei nicht mal ein klitzekleines bisschen fluchen zu dürfen, war ziemlich mühsam. Das war doch wie kämpfen mit einer auf den Rücken gebundenen Hand. Also, bei aller Liebe, aber das ging zu weit.

„Da, ich sehe ihn“, verkündete Winifred und deutete über das Wasser.

Ich blickte von meinen roten Schuhspitzen auf. Ganz ruhig glitt ein kleiner Nachen über die fast glatten Wellen. Er tauchte aus dem Dunst hervor und ich erkannte die gekrümmte Gestalt des Fährmanns, der wie immer in einen schlammfarbenen, langen Umhang gehüllt war. Die Kapuze hatte er sich tief in sein vom Wetter gegerbtes Gesicht gezogen. Ich hatte ihn auch noch nie mit einer Sonnenbrille gesehen und im Moment glitzerten die sanften Wellen in Ufernähe, wo kein Nebel hing, grell im Sonnenlicht.

Einige Minuten später knirschte der Boden vom Holzboot auf das sandige Ufer.

„Willst du zur Insel?“, fragte er mich.

„Ja, es ist Midsummer Eve.“

Während ich seine druidische Aura, die in grauweißen Mustern wie keltische Knoten um seine Person waberte, erkennen konnte und damit wusste, dass er ein Andersartiger war, sahen Druiden keine Auren. Seine harmlose Frage verlangte stets nach derselben Antwort. Man musste ihm das Fest nennen, zu dem man wollte. Ansonsten würde er einen nicht übersetzen. Eigentlich müsste er einige von uns längst kennen, doch er war nicht besonders gut darin, sich Gesichter zu merken.

Er nickte und winkte mich auf das Boot. Seine runzligen Hände sahen dabei aus wie von einem der schaurigen Geister, die Ebenezer Scrooge in der Weihnachtsgeschichte heimgesucht hatten. Exakt so, wie man sich den finsteren Sensenmann vorstellen würde.

Aber er war nicht der Geist der vergangenen Weihnacht. Und er war auch nicht Gevatter Tod. Er hieß Lincoln McLloyd und kannte die blödesten Witze der Welt. Außerdem war sein Hobby – erstaunlicherweise – das Rudern. Deswegen meldete er sich Fest für Fest freiwillig für den Job an der Barke.

„Sag ihm, dass ich auch da bin“, verlangte Winifred.

Ich seufzte, aber es war eigentlich egal. Warum auch immer ihr das wichtig erschien, dies war ihr letztes Fest und es sollte ruhig nach ihrem Willen verlaufen.

„Falls du mich mit jemandem reden hörst, ich führe keine Selbstgespräche, sondern bin mit meiner Tante Winifred hier. Sie ist ein Geist.“

„Aha“, sagte er und nickte.

Er schaute sich um, ob noch andere Ankömmlinge für seine Fuhre in Sicht waren, doch in den letzten Minuten war niemand weiter aufgetaucht. Allerdings waren wir auch etwas spät dran und die meisten waren längst drüben.

Eine Weile schwieg er. Erst als wir den Nebel erreichten, wurde er wieder redselig. Vielleicht lag es daran, dass sich Druiden innerhalb ihrer selbst gewirkten Magie am wohlsten fühlten. Sein zweiter Job neben dem Rudern war es nämlich, die Nebelfront aufrechtzuerhalten. Immerhin bemerkte er auf seinem Boot sofort, wann sie zu durchsichtig wurde. Und in Wassernähe fiel ihm das Zaubern leicht. Wasser, auch in Schnee- und Eisform, war sein Element.

„Kennst du schon den?“, fragte er mich, was er wohl jeden fragte. Zumindest hatte ich diesen Satz schon ein halbes Dutzend Mal gehört und jedes Mal erzählte er Witze.

„Bestimmt“, murmelte ich.

„Pst.“ Tante Winifred stieß mir in die Seite, auch wenn ich sie nicht spürte.

„Wann findet man einen Hasen in der Waschmaschine?“, wollte er wissen und starrte mich unter seinen buschigen Brauen hervor an.

Ähm.

Okay, den kannte ich doch noch nicht. Ich grübelte ein bisschen darüber nach, doch mir fiel nicht wirklich viel ein.

Ein Hase.

Hm.

„An Ostern?“, probierte ich mein Glück.

Winifred sah mich an, als wäre ich bescheuert. „Wann hatten wir da je einen Hasen in der Waschmaschine?“

„Na, vielleicht will er dort ein Osternest verstecken.“

„In der Waschmaschine?“ Winifred klang mehr als skeptisch.

„Ist ja schon gut“, zischte ich.

Jetzt, da ich mich mit ihr unterhielt, war ich ganz froh, dass ich sie ihm gegenüber erwähnt hatte.

Ratlos zuckte ich mit den Schultern.

„Okay, wann?“, fragte ich den Fährmann.

Er gluckste. „Wenn du mit einem Magier zusammen wärst, der seine Taschen nie leert, wüsstest du es.“

Ich war ganz kurz davor, mir genervt die Hand an die Stirn zu klatschen.

Meine Tante kicherte. „Das muss man ihm lassen, seine Witze werden wirklich nie besser.“

„Ich will in meinen Korbstuhl“, jammerte ich.

„Okay, kennst du schon den?“, machte er weiter.

Zum Glück würde er allenfalls noch zwei Witze auf der restlichen Strecke unterbringen, weil das Boot ziemlich flott durch das Wasser glitt. Immer näher zum Ufer der Insel. Hier lichtete sich der Nebel auch wieder. Ich konnte das bewaldete Land ganz klar erkennen.

„Ein Polizist stoppt einen Vampir bei einer Verkehrskontrolle und fragt ihn: *Wie viel haben Sie denn getrunken?* Darauf der Vampir: ...“

„Nur zwei Radler“, schlug ich vor.

„Oh, du kennst ihn schon.“ Er kratzte sich den Arm, während er sein Ruder wieder ansetzte.

„Igitt, damit meint er Radfahrer, oder?“ Winifred schüttelte sich. „Liegen die jetzt irgendwo tot rum?“

„Es war nur ein Witz“, beruhigte ich sie.

Manche Dinge musste man ihr erklären. So wie damals meinen Ebookreader.

„Was ist das?“, hatte sie wissen wollen.

„Ein Lesegerät für Bücher.“

Sie sah sich das flache Ding mit den Buchstaben

darauf an. Immer wieder von allen Seiten und eine Falte wuchs auf ihrer Stirn.

„Okay, ich komm nicht drauf", meinte sie schließlich. „Wie hast du das Buch da reingezwängt gekriegt?"

Himmel, sie würde mir fehlen.

„Okay, wie wäre der?", fragte nun der Fährmann. „Was machen zwei Hexen, ein kaputter Boiler und ein Kamel in …?"

Glücklicherweise konnten wir Hexen wirklich gut hüpfen. Ich sprang die letzten neun Meter aus dem Boot heraus ans Ufer. Winifred flog neben mir her.

„Oh, leider schon da", rief ich über meine Schulter, winkte ihm und stapfte los zum Wald. Denn mal ehrlich: Hexenwitze fand ich nicht besonders lustig.

Aber der Fährmann war schnell vergessen, denn die Wirkung der Insel traf mich jedes Mal aufs Neue. Überall knisterte Magie. Ich spürte die Kraft, so viel gebündelte Macht und meine Nackenhaare stellten sich auf.

Andächtig schritt ich zwischen den Bäumen hindurch, bis sich inmitten des Waldes eine größere Lichtung auftat. Ein Platz zum Feiern, Tanzen und für die Wettkämpfe. Der ganze Ort war voller magischer Wesen – Hexen, Druiden, Werwölfe, Feen.

Alles schien wie sonst auch. Aber aus irgendeinem Grund hatte ich ein ungutes Gefühl bei der Sache.

KAPITEL 3

„Siehst du, wir sind spät dran", fasste meine Tante das bunte Treiben zusammen und schenkte mir einen tadelnden Blick.

„So schlimm ist das nicht. Die Vampire sind immer die Letzten."

Sie würden erst kommen, wenn die Sonnenstrahlen sich hinter dem Horizont verloren. Ein Blick zum Himmel verriet mir, dass das gar nicht mehr so lange dauern würde. Anders als ich brauchten sie keine Barke, die sie herbrachte. Sie würden sich einfach hier manifestieren. Das beherrschten alle Vampire: wie aus dem Nichts an Orten auftauchen, an denen sie schon mindestens einmal persönlich gewesen waren.

Beneidenswert. Dagegen konnten Hexenbesen abstinken. Aber immerhin waren sie nicht in der Lage, Türschwellen zu überschreiten, wenn sie nicht ins Haus eingeladen wurden. Deswegen waren seit den fünfziger Jahren sehr viele Vampire zur Tarnung in Vertreterjobs gewechselt.

Sie stellten dabei gerne so einem Blödsinn wie Staubsauger vor, denn so wurden sie oft eingelassen, damit man alles gratis von ihnen geputzt bekam. Und wer würde einem charismatischen Typen nicht gerne beim Reinemachen zuschauen wollen? Nicht, dass ein Vampir das noch täte, wenn er die Einladung ins Haus erstmal hatte. Er hatte da eher an einer anderen Art von Saugen Interesse, die mehr in Halsnähe ansetzte. Und sobald er einmal in einem Haus gewesen war, konnte er sich jederzeit dorthin zurückbegeben und nichtsahnende Besitzer in ihrem Schlaf heimsuchen, um ein Schlückchen von ihnen zu trinken. Das mit dem Wiederausladen funktionierte nämlich leider nicht.

Deswegen ließ ich niemals Spendensammler, religiöse Klinkenputzer oder Vertreter herein. Vampire konnten ihre Aura nämlich tarnen. Sie waren darin nicht ganz so gut wie Werwölfe, aber ich wollte nicht ausschließen, dass mich mal einer täuschte. Sie waren raffiniert und übten schnell einen magisch verstärkten, betörenden Reiz aus. Außerdem waren sie Meister der Trance- und Schlafmagie. Aber obwohl ich all das wusste, mochte ich diese düsteren Kerle irgendwie. Das sagte doch schon alles. Sie konnten einen sehenden Auges um den Finger wickeln.

Winifred schwebte zum Buffet hinüber und ich folgte ihr. „Jillie, schau nur, wie lecker das alles aussieht. Ich wünschte wirklich, ich könnte noch essen."

Ihre Augen gingen über vor Heißhunger. Sicher erinnerte sie sich ganz deutlich an bestimmte Aromen von früher, auch wenn sie seit fast fünfzehn Jahren nichts mehr verspeist hatte.

Allerdings war ich gerade von einem anderen Anblick als dem Buffet gefesselt: Überall strömte Magie umher. Manche Zauberkraft wohnte den Anwesenden inne, andere Quellen kamen ganz natürlich vor. Diese Insel war für uns Andersartige wie eine Schokoladenfabrik für Kinder. Weiter vorne auf der Lichtung wehten ein paar magische Wirbel in der Luft, die aus dem Nichts zu entstehen schienen, und neben meinen Füßen sprudelte die Kraft der Erde aus dem Boden.

Wenn man alles, was auch Menschen sehen konnten, aus der Wahrnehmung löschen würde und nur die Magie übrig bliebe, so hätte man noch immer ein lebendiges Bild mit seinen ganz eigenen Konturen. Da war jene Magie, die wie eine kleine Matrix aus verschiedenen Formen, Farben und Stärken die Anwesenden umgab – ihre Auren.

Jene, die den Pflanzen, dem Boden, dem Wasser und der Luft innewohnten. Und jene, die scheinbar willkürlich in alle Richtungen verlief, wie ein schief gesponnenes Netz einer vermutlich betrunkenen Weberin – die magischen Kraftlinien selbst. Sie bildeten weite und enge Maschen. Manchmal nur Millimeter voneinander entfernt und manchmal Kilometer. Manchmal dünn wie ein Spinnenfaden und manchmal dick wie eine Öl-Pipeline. Einige besaßen lose Enden, die sich wie kleine Elefantenrüssel bewegten.

Natürlich gab es fast überall auf der Welt Zauberkraft, von ein paar sehr düsteren und toten Zonen abgesehen. Während diese Gebiete Magie verschluckten wie schwarze Löcher das Licht, war die Insel ein pulsierender Quell, an dem Magie entstand, die sich von hier aus in der Umgebung verteilte. Es gab größere

Quellen wie Stonehenge, die Akropolis oder die Pyramiden von Gizeh. Weltberühmte Orte, die selbst bei Menschen Kultstatus genossen, weil Magiebegabte dort Monumente errichtet hatten. Doch für unser Wettkampfgebiet in diesem Teil von Saskatchewan gab es kein schöneres Fleckchen.

„Ich wünschte, du könntest das sehen", murmelte ich zu meiner Tante, die noch immer das Buffet anschmachtete, als wäre das ihr persönliches Stonehenge.

„Ich sehe es ja. Die haben leckere Schweinerippchen. Ich dreh durch. Ist das etwa Zitronen-Honig-Marinade? Die liebe ich. Jill, ich kann es nicht herausfinden. Probierst du mal bitte für mich?"

Sie war wie eine zuckersüchtige Diabetikerin. Aber meine Augen klebten an den mystischen Eindrücken dieses Ortes. Nicht alles, was ich betrachtete, hatte eine bestimmte Farbe. Die meisten Auren zwar schon, doch die Kraftlinien selbst schimmerten eher wie die Abdrücke von Regenbögen, die man erhielt, wenn man einen Kristall ins Licht hielt und es dabei in seine Spektralfarben aufbrach. Magie hatte keine wirkliche Farbe wie mein Haar oder die Marinade an den Rippchen, doch gleichzeitig verfügte sie über alle Farben. Was ich sah, war wunderschön und für das menschliche Auge völlig unsichtbar.

„Jill, was starrst du denn Löcher in die Luft?"

Oder für die Wahrnehmung von Geistern. Was das anging, befand sich Wini in einer anderen Sphäre.

„Ich bewundere den Zauber dieses Ortes."

„Ach, du wolltest doch erst gar nicht herkommen. Teste lieber die Rippchen." Erwartungsvoll schaute sie mich an.

Ohne großes Interesse tippte ich meinen Finger ins Essen, leckte ihn ab und schnappte nach Luft. Das war keine Honigsauce. Das war ganz böses Chili. Wären die Vampire schon da, hätte ich einen starken Verdacht gehabt, wer diese Brandbeschleuniger-Rippchen auf dem Buffet der Hexen platziert hatte, aber die Sonne war ihr bestes Alibi.

„Tante, sei froh, dass du das nicht schmecken kannst."

Ich legte einen Finger, an dem keine Sauce klebte, an die Zunge und wirkte einen Heilungszauber. Heute ging das besonders einfach, weil Sommersonnenwende war und die Energie mir ganz leicht durch die Poren strömte. Danach bemühte ich mein Notizbuch, riss eine Seite heraus und kritzelte eine deutliche Warnung darauf, die ich vor den Rippchenteller stellte.

„So schlimm?", wunderte sich Wini.

„Als ob dir jemand einen Scheiterhaufen im Mund anzündet."

Während ich die Kappe auf den Stift drückte, warf ich einen misstrauischen Blick in die Runde und fragte mich, wer der Übeltäter gewesen war. An den rotgleißenden Auren erkannte ich, dass besonders viele Hexen anwesend waren. Das war immerhin auch unser großes Fest. Allerdings konnte ich mir nicht vorstellen, dass eine von uns das verbrochen hatte.

In der Nähe standen drei Druiden. Ihre Auren waren kühl und waberten nur langsam. Das entsprach auch ihrem Naturell. Druiden waren sehr kontrolliert und untersuchten am liebsten alles bis ins letzte Detail. Dann schauten sie Pflanzen beim Wachsen oder Eis beim Schmelzen zu. Ihr analytisches Wesen reichte manchmal so tief, dass sie beinahe herzlos wirkten. Trotzdem konnte man mit ihnen auch Spaß haben. Lincoln, der Fährmann, erzählte wie gesagt sehr gerne Witze. Allerdings neigten Druiden nicht unbedingt zu solchen „Späßen“. Sie waren nie richtig wütend, jedoch durchaus berechnend. An Wettkämpfe gingen sie mit kalter Präzision heran und schalteten Schritt für Schritt für Schritt alles aus, was ihnen im Weg stand. Eigentlich müssten sie Schach, Bauanleitungen oder Malen nach Zahlen lieben. Aber scharf-ätzende Chili-Marinade?

Wie hieß es immer so schön: Wenn du Huftrappeln hörst, denk an Pferde – nicht an Zebras. Dass Druiden dahintersteckten, war mehr als unwahrscheinlich. Für so eine Idee hätten sie vermutlich Knoten im Hirn bekommen.

„Sind die lahmen Typen dahinten Druiden?“, wollte Winifred wissen, die meinem Blick gefolgt war.

Ich gluckste und nickte. Sah sie jetzt etwa doch schon Auren?

„Die habe ich gleich an ihren grauen und weißen Klamotten erkannt“, erklärte sie mit einer mitleidigen Miene, als hätte sie die schlimmsten Modeaußenseiter vor sich. So wie bei meiner siebzigjährigen Nachbarin. Es stimmte durchaus, dass Druiden nicht die Helden in Stylingfragen waren. Auch der Fährmann trug diese Kutte, mit der er bei der Verfilmung von Umberto Ecos „Der Name der Rose“ hätte mitspielen können, ohne sich vorher am Set noch umziehen zu müssen.

Zwischen den Druiden und Hexen erkannte ich auch ein paar Männer, die scheinbar gar keine Aura besaßen. Aber das stimmte so natürlich nicht, denn hier waren keine normalen Menschen. Wenn einer auf diesem Fest keine Aura hatte, dann nur, weil er sie vollkommen verbarg. Und die Großmeister der Geheimniskrämerei waren immer noch die Werwölfe. Wenn sie wollten, nahmen sie einem sogar die Erinnerung an eine Begegnung mit ihnen. Die meisten waren so zwanghaft in ihrem Impuls, alles zu verschleiern und unerkannt zu bleiben, was ihre wölfische Natur betraf, dass sie nicht einmal auf solche Feste gingen. So wie Matthew, der Werwolf an der Seite meiner Freundin Emily. Er war ein Schatz, aber diese kleine Geheimhaltungsstörung würde er nicht so schnell loswerden. Deshalb hatte er mich auch nicht begleitet.

Es gab in unserem Einzugsgebiet nur ein einziges Rudel von besonders dominanten Wölfen, die hier aufkreuzten. Und jeder dieser Männer, die ohne Aura unterwegs zu sein schienen, war einer von ihnen. Alphamänner durch und durch, die vor Selbstsicherheit und Testosteron nur so strotzten, so dass sie zumindest kein Problem damit hatten, dass andere Magiekundige von ihnen wussten. Eigentlich war ich kein Fan vom Fell-Tatzen-Verein, aber Matthew hatte mich etwas toleranter gemacht. Falls ich ihnen die Rippchen brächte, würden sie diese sogar verdrücken wie bei einem Chili-Wettessen und ihren Mann stehen. So bescheuert waren sie auch.

„Wen starrst du denn da so genau an, Jillie?“, wollte Winifred wissen und stierte in Richtung. Dann gab sie ein begeistertes Quietschen von sich. „Ui, die sehen aber gut aus. Suchst du nach einem Ersatz für Billy?“

Nie und nimmer würde ich da einen Werwolf nehmen. Die waren so widersprüchlich. Einerseits geheimnistuerisch und andererseits auf der

Dominanzschiene. Eher noch würde ich einem Hexenzirkel beitreten, als das brave Weibchen für einen haarigen Kerl zu spielen, der sich an Vollmond nicht im Griff hatte.

Ich schielte zum Himmel, bat um Kraft und schnalzte mit der Zunge. „Tante, ich brauche keinen Ersatz für Billy."

Denn immerhin war da nichts mit ihm.

Gar nichts.

Punkt.

Im selben Moment, in dem Wini sagte: „Bestimmt gehört einem von denen der schwarze Pickup neben Vezel", tönte es aus tiefer Stimme: „Da bin ich aber froh."

Für eine Sekunde schien die Welt stillzustehen. Dann wirbelte ich um meine eigene Achse und da stand er: Billy Bonnet.

Natürlich war Billy nur ein Spitzname für seinen richtigen Namen, der mir auch prompt über die Lippen rutschte: „William."

Völlig verdattert starrte ich ihn an, denn ich hatte ihn noch nie auf einem der Feste angetroffen. Unsere erste Begegnung lag nun etwa drei Wochen zurück. Ich war mit Emily auf der Farm ihres Bruders gewesen. Er hatte gerade eine neue Geschäftsidee mit seinem Schulfreund Billy, dem berühmten Rodeo-Wunderknaben, auf die Beine stellen wollen. Ich war ihm nie zuvor begegnet und hatte ihn das erste Mal gesehen, als er gerade mitten auf einem wilden Gaul ritt. Dabei hatte er eine Hand frei in die Luft gestreckt und die Bewegungen des Hengstes ausbalanciert. Der Dreck war nur so unter den Hufen weggespritzt, der Lärm war unvorstellbar gewesen –

sowohl vom Pferd als auch von der Menge der Schaulustigen – und Billys Anblick hatte mich gepackt.

Alle hatten nur den Rodeostar in ihm gesehen, der bestimmt nächsten Monat die Meisterschaft gewinnen und die neue Nummer eins des Landes werden würde. Doch ich hatte nur seine schillernde Aura wahrgenommen. So kraftvoll. So besonders. Weil er eben nicht nur ein Leben gelebt hatte. Jedes Mal war eine neue Aura um ihn herum entstanden, wie die Jahresringe bei einem Baum, und hatte sich mit der früheren Aura verwoben, was es auch sehr schwer machte, die genaue Anzahl seiner Auren so ohne Weiteres zu bestimmen. Er besaß eine Energie, die mir die Kinnlade offenstehen ließ. Gepaart mit der Dynamik seines Ritts war er eine echte Erscheinung gewesen.

Auch jetzt brachte er mich mit seinem Anblick aus dem Konzept.

Er war der einzige Wiedergänger hier auf dem Fest. Jede Wette. Jemand wie William war so unglaublich selten, dass ich in seiner Nähe ständig aus dem Takt geriet, weil ich seine herrliche Aura noch mehr anstarrte als seine blauen Augen.

„Ah, Billy!“, kreischte meine Tante.

Sofort formte sich dieses spitzbübische Lächeln mit den Grübchen auf seinem Gesicht. Ob er vielleicht wirklich mal James Dean gewesen war? William war schon mehrere Leben alt, doch der Körper, in dem er dieses Leben verbrachte, war erst dreißig. Und trotz seiner Ähnlichkeit zu dem toten Schauspieler wusste ich, dass Will indianische Wurzeln besaß. Daran konnte auch das blonde Haar nichts ändern.

Er nickte in ihre Richtung. „Winifred.“

„Endlich ein Mann, der mich nicht wie Luft behandelt“, jauchzte sie.

Billy war kein Medium wie ich. Er war einfach ein lebender Geist. Dadurch konnte er auch meine Tante sehen. Sie waren in mancherlei Hinsicht auf derselben Wellenlänge.

„Soll ich euch beide alleine lassen?“, bot ich an.

„Nein!“, krähte Wini, weil sie mich schließlich mit ihm verkuppeln wollte.

William sah mich mit einem belustigten Blick an, der gleichzeitig Bände sprach. Ein wenig fühlte ich mich, als würde er mich mit seinen Augen an sich ketten wollen. So als hätte er wegen unserer letzten Begegnung noch eine Rechnung mit mir offen. „Hallo, Jill.“

„Was machst du denn hier?“ Ich hatte noch immer mit der Überraschung, ihn plötzlich vor mir zu haben, zu kämpfen.

„Ich wollte dich sehen.“

Winifred faltete beglückt ihre Hände vor der Brust zusammen und stieß ein schmachtendes „Ui“ aus. Es schien zu ihrem Lieblingsausspruch geworden zu sein. Gleich nach „Billy“ und „Ah, du siehst mich!“.

Ihre quirlige Art war wirklich etwas Besonderes. Ohne dass ich es wollte, kehrte der Gedanke daran zurück, dass sie bald verschwinden könnte. Ich bekam einen Kloß im Hals und schluckte.

„Ah, Kindchen, du bist ja ganz gerührt von ihm“, missinterpretierte Winifred meine Emotionen.

„Nein, das ist es nicht ...“, setzte ich an.

Doch da fasste Will nach meiner Hand. Langsam hob er seinen Arm und brachte mich dazu, eine Drehung zu vollführen, als würden wir tanzen.

„Du siehst umwerfend aus. Und erst diese langen Haare ...“

Sein Blick glitt immer tiefer an mir hinab. Dabei starrte er mir gar nicht richtig auf den Hintern. Als ich über meine Schulter spickte, sah ich, dass sich meine Haarspitzen allmählich auf dem Weg zu meinen Kniekehlen befanden.

Ups.

„Da ist mir wohl die Kanne mit dem Wachstumswasser ausgerutscht.“

William lachte.

„Verrate ihm doch nicht deine kosmetischen Tricks“, zischte Wini, die sonst nie bemüht sein musste, dass man sie nicht hörte. Aber bei Billy war das anders.

„Ich finde Jillian trotzdem schön“, gestand er ihr. „Geschummelt oder nicht.“

Mein Herz pochte nervös.

„Oh, guter Junge.“ Meine Tante zwinkerte begeistert. „Denn weißt du, ihr beide würdet prima zusammenpassen.“ Und dann summte sie tatsächlich diesen Hochzeitsmarsch, der immer in den Kapellen gespielt wird: „Here comes the bride.“

Für einen beschämenden Moment schloss ich die Augen. Aber lieber sollte sie mich für den Rest meines Lebens in Verlegenheit bringen, wenn sie dafür nur bliebe.

„Es würde vielleicht besser klappen, wenn du uns kurz allein ließest“, schlug Billy ganz unverblümt vor.

Wini strahlte bis über beide Ohren, so als würde er mir sicher gleich einen Antrag machen. „Au ja“, flötete sie und zwinkerte ihm übertrieben keck zu. „Ich mische mich mal unters Volk.“

Mit ihrem Hochzeitsliedchen auf den Lippen flog sie davon, behielt uns aber genau im Auge.

„Hey", begrüßte William mich erneut und dieses Mal ganz ungestört. Zum Glück ging er nicht auf die Knie.

Ich räusperte mich. „Hey ... Das gerade tut mir echt leid."

„Muss es nicht." Er sah mich unbeirrt an, so als würde er ein Bild anstarren, von dem er sich nicht abwenden konnte.

Wieso war mein Kopf nur so leer, obwohl sich darin hunderte Gedanken im Kreis drehten?

Diese Stille zwischen uns dehnte sich aus und sein unverwandter Blick machte mich total nervös. Wollte er denn gar nichts sagen? Fast hätte ich ihn ein zweites Mal gefragt, was er hier machte. Das wäre endgültig peinlich gewesen. Wirklich, ich liebte Erdmagie, aber ich wollte nicht im Boden versinken müssen.

Erneut räusperte ich mich und bewegte meine Schultern ein wenig, weil ich plötzlich so angespannt war. Ich war drauf und dran, auf meine Schuhspitzen zu starren.

Wir kannten uns kaum und hatten uns trotzdem stundenlang am Stück unterhalten. Während der wenigen Tage draußen auf der Farm hatten wir uns ständig gesehen. Wir hatten Stunden voller Worte und Blicke zusammen verbracht. Und voller Gefühle, die keiner von uns aussprach, die aber irgendwie in der Luft hingen und immer da waren.

Allerdings waren meine Gefühle für ihn etwas zwiespältig, denn sein Geist war einfach so alt. Außerdem war ich gerne unabhängig.

William lächelte. „Das ging doch schon mal besser."

Unsicher benetzte ich meine Lippen und atmete seufzend aus. „Irgendwann ist es kompliziert geworden."

Er legte seinen Kopf schief. Heute trug er gar keinen Cowboyhut, der seinen Blick beschattet hätte. Sanft zupfte der Wind an seinem blonden Haar und wehte eine Prise von Wills verführerischem Duft zu mir heran. Das Blau seiner Augen stach neben der gebräunten Haut besonders hervor und seine Zähne blitzten ganz weiß, als sich seine Lippen zu einem offenen Lächeln teilten. Der Kerl wusste genau, dass er mich nicht kaltließ.

Trotzdem war mit ihm alles so kompliziert und ich mochte nichts Kompliziertes. Wenn er sich in meiner Nähe befand, wurde alles so gefährlich intensiv. So, als würde ich mich selbst ein bisschen in ihm verlieren. Ich hatte mich schon einmal verloren und das waren nicht die besten Erinnerungen meines Lebens. Zwar hatte ich gerne mal Dates, allerdings lieber mit Männern, die mir das Herz nicht brechen konnten, weil sie nicht mal in die Nähe davon kamen.

Doch Will brachte mich durcheinander. Er war einfach eine Nummer zu groß für mich, könnte zu leicht das Ruder übernehmen und mich Dinge fühlen lassen, die für ihn nach all seinen Leben längst profan sein mussten. Außerdem war ich nicht allein mit meiner Affinität zu ihm als Geisterwesen. Auch Billy besaß das Talent, in mein Wesen zu tauchen. Medium zu sein war ein zweischneidiges Schwert. Ständig hatte ich das Gefühl, dass er mir mühelos zu nahe kam, ohne sich zu bewegen.

„Ich wünschte, ich hätte dich damals einfach geküsst", sagte er nun und ich bekam am ganzen Körper Gänsehaut.

Ich wusste genau, von welchem Moment er sprach. Es

war, als ich auf der Ranch noch einmal kurz zu ihm gegangen war, um mich zu verabschieden.

Der Duft von Heu lag in der Luft. Und der Geruch von Pferden. Den einen fand ich schön, den anderen stechend. Ich liebte zwar die Natur, aber ich hatte durchaus eine Nase.

Am anderen Ende vom Stall, beim hinteren Tor, stand ein gesattelter Mustang und wieherte. Als das Pferd sich bewegte, gab es den Blick auf die Silhouette von Billy frei, der dunkel im strahlenden Morgenlicht stand. Ob er diesen Hut wenigstens zum Schlafen abnahm? Im Grunde konnte mir das ja egal sein, doch mein blöder Puls schien sich etwas aus der Frage zu machen.

„Jill", rief er meinen Namen, als er mich entdeckte. Ich ging auf ihn zu und als ich fast bei ihm war, fügte er an: „Verfolgst du mich?"

„Ich ..." Sprachlos blieb ich stehen.

„Das war ein Scherz." Mit einer Geste seiner Hand lud er mich dazu ein weiterzulaufen.

Schon aus Prinzip rührte ich mich nicht mehr. Stattdessen verschränkte ich gemütlich die Arme vor der Brust. Ich war eine Hexe. Mich ärgerte man nicht.

„Trägst du diesen Hut eigentlich immer?"

Er grinste mich an. „Gefällt er dir nicht?"

„Doch, ist super, wenn man dünner werdendes Haar verbergen will."

Will lachte. „Tja, das wirst du wohl nur erfahren, wenn du ihn mir abnimmst."

Die Vorstellung von ihm in seinem Schlafzimmer, wenn er sich endlich mal von seinem Hut trennte, war zurück. Ich hatte nicht vor, ihn auszuziehen.

„Flirtest du etwa mit mir?" Jetzt stemmte ich die

Hände in die Seiten. Mit der einen ging das etwas schwerer, weil ich noch einen Apfel für das Pferd dabei hatte.

Unschuldig fasste er sich an die Brust. „Was, ich?"

„Ja, tu bloß nicht so." Ich wedelte mit dem Finger in seine Richtung, was viel netter war, als ihn mit einem geworfenen Apfel zu markieren. Der Mann lebte gefährlich. Ich konnte gemeine Tricks. Auch mit einem Apfel.

Sein Grinsen vertiefte sich. „Süße, du hast mich noch nicht flirten gesehen. Willst du mal?"

Bumm, bumm.

Dieser verflixte Puls. Wenn sich meine Hormone und mein ungutes Bauchgefühl bloß mal einig werden könnten. Doch danach sah es überhaupt nicht aus. Denn während mein Herzschlag sich beschleunigte, nahm auch das flaue Gefühl in meinem Bauch zu. Ich wollte keine Tore aufstoßen, die ich nicht wieder schließen konnte. Die Straße nach Liebeskummerstan war lang und trostlos. Ich hatte die Reise einmal gemacht. Jetzt durften andere pilgern.

„Dir muss im Stall echt langweilig sein."

Williams Lächeln vertiefte sich, während er den Kopf schüttelte. Sein Blick sagte mir ganz deutlich: „Komm mir nicht so." Doch sein Mund erklärte stattdessen: „Komm, ich habe uns Winnetou gesattelt."

Langsam trat ich die letzten Schritte an ihn heran. Der Mustang stupste mich sanft an. Bestimmt hatte er den Apfel in meiner Hand bemerkt. Ich hielt ihn ihm auf der flachen Hand entgegen und er ließ sich nicht zweimal bitten. Die Pferdelippen kitzelten meine Haut.

„Ich reite doch gar nicht." Liebevoll streichelte ich

Winnetou und kraulte ihn am Ohr. Es war süß, wenn der Mustang es wackeln ließ. Lächelnd drehte ich mich zu William.

Er lehnte sich zu mir vor und senkte seine Stimme, damit uns keiner der Arbeiter hören konnte. „Komm schon, du bist eine Hexe. Du magst Tiere.“

Ich gluckste. „Nur weil ich sie mag, muss ich nicht auf ihnen sitzen. Ich ziehe so ein Quad zum Draufherumfahren vor.“

„Falls du Angst hast runterzufallen ...“ Er klopfte auf den Sattel. „Ich halte dich gut fest.“ In seinen Augen lag ein Versprechen.

Manchmal hatte William meine Hand gehalten, wenn sich kleine Gelegenheiten im Farm-Alltag ergeben hatten, doch mehr war nie passiert. Die Vorstellung, ihm jetzt auf diesem wilden Pferd so nah zu sein, wühlte mich viel zu sehr auf. Dabei hatte ich mich nur verabschieden wollen. Vielleicht auch ein bisschen vor ihm fliehen. So sehr er mich faszinierte, aber die Abreise erleichterte mich auch. Es sollte einfach nicht sein.

Bei Billy wirkte alles viel zu sehr wie ein Spiel. Ein Sommerflirt. Und wenn die Jahreszeiten ihr Kleid wechselten und die Blätter sich bunt färbten, dann würden auch seine Schmetterlinge verschwunden sein. Er würde irgendwo anders auf einem Pferd sitzen und vergessen haben, wie wichtig ihm das gerade zu sein schien. Das war diese Sache mit Sommerlieben: Sie konnten einen verbrennen wie die heiße Sonne.

Und meine Befürchtung war, dass mir dann auch William sagen würde, was ich früher schon mal aus einem anderen sexy Mund gehört hatte: dass er bloß eine weitere Erfahrung hatte sammeln wollen. Eine, die ihm in seiner Sammlung noch gefehlt hatte, weil eine Hexe bisher nie dabei gewesen war.

„Lieber nicht", flüsterte ich.

Er suchte meinen Blick. „Jill, ich würde dir so gerne etwas zeigen. Hinten beim See, wo ich dich mit Emily getroffen habe."

Er meinte bestimmt die Stelle bei dem Baum, der völlig isoliert am Ufer stand, wo sonst nichts außer Grashalmen das weite Land bedeckte. Vor einigen Tagen hatte ich dort mit meiner Freundin Rast gemacht und Billy war auf Winnetou vorbeigeritten.

Ich hatte keine Ahnung, was er mir zeigen wollte. Vielleicht ein romantisches Picknick. Vielleicht etwas, das er mir als Andenken mit auf den Weg geben würde. Aber ich war mir ziemlich sicher, dass er mir näherkommen wollte. Die frühere Leichtigkeit zwischen uns war unwiederbringlich verschwunden. Manche Dinge ließen sich nicht umkehren. So wie man einen Schmetterling nicht mehr zurück in den Kokon bekam.

Unsicher benetzte ich meine Lippen und starrte auf den obersten Knopf seines karierten Hemdes, um ihm nicht in die Augen schauen zu müssen.

„Wir fahren gleich", wich ich aus.

„Es dauert kaum länger, als ich es sage, Jill. Zehn Minuten hast du bestimmt noch für mich übrig, oder?"

Aber es ging gar nicht um die zehn Minuten. Das wussten wir beide. Und dass ich feige sein konnte, wusste er spätestens jetzt auch.

Ich räusperte mich und zog das ledergebundene Buch, das er mir geliehen hatte, aus meiner Umhängetasche. Es handelte von der indianischen Kultur Saskatchewans und war auch ein Zeugnis seiner eigenen

Vergangenheit. Er hatte zwar keine klaren Erinnerungen mehr an seine früheren Leben, aber er besaß eine emotionale Nähe zu den Dingen, die ihm einmal etwas bedeutet hatten. Was nur wieder zeigte, dass Gefühle den Tod überdauern konnten. Nur war die Welt meistens kein Märchenbuch.

„Das wollte ich dir noch zurückgeben."

Ich sah, wie der Adamsapfel über seinem Kragen hüpfte, weil er schwer schluckte. William stieß die Luft aus und schüttelte den Kopf. „Du kannst ruhig noch darin lesen. Ich kenne jede Zeile aus dem Buch auswendig. Es eilt nicht. Gib es mir einfach wieder, wenn wir uns zur Rodeomeisterschaft in Calgary sehen."

Das Problem war nur, dass ich mir nicht sicher war, ob ich dort überhaupt hingehen würde. Er schien das zu ahnen.

„Nein, es ist schon okay", antwortete ich und legte es ihm in die Hand. „Meine Tante Winifred hat früher im Wanuskewin Heritage Park gearbeitet. Wenn ich etwas über indianische Kulturen wissen möchte, kann ich sie jederzeit fragen."

Ich sah die Anspannung in seinen Bewegungen, als er das Buch in die Satteltasche stopfte und sich mir wieder zuwendete. Das spielerische Flirten war vorbei.

„Du willst einfach so gehen?" Seine Stimme klang kühl.

Jetzt sah ich ihm doch in die Augen. Williams Blick war dunkel. So als würde er sich zum ersten Mal auf Abstand von mir bringen. So als hätte ich ihm einen Kinnhaken verpasst, den er absolut nicht hatte kommen sehen.

Ich spürte einen Stich in der Brust. Wieso fühlte es sich sogar dann quälend an, wenn ich gar nicht erst zuließ, dass sich zwischen uns etwas entwickelte, was er kaputtmachen konnte?

Er und ich, wir lebten beinahe wortwörtlich in anderen Welten.

„Es ist besser so", sagte ich mit trockenem Hals. „Ich wünsche dir wirklich alles Gute."

Fassungslos zogen sich seine Brauen zusammen. Er griff nach meiner Hand, um mich an sich zu ziehen, doch ich wich zurück.

„Jill!"

Ich hörte, wie er meinen Namen rief, als ich in die andere Richtung aus dem Stall lief. Einfach davon. Vermutlich dachte er, dass ich den leichten Weg nahm. Nur hatte sich jeder Schritt davon verdammt schwer angefühlt ...

Jetzt rauschten mir seine Worte in den Ohren: „Ich wünschte, ich hätte dich damals einfach geküsst."

Damit erwischte er mich eiskalt. Wer hätte denn ahnen können, dass so ein Geständnis kurz nach *Hey* folgte?

Ich kratzte mich am Arm. Weil Winifred uns noch immer genau beobachtete, flüsterte ich: „Wir wussten beide, dass es besser war, uns nicht zu küssen."

Skeptisch wölbte er eine Augenbraue. „Also, diese Erkenntnis fehlt mir bis heute."

Wie sollte ich ihm das nur begreiflich machen?

„Du musst doch längst genug von diesen ganzen Dingen haben."

Er sah mich an, als hätte ich mich gerade vor seinen Augen in eine Zucchini verwandelt. „Jill, ich erinnere mich nicht an meine früheren Leben."

„Aber deine Seele tut es." Mit der flachen Hand berührte ich seine Brust, an der ich seinen kräftigen Herzschlag spürte. „Tief in dir drin hast du schon tausende Erfahrungen gesammelt, die dich jetzt steuern und beeinflussen."

Ich bemerkte, wie sich der Muskel an seinem Kiefer anspannte. „Erklär mir bitte nicht, wie ich funktioniere. Ich verrate es dir aber gerne. Dabei würdest du dich wundern, welche Erkenntnisse du gewinnen könntest."

Seufzend nahm ich meine Hand weg. „Siehst du, wir würden uns ja doch nur streiten."

Sein Blick wurde entschlossen. „Triff dich wieder mit mir!"

Wow, heute war wohl sein Tag der Frontalangriffe. Allerdings klang nichts davon nach einer Frage. William stellte Forderungen. Und Forderungen waren kompliziert und obendrein retro. Hatte er die Emanzipation verpasst? Wieso war ich bloß nicht in meinem Korbstuhl geblieben?

„Testest du nach ein paar Leben voller höflicher Flirts gerade einen direkteren Weg, um zu kriegen, was du willst? Weißt du, ich stehe nicht so sehr darauf, gesagt zu bekommen, was ich tun soll."

Er zuckte nicht mal mit der Wimper. „Die höfliche Variante habe ich bei dir schon probiert, Jill, und ich bin zu der Erkenntnis gelangt, dass du darauf auch nicht stehst. Und um das zu merken, habe ich wirklich nicht mehrere Leben gebraucht."

Entgeistert starrte ich ihn an.

„Das Problem ist", fuhr er fort, „dass du mir nicht mal verrätst, warum du mir keine Chance gibst."

Ich knetete meine Handflächen. „William, ich kenne

dich nicht gut genug, um mein Innerstes vor dir nach außen zu stülpen."

„Dann lass mich dich gut genug kennenlernen."

Unwohl kratzte ich mich am Nacken und schwieg. Alles unter dem wachsamen Blick meiner Tante, die mir ermunternde Zeichen zuwarf.

William strich sich mit der Hand über sein Gesicht und schüttelte den Kopf. „Weißt du, wenn man dich anfangs sieht, denkt man das gar nicht." Er ließ seine Worte in der Luft hängen.

Ich runzelte die Stirn. „Denkt man was nicht?"

„Dass du feige bist."

Sofort brodelte die Magie in mir hoch und surrte wie Blitze in meine Fingerspitzen. Ich musste mich beherrschen, um ihm nicht mein hexisches Temperament überzubraten, und grub meine Nägel in die Handflächen.

„Falls der Satz in deinem Flirthandbuch steht, solltest du es wegwerfen", stieß ich wütend hervor. „Ich passe bloß auf mich auf."

Feige – pah! Ich war nur vorsichtig. Was wusste er schon über mich?

„Rege ich dich etwa auf?", fragte er unverhohlen.

„Ja, verdammt!" Fast hätte ich mit dem Fuß aufgestampft, aber das war gefährlich, denn inzwischen knisterte die Magie wie ein Fegefeuer in mir und suchte nur nach einem Ventil, um zu entweichen.

Statt sich zurückzuziehen, beugte er sich zu mir vor. Er war lebensmüde. Völlig klar.

„Gut!", donnerte er richtig laut zurück und ein paar Hexen und Druiden, die in unserer Nähe standen, warfen uns verblüffte Blicke zu. Einer tuschelte die Frage in die anbrechende Dämmerung, ob wir uns wohl schon für den großen Wettkampf aufwärmen würden und ob wir denn nicht wüssten, dass der heute nur zwischen Vampiren und Werwölfen stattfand.

William war es völlig egal, welchen Eindruck wir bei den anderen erweckten. Er ließ mich nicht aus den Augen und trat einen Schritt an mich heran.

Ich war stur genug, um nicht vor ihm zurückzuweichen. Mit funkelnden Augen reckte ich ihm mein Kinn entgegen.

„Gut“, wiederholte er diesmal leise. „Solange ich dir überhaupt ein paar Gefühlsregungen entlocken kann.“

„Du machst das mit Absicht?“, krächzte ich.

„Ja.“ Sein intensiver Blick traf mich. „Und weißt du noch was?“

Irritiert schüttelte ich den Kopf.

Will beugte sich ganz nah zu mir heran. „Ich bin nicht so feige wie du.“

Dann umfasste er mein Gesicht und drückte mir seine Lippen auf den Mund.

KAPITEL 4

Im ersten Moment wollte ich nach Luft schnappen, doch Billy nutzte die Gelegenheit, um mit seiner Zunge in meinen Mund vorzudringen. Ich stöhnte auf und wollte ihn von mir fortschieben, aber er schlang einen kräftigen Arm um meinen Rücken und presste sich in voller Länge auf mich. Das wäre der richtige Zeitpunkt gewesen, um ihm die Energie aus meinen Fingerspitzen in die Brust zu schießen. Stattdessen setzte mein Herz für einen Schlag aus, als ich spürte, wie hart er war.

Einfach so. Von all dieser Wut, diesem Frust, dieser Leidenschaft. Seine ganzen Gefühle entluden sich in diesem einen Kuss und verpassten mir einen emotionalen Stromschlag. Wie paralysiert hing ich in seinem Griff und bekam kaum Luft. Ich spürte, wie seine Hand durch mein überlanges Haar wühlte, hörte, wie ein Knurren in seiner Kehle aufstieg. Wills Körper glühte förmlich und sein Kuss war feurig und heftig und knisterte durch meine Nervenbahnen.

Verdammt, ich wollte ihn doch gar nicht küssen. Aber je mehr ich ihn spürte, umso näher kam er mir und umso mehr überwand er meinen Widerstand. Der Mann konnte wahnsinnig gut küssen. Außerdem wäre es feige gewesen, ihn mit Magie zu bändigen. Dabei konnte ich William diesen wahnwitzigen Kuss auch anders heimzahlen und lieber ihm den Verstand rauben, als es mit mir machen zu lassen.

Ich warf meine Arme um seinen Nacken und schob meine Hände unter den Kragen seines Hemdes. Dann sprang ich vom Boden ab und schlang ihm die Beine um die Hüften. Er stöhnte verblüfft und stützte ziemlich motiviert meinen Po mit einer Hand ab. Während er mir den Hintern knetete, vertiefte ich den Kuss sogar, knabberte an seiner Unterlippe und kratzte ihm so fest über den Rücken, dass er keuchte.

Wenn er es wild wollte, konnte er es wild haben.

Ich spürte, wie seine Erregung anwuchs und sich hart an meinen Schoß drängte. Gekonnt setzte er seine Zunge ein und massierte meine Lippen mit seinen. Dieser Hunger in ihm verschlang mich. Eigentlich wollte ich es ihm bloß mit gleicher Münze heimzahlen, aber ich konnte nicht verhindern, dass mein Puls dabei raste und ich wie im Fieber auf seine Zuneigung reagierte. So ein Kuss war lange her bei mir. Und im Grunde hatte es genau so einen Kuss noch nie gegeben.

Ich hatte schon mal eine Beziehung gehabt, mich einem Mann vollkommen geschenkt. Einem, von dem ich dachte, er würde mich so sehr lieben, wie er mich in sich verliebt gemacht hatte. Der mir mein Herz gebrochen und meine dunkelste Wut entfesselt hatte. Der mir beigebracht hatte, dass es besser war, vom anderen mehr geliebt zu werden, als man selbst von sich hergab.

Aber William war dabei, meine Dämme einzureißen. Und er paarte seine Gefühle mit Lust. Zwar ging es auf Hexenfesten nicht immer sittsam zu, doch als er nun seine Hände in meinen Po grub und begann, sich mitten im Kuss an mir zu reiben, war für mich der Moment für die Reißleine gekommen.

Ich biss ihm in die Lippe, klebte ihm eine – weil ich lieber ihn schlug, um einen klaren Kopf zu bekommen, als mich – und nutzte seine Überraschung, um mich von ihm freizumachen und einen Schritt rückwärts zu stolpern.

„Stopp", keuchte ich und streckte ihm meine Hand entgegen. Die Magie der Sommersonnenwende knisterte unter meinen Fingern. Falls er mir erneut zu nahe kommen wollte, würde er dieses Mal die Schockbehandlung erhalten.

Will stand mit loderndem Blick vor mir und rieb sich die Lippe. Als er auf seinen Finger schaute, klebte etwas Blut daran. Na, was soll's? Er war viel, viel älter als ich und würde auch das überleben. Ich hingegen hatte nur dieses eine Leben.

Allerdings startete er keinen zweiten Anlauf. Sein Brustkorb hob und senkte sich kraftvoll, während er ein paar Mal tief Luft holte, um wieder zur Ruhe zu kommen. Ich sah meinen Handabdruck auf seiner Wange kleben. Vielleicht hatte ich ja doch etwas zu energisch reagiert. Das passierte Hexen im Prinzip ständig, aber ich hatte es bisher nicht an Will ausgelassen.

Doch dann lächelte er zufrieden und meine Reue

verpuffte, als er sagte: „Ich hoffe, ich habe dir etwas zum Nachdenken gegeben. Wir sehen uns in Calgary, Jillian."

Das war doch ...

Empört starrte ich ihn an.

William deutete mit dem Finger in meine Richtung. „Zwing mich nicht, dich auf meinem Pferd holen zu kommen."

Mit diesen Worten wendete er sich ab und ließ mich mit butterweichen Knien, tauben Lippen und Herzrasen stehen. Oh, verdammt. Was war denn das gerade gewesen? Also so fuhr ich ganz sicher nicht zu seiner blöden Meisterschaft.

Winifred flog klatschend in meine Richtung. „Er hat's drauf, oder?"

Auch das noch. Ich schlug mir die Hände vor das Gesicht und stöhnte. Das mit dem Heimzahlen hatte ich wirklich glänzend hinbekommen. Und er hatte es sogar geschafft, mich befürchten zu lassen, dass ich ihn zu hart angegangen war. Dabei hätte er eine echte Abreibung verdient. Eine mit Blitzen und Kanonen.

Stattdessen mischte er sich gerade bestens gelaunt unter das magische Völkchen und wurde von vielen auch gleich als Rodeostar erkannt. Ich konnte da jetzt wirklich nicht einfach in eine ganze Gruppe hineinfeuern.

„Hat er etwa extra für dich seinen Hut abgenommen?", flötete meine Tante weiter.

„Toll, ja, er hat Haare."

„Jetzt werde bloß nicht gleich bockig, nur weil er zu dir durchdringen konnte."

„Was soll denn das wieder heißen?", fauchte ich.

Mist, wohin sollte ich bloß mit meiner aufgestauten Energie? Ich schoss eine Salve mitten in die ungenießbaren Rippchen und sah ihnen mit Genugtuung dabei zu, wie sie scheppernd vom Buffet flogen und ins Gras klatschten.

Hinter mir hörte ich ein glockenhelles Lachen. „Wow, Jill! Du lässt es ja krachen."

Ich drehte mich um und sah Jasema vor mir stehen. Ihre roten Locken kräuselten sich im sanften Wind. Dazu trug sie ein enganliegendes schwarzes Samtkleid, das bis zum Boden hinabreichte. Allerdings war es auf beiden Seiten bis zur Hüfte hoch geschlitzt. Ihr schwarzer Kater Jinx strich ihr um die Füße. Anders als ich, hatte sie ein Hexentier gefunden und wie es aussah, gingen sie im Partnerlook. Nur, dass ihm die rote Mähne fehlte. Der Name Jinx war natürlich perfekt für ein Hexentier. Es bedeutete „der Unglücksbringer" oder auch „der Hexenfluch". Am liebsten hätte ich Jinx hinter Will hergejagt, denn vor diesem bescheuerten Kuss waren zwischen ihm und mir doch zumindest die Fronten geklärt gewesen. Jedenfalls hatte ich das so gesehen.

Geräuschvoll stieß ich den Atem aus und schüttelte den Kopf. „Das war nicht geplant."

Wenigstens hatte ich einen Teil meiner Magie ableiten können. Das mit der Beherrschung war keine leichte Sache, wenn man sich vor brodelnder Kraft wie eine Fritteuse fühlte.

Jasema sah mir meine Anspannung an. „Deine Magie leuchtet wie ein Weihnachtsbaum. So hätte ich dich echt gerne in meinem Team, wenn wir mit einem Wettkampf dran wären. Das wäre richtig gutes Ch'i."

Da verstanden Hexen natürlich etwas anderes drunter als der Daoismus. Meine tote Vorfahrin Juanna, von der ich meine Kräfte geerbt hatte, soll immer gesagt haben:

„Nur Wutmagie ist Gutmagie." Kein Wunder, dass man sie verbrannt hatte.

Ich lächelte Jasema an. „Du weißt bestimmt, dass ich gar nicht in deinem Zirkel bin."

„Ach, da war ja was." Bedauernd schnippte sie mit dem Finger. „Ja, schade. Dabei werden die Werwölfe heute antreten. Das wären spannende Gegner. Sie sind stark, weil morgen Vollmond ist. Na ja, und außerdem sind sie natürlich immer stark."

Sie gluckste und deutete gewaltige Oberarmmuskeln an.

„Und wir sind stark, weil heute Sommersonnenwende ist", ergänzte ich.

Denn der längste Tag des Jahres war für uns sonnenliebende Hexen so erfüllt von Energie. Wenn man sich hineinfallen ließ, konnte man einen berauschenden Trance-Zustand erlangen. Und verbunden in einem Zirkel würde diese Kraft aufwallen wie kochendes Wasser. Ja, es gab gewisse Reize an einer Verbindung. Im Aufwallen wäre ich erste Sahne.

„Wir hätten den Wölfen definitiv in den Hintern treten können. Mit dir dabei, wenn du so geladen bist, erst recht."

Ich gluckste. „Stattdessen bekommen die Vampire heute den Hintern versohlt."

Jasema schnalzte mit der Zunge. „Es ist ein Jammer."

Vampire waren bei tiefer Dunkelheit am stärksten. Ihre Kraft pulsierte besonders in den Wintermonaten. Sie hätten kaum schwächer sein können als am längsten Tag des Jahres.

Ich zuckte meine verspannten Schultern. „Andererseits ist gar nicht raus, dass so ein Wettkampf etwas für mich ist. Ich schaffe es nicht mal einzuparken."

Meine Tante nickte bekräftigend. „Für Jill sind sogar Frauenparkplätze zu klein."

Jasema lachte und ich rollte mit den Augen. „Tante, Frauenparkplätze sind aus irgendeinem dummen Grund gar nicht größer, sondern nur näher am Eingang. Du meinst die Behindertenparkplätze."

„Also, du parkst jedenfalls schlimmer als eine behinderte Frau", fand sie.

Ich gab es auf.

Jasema kicherte immer noch. Sie gehörte auch zu den wenigen Hexen, die Geister sehen konnten. Allerdings nur, falls sie vorher meditiert hatte, um ihren Zugang zu öffnen und in die entsprechende Bewusstseinsebene vordringen zu können. Vor den Festen tat sie das immer, aber im Alltag sparte sie sich meistens die Zeit. Trotzdem war sie inzwischen etwas besser darin, denn während sie mir ein paar Wachstumszauber beigebracht hatte, hatte ich sie tiefer in die Künste als Medium eingeweiht.

Sie betrachtete meine langen Haare, die mittlerweile länger als der Saum meines Kleides waren und in meinen Kniekehlen kitzelten. Sogar durch die feine Netzstrumpfhose spürte ich die Haarspitzen.

„Na, hast du dich heute mal selbst behandelt?"

Ich schielte an meinem Rücken hinab. Wahnsinn, dass das alles meine Haare sein sollten. „Nach dem Fest kann ich sie vielleicht einem Perückenladen spenden."

„Bist du verrückt?", echote Winifred. „Die sind so toll, die darfst du nicht abschneiden. Denk nur, wie du Billy damit um den Verstand gebracht hast."

„Das wäre wohl erst recht ein Grund, die Mähne wieder loszuwerden", stellte ich klar.

Winifred flatterte in Jasemas Richtung. „Sag du ihr bitte, dass sie ein tolles Paar wären."

Jasema schielte in Wills Richtung, der inzwischen von drei Hexen und zwei Druidinnen belagert wurde, die ihm etwas aufdringlich über seine Arme und den Rücken strichen, und setzte einen abwägenden Blick auf. „Ein Geistreisender und eine Geisterseherin. Klingt vernünftig."

„Oh, bitte", stöhnte ich.

Das durfte doch nicht wahr sein! Was machten diese Weiber mit ihm und wieso ließ er sich das gefallen? In mir schäumte schon wieder die Energie hoch.

Jasema war so nett, das Thema zu wechseln. „Was macht dein Frosch?"

Immerhin kannte sie das Drama von dem quakenden Hüpfer aus meiner Kanne. Sie hatte damals erste Hilfe geleistet.

Ich riss mich von Wills Anblick los. „Er ist sehr anhänglich und kommt ständig bei mir vorbei. Ich glaube, er ist sehr dumm."

Jasema gluckste. „Wieso sollte er dumm sein?"

Wir redeten jetzt vom Frosch, richtig?

Ich seufzte. „Na, er müsste doch eigentlich von der Episode in der Kanne traumatisiert sein, statt immer wieder aufzukreuzen."

Der Kater zu ihren Füßen maunzte und starrte mich aus seinen topasgelben Augen an.

„Kann doch sein, dass er dich liebt", schlug sie vor und bückte sich, um Jinx zu kraulen.

Redeten wir wirklich von einem Frosch?

Mein Blick huschte zu Will zurück. Eine der Hexen ließ ihren Finger gerade an seinem Hals bis zu seiner Brust hinabwandern. Für wen schlug jetzt eigentlich sein Herz?

Er lächelte sie an, aber plötzlich wanderte sein Blick zu mir.

Ich bekam einen trockenen Hals und schluckte. Verdammt, wie mir dieser Kuss noch unter der Haut steckte! Schnell schaute ich weg. Nicht, dass er sich noch etwas darauf einbildete.

Winifred grunzte. „Ja, vielleicht musst du ihn nur küssen, an die Wand werfen und es wird ein Prinz aus ihm."

Ich verdrehte die Augen und funkelte sie an. „Es ist einfach nur ein bescheuerter Frosch, nichts weiter."

„Phhh!", spottete meine Tante. „Du hast ihm einen Namen gegeben." Sie wandte sich an Jasema. „Jillie nennt ihn Brutus."

„Weil er eben auch so ein Mordsfrosch war, als er in meiner Gießkanne feststeckte", verteidigte ich mich. „Wie so ein Römer mit Rüstung."

„Ein Römerfrosch", höhnte Wini. „Das ist fast so blöd wie die Idee mit dem Haareschneiden oder dem Osterhasen in der Waschmaschine. Außerdem ist Brutus kein netter Name. Das war doch so ein Verräter und Tyrann."

Ich und mein Geschichtswissen ...

„Darüber habe ich gar nicht nachgedacht. Man muss auch nicht in alles etwas hineininterpretieren. Sonst wäre jede Katharina eine Zarin aus Russland." Ich hielt es für sinnvoll, vom Thema abzulenken. „Sag mal, Jassy, was macht dein Hexenzirkel?"

Sie schenkte mir ein vielsagendes Lächeln. „Ich habe vielleicht eine neue Anwärterin. Sie heißt Bianca." Dann deutete sie auf die von mir zerschossenen Rippchen. „Übrigens hat sie heute einen Teil des Buffets zubereitet. Die waren wohl nicht so ganz dein Fall.“

„Deine Neue hat diesen Chili-Mist verbrochen?“, keuchte ich. Und ich hatte mir das Hirn zermartert, wer wohl daran schuld gewesen war.

Jasema legte einen Finger an die Lippen. „Shhh, wir wollen doch, dass sie sich hier wohlfühlt. Ich brauche dringend Nachschub in meinem Zirkel, weil zwei meiner Hexen vor Kurzem umgesiedelt sind.“

„Aber diese Rippchen waren kriminell.“

„Das mit dem Kochen lernt sie schon noch. Jede Hexe kann kochen.“

Und viele Hexen verderben den Trank.

Unbeeindruckt zuckte ich die Schultern. „Vielleicht ist sie keine.“

Jasema schmunzelte. „Am besten stelle ich sie dir mal vor. Es wäre schön, wenn sie dich mit ihrem Interesse an meinem Zirkel anstecken könnte.“

Ich hatte da so das Gefühl, dass wir nicht die besten Freundinnen werden würden. Ihre Chili-Marinade hatte ein ganz böses Ch'i gehabt.

Jasema wendete sich um und winkte einer eher unauffälligen blonden Hexe. Selbst ihre Aura war fad. Nach den Rippchen hatte ich so viel Blässe gar nicht erwartet. „Bianca!“

Die Frau verabschiedete sich aus ihrer Unterhaltung mit einer Druidin und kam auf uns zu. Für ein Hexenfest hatte sie sich nicht besonders fein gemacht. Sie trug Jeans und ein graues Shirt. Da passte sie wirklich besser zu den Druiden.

„Bianca, das ist Jillian, eine liebe Freundin, die ich

schon seit Langem für meinen Zirkel gewinnen will. Jillie, das ist Bianca, sie ist gerade erst in unsere Gegend gezogen und orientiert sich noch. Ich lasse euch mal kurz allein, um noch ein paar andere Hexen zu begrüßen."

Mit diesen Worten huschte Jasema davon. Als Leiterin eines Hexenzirkels war sie natürlich viel geschäftiger als ich. Vor allem war sie dabei, sich für das Auswahlverfahren des nächsten Wettkampfes zu registrieren.

Bianca nickte gefügig. Sie sah zu keiner Zeit meine Tante an, was mir zeigte, dass sie für Geister nicht empfänglich war. Ihre durchschnittliche Erscheinung wäre gar nicht das Problem gewesen, schließlich mochte ich meine Stricknachbarin auch. Und sogar Matthew, der Wolfsgefährte meiner Freundin, hatte früher furchtbare Rautenstrickpullis und eine Hornbrille getragen, bis wir es ihm ausgeredet hatten. Trotzdem hatte ich ihn immer gemocht.

Doch Biancas glanzlose Aura machte sie mir sofort unsympathisch. Sie wirkte wie eine völlig trübe Tasse ohne eigene Persönlichkeit. Im Stillen bedankte ich mich bei Jasema dafür, dass sie mir die Neue angedreht hatte. Sie musste ja wirklich ganz schön verzweifelt nach Nachschub für ihren Zirkel suchen, wenn sie Bianca einpacken wollte.

„Dann bist du also nicht von hier?", probierte ich einen kleinen Smalltalk, weil ich nicht komplett unhöflich sein wollte. Immerhin hatte ich schon ihre Rippchen gegrillt und ihr verwunderter Blick klebte regelrecht an den Resten davon, die auf der Wiese verstreut lagen.

Bianca riss sich vom Anblick ihrer ermordeten Rippchen los. „Nein, aus der Ecke von Montreal."

Das war ganz schön weit weg.

„Und was führt dich hierher?“

Ein feines Lächeln spielte um ihren Mund. „Ach, ich bin einfach meinem Gefühl gefolgt.“

Sicher war sie eine von diesen Verliebten. Bevor ich fragen konnte, ob sie damit einen Mann meinte, zeigte sie über ihre Schulter. „Ist es hier denn üblich, dass man das Buffet verwüstet?“

Tja.

Verlegen nickte ich. „Ja, das ist so Brauch bei uns.“ Und dann ergänzte ich die kleine Flunkerei um eine wahre Anekdote. „Vor einer Weile haben wir das blutige Buffet der Vampire mit Knoblauch vergiftet. War das ein Spaß!“

Das war es wirklich, denn sie reagierten echt allergisch darauf. Es geschah nicht oft, dass Vampire feuerrot anliefen. Schließlich bekamen sie nie Sonnenbrand.

Bianca runzelte nur völlig humorlos die Stirn. „Aha.“

Das fand sie gar nicht lustig? Worüber sollte ich mich dann um Himmels willen mit ihr unterhalten? Die Flüche, die ich meinem Ex angehängt hatte, erwähnte ich lieber mal erst gar nicht. Und dass ich das mit den Rippchen gewesen war, sowieso nicht.

Ich räusperte mich, setzte ein unverbindliches Lächeln auf und starrte durch die Gegend. Bianca war kein bisschen spannend. Ehrlich, selbst mein Gießkannenfrosch wäre mir jetzt als Gesprächspartner viel lieber gewesen, obwohl er nur quakte. Der kleine Brutus sah mich immerhin mit diesem treudoofen Blick an.

„Und du bist von hier?“, fragte Bianca.

„Ja, schon immer aus Saskatoon.“

„Ist es da schön?“

Na klar war es da schön, sonst wäre ich doch weggezogen.

Ich nickte. „Es ist der beste Platz auf der Welt.“

Sie lächelte etwas merkwürdig. „Dann werde ich es mir mal anschauen.“

„Klar.“ Hauptsache, sie wollte nicht zu mir.

„Ich suche noch nach einer richtigen Bleibe“, fuhr sie fort. „Momentan nutze ich Bed and Breakfast.“

„Oh, toll, da nimmt man nicht so zu, wenn es nur einmal am Tag Essen gibt.“

Bianca warf einen verwirrten Blick auf ihren flachen Bauch und den winzigen Hintern. „Aber ...“

Ich unterdrückte ein Gähnen und schaute mich um. Von Will war gerade nichts mehr zu sehen. Zwischen den Druiden, Werwölfen und Hexen schwirrten überall kleine Feen wie Libellen umher. Viel größer als die Insekten waren sie auch nicht. Menschen mit Sehschwäche würden sie vermutlich verwechseln. Die Feen lebten das ganze Jahr auf der Insel. Jedes Mal, wenn ich hier eintraf, fühlte ich mich, als wäre ich in einer Episode von Tinkerbell gelandet.

Es wäre schön, wenn Feen tatsächlich so liebliche Namen hätten. Allerdings waren die meisten kaum aussprechbar und bestanden entweder aus kehligen Zischgeräuschen oder grob klingenden Lauten. Namen wie Morrkdaula oder Brazziech'ah waren völlig gebräuchlich.

Die Wassernymphen hingegen, die sich an der südlichen Bucht angesiedelt hatten, mochten lange – sehr, sehr lange – Namen. Der einzige, den ich mir je davon gemerkt hatte, war Ypheleyarediria. Wenn man es schaffte, ihn dreimal schnell hintereinander zu sagen, ohne sich dabei zu verhaspeln, ließ die freche Nymphe davon ab, einen mit Wasser zu bespritzen. Ich war wirklich oft nass geworden und hatte ihn mir daher irgendwann eingeprägt. Das war auch eine Art, anderen seinen Namen beizubringen. Eine einfachere Methode bestünde ja darin, den Leuten erst gar keine so bescheuerten Namen zu geben. Aber wie sollte man das einer Nymphe begreiflich machen? Noch dazu, wenn sie solche Fontänen verschoss.

Das brachte mich auf eine Idee. „Sag mal, Bianca, warst du eigentlich schon an der südlichen Bucht der Insel? Dort gibt es ein paar ganz hinreißende Wassernymphen. Die musst du gesehen haben."

Ich strahlte sie an, während ich mir ausmalte, wie Ypheleyarediria ihr den Namen eintrichtern würde.

Bianca machte ein ahnungsloses Gesicht. „Nein, die kenne ich noch nicht."

Hahaha, sehr gut.

„Das solltest du nicht verpassen. Sie kommen nur an wenigen Stellen in der Natur vor und der Redberry Lake gehört dazu."

„Okay, lass uns gehen." Ich bildete mir ein, dass sie von der Idee angetan war, allerdings war ihre emotionale Bandbreite ziemlich begrenzt. Ihr gesunder Hexenverstand allerdings auch. Wieso war sie so gutgläubig? Hatte sie noch nie mit anderen Hexen gefeiert? Wir waren doch berühmt für unsere Vorliebe für Streiche.

Also, diese Lektion musste sie alleine lernen. Außerdem war es fair, denn sie hatte auch die höllischen Rippchen verbrochen. Gespielt betrübt winkte ich ab.

„Oh, ich muss erstmal das Buffet plündern. Mein Magen läuft sonst Amok."

Sie nickte wie ein Wackeldackel. „Ist gut, dann vielleicht später."

Ich lächelte wie ein Engel. „Unbedingt ..."

... nicht.

Als sie gegangen war, atmete ich erleichtert auf. Zum Glück waren die anderen Mitglieder aus Jassys Hexenzirkel nicht so wie Bianca, sonst würde ich in fünfzig Jahren nicht mitmachen. Auch wenn man bei ihr zehnmal Werwölfe in Wettkämpfen magisch vermöbeln durfte.

Ich wandte mich dem Buffet zu und schaufelte mir verschiedene Salate und Früchte auf den Teller. Gerade, als ich von der Melone probierte, vernahm ich ein schrilles Gezeter aus der Blumenwiese neben mir.

Fünf Feen flatterten über einer Kamillenblume herum und zupften sich gegenseitig an den Haaren und ihren Blütenkleidern. Dabei warfen sie sich gemeine Dinge an den Kopf wie: „Du Honigschlürfmaul!"

Es herrschte eben auch zwischen den Flatterwesen nicht immer eitel Sonnenschein.

„Ich habe diese Blume gepflanzt", behauptete eine mit ihrer trällernden Stimme.

„Nein, ich habe das Samenkorn in den Boden gesteckt. Ich weiß es noch genau, weil ich mir dabei einen Fingernagel eingerissen habe." Sie setzte ein schmerzverzerrtes Gesicht auf und umklammerte wie zum Beweis den besagten Finger, an dem nichts mehr zu sehen war.

„Du Lügnerin, das ist meine Blume!"

Ähm, ja. Kleines Leid ganz groß. Im Kinderfernsehen

zeigten sie so was bestimmt nie. Und während sich menschliche Frauen lieber um den Bachelor prügelten, waren es bei den Feen eben heißbegehrte, besonders schöne Blütenkelche oder Farbgebungen in ihren Züchtungen. Sie veranstalteten auch Nektarwettbewerbe und kümmerten sich hingebungsvoll um Bienen und Ameisen. Viele der schönsten Orchideen und Liliengewächse stammten aus den zierlichen Händen dieser alterslosen Feen. Sie waren für hunderte wild vorkommende Blumenarten verantwortlich.

Wenn sie nur nicht so gerne streiten würden, hätte ich sie mal in meinen Kräutergarten eingeladen. Aber so ...

„Ich glaube, die mit dem Maiglöckchenkleid lügt", erklärte Winifred, die das Ganze mitverfolgte, als wäre es eine Seifenoper.

„Und ich bin froh, dass sie dich weder sehen, noch hören oder anfassen können, weil dir die Maiglöckchenbraut sonst die Nase langziehen würde."

Die Schatten vertieften sich. Ich spürte genau den Moment, als der letzte Sonnenstrahl hinter dem Horizont erlosch und meine Magie, die dem Licht zugetan war, schwächer wurde. Jeden Abend fühlte ich mich auf dieselbe Weise erschöpft. Und jeden Morgen kehrte meine Energie zurück. Winifred nannte mich gerne ihre kleine Solarzelle. Doch als es nun dunkel wurde, schauderte ich. Es war, als würden mich Augen aus der Dämmerung heraus anstarren. Das lustige Geplänkel der kleinen Feen war vergessen. Unwohl rieb ich mir über die Arme.

„Irgendwie ist es hier doch heute unheimlich", fand ich, ohne benennen zu können, weshalb mir das so vorkam. William hatte mich zwar überrascht, aber sicher nicht erschreckt. Und dass Feenwesen mal stritten, war doch auch nichts Neues.

„Ach, papperlapapp, du siehst mal wieder Gespenster", behauptete Tante Winifred.

Klar konnte ich sie sehen. Das lag eben in meiner Natur.

Ich zog mir die Schuhe aus und stopfte sie in meine Tasche.

„Was machst du da?", wollte sie wissen.

„Ich bereite mich nur vor, falls etwas passieren sollte."

Es fiel mir leichter zu zaubern, wenn ich eine direkte Verbindung mit der Erde einging, weil Hexenkräfte eine Mischung aus Erd- und Sonnenmagie waren. Die Sonne war untergegangen, aber die Erde war geblieben.

„Jillie, das ist doch nur ein Fest. Meinst du nicht, dass du überreagierst?"

Vielleicht. Ich hatte schon immer sensible Antennen gehabt. Es konnte auch gut sein, dass mir der bald schwindende Geist meiner Tante zu schaffen machte. Jedenfalls war irgendwas nicht in Ordnung. Wie aufs Stichwort spürte ich eine Berührung an meinem Haar und fuhr herum.

Vor mir stand ein Mann der Nacht, dessen blasses Gesicht von schwarzem Haar gerahmt war. Sein dunkler Blick ruhte ganz fasziniert auf mir und ich bekam Gänsehaut. Mit blassen Händen strich er ungefragt durch meine Strähnen.

„Was soll denn das werden?", pfiff ich ihn an und zog ihm mein Haar zwischen den Fingern heraus.

Dachte heute eigentlich jeder Kerl, dass bei mir Selbstbedienung erlaubt war? Die wussten doch alle nicht, wie man eine Frau zu behandeln hatte. Ganz zu schweigen von einer Hexe.

„Du hast tolle Haare“, raunte er und die Härchen an meinem Körper stellten sich auf.

Okay, seine Stimme war heiß. Trotzdem. Ich setzte eine hochnäsige Miene auf und verschränkte demonstrativ die Arme vor der Brust.

Ein breites Lächeln formte sich auf seinem attraktiven Gesicht. Seine Augen waren so grau wie meine. Das war selten, auch wenn die meisten seiner Art schwarzes Haar hatten, das den Kontrast zu ihrer bleichen Gesichtsfarbe noch verstärkte. Immerhin waren sie Wesen der Nacht und glichen der Dunkelheit, der sie so zugetan waren.

„Der sieht ja auf eine düstere Art gut aus“, schwärmte Wini.

„Danke“, antwortete der Vampir.

Schau an, er war medial veranlagt. Das machte ihn mir gleich sympathisch. Trotzdem ließ ich mir das nicht anmerken, weil er mich auch so schon befummelt hatte. Er musste nicht noch selbstsicherer werden.

Auch Winifred imponierte es, dass er sie sehen konnte und sie beachtete. Sie zupfte sich geschmeichelt am Haar, besann sich dann aber eines Besseren.

Mit ihrem Mund kam sie ganz dicht an mein Ohr, damit er sie nicht hörte, und zischte: „Aber denk dran, dass wir Billy wollen.“

Innerlich verdrehte ich mal wieder die Augen. *Wir* wollten Billy ganz gewiss nicht. Doch das würde ich ihr erklären, wenn ich mich mit Mister Vampir beschäftigt hatte.

„Du hast dich da mit deinen Händen wohl zufällig in meinen Haaren verfangen“, sagte ich nur.

Er legte den Kopf schief und lächelte weiter. „So wird

es gewesen sein.“

Erneut vibrierte seine Stimme durch meinen Körper. Das tat sie nicht einfach nur so. Dafür setzte er seine Zauberei ein. War das zu fassen? So offensichtlich probierte er, mich zu beeinflussen. Der gab sich nicht mal die Mühe, es heimlich zu tun.

„Bist du nicht ein bisschen weit weg von deinem eigenen Buffet?“, erkundigte ich mich und nickte mit dem Kinn zu einem Bereich, an dem nur blutige Speisen gereicht wurden. Man erkannte den Vampirtisch allerdings nicht nur an den „roten Lebensmitteln“, sondern auch daran, dass zwei vampirische Bodyguards dort abgestellt waren.

Das lag an dem vor zwei Festen ganz „unbeabsichtigt“ an ihre Speisen gelangten Knoblauch und die darauffolgende Massenallergie. Natürlich war das nur ein klitzekleiner Hexenstreich gewesen, doch seither ließen die Vampire ihren Bereich nicht mehr unbewacht.

„Ich bin nicht unbedingt weit weg von dem, was ich gerne trinke“, antwortete er und starrte mir dabei unverblümt auf den Hals.

„Daraus wird nichts, Freundchen. Du musst dir die Energie für den Wettkampf schon woanders holen.“

„Das wäre zu schade.“ Dieses Mal bebte seine Stimme noch stärker durch jede Faser meines Körpers. Der machte mich doch wirklich weiter an!

Vielleicht verstand er nur Klartext? Obwohl ich mich eigentlich deutlich genug ausgedrückt hatte.

„Ich habe kein Interesse an dir“, sagte ich laut und deutlich.

„Ist das so?“

„Ja, das ist so.“ Er wirkte völlig ungerührt. Das lag

vermutlich daran, dass er mich für den Single hielt, der ich war. Trotzdem erweiterte ich meine Auskunft für ihn: „Mein heißer, fester Freund ist gerade erst gegangen. Du kannst jeden fragen, er hat mich um den Verstand geküsst. Ich mach dir da ehrlich nichts vor."

Ich hörte meine Tante schnauben.

Na, okay. Vielleicht ein kleines bisschen. Aber was war verkehrt daran, William als Notlüge zu benutzen? Er war ja nicht einmal mehr zu sehen. Und was er nicht weiß ...

Trotzdem wunderte ich mich, wo er eigentlich abgeblieben war. Und mit wem? Ach, das sollte mir verflixt noch mal egal sein.

Der Vampir machte ein grimmiges Gesicht. Seine Stimme war düster wie das Innere eines zugenagelten Sargs: „Seid ihr verbunden?"

Erschrocken japste ich auf. „Ganz sicher nicht."

Was für eine Vorstellung!

Das jähe Lächeln des Vampirs ließ mich meine Antwort überdenken. „Ich meine, wir ziehen eine Ehe schon irgendwie in Erwägung."

Diese Worte waren so absurd, dass ich sie kaum über meine Lippen bekam. Meine Lüge war mir wohl an der Nasenspitze anzusehen.

„Dann bist du ja noch frei." Mister Nachtschatten machte einen Schritt auf mich zu und drang in meine persönliche Zone ein. „Ich suche nämlich eine Braut für mich ... und endlich scheine ich sie gefunden zu haben."

Was starrte er mich deswegen so an? Das musste doch ehrlich nicht sein. Wahrscheinlich war es an der Zeit, bei ihm eine andere Taktik zu fahren.

„Du willst mich gar nicht", behauptete ich und sah ihn entschlossen an. Dann zeigte ich zu den

Sicherheitskräften an seinem Buffet. „Diese zwei Hampelmänner stehen da nur, weil ich das mit dem Knoblauch war.“

Statt sauer zu werden, grinste er doch tatsächlich. Er hatte makellos weiße Zähne. „Weißt du, was ich wirklich lustig finde?“

Wieso lustig? Hatte er denn keinen allergischen Schock gehabt?

Er sah mich erwartungsvoll an.

„Blutsuppe mit Kichererbsen?“, schlug ich vor.

„Nein, sondern dass jede Hexe von sich behauptet, für den Knoblauchstreich beim Blutbuffet verantwortlich gewesen zu sein.“

Toll.

Ich stieß einen theatralischen Seufzer aus. „Ja, sie versuchen alle, in meinem Windschatten mitzusurfen. Das ist der Preis des Ruhms.“

Er grinste und betrachtete mich mit einem intensiven Blick, der halb hypnotisch, halb hungrig war. Seine vampirische Aura pulsierte wie ein dunkles Feuer. Vampire, die eine Braut suchten, waren wie Leuchtbojen in einer sonst schwarzen Galaxie ihrer Artgenossen. Diese schwarzen Auren waren wunderschön. Und seine stach noch heraus.

„Ich bin Reuben. Und du bist?“

„Nicht deine Braut.“

Bei aller Liebe zu atemberaubenden Auren, aber ich heiratete auch keine Bilder. Und wenn es um faszinierende Auren ging, hatte William trotz allem noch immer die Nase vorne. Aber wie gesagt, bloß wegen einer schönen Aura den Kopf zu verlieren, war albern.

Reubens Stimme wurde wieder dunkler und er

untermalte seine Frage mit einer Handbewegung, die mir bis in den Kopf hineinfuhr. „Und du bist?"

Bevor ich mich vor seinen Kräften abschirmen konnte, hörte ich mich schon sagen: „Jillian."

„Jillian." Er ließ meinen Namen über seine Lippen streichen wie Seide.

Schon wieder standen mir die Härchen im Nacken zu Berge und das ungute Gefühl, das mich schon die ganze Zeit verfolgte, war zurück.

„Das machst du nicht noch mal!", fauchte ich und schnippte ihm eine Welle zorniger Magie an die Brust, die ihn nun seinerseits unvorbereitet traf.

Reuben taumelte einen Schritt zurück und rieb sich das Brustbein. Doch er lächelte noch immer. „Oh, meine Braut hat Feuer."

„Ich mach dir gleich Feuer, wenn du mich weiter so reizt!"

Falls er nicht aufpasste, würde meine ungezügelte Impulsmagie aus ihm Chili-Rippchen-on-the-grassland machen.

Sein Blick wurde schmal. „Für ein längeres Vorspiel habe ich leider keine Zeit."

„Vorspiel?", krähte ich. „Das ist kein Vorspiel."

„Entweder bist du meine Braut oder du suchst mir eine, die zu mir passt."

„Phhh! Das ist ja wohl nicht dein Ernst."

„Ich fürchte, der meint das so", stammelte Winifred.

„Sehr richtig", pflichtete er ihr bei. „Kennst du unsere Gesetze denn nicht? Wenn ein Vampir seine Braut sucht, hat er nur eine begrenzte Zeit, um sie zu finden und an sich zu binden. Ich habe eine passende Frau gefunden."

Seine Hand deutete in einer präsentablen Geste von

meinem Scheitel bis zu den Zehenspitzen, die ich fassungslos in den nackten Boden bohrte. „Wenn du die Rolle nicht willst, wandert die Aufgabe zu dir weiter, mir eine Partnerin zu suchen, die deinen Platz einnimmt. Und falls du keine findest, gibt es kein Entkommen für dich."

Wäre ich doch nur in meinem Korbstuhl geblieben ...

„Kann ja sein, dass das euer bescheuertes Vampirgesetz ist, aber ich bin eine Hexe, du Klugscheißer, und für mich gilt das nicht."

„Du hast einen Monat", entgegnete er nur. „Und ich will nicht irgendeine Frau."

War ja klar.

Hm. Wo war Bianca eigentlich abgeblieben? Ob sie nass am Ufer stand und ihre Bekanntschaft mit der Wassernymphe bereute?

„Ich will eine Braut, die einen hübschen Hals hat und gut duftet", informierte er mich.

Fast fühlte ich mich beleidigt. „Deshalb hast du mich ausgesucht? Nur *deshalb*? Wegen meinem Hals und meinem Parfum?"

Ich war doch wohl viel mehr als ein duftender Hals. Da wäre ich sogar mit William besser bedient.

Winifred schien dasselbe zu denken und tuschelte mir ins Ohr: „Reuben kann dich nicht zwingen, ihn zu heiraten, wenn du schon an einen anderen gebunden bist. Frag doch mal Billy. Es gibt für jede Hexe einen passenden Kessel und er ist bestimmt deiner."

Ich hatte ihm gerade erst einen Korb gegeben. Da konnte ich jetzt ja wohl schlecht um seine Hand anhalten. Außerdem wollte ich mir meine Beziehungen immer noch selbst aussuchen und mich weder von meiner Tante, noch von Männern zu irgendwas drängen lassen.

„Ich bin schon rundum glücklich mit meiner Unabhängigkeit liiert“, stellte ich klar.

Reuben lachte lauthals.

„Sag mal, hast du irgendeine Störung? Das ist kein Scherz.“ Gereizt tippelte ich mit dem Fuß auf den Boden. Dabei spürte ich die Erdkrumen, die sich durch meine Netzstrumpfhose drückten, zwischen meinen Zehen. Das war viel besser als die Spangenschuhe.

„Gut so, gib’s ihm“, feuerte mich Wini an. „Sei emanzipiert. Mach ihm klar, dass du William gehörst.“

Tolle Emanzipation. Ich verdrehte die Augen so, dass sie es sehen konnte. Aber sie hielt mir nur ihren erhobenen Daumen entgegen. Diese Frau hatte so einen riesigen Vogel, dass ihr Kopf eigentlich wie ein Vogelhaus hätte aussehen müssen.

„Du oder eine andere“, erinnerte Reuben mich nur.

„Reuben, ich betreibe keine Partnervermittlung.“

Er blieb stur. „Dann will ich dich. Du passt perfekt.“

Ähm.

Nachdenklich rieb ich mein Ohrläppchen. „Also gut, ich werde mal schauen, was ich für dich tun kann.“

Wobei ich da weniger sein Wohl als meines im Kopf hatte. Ein hübscher Hals und toller Duft. Mal sehen ...

Attraktiv sah Reuben zumindest aus mit seinem ebenmäßigen Gesicht, der imponierenden Größe und dem schlanken Körper. Richtig charismatisch sogar. Klar, er hatte diesen Tick mit dem Beißreflex, aber dafür besaß er sicher andere Vorzüge. „Sag mal: Bist du reich?“

Er nickte würdevoll. „Ich besitze ein Aluminiumwerk.“

Himmel, war das unsexy. Hätte er nicht einfach nur

ein Weingut haben können?

„Okay, heißt das, dass du Millionär bist?“, vergewisserte ich mich.

Reuben zwinkerte. „Die schöne Dame hat hundert Punkte.“

Ich lächelte zufrieden. War ich sehr gemein, weil mir spontan jemand für ihn einfiel? Ich grübelte hin und her, ob das passen könnte. Auch für sie. Immerhin war er ein Vampir.

Eigentlich musste ich den Ball bloß abspielen. Wenn er sie akzeptierte und sie ihn nicht wollte, wäre es wenigstens ihr Job und nicht mehr meiner, ihm eine Braut zu besorgen. Das Spiel ließe sich so lange treiben, bis seine innere Uhr ablief und der Drang, eine Frau zu seiner Partnerin zu machen, so übermächtig wurde, dass er es einfach tat. Auch ohne die Einwilligung. Was das anging, lebten Vampire gerne getreu dem Motto, lieber hinterher um Verzeihung zu bitten, als vorher um Erlaubnis zu fragen.

Gerade streckte er wieder seine Hand nach meinem Haar aus.

„Jetzt lass mich mal in Ruhe, damit ich essen kann. Bereite dich lieber auf den Wettkampf vor. Der wird für dich nämlich schwerer als für die Wölfe. Und pass auf dein hübsches Gesicht auf, damit ich noch eine Frau für dich finde. Da hilft es nicht, wenn du mit Narben herumläufst.“

Der Wettkampf war nicht wirklich ein Kriegsschauplatz, aber es ging auch nicht gerade zimperlich zu. Man durfte niemanden umbringen oder ihm dauerhaft schaden. Aber der Einsatz von Magie war ausdrücklich erwünscht, weil es vor allen Dingen ein magisches Kräftemessen war.

Ich wandte mich von ihm ab und zog mit meinem Teller voller Obst und Salat weiter. Zum Glück akzeptierte Reuben meinen Wunsch nach Ruhe. Die Feen stritten noch immer um diese Kamille, die in meinen Augen genauso aussah wie alle anderen Blumen, die daneben standen. Aber meine Salben und Tinkturen sahen oft auch sehr gleich aus und wirkten komplett verschieden.

Als ich zufällig Bianca über den Weg lief, hatte sie ein nasses Shirt am Leib kleben und funkelte mich gereizt an.

Ich unterdrückte ein Grinsen und stellte mich unwissend. „Himmel, was ist dir denn passiert?“

„Eine von den Nymphen hat mich nassgespritzt.“

„Oh, das ist ja ...“

„Ich soll dich schön von ihr grüßen.“

Ups.

„Ach, dann hat sie sich einen kleinen Willkommensscherz mit dir erlaubt. Ist sie nicht witzig?“

Winifred grunzte. „Du meinst wohl eher: *Bin ich nicht witzig?*“

Wieder war es mein Glück, dass Bianca sie nicht wahrnahm. Außerdem schien sie nicht die größte Leuchte zu sein, denn sie trug es mir nicht weiter nach.

„Das ist ein wirklich hübsches Kleid“, sagte sie stattdessen.

„Ja, ich mag die Farbe von Feuer.“

Sie nickte nur nachdenklich. Ihre Aura wirkte jetzt noch blasser. Hatte sie ihre Energie etwa bei der Nymphe verbraten?

Automatisch musterte ich Biancas Hals. Er war blass

und langweilig. Ob Reuben das gefallen würde? Ich hatte die Attraktivität eines Menschen noch nie nach seinem Hals beurteilt. Zwar juckte es mich schon in den Fingern, mir mein kleines Problem mit dem Vampir auch sozusagen vom Hals zu schaffen, aber so wie Bianca gerade aussah, kam es mir nicht wie ein günstiger Moment vor, die beiden miteinander bekannt zu machen.

Ich suchte mir eine ruhige Ecke und futterte mein Obst. Der Abend lief überhaupt nicht toll. Erst machte Winifred diese Andeutung, dann wollte William, dass ich mich wieder mit ihm verabredete, während er sich gleichzeitig von einer Schar schamloser Weiber belagern ließ, und jetzt sollte ich auch noch Reubens Braut werden. Der Midsummer Eve kam mir weit weniger rauschend vor als das Glück, das ich auf meiner eigenen Terrasse fand. Denn eigentlich wollte ich nur ein ruhiges Leben mit vielen Stunden in meinem Korbstuhl genießen. Nichts Kompliziertes oder Unerwartetes.

Ich sah einer großen Gruppe Druiden dabei zu, wie sie den Festbaum wachsen ließen. Dieses Jahr war es eine Silberpappel. Im Kreis des Kollektivs und mit der Macht eines besonderen Abends schafften sie es, dass er vor unseren Augen in die Höhe spross und sich immer mehr dem Himmel entgegenstreckte. Er wurde nicht ganz so groß wie meine Zuckerahorne, an denen ich inzwischen im Frühjahr Xylemsaft gewinnen konnte, um meinen eigenen Ahornsirup zu kochen, aber er war prachtvoll, wenn man bedachte, wie jung er war.

Der Baum gehörte zu der Anordnung jener Dinge, die auf einem magischen Fest nicht fehlen sollten: etwas Altes, etwas Junges, etwas Lebendes, etwas Totes, etwas

Brennendes, etwas Kaltes, etwas Fließendes und etwas Luftiges.

Während sich die Druiden um die pflanzlichen Arrangements kümmerten, beobachtete ich ein paar Hexen aus Jasemas Zirkel dabei, wie sie Illusionen in die Luft zauberten und neben den Feenwesen die Bilder von kleinen Drachen erschufen. Sinnbilder der Magie selbst, die ebenfalls nicht fehlen durften.

An den vier Ecken des freien Feldes, auf dem der Wettkampf ausgetragen würde, wurden kleine Monumente aufgestellt, welche die Elemente gebührend in Szene setzten.

In einer Ecke stand ein Brunnen aus reinem Eis, aus dem durch Magie das heilige Wasser der Quellnymphen sprudelte, die darin badeten und den Zauber aufrechthielten.

In einer anderen Ecke flammte die eherne Fackel aller Feste, die der Legende nach schon geleuchtet haben soll, als das Feuer selbst entstand. Die Mythologie unserer Insel deckte sich nicht unbedingt mit der Vorstellung der Kosmologen.

Im nächsten Eckpunkt war reinste Luft in einer gläsernen Phiole eingebettet worden. Sie war von allen Verschmutzungen dieser Welt befreit worden, so dass nicht einmal mehr Staub in ihr flirrte.

Und schließlich gab es die Markierung der Erde, die wir aus dem Humus aller Pflanzen, die auf dieser Insel wuchsen, hergestellt hatten. Sie war aufgebahrt in einer Schale aus tausendjährigem Stein. Die Kunst dabei war es, einen Stein dafür zu finden, der bei jedem Fest genau tausend Jahre alt war. Urdur, ein ehrwürdiger Druide, besaß die Gabe, das Alter der Sedimente exakt zu bestimmen. Er las es aus ihnen ab, so wie ich Auren sehen konnte.

Über allen Elementen, die nun versammelt waren, schwebte die Magie selbst als alles durchdringende Urkraft. Manche Physiker mochten die Partikel der Magie auch als Gottes-Teilchen bezeichnen. Ich wusste nicht, wie sehr sich die Magie in solcher Materie manifestierte, doch als das Symbol dieses Festes auf der Mitte des Feldes entzündet wurde und der berühmte Tanz um das Hexenfeuer begann, war der Auftakt zum Wettkampf geebnet.

Manche brachten sich in einen Trance-Zustand und schienen völlig entrückt zu sein. Einige Pärchen fanden sich ebenfalls und knutschten ziemlich hemmungslos herum. Hexen, Druiden, Werwölfe, Vampire. Sie lachten und stritten, tanzten und kämpften. Der Hexentanz zog die Aufmerksamkeit aller Anwesenden auf sich. Sonst tanzte ich dort auch mit. Doch heute starrte ich auf meine roten Tanzschuhe in der Tasche und wollte sie nur noch in den See werfen.

Mein Leben würde sich verändern und das meiste dieser Änderungen hatte ich nicht in der Hand. In diesem Moment wünschte ich mir, dass heute mein Wettkampf stattfände. Dass ich wirklich ein paar Wölfen in den haarigen Hintern treten dürfte, um Dampf abzulassen, meine eigene Kraft zu spüren und wenigstens ein paar Dinge selbst zu steuern. Falls Jasema mich noch einmal fragen sollte ...

„Oh, sie tanzen so wunderschön“, seufzte Winifred und tat so, als würde sie ihren Geisterkopf an meine Schulter legen, während wir nebeneinander im kühlen Gras saßen.

Das Feuer loderte auf und ließ das Holz knacken. Der letztjährige Baum, den die Druiden zum vorigen Midsummer Eve hatten wachsen lassen, diente nun als Feuerholz für dieses Fest. Alles war ein Kreislauf. Alles wurde wiederverwendet. Und die Silberpappel von diesem Jahr würde nächstes Jahr brennen.

Die Druiden schlugen ihre Trommeln, während die nackten Sohlen der Hexen auf den Boden stampften. In einem äußeren Kreis standen die Vampire und Wölfe um die schönen Frauen herum und konnten ihre Blicke nicht abwenden.

Wenn Reuben sich doch nur neu verlieben würde! Solange er keine andere Braut in Aussicht hatte, würde er mir wie ein liebestoller Verehrer auflauern. Ich war wie ein Anker, den er ansteuern konnte, wenn er sich manifestierte. Auf keinen Fall würde ich ihn in mein Haus bitten.

Ich schauderte und ließ meinen Blick über die Menge schweifen. Und da fand ich ihn. Will stand auf der anderen Seite des Festplatzes und beobachtete mich. Er stand allein und tausend Gefühle tobten in mir. So wie das lodernde Feuer. Ich schaute zu Boden und atmete tief durch. Doch als ich wieder aufsah, war er verschwunden.

Trotzdem fühlte ich mich beobachtet. Und das bedrückende Gefühl, das ich von Anfang an verspürt hatte, seit ich die Insel betreten hatte, war mit voller Kraft zurück. Doch es blieb keine Zeit, diesem Eindruck nachzugehen, denn der Baum war im magischen Feuer verbrannt und der Tanz endete. Jetzt folgte der große Moment, auf den Jasema gewartet hatte. Die Teilnehmer für den nächsten Wettkampf, der an Halloween stattfinden würde, wurden ausgelost. Dann wären auch mehr Geister als heute hier auf der Insel. Sie könnten jedoch niemals mitkämpfen, weil sie keinen Einfluss mehr auf diese Welt nehmen konnten.

Wie bei jedem Fest würden die Sieger des heutigen Wettkampfes auch gleichzeitig als Teilnehmer des nächsten Wettkampfes aufgestellt werden, damit man sie herausfordern konnte. Es blieb nur die Frage offen, wer gegen sie antreten durfte. Am Ende geschah das kleine Wunder für meine Freundin: Die Hexen aus Jassys Zirkel würden auf die Sieger von heute treffen, was unter Garantie die Werwölfe wären.

Doch nun traten diese erst einmal gegen einen der Clans der Vampire an. Die letzten Funken des Feuers wurden von den Füßen aller Kämpfer verwischt – und nur von ihnen. Jeder, der nicht zu ihnen gehörte, zog sich an die Baumgrenze zurück.

Die ganze Stimmung wirkte so bedrohlich und der Rauch des gelöschten Feuers hing beißend in der Luft. Dann entbrannte der Wettstreit. Die Werwölfe verwandelten sich im Schein des fast vollen Mondes. Manche wurden ganz zu Wölfen, andere benutzten nur ihre Mäuler, Klauen und den buschigen Schwanz, mit dem sie nach anderen schlagen konnten. Jeder von ihnen ließ sich am Hals Fell wachsen, weil Vampire dafür berühmt waren, schnell an die Kehle zu springen.

Auch die Vampire nahmen mehr Gestalt an. Sie hatten sich am Buffet gestärkt und manch freiwilligen Spender gefunden. Im Rausch des Blutes bekamen sie kräftigere Muskeln, schnellere Reflexe, glänzende Augen und Krallennägel, die scharf wie Dolche waren. Sie fuhren ihre Fänge aus und fletschten die Zähne. Ihr größter

Vorteil war, dass sie sich manifestieren konnten. Oft genug, wenn ein Wolf einen Vampir ansprang, tauchte jener an einer Kraftlinie entlang und drang an einem anderen Punkt auf dem Feld wieder heraus. Dann fassten die Klauen nur ins Leere.

Zudem besaßen beide Gegner mentale Kräfte. Jeder versuchte, sich gegen die Einflüsse des anderen abzuschirmen. Werwölfe konnten ihre Opfer paralysieren und in ihrem Verstand herumspielen. Vampire beherrschten dafür mächtige Schlafzauber und konnten Schatten vertiefen, bis sie kein Licht mehr enthielten. Das wäre besonders gemein im Kampf gegen Hexen, denn bei Nacht nutzten wir noch immer das Restlicht. Für ihre Trance- und Hypnosespielchen fehlte den Vampiren im schnellen Kampf jedoch die Zeit.

Aber der Kampf von Körpern und Magie war nur ein Aspekt des Spiels. Der andere erinnerte an American Football. Wahrscheinlich weil ein Minigolf-Duell nicht so aufregend gewesen wäre. Es ging darum, den Ball zum jeweiligen Spielfeldrand zu bringen. Nur konnten Vampire damit nicht durch die Kraftlinien tauchen und sich einfach dort manifestieren. Um den Ball zu spielen, mussten sie auf dem Feld sein.

Die Vampire verfolgten die Taktik, die notwendigen Pässe zu erzielen und die Bälle zu spielen, während sie sich durch Schlafzauber, Felder der Schwärze oder das Abtauchen zu schützen versuchten. Jedoch war ihre Magie an keinem Tag des Jahres schwächer als heute.

Deshalb hatten die Wölfe es auf eine direkte Konfrontation mit ihnen abgesehen. Diese Alphas dominierten andere ohnehin sehr gerne und stellten ihre Kraft zur Schau. Sie waren nicht umsonst seit mehreren

Spielen ungeschlagen. Sie wollten die Vampire auf dem Feld ausschalten, bis keiner ihnen mehr im Weg stand. Keine Toten, das war die Regel. Aber ansonsten gingen sie brachial vor.

Beide Mannschaften wurden von den Beobachtern am Spielfeldrand angefeuert.

„Beiß ihn!"

„Paralysiere ihn!"

„Schmeißt den verdammten Ball!"

Obwohl ich Reuben, der zu den Kämpfern auf dem Feld gehörte, wirklich nicht heiraten wollte, war ich erleichtert, als er sich gegen jede Wahrscheinlichkeit gegen einen der Wölfe behauptete und anfing, von ihm zu trinken. Damit saugte er ihm die Energie aus dem Körper. Schneller, als der Mond sie auftankte. So schnell, dass er für eine Weile stärker wurde als sein Gegner.

Aber dann bemerkte ein anderer Wolf, dass Reuben sich in einen seiner Rudelgenossen verbissen hatte, und sprang ihn mit einem langen Satz an. In Gedanken sah ich Knochen splittern.

„Reuben, pass auf!", schrie ich.

Meine Stimme gellte über das ganze Feld.

Es gab eine Millisekunde, in der sich unsere Blicke trafen und ich die Dankbarkeit in seinen Augen sah. Dann war er verschwunden und tauchte an einem anderen Punkt des Feldes wieder auf. Hoffentlich interpretierte er nicht zu viel in meine Hilfe hinein.

Irgendwie fühlte ich mich noch immer unwohl und warf einen nervösen Blick über die Schulter. Aber da schwebte nur Winifred, die ganz aufgeputscht von der aggressiven Atmosphäre war.

„Was war denn das?“, schrillte sie fassungslos. „Hättest du den Wolf mal gelassen, dann wäre dieser Vampir jetzt außer Gefecht gesetzt und du hättest das Brautproblem vom Tisch.“

Entsetzt starrte ich sie an. „Das meinst du doch nicht wirklich.“

„Ich will nur sichergehen, dass du dich auf Billy festlegen kannst“, zeterte sie. „Dieser Reuben wird noch alles ruinieren.“

Ich piekte meinen Finger durch die Luft in seine Richtung. „Wir werden ihn deshalb aber nicht verhauen lassen.“

Winifred rümpfte die Nase. „Das wäre so eine schnelle Lösung gewesen.“

„Vor allen Dingen wäre es ein Jammer gewesen. Reuben ist ein richtig schöner Mann.“ Das meinte ich nicht nur äußerlich. Etwas an seiner Art war sehr gewinnend. Ich hatte ihn gerade erst kennengelernt und trotzdem ließ mich sein Schicksal nicht kalt.

Meine Tante stierte mich entsetzt an, so als würde ich gleich einen Brautstrauß für unsere Trauung kaufen gehen.

„Keine Sorge, ich will ihn nicht haben“, beschwichtigte ich sie, „aber für irgendeine ist er bestimmt der Richtige.“

Wir sahen dem Showdown des Wettstreits zu. Das ungute Gefühl klebte nach wie vor an mir wie eine tote Fliege an einem klebrigen Fliegenfänger. Doch so oft ich mich auch umsah, fiel mir nichts Außergewöhnliches auf. Derweil kochte die Stimmung um uns hoch. Alle Wettstreiter gingen an ihre Grenzen. Auch die Vampire kämpften tapfer und natürlich *verbissen*. Aber sie waren von Anfang an chancenlos gewesen. Das magische Blatt stand heute nicht gut für sie.

Am Ende entschieden die Wölfe das Spiel für sich. Es gab keinen echten Preis. Keine Trophäe der Macht oder dergleichen. Doch sie konnten ihre Häupter nun zu Recht noch höher tragen. Jeder war dabei gewesen, als sie gewonnen und ein Zeugnis ihrer Kraft abgelegt hatten.

Auf diesem Fest der Hexen waren es erneut die Wölfe, die siegreich vom Feld schritten. Manche mochten es als Zeichen deuten, dass Wölfe und Hexen eine gute Kombination verkörperten. Jedenfalls entging mir nicht der Blick des stärksten Alphawolfes im ganzen Rudel. Lewis. Er war der Anführer und seine Augen klebten an meiner Freundin Jassy. Er lief direkt auf sie zu und streckte ihr die Pranke entgegen. Der Leiter des Wolfsrudels stand der Leiterin des Hexenzirkels gegenüber. Und beim nächsten Mal würden sie sich an Halloween auf dem Feld begegnen.

Widerwillig schlug Jasema in seinen Handschlag ein und nickte. Damit erkannte sie ihn sowohl als Sieger des heutigen Hexenfestes als auch als kommenden Gegner an. Lewis rückte auf sie zu, als wollte er sie dominieren. Da war etwas in seinem Blick, das meinen Beschützerinstinkt hervorkramte.

Es war irrwitzig, dass ich gerade jetzt den Drang in mir aufflammen spürte, ihrer Einladung zum Zirkel zu folgen, aber sie würde alle Hilfe brauchen, die sie bekommen konnte. Mein Blick huschte zu Bianca, deren Shirt zwar getrocknet war, doch die weiterhin völlig inkompetent wirkte. Aus ihrer Richtung würde Jasema jedenfalls keine echte Unterstützung erhalten. Sie brauchte mehr Frauenpower in ihrem Kreis.

Nachdem ich heute schon einmal laut über das Feld geschrien hatte, tat ich mir auch diesmal keinen Zwang an. Ich stellte mich auf die Zehenspitzen, legte die Hände zu einem Trichter an den Mund und rief: „Jassy, ich bin dabei!"

Sofort wanderte ihre Aufmerksamkeit vom Wolf zu mir. Dafür schenkte er mir einen grimmigen und prüfenden Blick, aber Jasema strahlte mich an, und endlich fühlte ich mich wieder besser.

KAPITEL 5

Mein Handy schrillte etwa eine Stunde bevor der Morgen dämmerte. So lange hatte ich mit Jassy unsere Schwesternschaft gefeiert. Es war nicht so beängstigend, wie ich bisher angenommen hatte, mich auf ihr Angebot einzulassen. Irgendwie tat es auch gut, eine Hexenschwester dazuzugewinnen – eine Rolle, die niemand sonst in meiner Familie verkörperte. Erst recht nicht mein Bruder.

Nachdem das Spektakel vorbei gewesen war, hatten wir uns ein kleines Feuer entzündet und waren im Kreis herumgehüpft. Nun legte ich eine erschöpfte Pause ein und ging ans Telefon. Die Nummer auf dem Display war unterdrückt. Irgendwie fand ich immer, dass Leute, die das taten, etwas zu verbergen hatten.

„Ja, hallo?“, japste ich und atmete erstmal tief durch.

Es knisterte und raschelte in der Leitung, während eine Männerstimme sagte: „Ich bekomme mein Auto nicht aus der Garage.“

Oha. Der Kerl am Apparat klang etwas brummig. Vermutlich fuhr er den dicken, schwarzen Pickup für echte Männer. Ich war neugierig genug, mir mal ansehen zu gehen, ob meine Vorstellung von ihm auch der Wahrheit entsprach. Am Ende war er nur ein Wicht, der etwas kompensieren wollte. Oder er war eben doch ein Schrank von Werwolf.

„Es hochheben und raustragen ist wohl keine Option, hm?“, zog ich ihn auf.

Er lachte tatsächlich, aber nur ganz kurz, dann räusperte er sich. Die Verbindung war immer noch mies. „Also? Kommst du vorbei?“

Ich seufzte und schielte zu Jasema, die etwas beschwipst und kichernd im Gras lag und den untergehenden Mond anstarrte. Dabei spitzte sie die Lippen und machte: „A-hu!“

Ich musste kichern, weil ich jetzt genauso störende Hintergrundgeräusche hatte wie er. Bloß dass es bei mir kein Knistern, sondern Jassys Jaulen war.

„Warte kurz, okay? Ich bin gleich da“, versprach ich.

Es war ohnehin an der Zeit aufzubrechen. Meine Augenlider fühlten sich so schwer an, als hätte sie jemand mit Pflastersteinen beklebt. Ich steckte das Handy in die Tasche und hockte mich zu meiner neuen Hexenzirkelleiterin auf den Boden.

„Ich muss los, Süße.“

„Schon?“ Sie rappelte sich auf.

Was meinte sie mit „schon“? Sonst blieb ich praktisch nie so lange.

„Ja, ich habe jemanden zugeparkt, den ich rauslassen muss, und bin sowieso ziemlich müde. Ich pack’s dann auch gleich.“

So früh konnte es gar nicht sein, wenn sogar schon echte Kerle die Party verließen.

Jasema drückte mich beherzt und wünschte mir eine gute Heimfahrt. Offensichtlich wollte sie noch ein bisschen weiterfeiern. Das war nicht der dümmste Plan, denn in weniger als einer Stunde würde die Sonne aufgehen und ihr einen neuen Energieschub verpassen.

Ich sog die Nachtluft tief ein und nahm die letzten Eindrücke vom Fest in mich auf. Dann folgte ich der alten Tradition und füllte mir von den dargebotenen Elementen etwas ab, um sie mitzunehmen. Für den Humus nutzte ich eine Holzschatulle. Es fühlte sich toll an, die Fingerspitzen in die Erde zu bohren und mir meinen Anteil davon aus der tausendjährigen Steinschale zu nehmen.

Das Wasser vom Eisbrunnen schöpfte ich in eine Bergkristallphiole. Eine kleine blaue Nymphe war mir dabei sogar behilflich. Und anders als Ypheleyarediria spritzte sie mich auch nicht nass. „Vielen Dank."

„Komm bald wieder, Hexenmädchen."

Ihre Stimme klang wie von einer Neunjährigen, dabei war sie sicher doppelt so alt wie ich. Mädchen. Innerlich zuckte ich mit den Schultern. Schließlich war ich ja wirklich erst blutjunge siebenundzwanzig.

Vom Feuer selbst konnte ich mir natürlich nichts einstecken, aber es war so Brauch, dass man einfach etwas unter der Flamme verbrannte und die Asche mitnahm. Ich hätte gemein sein und den Feen ihre Kamillenblume klauen können. Oder ich hätte der Welt einen Gefallen tun und eines der Chili-Rippchen vom Rasen aufsammeln können. Stattdessen stahl ich mir einen jungen Trieb der Silberpappel, die eigentlich erst für das nächste Sommersonnenwendenfest bestimmt war, und hielt ihn unter die magische Flamme, die ihn so mühelos verbrannte wie Papier. Die Asche ließ ich in eine Metalldose rieseln und steckte sie zu den anderen Elementen in meine Tasche.

Nur von der Luft durfte man nichts mitnehmen. Sie galt auf allen Festen als Geschenk für die Feen dieser Insel. Wenn sie durch diese reine Luft flatterten, nahmen ihre Flügel die Herzensfarbe der jeweiligen Fee an. Um erneut alle Tinkerbell-Fans zu enttäuschen: Bei den meisten von ihnen war das braun und nicht rosa oder silbern. Schlammbraun, rehbraun, rindenbraun, lehmbraun – ich hatte hier schon alles gesehen. Zusammen mit ihren grünen Blätterkleidchen sah es erstaunlich gut aus. Besonders, weil die Flügel nicht ledrig, sondern durchschimmernd waren. Und man musste es ihnen lassen: Sie konnten sich damit perfekt tarnen.

Ich winkte Jasema ein letztes Mal zu und machte mich dann auf den Weg zu den Scheunen. Bei der nächsten Veranstaltung würde ich nicht nur wegen des Parkplatzes zeitiger hier sein müssen. Ich gehörte jetzt einem Zirkel an und müsste mich auf den Wettkampf vorbereiten. Mein Herz machte einen vorfreudigen Sprung. Nächstes Mal würde ich als Wettstreiterin zurückkehren. Bei dem Gedanken drückte ich gleich mal die Brust heraus und marschierte wie ein kleiner Soldat durch das Wäldchen.

Winifred zeigte mir einen Vogel. „Du verträgst einfach keinen Alkohol."

„Ich hatte nur ein Glas. Schließlich muss ich noch fahren."

„Du verträgst aber nicht mal ein Glas."

Ich gluckste. „Nein, ich bin vollkommen nüchtern."

Meine Tante schüttelte nur mitleidig den Kopf. „Dann ist es umso schlimmer."

Als ich ans Ufer gelangte, wartete der Fährmann bereits auf einen neuen Gast. Ich sprang zu ihm auf das Boot und genoss, wie es schaukelte.

„Bitte, keine Witze", wünschte ich mir.

„Aber die sind gut."

„Mein Leben ist gerade witzig genug zu mir."

Er stieß uns vom Ufer ab und pflügte durch das Wasser. Vom Tanzen klebte das Kleid an mir, doch der Schweiß wurde ganz kalt. Der kühle Dunst des Nebels ließ mich schaudern. Das war nicht normal, denn auf der Insel war es noch mild gewesen.

„Machst du den Nebel etwa auch noch kalt?", wollte ich von ihm wissen.

Lincoln McLloyds Blick bohrte sich in meinen. „Ist dir das etwa auch nicht recht?"

Resigniert zuckte ich die Schultern. „Ich hab doch nur gefragt."

„Ich mag es kalt", antwortete er mit einer tiefen Sehnsucht in der Stimme. „Endlich werden die Tage wieder kürzer und mein geliebter Winter wird kommen und alles unter einer Schneedecke begraben."

Brrr. Was war denn mit dem los?

„Ja, und was ist daran schön?" Die Winter in Saskatchewan waren so kalt, dass man einen Eisbär-Austauschschüler zu sich hätte einladen können.

„Schnee ist gut", fand er. „Ohne Schnee gibt es keine Schneeschmelze."

Ah, daher wehte der Wind. Er war begierig auf das

Lieblingsfest der Druiden.

„Ich bin beim nächsten Wettkampf dabei“, platzte es aus mir heraus. „Keine Ahnung, was da in mich gefahren ist.“

„Vielleicht brauchst du Nervenkitzel.“

Irgendwie war ich auch gespannt darauf, was Matthew dazu sagen würde, dass ich demnächst ein paar von seiner Art schlagen wollte. Im besten Fall hatte er Tipps für mich parat.

Ich tunkte meine Fingerspitzen ins Wasser und sah dabei zu, wie sie Muster in die Oberfläche zogen. „Hast du schon mal bei einem Wettkampf mitgemacht?“

„Ja, früher, als ich jünger war“, antwortete er, ohne Interesse für die Schaukämpfe zu zeigen. Er wechselte auch prompt das Thema: „Wusstest du, dass das Holz meiner Barke so alt ist wie ich?“

Konnte er etwa auch das Alter aus den Dingen bestimmen wie der große Urdur? Oder hatten seine Eltern ihm mal zur Geburt einen Baum gepflanzt, aus dem Lincoln sich ein Boot gebaut hatte?

„Nein, das ist mir neu.“

„Ist aber so.“ Er nickte stolz.

Der hatte wirklich nicht mehr alle Nadeln an der Tanne. Wie ich wohl mal im Alter sein würde?

„Da wären wir“, verkündete er zehn Meter vom Ufer entfernt und hielt seinen Kahn an. „Den Rest kannst du ja wieder springen.“

„Das hast du dir gemerkt?“, staunte ich.

„Was denkst du, wie viele junge Hüpfer es hier gibt?“

Demnach hüpften die anderen Hexen ihm also nicht aus dem Boot.

„Ich wollte vorhin nicht unhöflich sein ...“

Ich hatte nur keine Lust auf seinen Hexenwitz gehabt.

Er lachte. „Nein, nein, das war praktisch. Dann muss ich mein schönes Boot nicht immer erst vom Strand absetzen."

„Danke fürs Rudern."

Ich nickte ihm zu, brachte mich in Position und sprang mit einem langen Satz ans Ufer. Diese kurzen Sekunden in der Luft waren toll. Ich streckte meine Arme aus, als flöge ich um die Welt. Der kräftige Baum, auf den ich gezielt hatte, um meinen Schwung daran abzufedern, raste auf mich zu.

Ich riss die Hände vor, um mich an der Rinde festzukrallen. Plötzlich trat ein dunkler Schemen hinter dem Stamm hervor. Überrascht quiekte ich auf und stolperte am Ufer. Schnell streckte er seine Arme nach mir aus, um mich zu stützen. Dabei riss ich ihn um und wir fielen beide gegen die Böschung. Ich landete frontal auf ihm. Vor Schreck kratzten meine Nägel durch seine Haut und die Energie schoss in meine Fingerkuppen. Instinktiv wollte ich ihm eine Salve Magie in den Körper jagen ...

„Nicht so stürmisch", murmelte er belustigt.

Jetzt, da es nicht mehr in der Leitung raschelte, erkannte ich auch sofort seine Stimme.

Himmel, das war Will!

Im letzten Moment schleuderte ich meine Kraft nach oben weg. Dabei traf ich einen Ast des Baumes, der sofort neben uns zu Boden krachte.

Schützend schlang er seine Arme um mich und hielt mich viel zu nah an seinem Körper fest. Zum Glück war er nicht mein liebestoller Vampir, sonst hätte ich vermutlich noch ein paar Zähne im Hals extra bekommen.

„William …“

„Das ist mein Name.“ Dann deutete er hinter sich zur Garage. „Und da drin steht mein Wagen.“

„Bist du irre?“, keifte ich ihn an.

Winifred war wesentlich entspannter. „Oh, Billy, mein süßer Junge. Schön dich wiederzusehen.“ Zu mir zwitscherte sie nur. „Männer und ihre Autos. Das ist eine ewige Meise bei denen. Aber mit deiner Vermutung zum Fahrer hast du voll daneben gelegen, Jillie.“

Waren eigentlich beide blöd?

„Du fühlst dich toll an“, flüsterte er mir direkt ins Ohr und küsste dabei mein Ohrläppchen.

Erst jetzt merkte ich, dass ich in einer ziemlich eindeutigen Position rittlings auf ihm hockte.

„Hey, lass mich los“, beschwerte ich mich und drückte mich ein Stück von ihm weg. „Ich hätte dir fast ein Loch in den Bauch gebraten.“

Irgendwas schienen diese Feste mit den Kerlen doch zu machen. Eventuell bekamen sie hier zu viel Energie ab, die sie aufputschte. Und dabei war er meiner Wutmagie sogar entgangen. Schon das zweite Mal. Erst die Rippchen, dann die Baumkrone. Der Mann lebte gefährlich.

Doch davon schien er ziemlich unbeeindruckt zu sein, denn seine Stimme war ein Raunen in der Nacht. „Ich vertraue dir.“

Zärtlich strich er über meine Wange und streichelte meinen Rücken. Er zog mich an sich heran und kam mir entgegen, als er sich aufsetzte. Unsere Nasen berührten sich und ich spürte seinen Atem auf meiner Haut. „Hast du mich schon vermisst?“

„Oh, Jillie“, seufzte meine Tante gerührt und machte es sich im gelichteten Baum gemütlich, um uns von dort zuschauen zu können.

„Kannst du mich denn noch in deinen vollen Terminplan einbauen?“, fragte ich ihn gereizt. Ich hatte ganz gewiss keine Lust, eine von vielen Bettgeschichten zu werden. „Sag, bist du vorhin eigentlich mit einer der Hexen oder doch lieber mit einer Druidin verschwunden?“

In seinen Augen blitzte etwas auf, das ich als Genugtuung bezeichnen würde. „Bist du etwa eifersüchtig, Jillian?“

Das hatte ich davon, wenn ich in meinem übermüdeten Zustand noch auf den Beinen war. „Ganz bestimmt nicht. Du scheinst nur viele Verehrerinnen zu haben.“

„So wie du den Vampir vorhin?“

Wann hatte er das gesehen? Ich hatte Will zumindest aus den Augen verloren gehabt. Aber vielleicht hatte ich mich bloß deshalb den halben Abend beobachtet gefühlt, weil William mich tatsächlich beobachtet hatte.

Irgendwie war ich ganz zufrieden, dass er mich mit einem anderen Mann gesehen hatte.

Doch Winifred musste ihm ja gleich wieder alles aufs Brot schmieren: „Nein, Billy, sie hat ihm klipp und klar gesagt, dass sie lieber mit dir herumknutscht.“

Verblüfft stand mir der Mund offen. So hatte ich das bestimmt nicht formuliert.

William grinste mich an. „Damit kann ich leben.“

Ich sah bereits seinen Mund auf mich zukommen. Das war doch nicht zu fassen! Schnell ohrfeigte ich ihn und rappelte mich dann hoch.

„Wofür war die denn gerade?", wunderte er sich und stand ebenfalls auf.

Ich klopfte mir den Schmutz von meinem Kleid und William sah mir äußerst interessiert dabei zu, wie ich meinen Hintern abstaubte.

„Ich glaube, da ist noch was", flüsterte er, als ich gerade fertig war.

Ich schob ihm den Finger unter die Nase. „Werde jetzt bloß nicht frech, oder du fängst dir gleich noch eine ein."

„Also, letztes Mal gab es wenigstens einen Kuss dazu", brummte er.

Ich lief einfach los und ließ ihn stehen. Also eigentlich. Allerdings folgte er mir auf dem Fuße. Und als ich bei der Scheune eintraf, sprang er wie ein Gentleman ein und zog das Scheunentor für mich auf.

„Hast du eigentlich absichtlich deine Nummer unterdrückt und in der Leitung geknistert, damit ich dich nicht erkenne?"

„So war es doch spannender." Er grinste mich an. „Komm, es ist doch ein kleiner Wink des Schicksals, dass du mich zugeparkt hast. Wir sollten uns einfach wiedersehen."

Stumm schielte ich zu Winifreds Geist, der uns wie einer Seifenopernfolge zuschaute. Sie nickte eifrig und hauchte das Wort „Schicksal". Immer wenn es um Billy ging, war sie auf dem Romantiktrip.

„Ich würde da nicht zu viel reindeuten", tat ich es ab und wollte an ihm vorbei in die Scheune.

William stellte sich mir in den Weg und ich musste mit meinen einsfünfundsechzig zu ihm aufblicken, weil er plötzlich so nah war. Er sah mich nachdenklich an. „Das war mein erster Midsummer Eve, Jill. Aber irgendwie hat mir die Energie heute nicht gefallen.“

Verständnislos blinzelte ich ihn an.

„Hast du es etwa nicht gespürt?“ Er legte den Kopf schief.

„Meinst du zwischen uns?“, stammelte ich.

Sein Blick bohrte sich in meinen. „Nein, unsere Energie beim Küssen war fabelhaft.“

Verdammt, ich lief gerade rot an und mein Herz hämmerte los, als ich mich an seine Lippen auf meinem Mund erinnerte. Was musste er auch so gut küssen können?

Will schüttelte den Kopf. „Irgendwas hat hier nicht gestimmt auf der Insel.“

Ich zuckte mit den Schultern. „Na, okay. Ich fand es auch unheimlich.“ Nervös kratzte ich meinen Nacken und blickte zu Winifred in die Baumkrone. „Sag mal, Wini, kam dir heute irgendwas seltsam vor?“

„Nö, es war so schön heute“, behauptete sie. „Manchmal war es zwar etwas kühl ...“

„Es war kühl?“, staunte ich. „Seit wann gibt es in deiner Welt Temperaturen?“

Sie zuckte mit den Schultern und rieb sich den Bauch. „Gibt es nicht. Das habe ich mir nur eingebildet. Manchmal spüre ich Zeug, das gar nicht da ist. So wie bei Phantomschmerzen. Geschmäcker, Temperaturen, wie sich manches früher anfühlte ...“ Sie seufzte. „Bestimmt spüre ich schon das Jenseits, wie es nach mir greift.“

Ich schluckte schwer. Das wollte ich mir gar nicht vorstellen.

„Spürt sie denn oft das Jenseits?“, wollte er wissen.

„Nein, sie ist nur theatralisch“, tat ich es ab. Ich wollte mit ihm nicht über das Geheimnis meiner Tante reden.

„Also, ihr hat das Fest gefallen."

„Wer weiß, woran es lag?" Er stützte sich am Scheunentor ab. „Magie fühlt sich eben nicht immer gleich an."

Damit hatte er zwar recht, trotzdem beunruhigte es mich, dass auch er auf der Insel ein seltsames Gefühl gehabt hatte. Vielleicht hätte ich mich mehr mit den Feen unterhalten sollen. Sie waren das ganze Jahr dort und erkannten Veränderungen besser. Aber jetzt wollte ich nicht noch einmal mit dem Boot zurück. Zuletzt, als ich mit Jassy getanzt hatte, war das ungute Gefühl auch gar nicht mehr aufgekommen.

Wir liefen in die Garage und ich stieg in meinen Wagen. Bevor ich die Tür zuziehen konnte, reichte er mir die Hand.

„Bis demnächst." Seine blauen Augen blitzten mich herausfordernd an.

„Das wird wohl das Schicksal erst zeigen."

Er gab sich mit der Antwort zufrieden und nickte. „Es würde mir wirklich viel bedeuten, wenn ich dich wiedersehe, Jillian. Und was das andere betrifft: Ich habe vorhin mit keiner Hexe oder Druidin oder sonst einer Frau irgendwas angestellt."

Worauf hatte ich mich da nur wieder eingelassen? Sein Daumen strich über meinen Handrücken. Dann ließ er mich los und schloss die Autotür.

„Komm gut nach Hause", sagte er und lächelte.

Sein Lächeln verfolgte mich auch noch im Rückspiegel. Schnell sammelte ich Winifred ein und gab Gas. Ich musste mir dringend etwas einfallen lassen, denn das Kapitel mit William war längst noch nicht abgeschlossen.

KAPITEL 6

Eigentlich gab es ein Leben, das unbeirrt weiterlief: meine Arbeit, Reubens Brautsuche, mein neuer Zirkel, der bevorstehende Wettkampf gegen die Werwölfe, die Sache mit William. Doch das alles schob ich auf, denn ich wollte mich auf die letzten Momente mit Winifred konzentrieren. In der Nacht zuvor hatten wir gemeinsam den Vollmond erlebt. Danach hatte ich furchtbar schlecht geschlafen und mich hin und her gewälzt, weil ich das Gefühl hatte, dass etwas Schlimmes passieren würde.

Nun versank die Sonne hinter den Hügeln und mir war zum Heulen zumute. Obwohl meine Tante neben mir schwebte, stand ich einsam in der Prärie. Der sanfte Wind strömte ungehindert durch sie hindurch, als wüsste er längst, dass sie nicht mehr da war. Ich wünschte, ich könnte sie wenigstens noch einmal berühren und in die Arme schließen.

Dieser Sonnenuntergang besiegelte das Ende unserer

gemeinsamen Zeit. Ich saugte den Anblick des orange lodernden Himmels in mich auf, der alles so unendlich weit überstrahlte, als würden Flammen in den Wolken brennen. Wie eine gewaltige Kerze der Andacht. Dagegen wirkten die Konturen der Prärie wie schwarze Schattenrisse.

Darüber türmten sich mehr und mehr die Vorboten der heraufziehenden Finsternis auf: Ein Wolkengeflecht aus Pink, Grau und Violettblau, das immer dunkler wurde und das Abendrot hinter den Horizont drückte. Während die graue Dämmerung alles verschluckte, wich auch die Farbe aus meinem Herzen. Ich fühlte mich leer.

Nun waren Winifreds Wünsche erfüllt:

Das Fest vor zwei Tagen.

Tick.

Der Vollmond gestern.

Tack.

Dieser Sonnenuntergang.

Vorbei.

Er war so überwältigend gewesen, wie Wini es sich für den letzten Punkt auf ihrer Liste ersehnt hatte. Auch ohne die Nordlichter, die nur im Winter wie wogende Leuchterscheinungen über das Firmament spukten, war und blieb Saskatchewan das Land der lebenden Himmel. *The land of the living skies.*

Dieser Anblick war ein würdiger Abschied von Winifreds Heimstatt gewesen. Ich könnte nicht sagen, was auf meiner Abschiedsliste stünde, wenn ich nur drei Punkte auswählen dürfte.

Ich stand da wie versteinert, als meine Tante zu flüstern begann: „Vor über fünfzehn Jahren, im Jahr vor meinem Tod, habe ich für dieses indianische Museum gearbeitet.“

Alte Erinnerungen an damals stiegen in mir auf. Winifred hatte ihr ganzes Leben in Museen verbracht und sich der Kultur verschrieben. Mal ging es um Kunst, mal um die Entwicklung von Saskatoon zu Zeiten der Pferdekutschen. In einem Museum war eine komplette Präriestadt von 1920 nachgebaut worden und meine Tante hatte daran mitgewirkt.

Zuletzt hatte ihre Faszination den indianischen Kulturen gegolten, ihren Naturkenntnissen und dem Schamanismus. In meiner Familie – mit einer verbrannten Hexe als Ahnin – hatten schon immer alle eine Schwäche für Mythen und Legenden gehegt. Aber bei Wini war das noch stärker ausgeprägt. Womöglich konnte sie gar nicht anders und besaß einen angeborenen Instinkt dafür, denn sie war nur einen Tag vor Vollmond geboren. Ein Tag, der darüber entschieden hatte, dass die Hexenkräfte von Juanna nicht an sie gingen, sondern erst viele Jahre später an mich. Die Magie folgte an Vollmonden ihren eigenen Regeln. Werwölfe konnten ein Lied davon singen.

„Was ist geschehen?“ Ich sah sie an.

Das fahle Abbild meiner Tante schimmerte in der Dunkelheit wie ein seidenmattes Laken. Doch ihr Blick war noch viel weiter weg als ihr Körper. „Ich habe die Kultur der Cree-Indianer studiert, alles gelesen, was ich über sie finden konnte, zahlreiche Ausgrabungsstätten erkundet und bin in ihre Welt eingetaucht.“

Sie stockte und rieb sich nervös den Bauch. „Ich habe so vieles herausgefunden. Weißt du, Jillie, die Magie der Cree-Schamanen wird wie deine Hexenkräfte immer wiedergeboren. Immer wieder in einen neuen

Schamanen hinein. Aber nach dem Tod des Alten, bleiben die Cree nicht ohne spirituelle Führung. So lange, bis der Nächste herangewachsen ist, hilft der Geist des früheren Schamanen dem Stamm weiter aus."

Das hatte ich nicht gewusst, aber was sollte Winifreds Zustand damit zu tun haben?

Sie krallte ihre Hände in den Bauch. Ihre Worte kamen in Brocken heraus: „Nur entsteht dieser Geist nicht von alleine."

Ich runzelte die Stirn. „Sondern?"

„Es gibt einen Seelenanker. Er ist kaum größer als eine Münze und rund wie der ewige Kreislauf. Auf ihm sind sowohl Geist als auch Körper abgebildet. Und über allem strahlt die Magie wie eine Aureole."

„Was ..." Ich schluckte und starrte sie an. „Was hat das mit dir zu tun, Tante?"

Ihr Blick wurde so gläsern wie Murmeln. Und diesmal sah sie durch mich hindurch, so als wäre ich der Geist von uns beiden. Ihre Augen suchten in der Vergangenheit nach dem Geheimnis, das sie so lange gehütet hatte.

Als Winifred sprach, erklang keine Stimme mehr. Ich las es nur von ihren Lippen ab. Auch wenn ich mir wünschte, dass es anders wäre, erkannte ich die schrecklichen Worte trotzdem: „Ich habe ihn gestohlen."

Ihre Silhouette krümmte sich unter jener alten Last.

„Du hast den Seelenanker genommen?", vergewisserte ich mich.

Sie nickte und ihr Gesicht war voller Reue. „Weißt du, ihr Schamane war damals so jung, aber bereits fertig ausgebildet. Sie brauchten den Stein daher gar nicht. Ich dachte, dass ich ihn mir leihen könnte. Nur für eine

Weile. Nur, bis der Mann alt und grau wäre und ihn zurückbekommen müsste, damit seine Seele nach dem Tod erhalten bliebe und seinem folgenden Schamanen als Lehrer dienen könnte."

Mein Herz begann zu rasen. „Wini, was ist passiert?"

Sie schüttelte sich. „Ich wollte das wirklich nicht. Ich meine, es passierte viel zu früh. Er ist vor zwei Wochen einfach gestorben." Und plötzlich hatten die Cree keinen Schamanen mehr ...

Entsetzt schlug ich die Hände vor den Mund. Das durfte nicht wahr sein. Winis Schuld war noch viel schlimmer als bloß ein Diebstahl. Es war Mord. Mord an seinem Geist, der jetzt verloren war, statt seine Spiritualität aus dem Zwischen-Äther bereitzustellen. Die Cree fühlten sich vermutlich, als säßen sie in der Dunkelheit.

Winifred sah mich ganz bedrückt an. „Ich wollte ja sofort zu dir und es dir beichten. Aber dann dachte ich, dass er doch jetzt ohnehin schon tot ist, und ich mich von der Welt noch verabschieden könnte."

Wenigstens hatte sie nicht gedacht, dass sie den Seelenanker nun genauso gut behalten könnte. In mir drin stieg das unbändige Verlangen auf, laut zu schreien. Wie von selbst sog ich die Kraft des Bodens in mich auf und leitete sie mit einem Aufschrei in den Himmel weiter. Meine Magie entfesselte sich in einem Kugelblitz, der emporschoss und in einem Funkenregen zerplatzte.

Wie hatte sie das nur tun können? Magie war heilig. Und die der Schamanen erst recht. Es war ein Sakrileg, solche Kult-Artefakte zu entwenden.

Dieses Mal wollte ich meine Tante anfassen können, um sie zu schütteln. Ich wollte wirklich nicht, dass sie verschwand. Aber sie durfte nicht nur deshalb als Geist noch hier sein, weil sie sich eine blutige Frist erkauft hatte.

„Bitte, hilf mir, Jillie.“ Sie hatte ihre Arme um den Bauch geschlungen. „Vielleicht kannst du ja irgendwas für die Cree tun. Du bist doch ein Medium.“

Aber ich brauchte einen Geist, um zu kommunizieren. Und der Geist des Schamanen war verloren. Trotzdem mussten wir diese Schuld tilgen. Ich war noch nie bei den Cree gewesen und hatte keine Ahnung, wie sie drauf sein würden. Aber wenn jemand zu mir käme, der meinen Schamanen-Geist abgemurkst hätte, wäre ich richtig sauer.

Mein Magen fühlte sich bleischwer an. „Wir müssen diesen Seelenanker unbedingt zurückbringen.“

„Ich weiß“, murmelte sie.

Sie würde endgültig sterben. Wenn wir es täten, würde sich auch ihr Geist verlieren. So unwiederbringlich wie der Schamane der Cree-Indianer. Wer wusste schon, wann ihr neuer Schamane erwachte?

Weil Wini nichts mehr anfassen konnte, um jemandem etwas zu bringen, würde diese Aufgabe mir zufallen. Ich spürte ein furchtbares Ziehen in meinen Eingeweiden. Das wäre, als würde ich Wini töten müssen. Was für ein hoher Preis dafür, dass sie das Schicksal betrogen hatte.

Und gerade als ich dachte, dass ich das Schlimmste bereits gehört hätte, fügte sie an: „Das Problem ist nur, dass ich ihn verschluckt habe.“

KAPITEL 7

Als ich nun in meinem geliebten Korbstuhl saß und den Duft des Zitronenthymians einatmete, kam mir die Welt nicht einmal mehr an diesem Ort heile vor. Ich rührte in meinem Gartenkräuter-Tee, in dem ich zehn Stücke Zucker aufgelöst hatte, damit sich wenigstens noch irgendwas im Leben süß anfühlte.

Mit einem lauten Seufzen pustete ich in die Tasse und spürte den Wasserdampf im Gesicht. Als ich wieder Luft holte, schüttelte ich den Kopf. „Ich begreife es einfach nicht. Du warst doch so fasziniert von den Cree. Wie konntest du ihnen das antun?“

Wini saß traurig wie ein kleines Kind auf den Terrassenfliesen und sah meinem Frosch Brutus dabei zu, wie er mal wieder durch meinen Garten hüpfte. „Das war doch nicht geplant. Du hättest diesen Schamanen mal sehen sollen. Der war viel zu hübsch für einen Schamanen. Und jung! Eigentlich hätte er erst in dreißig Jahren oder so sterben dürfen. Und ich habe den

Seelenanker schon in zehn Jahren zurückgeben wollen, nur um kein Risiko einzugehen."

Ich spürte ein stechendes Ziehen an der Schläfe und rieb sie mir wie eine Besessene. „Darum geht es doch gar nicht. Du hättest ihn überhaupt nicht nehmen dürfen. Du bist weder eine Cree, noch eine Schamanin. Der Anker stand dir nie zu."

„Ich hatte gehofft, dass es niemand merkt."

Ich gab es auf. Rechtens oder nicht, es war geschehen. Genauso wie der tödliche Unfallsturz des Schamanen. Winifred bedauerte beides. Ich klammerte mich an meine Teetasse und schlürfte einen sehr süßen Schluck. Himmel, tat dieses Aroma gut.

„Wieso hast du ihn überhaupt verschluckt? Ich meine, wie hast du wissen können, dass du den Anker brauchen würdest?"

Meine Tante seufzte, wobei ihr Kopf mit den Bewegungen des Frosches mit wippte. „Jillie, das war nicht mein erster Infarkt gewesen. Ich hatte schon einmal einen gehabt, als du noch kleiner warst. Damals haben wir dir nichts gesagt, damit du dich nicht erschrickst. Und es war ja auch alles wieder okay danach."

Verdammt, ich hasste es, wenn man Kinder immer im Dunkeln tappen ließ.

„Aber dann spürte ich Tage vor meinem zweiten Infarkt wieder dieses vertraute Ziehen in der Brust", fuhr sie fort. „Und als ich bei der Arbeit im *Wanuskewin Heritage Park* war, fiel mir ein, was ich über den Seelenanker gelesen hatte. Da habe ich ihn gestohlen. Nur zur Sicherheit. Ich hatte keine Ahnung, ob er funktioniert. Damals wussten wir noch nicht, dass du eine echte Hexe bist. Alles, was wir über Magie gehört hatten, war nicht realer als bei anderen Menschen."

„Trotzdem hast du geglaubt, dass etwas dran war."

Sie zuckte mit den Schultern. „Ich habe es gehofft." Ein kleines Lächeln zeichnete sich auf ihrem Gesicht ab. „Weißt du noch, wie ich dir früher immer Geistergeschichten vorgelesen habe? Die von Charles Dickens mochtest du besonders gern. Obwohl es eine Weihnachtsgeschichte war, sollte ich sie dir auch im Sommer vorlesen."

Ich nickte. „Und wir haben immer ‚Das Gespenst von Canterville' geschaut."

„Wir haben uns beide gewünscht, dass es Geister gibt. Und als ich dieses Stechen spürte, habe ich unbedingt einer werden wollen. Es gab noch so viel, was ich miterleben wollte. Wie du aufwächst, zum Beispiel. Du warst immer mein Liebling, Jillie."

Deshalb hatte sie mich auch als Alleinerbin in ihrem Testament bedacht. Und Winifreds Mann war sehr reich gewesen. Natürlich hatte er keine Aluminiumfabrik besessen wie Reuben, doch es hatte gereicht, dass meine Tante nie mehr hätte arbeiten müssen. Oder ich.

Sie neigte den Kopf und kratzte sich am Hals. „Weißt du, als mein geliebter Alastair damals starb, da war er plötzlich einfach fort. Es gab ihn nur noch auf Bildern von früher. Aber er war weg. Richtig weg. Ich hatte solche Angst vor dem Tod. Das hatte ich schon bei meinem ersten Infarkt und ab da hatte es sich hochgeschaukelt. Ich war verzweifelt, Jillie." Dann schaute sie mich hoffnungsvoll an. „Meinst du, die Cree haben einen neuen Seelenanker erschaffen, als sie merkten, dass ihrer verschwunden war?"

Da hatte ich wenig Hoffnung. Das war alte Magie aus Zeiten, als die Indianer noch allein das Land besiedelt hatten. Als es noch viele von ihnen gegeben hatte. Die Magie der Schamanen war ungefähr so wie die Kraft des Glaubens. Wenn sie viele Anhänger hatten, waren sie stark. Wenn kaum noch welche übrig waren, wurde auch ihre Magie schwach. Die Besiedlung Amerikas durch den weißen Mann war ziemlich blutig verlaufen. Womöglich wussten die Cree auch gar nicht mehr, wie man solche Artefakte erschuf. Es wäre nicht das erste Mal, dass solches Wissen über die Zeit verlorengegangen war. Denn wenn es so leicht wäre, sich Seelenanker zu bauen, hätten wir alle einen.

„Ich glaube nicht, Tante."

Ihre hoffnungsvolle Miene fiel in sich zusammen.

„Wie komme ich bloß an dieses Ding heran?", murmelte ich.

„Du weißt doch, wo mein Grab liegt." Sie schien wirklich nicht zu verstehen, was mir an dem Gedanken Sorgen bereitete.

Natürlich wusste ich, wo das Artefakt zu finden war. Ich brachte jede Woche frische Blumen zu ihrem Grab. Wini begleitete mich stets und suchte sich selbst aus, welche sie haben wollte. Sie war auch schon bei ihrer Beerdigung dabei gewesen. Damals hatte sie mir Anweisungen für das eigene Begräbnis erteilt.

„Ich will einen offenen Sarg."

„Er soll mir weniger Rouge ins Gesicht schminken, ich sehe aus wie ein Bratapfel."

„Zieht mir das Blumenkleid an."

„Es soll Schweinefilet geben."

„Ich will, dass das Lied von Queen gespielt wird, wenn

wir aus der Kapelle schreiten: ,Who wants to live forever?' Das gefällt mir total gut."

„Alle sollen lieber grün tragen. Ich bin ja nicht tot."

Die meisten ihrer Wünsche hatten wir erfüllt, aber die Vorstellung von der grünen Kleidung hatte nicht jeder gemocht. Meine Mutter hatte in erster Linie befürchtet, wie geschmacklos das auf andere wirken könnte, die brav in schwarz kamen. Und mein Vater war in Sorge gewesen, dass man uns für Iren hielt.

Nein, ich wusste, wo die Reliquie war. Was mir wirklich zu schaffen machte, war die Vorstellung, nachts auf den Friedhof zu gehen, um Winifreds Sarg zu bergen und dann den Anker aus ihrem seit fünfzehn Jahren in der Erde liegenden Körper herauszuholen.

Ich war wirklich nicht sonderlich zart besaitet, aber sie war meine Lieblingstante. Ich hätte schon Probleme damit, in *irgendwelchen* menschlichen Leichen herumzuwühlen, aber bei ihr ging das erst recht zu weit. Das war mehr als schauderhaft. Wieso hatte sie das Ding auch verschlucken müssen? Vermutlich hätte es schon gereicht, wenn sie den Anker einfach nur bei sich trug. Ich würde ihn viel lieber nur aus der Tasche ihres Blumenkleides holen als aus ihrem Bauch.

„Du kommst auf jeden Fall mit, wenn wir zum Friedhof gehen."

Sie bekam riesengroße Augen. „Jillie, ich soll mir meinen verwesten Körper anschauen? Das ist doch widerlich!"

Ich pfefferte die Tasse mit dem Kräutertee quer durch meinen Garten, so dass die Flüssigkeit nur so spritzte. Als das Gefäß aufschlug, hörte ich ein empörtes Quaken. Dabei konnte Brutus absolut nichts dafür. Ich hatte nur nicht auf den Frosch geachtet.

„Ich soll doch sogar ... Phhh!“ Angewidert stieß ich die Luft aus und sammelte mich. „Ich muss ihn sogar aus dir herausholen. Das ist ja wohl viel schlimmer.“

„Igitt“, machte Wini nur. „Igitt, igitt, igitt ...“ Sie hörte gar nicht mehr auf mit dem Wort. Ihre blasse Silhouette begann, richtig zu zittern.

„Wir brauchen Unterstützung“, fand ich. „Denn ich will das nicht allein machen und du wirst mir keine Hilfe sein.“

„Frag Billy!“, krähte sie sogleich. „Er hat doch indianische Wurzeln.“

Seufzend schüttelte ich den Kopf. „Gerade deshalb werde ich ihn nicht fragen. Er könnte das alles viel zu persönlich nehmen.“

„Schade.“

Es reichte schon, dass ich den Cree Rede und Antwort stehen musste. Irgendwie wollte ich nicht, dass William meine Familie für so inkorrekt gegenüber Indianern hielt. Natürlich hatte ich selbst gar nichts verbrochen, aber mir gefiel der Gedanke nicht, dass er trotzdem auch schlecht von mir denken könnte.

Unsere ... ja, was eigentlich? Freundschaft? Beziehung? Sie war jedenfalls kompliziert genug. Ich war noch immer ganz durcheinander von seiner Initiative mit dem Kuss. Und von meiner eigenen Reaktion darauf. Er hatte mein Gefühlsleben ganz schön auf den Kopf gestellt. Eigentlich wollte ich mich nicht in ihn verlieben, aber da war dieses Kribbeln in meinem Bauch, wenn ich an ihn dachte.

„Jasema kann ich auch nicht fragen. Ich bin gerade erst ihrem Zirkel beigetreten. Da kann ich nicht gleich so was bringen.“

Dafür fiel mir ein, dass ich ihr besser mal Bescheid gab, dass ich mich erst in ein paar Tagen melden würde. Also schickte ich ihr eine entsprechende SMS.

Nachdenklich rieb sich Winifred ihren Bauch. Ich wusste genau, wo der Anker in ihrem Körper steckte. Schließlich fasste sie oft genug dorthin, obwohl sie eigentlich nichts mehr spüren durfte. Endlich kannte ich den Grund für ihr ständiges Bauchreiben. Und mit Magie bekam ich die Reliquie hoffentlich aus ihrem Körper heraus, ohne ein Skalpell benutzen zu müssen. Ich würde mir einen Anker für ihren Anker erschaffen und ihn damit herausangeln. Und dabei würde ich das Artefakt den selben Weg einschlagen lassen, den es bereits in ihren Körper hinein genommen hatte. Einen Weg, den es schon gab und den ich nicht erst in Winifred hineinschneiden müsste. Trotzdem blieb der Vorgang schauderhaft, denn ich würde ihre Leiche sehen!

„Ich hab's“, verkündete sie. „Frag doch Reuben. Er ist ein Vampir und soll ja nachts sehr gerne draußen sein. Bestimmt liebt er Friedhöfe. Er findet Blut nicht eklig und hat eventuell schon ein paar Leichen gesehen. Immerhin gibt es Vampire mit Totenkult. Er wäre ideal.“

Ich verdrehte die Augen. Oh nein! Auf gar keinen Fall. Ich wollte bestimmt nicht diesen Brautschau-Mann einladen. Der kam doch auf völlig falsche Gedanken. Am Ende hielt er Leichenfleddern noch für romantisch. Ich meine, wenn ich eine Vampirin wäre und jemand würde mich nachts auf einen Friedhof einladen, um die tote Großtante aus dem Boden zu holen und einen kleinen Ritus abzuhalten ... Das könnte man völlig falsch verstehen.

Nein, ich würde mir Hilfe bei meinen Freunden holen. Emily war zwar nur ein ganz normaler Mensch, aber ihr Gefährte Matthew besaß Wolfskräfte. Er könnte mir helfen, den Sarg aus dem Boden zu holen und mir beistehen, wenn ich das Artefakt barg. Und es würde mir guttun, wenn ich mich mit Emily über den ganzen Schlamassel austauschen konnte.

Obendrein ließ sich ein Besuch bei den beiden noch mit einer anderen Aufgabe verbinden, die mir aufgebrummt worden war: Reuben.

Als ich am nächsten Tag das Einkaufszentrum betrat, in dem Emily und Matthew einen Geschenkartikelladen führten, hatte ich also vor, gleich zwei Fliegen mit einer Klappe zu schlagen. Meine viel zu langen Haare hatte ich mir zu einer gewaltigen Haarkonstruktion hochgebunden, bis ich wusste, was ich damit anstellen sollte. Angespannt betrat ich das Geschäft und war froh, meine beste Freundin zu sehen, die für mich wie eine Schwester war. Wir kannten uns seit Kindertagen und waren unzertrennlich. Es gab keinen besseren Menschen auf der Welt als sie.

Wie so oft trug sie Röhrenjeans, modische und sehr feminine Cowboystiefel und eine kurzärmlige blaue Bluse, die ihr wegen ihrer rotblonden Haare sehr gut stand. Wir waren gleich groß und hatten sogar dieselbe Kleider- und Schuhgröße. Auch wenn wir vom Typ her sehr unterschiedlich aussahen, nannte Matthew uns gerne die chaotischen Zwillinge.

Als sie mich in der Tür entdeckte, leuchteten ihre grünen Augen und sie stürmte auf mich zu, als hätten wir uns seit Jahren nicht gesehen. Dabei waren erst Tage vergangen. Wir fielen uns in die Arme und prompt fühlte ich mich mit meinen Problemen nicht mehr so allein.

Dann nahm sie mich unter die Lupe. „Was hast du mit deinen Haaren gemacht? Du siehst glatt aus wie Nofretete."

„Die habe ich mir magisch verlängert. Mal sehen, ob ich sie so lasse. Wenn ich sie offen trage, stolpere ich immer darüber." Ich hatte echt Mitleid mit Rapunzel. Zum Glück konnte ich die Mähne mit Magie pflegen, sonst würde ich schnell aussehen, wie diese tibetischen Wollnashörner mit knotigem Fell. „Und wie läuft es hier so?"

„Oh, ganz gut. Die Leute kaufen und kaufen. Matthew kann sich nicht über ausbleibende Kunden beschweren."

Sie deutete in seine Richtung. Er stand am anderen Ende des Ladens und beriet eine Frau, die schon einen Berg von Artikeln in ihr Körbchen gestapelt hatte. Seit Matthew keine Hornbrille mehr trug, den grässlichen Rautenstrick gegen muskelbetonende Shirts, die Arbeitshosen gegen seinen Knackarsch perfekt zur Geltung bringende Jeans und seine Streberfrisur gegen einen modischen Haarschnitt getauscht hatte, ließen sich die Damen besonders gerne von ihm beraten.

Die zweite Geheimwaffe im Laden war Wendy. Sie sah aus wie ein Pin-up-Girl. Sie war zwar unglaublich faul, lockte aber männliche Kunden an wie der Speck die Mäuse. Meine Emily war auch hübsch, sah aber tausendmal natürlicher aus, was mir viel besser gefiel. Allerdings tickten Kerle anders und Wendy war sehr offensiv mit ihren Reizen.

„Kommen denn immer noch so viele Typen wegen der blonden Sirene her?", erkundigte ich mich.

„Das zwar schon, allerdings wäre mir eine fleißige Verkaufshilfe lieber." Sie zuckte mit den Schultern. „Aber Matt hat sie schließlich eingestellt."

Ich nickte mitfühlend. „Ich glaube nicht, dass sie sehr fehlen würde."

„Dein Wort in seinen Ohren." Emily gluckste. „Tja, bloß, wer würde sich dann während der Arbeitszeit die Nägel an der Kasse lackieren? Außerdem wäre der arme Pausenraum ständig verwaist. Und wer würde hier noch Urlaubsprospekte von Barbados durchblättern, statt mal mit anzupacken?"

Wendy träumte schon seit Ewigkeiten von einem reichen Gönner, der ihr ein Leben in Luxus und Faulheit ermöglichte. Es war das erste Mal, dass ich das nützlich fand.

„Ist sie da?"

Ihr gewohnter Stammplatz an der Kasse war leer. Wenn sie das Personalzimmer mal verließ, hielt sie sich am liebsten dort auf, weil sie dann zumindest sitzen konnte und nichts in die Regale einzuräumen brauchte.

Emily nickte. „Anwesend ist sie schon, aber das mit dem Arbeiten will noch nicht so recht klappen."

Sie deutete auf einige Kartons, die ausgepackt werden mussten. Ein sicherer Garant dafür, dass Wendy das Weite suchte.

„Sie ist seit ..." Emily warf einen Blick auf ihre Armbanduhr. „... dreißig Minuten im Pausenraum."

Ja, einer musste doch auf das Ding aufpassen. Wofür hatte man ihn sonst gebaut?

„Sicher entkalkt sie nur die Kaffeemaschine und lässt den Geschirrspüler laufen", bemerkte meine Freundin und tippte sich dabei ironisch unter das Auge.

„Du, der Pausenraum ist eigentlich keine schlechte Idee.“ Ich kratzte mich am Nacken, als wäre ich gerade erst darauf gekommen. „Ich gehe mir mal schnell einen Kaffee machen. Seit ihr diese Riesenpackung Instantkaffee entsorgt habt, kann man sich ja wieder trauen, hier welchen zu trinken.“

Emily zwinkerte. „Wir haben jetzt eine Maschine mit Pads.“

„Wow.“ Ich nickte anerkennend. „Bin gleich wieder da und dann können wir in Ruhe ein Schwätzchen halten.“

Gespielt tadelnd sah sie mich an. „Mit dir werde ich noch so faul wie Wendy.“

Dann sah sie sich schnell um, um sicherzugehen, dass die besagte Wunderblondine nicht zufällig gerade zurückgekommen war und sie gehört hatte. Aber was das anging, war die Luft mehr als rein.

Ich lief nach hinten und setzte ein möglichst unbeteiligtes Gesicht auf, als ich Wendy mal wieder in einem Urlaubsprospekt blätternd erspähte. Neben ihr stand eine dampfende Tasse Kaffee. Doch ich war nicht hergekommen, um zu sehen, was sie machte. Ich wollte nur schnell überprüfen, ob sie gut duftete und einen hübschen Hals hatte. Länger war Reubens Checkliste zum Glück ja nicht. Von Intelligenz oder einem charmanten Wesen hatte er nichts gesagt.

Doch vom Anblick, der sich mir bot, blieb ich wie angewurzelt in der Tür stehen. Mitten auf Wendys Schulter saß ein kleiner Schatzkobold und schaute ihr beim Faulenzen zu. Er war nicht größer als ein Champignon und hatte sich für normale Menschen wie Wendy unsichtbar gemacht. Dadurch konnte sie ihn auch weder hören noch fühlen.

Allerdings war ich medial veranlagt und nahm ihn klar und deutlich wahr. Aus welcher Schatzkiste war der denn bitte ausgebrochen? Bei meinem letzten Besuch im Laden hatte sie noch keinen Kobold auf der Schulter getragen.

Im Moment gab er begeisterte Kommentare zu ihrer Hotelauswahl ab: „Oh, da ist es aber schön." Als sie mit dem Finger über die zweite Seite glitt, fand er: „Nein, nein, nimm das andere. Das war viel hübscher."

So wie alle Schatzkobolde war er mit blinkenden Ketten behängt, trug einen Mantel aus goldenem Brokat und hatte orientalische Pantoffeln an den winzigen Füßen. Es war mehr als offensichtlich, dass er nicht bemerkt hatte, wie ich ihn anstarrte.

Wendy blickte gelangweilt von ihrer Zeitschrift auf und runzelte die Stirn. Ihr goldblondes Haar fiel ihr in üppigen, glänzenden Strähnen über die Schulter und sie hatte – wie so oft – eine vorne zusammengeknotete Bluse an, die ihren perfekten Busen betonte und ihren flachen Bauch freiließ. So blöd ich sie auch fand, sie sah wirklich heiß aus.

„Ist was nicht okay, Jill?"

„Ähm ..." Ich zeigte zu ihrer Schulter. „Du hast da was."

Wendy nahm an, dass ich einen Fussel meinte, und wischte – ohne nachzusehen – über die Stelle. Dass ich an einer Haarexplosion litt, nahm sie nicht mal zur Kenntnis. Sie hatte jedenfalls Wichtigeres zu tun.

Doch der kleine Mann blickte alarmiert zu mir auf. Seine Augenbrauen schoben sich vor Schreck fast bis zum Haaransatz hinauf.

„Du kannst mich sehen?", stammelte er.

Für ein magisches Wesen, das so unverschämt reich war, war er wirklich nicht besonders helle.

„Ja", entgegnete ich.

Dann lächelte ich Wendy an, die nichts von Mister Bling-Blings Frage wusste. „So ist es besser."

Zufrieden vertiefte sie sich wieder in ihren Prospekt. Ihr Hals sah recht appetitlich aus – zumindest, wenn ich mal versuchte, mich in einen Vampir hineinzudenken. Um ganz sicherzugehen, lief ich an ihr vorbei in Richtung Kaffeemaschine und sog ihren Duft ein. Punkt zwei: abgehakt. Sie verwendete ein tolles Parfum. So weit, so gut.

Wenn ich schon mal da war, konnte ich mir auch gleich einen Kaffee aufbrühen und die neue Maschine testen.

„Falls du ihn aufbrauchst, musst du neuen holen", informierte sie mich, als würde ich ihnen das Zeug ständig wegtrinken. Dabei war das meine erste Tasse. „Eigentlich ist der Kaffee nur für Mitarbeiter."

Sie sah nicht einmal zu mir auf. Ihr Zeigefinger wanderte von einer Strandansicht mit Hängematte und Palmen aus Martinique zu einem Wasserfallpanorama von Guadeloupe.

„Wieso darfst du ihn dann trinken?", wunderte ich mich. „Du arbeitest doch auch nie."

Wendy schoss mir einen giftigen Blick zu, hatte aber wenig Lust, mir ihren Eifer unter Beweis zu stellen. Statt Kartons auspacken zu gehen, blieb sie stur sitzen und blätterte weiter in ihrem Katalog.

Der Kobold hingegen hatte aufgehört, sich mit Karibikbildern zu beschäftigen, sondern beobachtete mich lieber misstrauisch. Da tat er gut dran, denn als ich meinen Kaffee fertig zubereitet hatte, schnappte ich mir den Zwerg im Vorbeigehen und nahm ihn mit raus in den Flur, um ein paar ungestörte Takte mit ihm zu reden. Zwar beschwerte er sich lauthals, aber solange er unsichtbar blieb, hörte ihn auch niemand außer mir.

„So, du Wicht", eröffnete ich das Gespräch, pustete in meine Tasse und nippte vorsichtig. Hm, der war lecker. „Was genau machst du denn bitte hier?"

Würdevoll reckte er sein Kinn vor und die kleinen Goldketten um seinen Hals klimperten. „Ich verbringe Zeit mit meiner Traumfrau."

„Du ..." Sprachlos starrte ich ihn an. „Du meinst die Blondine da drin?"

Er bekam einen verklärten Gesichtsausdruck. „Ihr Name ist Wendy."

„Ja, und?"

„Passen wir nicht wunderbar zusammen?" Ein sehnsüchtiges Seufzen drang über seine winzigen Lippen.

„Nein, finde ich nicht. Du bist kürzer als ihre Nase."

Er schenkte mir einen pikierten Blick. „Das ist ganz schön oberflächlich von dir."

Das sagte ja genau der Richtige. Für ihn war doch nur alles Gold, was Gold war.

Ich zuckte die Schultern. „Das sollte dich nicht weiter stören, wenn du ausgerechnet Wendy toll findest. Sie will wirklich bloß einen Mann mit Geld."

Das Lächeln kehrte auf sein Gesicht zurück und er spielte an seinem prunkvollen Rubinring herum. „Und ich habe Geld ... Das muss Schicksal sein."

„Nein." Ich schüttelte den Kopf. „Oh, nein. Das Schicksal sieht nämlich ganz anders aus. Ich kenne da zufällig einen Vampir auf Brautsuche und Wendy hat einen super Hals.“

Die Augen des Schatzkobolds weiteten sich entsetzt und er faltete voller Inbrunst die Hände zusammen. „Bitte, nimm sie mir nicht weg.“

Das war doch zum Druidenmelken!

„Sie gehört dir überhaupt nicht. Und dieser Vampir, von dem ich spreche, will unbedingt heiraten.“ Ich hob die Kaffeetasse wie zu einem Trinkspruch. „Und zwar ganz bestimmt nicht mich. Alles klar?“

Ihm dämmerte, dass ich für das Auftreiben einer Braut verantwortlich gemacht worden war.

„Du musst eine andere für ihn finden“, bettelte er.

„Ich kenne keine andere.“ Ich hätte wirklich nie gedacht, diesen Satz mal zu verwenden, aber: „Wendy ist perfekt.“

Bianca von der Party hingegen hatte eine so fahle Aura besessen, dass ich nur ungern über sie nachdachte. Das konnte ich nicht mal Reuben antun, obwohl er mich erpresste. Und wer wusste schon, ob er sie akzeptieren würde? Der Kerl war viel zu gutes Material für so ein Mauerblümchen, doch Wendy hatte Sexappeal. Außerdem liebte sie das viele Geld, das er mitbrachte, bestimmt genug, um über den kleinen zahnverlängerten Umstand seiner Persönlichkeit hinwegsehen zu können. Wo bekam ich denn sonst so eine Frau her?

„Nimm doch die Rothaarige, die manchmal herkommt“, schlug mir der Kobold vor.

Er meinte doch wohl hoffentlich nicht Elaine.

„Welche Rothaarige?“

„Oh, sie heißt Elaine, hat elfenbeinweiße Haut und ihr Hals ist bestimmt toll.“

Energisch schüttelte ich den Kopf. „Das kann ich nicht machen. Meine Freundin Emily würde mir den Kopf abreißen. Elaine ist ihre Schwester."

„Bitte! Du musst mir unbedingt helfen." Schlagartig schöpfte er neue Hoffnung. „Genau, wenn du einem Vampir hilfst, warum dann nicht auch mir? Dem hinreißenden Geronimo?" Er blinzelte mich ganz herzerweichend an. Es war so klar, dass er mich mit diesem Hundeblick manipulieren wollte.

„Wie soll ich dir denn schon helfen? Und weswegen überhaupt?"

„Du musst mich groß machen. Dann kann ich meiner Traumfrau gegenübertreten."

„Nein, nein, nein, nein, nein!", schimpfte ich, wobei ich bei jedem Wort lauter wurde und schließlich mit dem Fuß auf den Boden stampfte.

Natürlich entschied sich Wendy in genau diesem Moment dafür, den Flur zu durchqueren und zur Toilette zu gehen. Für sie sah das bestimmt aus, als führte ich Selbstgespräche mit meiner Hand.

Konnte mein Tag noch schlechter laufen?

Mit einem Blick, als hätte ich nicht mehr alle Besen im Schrank, verriegelte sie die Klotür.

Kurzerhand brachte ich Geronimo zurück in den Pausenraum und setzte ihn auf einem Palmenfoto des Prospekts ab. Er war so klein, dass er zu den Proportionen im Bild passte und nun aussah, als stünde er gleich wie ein Badetourist im Meer.

„Ich habe schon diesen heiratswütigen Vampir an der Backe", zischte ich und zählte meine Probleme an der Hand ab. „Eine kleptomanische Geistertante, deren Leiche ich fleddern muss, einen richtig übel gelaunten

Indianerstamm, ich muss mich auf einen Wettkampf gegen Werwölfe vorbereiten, mich in meinem neuen Hexenzirkel einleben …" Alle fünf Finger der Hand waren belegt, so dass ich den Kaffeebecher abstellte, um weiter zählen zu können. „Und ganz nebenbei muss ich noch zu einer Rodeomeisterschaft reisen, weil mich sonst ein Wiedergänger namens Billy holen kommt. Und glaub mir, alle Bürger Saskatoons wären sauer auf mich, wenn ihr Lokalheld meinetwegen nicht teilnimmt und bloß deshalb nicht gewinnt."

Eigentlich wollte ich dem Kobold nur klarmachen, dass ich bereits genug zu tun hatte. Doch er reagierte ganz begeistert. „Prima, dann kommt es auf eine Sache mehr oder weniger doch auch nicht an. Wie es aussieht, bist du eine Frau mit vielen Talenten."

Ich zog ein Gesicht, als hätte ich Zahnweh. „Och, nee."

„Kannst du mich groß machen?", wollte er wissen.

Ich stieß die Luft aus und starrte an die Decke. „Dafür hab ich echt keine Zeit."

„Kannst du?"

Schweigend krauste ich die Nase und schoss ihm einen grimmigen Blick zu.

Geronimo begann zu strahlen. „Oh, das muss mein Glückstag sein. Ich kann dich auch reich belohnen. Du darfst dir einen Edelstein von mir aussuchen."

Er hielt mir seinen Rubinklunker unter die Nase. Es war doch nicht zu fassen, dass er mir Wendy vor der Nase wegschnappte. Klar würde sie sein Vermögen toll finden. Aber mein Vampir war auch reich. Trotzdem brachte ich es nicht über mich, Geronimo das kleine Koboldherz zu brechen.

„Wie bist du bloß auf Wendy gekommen?", wollte ich

wissen.

„Ach, sie hat sich einfach so sehnsüchtig einen Mann gewünscht, der reich ist. Und ich habe mir so sehr eine hübsche Frau gewünscht, die Geld genauso mag wie ich und die mich deshalb mögen könnte." Verzückt presste er seine Hände an die Brust. „Wir werden so glücklich miteinander sein." Dann schaute er an sich herunter. „Also, vorausgesetzt, dass du mich groß machst ..."

Ich rollte mit den Augen und deutete auf seine übertriebene Aufmachung. „Wenn du ihr gefallen willst, musst du schon mehr tun, als nur groß zu werden. Du siehst ja aus wie ein Möchtegern-Scheich-Rapper."

Verunsichert betastete er seine Goldkette. „Meinst du echt, das ist zu viel?"

Zu einem Umstyling konnte ich mich nicht auch noch breitschlagen lassen. „Blättere doch einfach mal durch das *Forbes Magazine*. Da drin sind erfolgreiche Manager abgebildet. Dann weißt du, wie du dich anziehen kannst, um bei ihr Eindruck zu schinden."

Er nickte etwas zweifelnd. „Okay, ich werde mal schauen." Dann wurde er gleich wieder drängend. „Wann kannst du mich denn groß zaubern? Du kannst doch zaubern, oder?"

Immerhin sah ich ihn ganz deutlich, während andere das nicht taten. Ihm war klar, dass ich keine gewöhnliche Frau war.

„Ich kann dich gießen."

„Gießen?", krächzte er. „Mann, wenn gießen helfen würde, wäre ich vom vielen Duschen riesengroß."

Entnervt drückte ich ihm meine Visitenkarte in die Hände, die neben ihm wie eine Plakatwand wirkte. „Ich bin eine Hexe, du Duschmeister. Hier steht drauf, wo du mich finden kannst. Wenn du groß werden willst, meldest du dich einfach später. Ich hab jetzt zu tun. Immerhin hast du mir Wendy geklaut."

Schöner Mist.

Mit dem Kaffee in der Hand stapfte ich zurück zu Emily, denn ich musste mich noch um eine viel dringendere Angelegenheit kümmern.

KAPITEL 8

Emily verabschiedete gerade die Kundin an der Kasse, die sich von Matthew so viele Artikel hatte aufschwatzen lassen.

„Na, um wie viel sind deine Tageseinnahmen denn so gestiegen, seit du deinen Look optimiert hast, Schnuckiputz?“, fragte ich ihn zwinkernd.

„Frech wie immer, das muss Jill sein.“ Er drehte sich zu mir um und grinste. Weil wir unter uns waren, fügte er an: „Du bist auch die Einzige, die auf die Idee kommen würde, einen Werwolf so zu nennen.“

„Frag nicht, wie sie dich sonst noch nennt“, murmelte Emily.

Sicher spielte sie damit auf ihr Verbot an, ihn Wuffi-Wolf zu nennen, das sie mir erteilt hatte.

„Was soll ich sagen? Ihr Wölfe bietet gutes Material für Kosenamen.“ Ich lehnte mich über die Verkaufstheke und fing erstmal mit dem einfacheren Thema an. „Übrigens bin ich jetzt in einem Hexenzirkel und trete beim nächsten magischen Fest gegen Werwölfe an.“

Emily brach in schallendes Gelächter aus.

Matthew rollte bloß ganz still mit den Augen.

Beruhigend tätschelte ich ihm den Arm. „Mach dir keine Sorgen, du kannst mir später die tollen Tricks verraten, wie man euch Wuff... äh, euch echten Kerlen so richtig mit Anlauf in den Arsch tritt.“

Er sah mich an, als würde er mir das ganz dringend verraten wollen. „Da brat mir doch einer ’ne Hexe“, stöhnte er.

Inzwischen hatte Matthew ebenfalls damit begonnen, in Redewendungen Hexen einzubauen. Aus seinem Mund klang es trotzdem ziemlich ungewohnt, denn so lange war es schließlich noch nicht her, dass wir sein magisches Geheimnis kannten. Früher hatte er sich wie ein normaler Streber verhalten und das Wort Hexe nie benutzt. Seine Tarnung war perfekt gewesen.

„Du wirst das sicher noch mal überdenken“, wiegelte ich ab. „Aber wegen des Wettbewerbs bin ich gar nicht hier.“

Emily lachte schon wieder los. „Was hast du noch angestellt?“

Gut gelaunt kuschelte sie sich in Matthews Arm. Die beiden hatten eben keine Ahnung.

Angespannt fummelte ich am Trinkgeldschwein herum, das immer neben der Kasse stand. „Ich brauche eure Hilfe.“

Emily wirkte eher amüsiert. „Ich weiß, dass du geerbt hast und deshalb nicht scharf auf das Sparschwein sein kannst.“

„Ich spende weder Blut noch Haare“, stellte Matthew gleich klar. „Immerhin kannst du mich damit verfluchen."

„Wäre jedenfalls nicht das erste Mal", stimmte meine Freundin ihm zu.

Seufzend stellte ich das Schwein zurück an seinen Platz. „Es geht um Winifred ..."

„Ist sie denn hier?" Suchend schaute Emily sich um, als ob sie meine Tante dadurch entdecken könnte.

„Nein, sie ist bei mir zu Hause. Das ist auch besser so, damit wir in Ruhe reden können. Die ganze Situation ist ziemlich verfahren."

Emily runzelte die Stirn. „Ich bin für dich da. Das weißt du doch."

Matthew räusperte sich auffällig.

„*Wir* sind für dich da", verbesserte sie sich. Beide sahen mich lächelnd, aber auch besorgt an.

Es fiel mir schwer, ihnen von Winifreds Diebstahl und seinen Folgen zu berichten, denn als ich alles noch einmal laut aussprechen musste, erdrückte mich die Tragweite. Doch es gab kein Zurück. „... und nun muss ich den Seelenanker den Cree wiederbringen."

Emily, für die unsere magische Welt noch sehr neu war, sah mich fassungslos an. „Jill, das ist ja furchtbar."

Matthew schickte kurzerhand Wendy nach Hause, die sich über den unerwartet frühen Feierabend freute. Sie schwebte regelrecht zur Tür hinaus und ihr Kobold warf mir bekräftigende Zeichen zu. Ich verstand nur so viel, dass er sich melden würde.

Matthew sperrte hinter ihr den Laden ab. Es war zum Glück sein eigener und er konnte damit tun und lassen, was er wollte. Trotzdem war ich ihm sehr verbunden, dass er für mich alles stehen und liegen ließ.

Emily kam um den Tisch zu mir herum und drückte

mich ganz fest. „Klar helfen wir dir."

„Ich kann dir den Sarg aus dem Boden holen", bot Matthew an.

Dankbar nickte ich. „Das würde mir sehr helfen. Ich kann dich natürlich mit meiner Magie unterstützen."

Wir konnten schließlich schlecht einen Bagger auf den Friedhof fahren und den benutzen. Alles musste im Verborgenen geschehen.

„Ich habe noch nie eine Leiche gesehen", flüsterte Emily ehrfürchtig.

„Ich schon. Winifred hat für ihre Beisetzung einen offenen Sarg gewollt. Aber das war vor fünfzehn Jahren. Wie sie wohl nach all der Zeit aussieht?"

„Du wirst sie nicht unbedingt mehr erkennen", versuchte Matthew, mich darauf vorzubereiten.

Davor graute es mir. Der Moment, in dem wir ihren Sarg öffnen würden, wäre einer der schlimmsten überhaupt. Aber es gab keine Möglichkeit für mich, sie nicht anzusehen, denn ich brauchte den Anker aus ihrem Körper.

Emily bemühte sich darum, das Thema zu wechseln, um den grausamen Anblick nicht zu früh in meinem Kopf heraufzubeschwören: „Das ist also ein indianisches Objekt, was wir finden müssen?"

„Ja. Es ist mit Sicherheit sehr alt. Meine Tante hat es mir beschrieben. Ich weiß also, wonach ich ... suchen muss." Ich seufzte. „Ich muss dieses Artefakt unbedingt den Cree wiederbringen, damit die Seele des Schamanen künftig nicht mehr verlorengeht."

Sie hatten lange genug auf ihren Talisman verzichten müssen.

„Dann gehen wir da heute Abend hin", beschloss

Matthew. „Es bringt nichts, es aufzuschieben."

Ich nickte und rieb mir die Augen. Letzte Nacht hatte ich wieder kein Auge zugetan, weil dieses ganze emotionale Chaos in mir allmählich zu bedrückenden Albträumen führte. Träume, in denen ich den Tod sah. Dann schreckte ich mit Herzrasen hoch und konnte nicht mehr einschlafen.

„Winifred wird mitkommen", murmelte ich müde. „Sie kennt sich mit der Reliquie aus und kann uns beraten, falls wir nicht weiterwissen."

Denn ich wusste im Grunde fast nichts über die Magie der Indianer.

„Süße, du siehst furchtbar aus", flüsterte Emily.

Ich stieß einen Seufzer aus und schluckte schwer, weil mir ein bisschen schlecht war. „Wenn ich ihr den Anker wegnehme, wird ihr Geist einfach ins Jenseits entgleiten. Davor graut es mir so."

Sie nickte und hielt mich fest. „Allerdings werden wir das nicht mitbekommen, Jillie. Du wirst ganz allein dabei zusehen, wie sie entschwindet. Ich wünschte, ich könnte mehr für dich tun."

Matthew sah mich nachdenklich an. „Sag mal, was ist denn mit dem Rest deiner Familie? Sollten sie uns nicht begleiten?"

„Winifred will das nicht, weil sonst alle wüssten, welche Schuld sie auf sich geladen hat. Ich soll später behaupten, dass sie einfach nicht mehr da wäre." Plötzlich fühlte ich mich ganz schlapp. „Dann halten wir eine zweite Trauerfeier für sie ab. Diesmal in schwarz."

Der blasse Mond stand fast voll am Himmel und blitzte immer wieder hinter Wolkenschleiern hervor. Dann glomm der sandige Weg des Friedhofs, über den wir im Schutz der Dunkelheit schritten, vor uns auf. Die Gräber lagen ganz still da wie totes Gebein. So tot, wie es auch der Körper meiner Tante war. Der Gedanke, wie sie wohl nach so vielen Jahren in der Erde aussah, trieb mich noch immer um.

„Ganz schön finster hier“, flüsterte Emily und sah zurück zur alten Steinmauer, die wir gerade überwunden hatten.

Matt hielt Emilys Hand und führte sie durch die fahle Schwärze. Er war es gewohnt, des Nachts umherzustreifen. Ich klammerte mich an einem großen Blumenstrauß fest. Er bestand aus roten Rosen, die für meine Liebe zu Winifred standen, und weißen Lilien, mit denen ich ihr Frieden auf ihrem Weg wünschte.

Leise schwebte sie neben mir her. Ihr Blick war ganz bang. Sie fürchtete sich vor dem Tod, noch mehr als ich mich vor der Leere, die sie hinterlassen würde. Sie wäre nicht mehr dabei, wenn ich zu den Cree ginge, würde nicht mehr erfahren, wie sich die Geschichte fortspann.

Mir ging das Lied ihrer Beisetzung durch den Sinn: *„Who wants to live forever“*. Ich flüsterte den Text vor mich hin, weil wir sie nun wieder ausgraben würden.

Auch meine Tante murmelte die Worte in die Nacht: *„Was ist es, was uns träumen lässt und uns doch entgleitet? Wer will schon für immer leben?“* Sie schniefte und suchte am wolkenbedeckten Himmel nach den Sternen. „Ich will es.“

Fünfzehn Jahre Aufschub, bis das letzte Sandkorn in ihrer Sanduhr fiel, hatten daran nichts geändert. Nach all der Zeit ging es jetzt bloß noch um Wimpernschläge.

„Für immer ist unser Heute.“ Ich krallte meine Hände

um den Strauß.

„Wir sind schon eine traurige Prozession“, fand Winifred. „Und es ist umso trauriger, dass wir es heimlich tun müssen.“

„Ja, das ist es.“

Emily und Matthew wussten, dass ich mit ihr sprach, auch wenn sie von der ganzen Unterhaltung bloß mich hören konnten.

„Pass auf Brutus auf. Er ist ein dummer Frosch, aber er mag dich“, plapperte sie plötzlich.

Ich nickte. „Ist gut.“

„Du solltest zulassen, dass man dich mag, Jillie. Und dass du andere magst.“

„Du redest von Will, oder?“

Ich hatte geahnt, dass sie damit anfangen würde. Emily sah mich wissend an.

„William wird dir dein Herz nicht brechen. Du hattest eben eine schlechte Erfahrung und nun wird es Zeit für eine gute. Eine sehr gute.“

Die eine schlechte Erfahrung hatte ich allerdings mit meiner dunklen Wut besiegelt. Ja, ich hatte mich hinreißen lassen. Dieser herzlose Druide hatte es nicht anders verdient gehabt. Er hatte nie etwas für mich empfunden, aber zugelassen, dass ich mein Herz an ihn verlor. Dabei hatte er nur wissen wollen, wie eine Beziehung mit einer Hexe so wäre, und als er geglaubt hatte, alle Informationen gesammelt zu haben, hatte er sich einem neuen Projekt zuwenden wollen und mich eiskalt fallengelassen.

Das war der Moment, in dem er lernte, dass seine Hexen-Studie längst nicht abgeschlossen war, denn er hatte meine Wut noch nie gespürt. Es war das

Elementarste, was man über eine Hexe wissen sollte – nämlich dass man besser niemals ihren Zorn auf sich lud. Also hatte ich ihm das auch noch mit auf den Weg gegeben. Wenn schon, denn schon.

Jede Hexe beherrschte Wutmagie, aber in der Ausprägung waren wir sehr unterschiedlich. Ich war vom Blut meiner Vorfahrin. In mir floss ihre Magie. Es hieß: Die Hexe fällt nicht weit vom Stamm. Und das stimmte. Meine Fähigkeiten waren ein Abbild von Juannas. So wie an einem Apfelbaum immer Äpfel wachsen würden. Ich hatte noch nicht alle Aspekte ihrer Macht – meiner Macht – ergründet, denn diese dunkle Seite hatte sie Kopf und Kragen gekostet.

Doch die milde Form, die ich schon damals beherrscht hatte, verfolgte meinen Ex bis heute. Er würde so lange beim Sprechen spucken, beim Sex Schluckauf haben und jede Frau dabei einschlafen lassen und außerdem kein Salz mehr schmecken können, bis er eine Frau dazu brachte, ihn zu lieben, die er selbst auch wahrhaft liebte.

Besonders an seiner Zuneigung würde es wohl immer scheitern. Zuletzt hatte ich ihn jedenfalls noch spucken sehen. Mit dem Salz hatte ich ihm einfach nur den Geschmack am Leben nehmen wollen.

Ich war jung gewesen. Hinterher waren mir noch bessere Flüche eingefallen, aber so funktionierte Impulsmagie nicht. Da schleuderte man das aus sich heraus, was einem gerade einfiel.

Aber meine Tante hatte recht. Jetzt, da wir uns Winifreds Vergangenheit stellten, sollte ich auch meine eigene hinter mir lassen. Wenn es ihr letzter Wunsch war, dass ich Will eine Chance gab, würde ich ... na ja, ihn auf jeden Fall trotzdem weiter ärgern, weil das einfach zu viel Spaß machte. Doch möglicherweise sollte ich den Abstand zwischen uns verkleinern.

Also nickte ich. „Na, schön. Ich werde Will nicht aus den Augen verlieren."

„Danke, Jillie. Es bedeutet mir so viel, dass du dich öffnest. Dann kann ich beruhigter gehen."

Ein Stich bohrte sich durch mein Herz.

„Oh Gott, ich glaube, hier ist es, oder?", hauchte Emily.

Beim Anblick von Winifreds Grabstein bekam ich Gänsehaut. Wir hatten ihre letzte Ruhestätte erreicht und mit ihr eine furchtbare Aufgabe.

KAPITEL 9

Der glänzende, schwarze Block mit den geschliffenen Kanten ragte aus dem Totenacker hervor. Die silberne Schrift schimmerte in der Nacht, weil ich den Stein bei jedem Besuch abwischte: *„Winifred Clendon, 1931 – 1999, Für immer ist unser Heute.“*

Für einen Moment stand ich wie angewurzelt da, dann setzte ich mich in Bewegung, als wäre ich ferngesteuert, nahm die Steckvase aus der Erde und entfernte den alten Strauß aus rosa-weißen Ranunkeln. Das waren Handgriffe, die ich kannte. Alte Blumen raus, neue Blumen rein. Mit zittrigen Fingern stellte ich die Vase zur Seite, kniete mich vor den Grabstein und strich an den Buchstaben entlang. Als alles ganz sauber war, klammerte ich mich am Stein fest. Wenn ich meine Tante schon nicht mehr in die Arme schließen konnte – und ich war mir nicht sicher, ob ich es über mich brächte, das, was wir von ihr noch im Sarg finden würden, zu umarmen –, dann wollte ich mich wenigstens an ihrem Denkmal festhalten.

Winifred schniefte: „Ach, meine Kleine.“

Emily und Matthew hatten mir schweigend zugesehen, doch nun spürte ich seine Hand an meiner Schulter. „Jill, wir sollten anfangen.“

Ich nickte und begann mit dem Teil, der anders war als sonst. Ich entfernte alle Pflanzen aus der Erde, die ich später wieder einsetzen wollte. Morgen sollte es nicht danach aussehen, als ob sich hier jemand an ihrer Ruhestätte vergriffen hätte. Emily nahm mir die Pflanzen ab und legte sie vorsichtig zur Seite. In der Zwischenzeit trieb Matthew eine der großen Schubkarren und einen Spaten vom Eingang auf und breitete eine lange Plane auf dem Weg aus, die wir selbst mitgebracht hatten.

Jetzt entkleidete er sich bis zur Unterwäsche und verwandelte sich im Schein des Mondes ansatzweise in einen Werwolf. Er blieb in aufrechter Haltung, beließ sein Gesicht und die Hände wie sie waren, um mit uns sprechen und den Spaten führen zu können, aber sein Körper wurde größer und kräftiger, überall traten Muskelstränge hervor und vereinzelt bedeckte Fell seine Gestalt. So ein halber Wolf war ein sehr archaischer Anblick. Matthew war kaum wiederzuerkennen.

Als ich das Grab freigeräumt hatte, fragte er: „Kannst du mir zeigen, wo genau sich der Sarg befindet?“

Ich nickte, kniete mich vor die nackte Fläche und krabbelte vorwärts, bis ich ausgestreckt auf dem kalten Boden lag. Ich schloss meine Augen und konzentrierte mich. Die Hände presste ich flach an das Erdreich und sandte meine Magie in Wellen hindurch, um zu ergründen, wo sich die Holzkiste befand. Was ich zurückerhielt, war ein kleines Echo, so ähnlich wie Fledermäuse es nutzten, nur dass ich durch den Boden hindurch *horchte*. Als ich die erste Ecke der Totenlade in der Tiefe spürte, griff ich in meine Tasche, holte einen Bergkristallobelisken heraus und stieß ihn an der entsprechenden Stelle in den Boden. So verfuhr ich mit allen vier Eckpunkten.

Nun wusste Matthew genau, wo er den ersten Spatenstich ansetzen musste. Mit viel Kraft und Ausdauer – grundlegenden Eigenschaften seines Werwesens – grub er sich immer tiefer in die Erde hinein. Dabei schippte er alles auf die Schubkarre und Emily und ich, wir leerten sie regelmäßig auf der Plane aus, auf der ein gewaltiger Hügel anwuchs. Ich sah kleine Regenwürmer, die sich im Humus bewegten, doch je tiefer der Spaten drang, umso weniger Tierchen krabbelten darin herum.

Um Matthew bei seiner schweißtreibenden Arbeit zu unterstützen, sammelte ich einige Efeupflanzen von anderen Gräbern, tauchte ihre nackten Wurzeln in die Flasche mit Wachstumsbeschleuniger, die ich von zu Hause mitgebracht hatte, und platzierte sie an den Kanten des Lochs. Die Wurzeln sprossen, wurden immer länger und dicker. Ich flüsterte magische Worte in die Nacht, deren Zauber das Geflecht lenkte, damit es die Wände abstützte und keine Erde zurückfiel. Auf diese Weise konnte Matthew eine Grube mit fast senkrecht verlaufenden Wänden graben.

Er war stark und schnell, trotzdem brauchten wir fast zwei Stunden. Der Boden war lehmig und hart. Dazwischen verbargen sich unzählige Steinklumpen, die dem Spaten ständig in die Quere kamen. Obwohl die

Nacht sehr kühl war und Matthew, von etwas Fell abgesehen, halb nackt war, dampfte sein Körper von der Anstrengung.

Ohne den Wolf in ihm hätten wir den Sarg morgen früh noch nicht erreicht. Doch so stand der Mond erst im Zenit, als er mit der Schaufel auf Holz stieß. Bei dem Geräusch lief es mir kalt den Rücken hinab. Sorgsam legte er alles frei.

Ich blickte in das düstere Loch hinab, das wie eine klaffende Wunde in der Erde wirkte, die mit bizarren Wurzeln ausgekleidet war, und starrte direkt auf Winifreds Sarg, den ich seit fünfzehn Jahren nicht mehr gesehen hatte. Wie es Winifreds sterblicher Hülle wohl darin ergangen war?

„Reicht mir mal die Seile", rief Matthew, der bis zum Bauch seiner Werwolfgestalt im Erdloch verschwunden war.

Emily sprang sofort auf. „Hier, Schatz." Dazu hielt sie ihm eine Trinkflasche hin.

Lächelnd rieb er sich mit dem schmutzigen Arm die Stirn ab, was ein paar Spuren in seinem Gesicht hinterließ. Er sah wirklich wild aus. Die Flasche leerte er in einem Zug. „Danke."

Emily nahm sie ihm ab und verstaute sie im Gepäck. „Ich konnte ja sonst nicht viel machen."

„Ich bin so dankbar, dass ihr mich überhaupt begleitet habt", stellte ich klar. „Ohne euch würde ich das gar nicht schaffen."

Matthew befestigte die Seile am Sarg, stemmte sich am Erdrand aus dem Loch und musterte uns beide. „Eigentlich sollten wir zu viert sein, wenn wir das machen." Er räusperte sich. „Nichts für ungut, Wini."

Sie schwebte im Schneidersitz über ihrem Grabstein und kratzte sich verlegen die Schulter: „Mir ist schon klar, dass ich als vierte Person nicht viel tauge.“

„Und ihr beide seid leider nicht besonders kräftig“, fuhr er fort, weil er Wini nicht gehört hatte. Sein Blick wanderte zum alten Ahorn, der drei Meter entfernt hinter uns stand, und dessen Baumkrone weit ausladend bis fast zu uns heranreichte. „Aber mit dem Baum könnte es gehen.“

Er warf die Seile über einen starken Ast, machte Schlaufen in die Enden und nickte. „Jetzt könnt ihr euch einfach dranhängen. Ich weiß, ihr wiegt nicht viel – das tun Frauen ja nie –, aber zusammen wird es schon gehen.“

Matthew stellte sich an die gegenüberliegende Seite des Lochs, wickelte sich seine beiden Enden um die Handgelenke und nickte uns mit entschlossenem Ausdruck zu. „Ich zähle bis drei.“

Meine Hände fühlten sich plötzlich ganz klamm an. Wir würden den Leichnam meiner Tante aus dem Boden holen!

„Eins.“

„Ich glaube, mir wird schlecht“, stöhnte ich.

„Zwei.“

„Du schaffst das“, erklärte Emily und klammerte sich an ihrer Schlaufe fest.

Und dann blieb mir auch gar nichts anderes mehr übrig.

„Drei!“, rief Matthew und zerrte gleich zwei Seile zur selben Zeit nach oben. Weil er keine einzige Hand mehr frei hatte, um nachzufassen, wickelte er sich die Stricke um die Unterarme, als würde er ein massives Wollknäuel aufrollen. Die Sehnen traten an seinem Hals hervor und die Muskeln seiner Arme erbrachten ein weiteres Mal in dieser Nacht Höchstleistung, als er Ruck für Ruck für Ruck die Unterarme kreisen ließ.

Eigentlich hatten Emily und ich es leichter. Wir brauchten bloß unser Gewicht in die Waagschale zu werfen. Aber Emily hing wie ein kleines Äffchen an ihrer Schlaufe. Weil der Sarg so schwer war, gab er nur schleppend nach und verkantete sich oft.

Ich musste dringend wütend werden, um meine Impulsmagie freisetzen zu können, und gab mir Mühe, mich hineinzusteigern. Verflixt, war das ein Mist, dass ich erst wütend werden musste, um richtig starke Magie wirken zu können! Und wieso musste dieser blöde Sarg ständig so schlenkern? Verflucht sei es, dass wir uns mit diesem Problem herumschlagen mussten. Dass ich meine Tante aus dem Boden zerren musste. Dass ich diesen liebestollen Vampir an der Backe hatte. Dass mir dieser stinkreiche Gnom mit Wendy einen Strich durch die Rechnung machte. Dass ich nicht mal laut schreien durfte, weil wir uns wie Verbrecher auf den Friedhof geschlichen hatten.

Endlich spürte ich das vertraute Surren der Wutmagie in meinem Körper. Ich leitete sie direkt in meine Arme hinein, bis ich mich stark wie ein Grizzlybär fühlte. Erst jetzt erreichte ich die Kraft, um mit einem Arm von Matthew mithalten zu können. Himmel, Arsch und Hexenspucke! Das würde beim Wettkampf heikel werden. Natürlich hätte ich noch schreien und aufstampfen können, was meine Macht erst richtig entfesseln würde, aber wenn man eine bestimmte Grenze in der Impulsmagie überschritt, war die

Kontrolle dieser wilden Energie dahin. Also ließ ich es bleiben.

Emily starrte mich verblüfft an. „Das ist nicht fair! Ich zieh doch schon wie verrückt."

Aber sie war die Einzige hier, die ohne Magie auskommen musste. Da konnte sie ziehen, wie sie wollte.

„Schwing dich zu mir rüber", forderte ich sie auf und packte auch noch bei ihrem Seil mit an, bevor die Holzkiste eine völlige Schieflage bekam und sich endgültig verkeilte.

Keuchend und schwitzend hievten wir den Sarg hoch. Nicht zu früh, denn vor lauter Anstrengung verpuffte allmählich meine Energie. Wutmagie kam schnell und verschwand auch genauso schnell wieder. Ich war da kein Ausdauertyp wie Matthew.

„Ich werde den Sarg jetzt in eure Richtung rutschen lassen", erklärte Matthew.

„Wie willst du denn ...?" Emily brach mitten in ihrer Frage ab, als er plötzlich seine Arme nach oben riss und der Lade ordentlich Schwung mit auf dem Weg gab. Sie schwenkte über die Kante der Grube. Bevor die Kiste zurückschaukeln konnte, sprang Matthew ab und trat gegen die Sargwand. Die Seile rutschten uns aus den Händen und die Kiste schlitterte auf uns zu. Matt schaffte es, nicht ins Erdloch zu fallen und kam schnaufend neben uns zum Stehen.

Fassungslos betrachtete ich den dunklen Kasten. Die Bilder der Beerdigung mit dem offenen Sarg gingen mir durch den Kopf. Wie sauber er damals gewesen war. Nun klebte überall der Dreck der Tiefe und all der Zeit an ihm. Ich spürte, wie mir die Augen brannten. Mein Blick huschte zu Winifred. Es war das erste Mal, dass ich einen

Geist weiß wie ein Leichentuch werden sah.

„Oh Gott, ich bin da drin", stieß sie aus. „Ich bin schon so lange ohne meinen Körper. Dieses Ding da kommt mir so fremd vor."

Sie drückte sich die Handballen an die Augenlider.

„Ich weiß, Wini. Ich erinnere mich auch lieber anders an dich." Schaudernd hockte ich in der finsteren Nacht vor ihrer Totenkiste.

„Jetzt heißt es Abschied nehmen", flüsterte sie.

Ich schüttelte den Kopf. „Nein, erst kommt noch ein anderer schlimmer Teil: Ich werde ihn öffnen müssen."

Matthew und Emily halfen mir dabei, die Nägel aus dem Sarg zu lösen. Als wir den letzten Nagel entfernten, tat sich ein schmaler Spalt im Holz auf. So als würde der Sarg atmen. Ich sah regelmäßig Geister, aber das hier war einfach nur gruselig.

„Wenn ich nicht hinschauen muss, will ich es auch nicht", bat Winifred.

Ich verstand nur allzu gut, was sie meinte.

„Sollen wir bei dir bleiben oder willst du mit ihr allein sein?" Emily schaute mich mitfühlend an.

Mein Hals war wie zugeschnürt. „Ich glaube, ich wäre wirklich lieber eine Weile allein."

Die beiden nickten und gingen zu einer nahegelegenen Bank, um mir die Zeit zu geben, die ich brauchte. Jetzt waren nur noch Wini und ich da. Dabei schaute sie nicht einmal hin. Aber wenigstens konnte ich mir emotional in die Hose machen, wenn mich niemand ansah.

„Verdammt, du bist eine Hexe, reiß dich mal zusammen!", schimpfte ich mit mir selbst.

Meine Tante kehrte mir weiterhin den Rücken zu und schniefte. „Du bist immer so tapfer, meine Kleine ..."

Das war dieser Moment, in dem ich mir sicher war, dass Helden nur unter Zwang geboren wurden. Ich schloss die Augen, um mich zu fokussieren, und atmete tief durch. Schön in den Bauch hinein und dann alle Luft heraus, bis meine Lungen ganz leer waren. Bekräftigend nickte ich mir zu. „Eine Hexe muss tun, was eine Hexe tun muss."

Ich krallte meine Hände in den Deckel und stemmte ihn mit einem kräftigen Ruck hoch. Dann zwang ich mich, meine Augen wieder zu öffnen.

Der Anblick traf mich wie eine Keule. „Das gibt es doch nicht."

Da lag Winifred. Nicht bloß irgendwelche mumifizierten Überreste, sondern wirklich Winifred. Es war beinahe wie im Dornröschenschlaf. Sie ruhte noch genauso auf dem Bitukrepp wie am Tag ihrer Beerdigung vor fünfzehn Jahren. Ich entdeckte sogar noch Spuren des Make-Ups in ihrem Gesicht. Die rosa Wangen, der feine Puder, das gewaschene und ordentlich gekämmte Haar. Sie roch nicht einmal tot, sondern nach der Seife, mit der man sie gesäubert hatte. Selbst vom Kleid ging noch der Duft ihres Waschmittels aus. So vertraut. Meine Tante hatte immer so geduftet. Ich erkannte das feine Netz der Magie, das sie umgab und seinen Ursprung in ihrem Bauch nahm.

„Ach, du liebes bisschen. Wini, du siehst aus wie damals. Genau wie damals." Ich konnte diese Worte nur hauchen. Mir fehlte völlig die Stimme. Ich hatte mit einer so schrecklichen Erscheinung gerechnet.

Doch obwohl ich erleichtert war, dass sie keinem Kadaver glich, raste mein Herz und drohte mir aus der Brust zu springen, weil ich vor Winis Körper kniete. Es war so lange her. Wie ein Geist, der aus dem Spiegel trat.

Ganz vorsichtig streckte ich einen Finger nach ihr aus und bemerkte, wie schmutzig er war. Sofort rieb ich ihn an meiner Kleidung sauber. Ihr Geist sank an meine Seite und sie starrte sich selbst an, als würde sie ein Gespenst sehen. Dann begann sie zu heulen. Ihre Geistertränen tropften ins Nichts.

Sanft berührte ich die Wange ihres Körpers und jene Winifred, die keinen Körper mehr besaß, schreckte neben mir zusammen und fasste sich entsetzt an ihre Wange.

„Oh Gott“, wisperte sie. „Das habe ich gespürt! Mach das nochmal.“

Mir kamen selbst die Tränen, als ich sie erneut streichelte. Diesmal über Stirn und Haare.

„Schon wieder“, rief sie fassungslos.

Und dann warf ich mich über ihren Oberkörper und schloss sie endlich in meine Arme. Dabei heulte ich, wie ich seit Kindertagen nicht mehr hatte heulen müssen, und bebte am ganzen Körper. Mir strömten die Tränen über die Wangen und meine Nase schwoll zu. Ich schniefte und weinte und Winifred neben mir vergoss ihre Geistertränen.

„Meine Kleine“, schluchzte sie. „Das habe ich mir so gewünscht.“

„Ich mir auch.“

Wir nahmen uns viel Zeit für unseren Abschied. Am Ende wischte ich mir die nassen Wangen an meinem Ärmel trocken. Ein Vogel krächzte im Geäst. Langsam erwachte die Natur für einen neuen Morgen.

„Du musst es jetzt tun, Jillie“, ermutigte sie mich.

Ich nickte und legte ihrem Leichnam zwei der

Kristallobelisken, die ich wieder vom Boden eingesammelt hatte, in die Hände. In jede Hand einen.

„Die stehen für Klarheit“, informierte ich sie. „Klare Farben stehen für Klarheit.“ Deshalb hatte ich die Bergkristalle ausgewählt und sie mit einem Schutzzauber belegt. „Wenn du später in eine Welt der Schleier und Nebel eintauchst, wirst du dich damit besser zurechtfinden. Die Spitze des Obelisken wird dir den Weg weisen.“

„Ist gut.“ Sie nickte gerührt.

„Grüß alle, die ich mal kannte und die schon dort sind, von mir.“

Jetzt lächelte sie sogar. „Kann es kaum erwarten, meinen Mann wiederzusehen. Der gute Alastair wird Augen machen.“ Ihre Geisterhand wanderte zu meiner Schulter, auch wenn sie mich nicht berühren konnte. „Versprich mir, dass du nicht so bald nachkommst, Jillie. Okay? Du bist doch meine Kleine.“

Erneut kullerten mir Tränen über die Wangen. „Okay.“

Sie zeigte zu ihrem Bauch. „Wie willst du den Seelenstein jetzt aus mir herausbekommen?“

„Mit Magie.“ Ich griff in meine Tasche und holte einen kleinen Anhänger in der Form eines Ankers heraus. Er baumelte an einem Lederband. Ich hatte ihn mit einem Zauber belegt, der mir dabei helfen sollte, den anderen Anker, der in ihrem Körper steckte, wie einen Magneten zu leiten.

Mit zitternden Händen wickelte ich mir die Schnur um den Zeigefinger und ließ den Anker über ihren Bauch schweben. Alsdann begann ich, die Worte der Magie zu flüstern, die keiner Sprache der Menschen glich. Sie erhoben sich wie ein Singsang in die Nacht. Höher und höher in den Himmel, an dem wie alte Geister die Sterne leuchteten. Ganz sanft ließ ich den Anker weiter kreisen, bis die kleine Spitze an seiner Unterseite plötzlich zuckte und eine Verbindung zu Winis Seelenanker aufnahm.

Die Energie knisterte wie ein kleiner Faden zwischen den beiden. Als ich behutsam den Anhänger an ihrem Körper entlang aufwärts führte, zog das magische Band den Seelenanker mit sich. Die Hände von Winifreds Geist wanderten ebenfalls von ihrem Bauch über ihre Brust und den Hals hinauf. Dann zuckte sie zusammen und verzog den Mund. Es war klar, wo die Reliquie sich nun befand.

Ich löste die magische Verbindung zwischen den Objekten und legte meinen Anhänger Winifreds Leichnam auf den Bauch, wo sie all die Jahre ihren eigenen Anker aufbewahrt hatte. Wenn ich ihr schon den einen nahm, wollte ich ihr wenigstens den anderen lassen. Es war nicht richtig, Tote zu bestehlen und ihnen nichts dafür zu geben.

„Holst du ihn jetzt raus?" Ihre Stirn stand in Falten und sie zeigte auf ihren Mund.

„Einen letzten Schnitt muss ich noch machen." Aber zum Glück brauchte ich nicht Winifred selbst mit dem Messer zu verletzen. Wie bei allen Toten hatte man ihren Unterkiefer mit einem Garn an ihrer Nasenscheidewand festgebunden, damit ihr Mund geschlossen blieb. Nun durchtrennte ich den Baumwollfaden und als ich es tat, öffneten sich ihre Lippen einen Spalt. So wie es schon beim Sarg passiert war, als wir ihm die Nägel genommen hatten.

Während es aussah, als würde ihr Körper Luft holen, konnte ich selbst kaum noch atmen.

Traurig schaute ich zu meiner Tante. „Ich wünschte, ich müsste das nicht tun."

Sie nickte und gab mir einen Kuss auf die Stirn, mit Lippen, die mich nicht berühren konnten. „Es ist gut so und es ist mehr als an der Zeit."

„Ich liebe dich", wimmerte ich.

Dann fasste ich in ihren Mund und holte den indianischen Talisman heraus. Im selben Moment, als ich das tat, verrauchte das schützende Netz der Magie um ihren Leichnam. Ihr Körper wirkte weiterhin friedlich, so als würde Winifred nur schlafen, doch ihr Geist wurde ins Nichts davongerissen. Der Anblick brannte sich mir ein. Ich sah ihren entsetzten Blick und die Hand, die sie panisch nach mir ausstreckte. Dann herrschte bloß noch Leere, wo sie eben gewesen war.

Nie war mir ein Friedhof toter vorgekommen.

KAPITEL 10

Sonst saß ich eigentlich nicht frühmorgens im Park, um den Alkohol von jemandem zu trinken, der eine halbe Flasche Fusel hatte stehen lassen. Doch das war nicht der Moment, um zimperlich zu sein. Mir ging es schrecklich, meine Augen und Nase waren völlig verquollen und mein Herz war auf dem Friedhof stehen geblieben. Als hätte ich es zu meiner Tante in den Sarg gelegt.

Ich hickste, heulte und schluckte dieses eklige Zeug, das sich Grappa schimpfte. Es war auch ganz schön grappig. Und falls es dieses Wort noch nicht gab, dann tat es das jetzt. Es war so widerlich. Trotzdem hielt mich das nicht davon ab, noch mehr davon in mich hineinzuschütten.

Ständig rieb ich über meine Stirn und die Schläfen, aber egal wie oft oder heftig ich es tat, mir wollte das furchtbare Bild nicht aus dem Kopf gehen, wie Winifred vom Jenseits aufgesaugt worden war wie eine Socke vom Staubsauger. Ich schniefte, weil ich kein Taschentuch mehr übrig hatte. Dafür stapelten sich die verbrauchten Kleenex im Mülleimer neben mir, aber ich war viel zu stolz, um eins davon wieder herauszufischen und noch mal zu benutzen.

Wenigstens hatten Emily, Matthew und ich noch alles wieder hergerichtet, damit der Friedhofsgärtner bei Dienstantritt keinen Schock erlitt. Wir hatten den Sarg zurück in das Grab gelassen – darauf trank ich einen Schluck – und wir hatten jeder erst eine Blume und dann eine Handvoll Erde darauf geworfen, bevor Matthew die Plane herangezogen und das riesige Loch, das wie eine Wunde im Erdboden geklafft hatte, wieder zugeschüttet hatte. Ich nippte noch mal an der Flasche.

Liebevoll hatte ich im ersten Licht des Morgengrauens die Pflanzen zurückgesetzt und die Blumenvase mit den frischen Rosen und Lilien ans Kopfende gesteckt. In der Zwischenzeit hatte Emily die Schubkarre und den Spaten versorgt, während Matthew sich mit einem Schlauch kalten Wassers abgeduscht und angekleidet hatte. Bevor wir gegangen waren, hatten wir unsere Plane und die Seile in Matts Rucksack verstaut und das Grab wieder hergerichtet, damit nichts von unserem nächtlichen Einbruch kündete.

Doch irgendwie hatte sich nur der äußere Anschein beheben lassen. In mir drin war die Beerdigung in vollem Gange. Ich wollte erneut am Grappa nippen, doch es rann nur noch ein einsamer Tropfen aus der Buddel. Schniefend warf ich sie zu meinem Taschentuchberg in den Mülleimer, in dem sie einfach versank, ohne zu klirren.

Das Gefühl des Verlusts, das ich schon vor fünfzehn Jahren hätte spüren sollen, setzte erst heute mit voller

Wucht ein. Hätte ich Wini schon als Kind verloren, wäre ich weinend auf meinem Bett mit der Einhorndecke gelandet und hätte bei meinem Plüschzoo Trost gesucht. Nicht alles wurde im Alter besser. Die Entwicklung hin zu einer morschen Holzbank im Park mit der Schnapsflasche eines Fremden war beschämend und ich vermisste mein rosarotes Kinderbett und die kleine Drehlampe, die Schmetterlinge aus Licht an die Wände gezaubert hatte.

Nun drehte sich lediglich die Wahrnehmung in meinem Kopf. Ich vergrub die Hände in den Jackentaschen und stieß auf die Kristallobelisken. Sie machten mich ganz rührselig und ich umklammerte die beiden exakt so, wie ich sie Winifred in die Hände gelegt hatte. Dabei bildete ich mir ein, dadurch eine Verbindung zu ihr aufzunehmen.

Doch nichts würde die Leere, die sie hinterlassen hatte, füllen können. Wie einsam das Haus ohne sie sein würde. Wie einsam ich ohne sie war ... Meine Familie wusste noch nichts davon, dass sie nun fort war. Mir fehlte aber die Kraft, es ihnen jetzt zu sagen.

Ich ließ die Kristalle los und kramte weiter in meinen Taschen. Dann spürte ich etwas kühles Rundes in meiner Linken. Langsam zog ich den Seelenanker hervor, der genauso aussah, wie Winifred ihn mir beschrieben hatte: wie eine unscheinbare Steinmünze. Doch die Magie, die ihm anhaftete, war enorm stark. Nach allem Mühsal, das davon ausgegangen war, schaffte ich es nicht, mich jetzt damit zu befassen.

Ich steckte ihn zurück und kramte lieber mit der rechten Hand weiter. Dabei förderte ich mein Handy zutage. Ohne nachzudenken scrollte ich durch mein

Telefonbuch. Vorbei an so vielen Namen, die in mir nichts auslösten. Bis mein Daumen über einem hängen blieb. Einem, an dem auch Wini so gerne hängen geblieben war: William.

Ich zog noch einmal kräftig die Nase hoch, wischte mit dem Ärmel nach und rief ihn kurzerhand an. Mein ganzes Sichtfeld verschwamm und das lag nicht bloß an den Tränen. Sicher würde er mir mein Besäufnis anmerken. Allerdings tutete es bereits in der Leitung und es kam mir für ein schnelles Auflegen zu spät vor.

„Jill?“, meldete er sich verschlafen.

So ein Krötendreck! Jetzt hatte ich ihn auch noch geweckt. Im Sommer ging die Sonne hier so früh auf, dass ich besser mal die Uhrzeit kontrolliert hätte.

„Äh ... ja“, stammelte ich und hickste.

Peinlich berührt hielt ich mir die Hand vor den Mund. Dann runzelte ich die Stirn. Offensichtlich hatte er meine Nummer genauso bei sich abgespeichert, wie ich seine bei mir.

„Alles okay bei dir?“ Er klang ziemlich alarmiert.

„Nein“, schluchzte ich auch schon. Eigentlich wollte ich ihn nicht als seelischen Mülleimer benutzen, aber die Worte purzelten einfach so aus meinem Mund. Und das taten sie ziemlich lallend: „Sie sssah aus wie vor fünfz’n Jahr’n, aber von nun an wird sssie vermodern. Ich hab ihr nich’ mal mehr’n Mund zugenäht.“

Bei der Vorstellung schauderte ich am ganzen Körper und hätte am liebsten noch einen Schluck von diesem widerlichen Grappa übrig gehabt.

„Was? Wer?“ Er verstand kein Wort, von dem, was ich sagte. „Bist du betrunken?“

„Winifred ist tot“, heulte ich. „Richtig tot.“

Für einen Moment wurde es ganz still in der Leitung, dann stieß er die Luft aus. „Ah, verdammt, Jillian. Das tut mir so leid."

„Ich hab sie auf'm Gewissen." Kummervoll starrte ich den Seelenanker in meiner Hand an. Die Seite mit dem Geist zeigte nach oben. Als ich ihn wendete, kam die Seite mit dem Körper zum Vorschein. Ein Taler des Schicksals.

Winifred wäre noch da, wenn ich nicht in ihren Mund gefasst hätte. Das Gefühl ihrer Lippen und Zähne auf meiner Haut, wollte mir nicht aus dem Sinn gehen, und ich hätte die betreffende Stelle an meiner Hand am liebsten aufgekratzt.

William keuchte, tarnte es schnell als Räuspern und gab sich alle Mühe, Ruhe zu bewahren. „Wo bist du gerade?"

„Saufen im Park."

„Was für ein Park? Soll ich zu dir kommen?"

„Nein!", quiekte ich. Er sollte mich auf keinen Fall in diesem Zustand sehen. „Ich hätte dich nicht anrufen sollen."

„Sondern?"

Ich schwieg beharrlich und starrte auf den Stein. Alles verschwamm vor meinen Augen.

„Jill", sagte er eindringlich. „Ich bin froh, dass du es getan hast."

„Das war nur mein Daumen, der auf das Telefon getippt hat."

Ich war einigermaßen verblüfft, dass ihn nicht mal das Geständnis eines Mordes abschreckte.

„Okay." Ich konnte ihn förmlich nicken sehen, stellte mir vor, wie er seine Lippen benetzte. „Ich kann dich doch von dort abholen ... Jillian, ich kann für dich da sein."

Mein Herz schlug unsicher, als ich über diese Möglichkeit nachdachte. Es wäre schön, allen Ballast bei jemandem abzuladen. Emily und Matthew hatten mir angeboten, mich nach Hause zu fahren, mir Tee zu kochen und bei mir zu bleiben. Aber ich war ja gar nicht krank und außerdem hatte ich ihnen schon genug zugemutet.

Also war ich lieber in mein Auto gestiegen und ziellos durch die Gegend gefahren. Irgendwann war mir das Schild vom Park ins Auge gesprungen und hatte mich zum Anhalten verleitet. Ein kleiner Spaziergang mitten in der Natur, an einem Ort, an dem es keine Gräber gab. Eine kleine Bank, um darauf zu verweilen und tristen Gedanken nachzuhängen. Und dann war ich mit dem Fuß gegen die Schnapsflasche gestoßen.

Mein Kopf fühlte sich an, als wäre er in Watte gepackt. Mir war auf eine unwohle Art heiß und ich schwitzte trotz der frischen Luft. Schweiß klebte mir auf der Stirn und der Baum vor meinen Augen schien sich zu drehen. Ich zuckte zusammen, als ich leicht nach vorne schwankte. Ich sollte besser ins Bett. Die Chance für Will, um die mich Winifred gebeten hatte, wartete wohl lieber auf eine bessere Gelegenheit. Ich war sturzbetrunken und kam vor Trauer fast um. Mit Romantik hatte das nichts zu tun.

Müde schüttelte ich den Kopf und hörte gleich wieder damit auf, weil mir schlecht wurde. „Nein, es geht schon."

Zwar hatte ich einen Bammel davor, nach Hause zu fahren, denn ohne Winifred würde dort alles in Stille versinken, doch für immer auf dieser Parkbank zu bleiben, war keine Option.

„Jill“, beschwor er mich.

„Nein, ich nehme mir ein Taxi.“

Damit legte ich auf und setzte mich in Bewegung. Ich weiß nicht, wann ich ein Taxi erreichte. Wirklich erinnern konnte ich mich an die Fahrt nach Hause nicht, denn das Teufelszeug aus der Flasche hatte mindestens fünfundvierzig Volumenprozent in sich gehabt.

KAPITEL 11

Hände streichelten über meinen Rücken. Ich musste träumen. Ganz eindeutig. Ich grub meine Nase in das Kopfkissen, das unerwarteterweise feinherb duftete. Es erinnerte mich an ein männliches Aftershave, doch das war natürlich absurd, weil ich so etwas nicht benutzte und schon lange kein Mann mehr in meinem Bett gelegen hatte.

Seufzend kuschelte ich mich tiefer unter die Decke, als mich plötzlich jemand auf seine Brust zog. Ich konnte einen fremden Herzschlag darin spüren. Noch absurder wurde es, als Lippen mein Haar küssten.

Schlagartig sickerte eine Erkenntnis durch die Nebelwand in meinem Kopf: Da war etwas faul. Mir wurde ganz heiß vor lauter Panik. Mein Puls begann zu rasen und vertrieb die letzten Schleier der Müdigkeit aus meinem Bewusstsein.

Ich war auf keinen Fall mit einem Kerl ins Bett gegangen!

Oder doch?

Als ich kurz blinzeln und nachsehen wollte, dröhnte mein Schädel wie der Gongschlag einer Kirchenglocke. Das grelle Licht des Tages brannte Löcher in meine Netzhaut. Zumindest fühlte es sich genauso an. Dann dämmerte mir meine kleine Eskapade auf der Parkbank. Der Typ hier war hoffentlich nicht der Taxifahrer. Stöhnend hielt ich meinen Kopf fest, sonst könnte er womöglich noch abfallen.

„Hilft dir vielleicht ein kleiner Schluck *Katertod*?“, hörte ich den Mann fragen.

William! Mir purzelten ein paar Steine vom Herzen, weil ich nicht den Fahrer abgeschleppt hatte. Gleichzeitig landeten ein paar neue Steine wieder obendrauf, weil William in meinem Bett lag.

„Oh je ...“

Mir klebte die Zunge regelrecht am Gaumen fest. Ich hatte einen pelzigen Geschmack im Mund, der es mit dem intensiven Mief eines Fischmarkts aufnehmen konnte. Igitt. Memo an mich: nie wieder Grappa trinken.

Allerdings hatte ich gerade andere Sorgen. Mit den Fingern zupfte ich an William herum und stellte erleichtert fest, dass er bekleidet war. Dann tastete ich über meine Brust und fand auch dort Stoff vor. Zum Glück. Mit nackten Tatsachen hätte ich schlecht umgehen können. Besonders, wenn ich mich überhaupt nicht mehr an das Geschehene erinnerte.

Was hatte William doch gleich wissen wollen? Der Schreck über seine Anwesenheit hatte mir seine Frage aus dem Bewusstsein radiert. Tapfer blinzelte ich gegen das gemeine Licht an und schielte auf das braune Fläschchen, das er mir geduldig vor die Nase hielt. Auf das Etikett hatte ich mal einen struppigen Kater gemalt, der wesentlich süßer aussah, als sich das Biest in meinem Schädel anfühlte, und ihn mit einem Kreuz durchgestrichen.

Erleichtert stellte ich fest, dass Will meine nüchtern machende Medizin gefunden hatte. Ich brauchte das Zeug äußerst selten, doch genau jetzt würde es mir das Leben retten. Hatte er mein Haus durchsucht oder woher hatte er geahnt, dass ich meine Tränke und Tinkturen im großen Eichenbohlenschrank im Flur aufbewahrte?

Dankbar nahm ich ihm die Flasche aus der Hand und trank die scharfe Flüssigkeit in einem Zug aus. Die vielen Kräuter in dem Sud, von denen ich einen frischen Atem bekam, waren eine Sache, doch die Magie, die ich diesem Trank verpasst hatte, eine ganz andere. Die Wirkung setzte sofort ein und der Kopfschmerz, der eben noch meine gesamte Schädeldecke vereinnahmt hatte, ebbte ab.

Gegen meine geschwollenen Augen und die aufgedunsene Nase, mit der ich sicher wie ein Rüsseltier anmutete, half der Katertod jedoch nicht. Ich sah vermutlich furchtbar aus, aber ich war auch nicht darauf eingestellt gewesen, mit einem Mann in meinem Schlafzimmer zu landen.

Ich rückte erstmal einen halben Meter von ihm ab. Er lag ausgestreckt auf meiner Matratze und wirkte ziemlich entspannt. Sein Cowboyhut lag auf meinem Nachttisch und seine Schuhe standen vermutlich draußen in meinem Flur. Den Rest seiner Sachen hatte er anbehalten.

„Wieso liegst du in meinem Bett?“, horchte ich ihn aus. Ich war mir ziemlich sicher, dass ich aufgelegt und ihn nicht zu mir eingeladen hatte.

„Ich wollte dich nur trösten, Jillian. Du hast im Schlaf geweint."

Das konnte schon sein, aber ...

„Wie bist du in mein Haus gekommen?"

„Ich habe einen Schlüssel benutzt."

Das wurde ja immer wilder. Trotzdem schien er sich gar nicht viel bei dieser Antwort zu denken.

„Seit wann hast du denn einen Schlüssel von mir?" Ich konnte nicht verhindern, dass meine Stimme leicht schrill klang.

William zuckte die Schultern. „Ich selbst habe natürlich keinen. Ich habe nur den Ersatzschlüssel benutzt."

Und schon malte er das nächste Fragezeichen in meinem Kopf.

„Dann verrate mir bitte mal, woher du einen hast?"

„Ich habe den genommen, den du im Vogelhäuschen aufbewahrst."

Und ich hatte die kleine Ablage am Zuckerahorn für ein gutes Versteck gehalten.

„Wie bist du darauf gekommen, dort zu suchen?"

Himmel, ich hatte meine Tante verloren, die ganze Nacht nicht geschlafen und war vom Heulen noch ganz gerädert. Zum Glück war mein Kater aus der Grappaflasche tot. Trotzdem überforderte mich Wills ganzes Hiersein komplett.

Jedoch nicht halb so sehr wie seine nächste Antwort: „Winifred hat es mir gesagt."

Schon wieder sickerten heiße Tränen aus meinen Augen. „Aber sie ist doch tot."

Ich schniefte und er reichte mir ein Taschentuch.

Dabei sah er mich mit einem merkwürdigen Blick an. „Deswegen bin ich auch sofort hergefahren. Dein Anruf war sehr überzeugend. Aber dann war ich mir nicht sicher, ob es nicht nur eine sehr seltsame Art war, mich zu dir zu bitten.“

„Was?“, krächzte ich. „Ich habe sie doch garantiert nicht umgebracht, damit du herkommst.“

„Hast du ja auch nicht.“ William schüttelte den Kopf. „Sie war jedenfalls ziemlich munter, als ich ankam.“

Mein Herz setzte aus und mir wurde heiß und kalt. Ich hielt im Weinen inne und starrte ihn an. „Wovon redest du, bitte?“

Er deutete zur Tür. Ich folgte seinem Blick und dann heulte ich noch lauter, denn dort schwebte meine Tante. Ganz leibhaftig der Geist meiner Tante.

„Winifred!“

Sofort sank sie neben mir auf das Bett. „Oh, meine Kleine, ich hab dich vorhin einfach nicht wach bekommen. Du warst so betrunken und hast mich für eine Einbildung gehalten. Und dann bist du einfach auf dein Bett geplumpst und warst weggetreten.“

„Ah!“ Ich kreischte vor Freude, hüpfte auf der Matratze umher, und weil ich Wini nicht drücken konnte, fiel ich William um den Hals. Er erwiderte das auch ziemlich herzlich. Bevor ich mich versah, presste er mich an sich und streichelte mein Haar.

„Du musst da einen ganz schlimmen Traum gehabt haben“, flüsterte er und schaute mich eindringlich an. „Vielleicht solltest du weniger trinken.“

„Was?“, stammelte ich. „Aber ...?“ Fragend drehte ich mich zu meiner Tante. Hatte sie ihm denn gar nichts erzählt?

Sie sah ein wenig ertappt aus. Als sie merkte, dass ich das Ganze aufklären wollte, rief sie schnell: „Du musst Jill küssen! Sie hat mir erzählt, dass sie dich liebt."

„Was?", keuchte ich.

„Aber das ist doch kein Grund, sich zu betrinken, Süße", erwiderte er mit einem warmen Lächeln. Bevor ich das richtigstellen konnte, küsste er mich einfach.

Mir blieb völlig der Ton weg.

Und die Luft.

Und mein Herzschlag.

Ich würde Wini doch noch umbringen müssen. Sie jubelte und feuerte ihn an. Ich quiekte und versuchte, nicht ohnmächtig zu werden. Seine Lippen strichen genießerisch über meine. Seine Hand massierte meinen Nacken. Meine Knie wurden ganz weich und ich sank gegen ihn. Will duftete nach dem Aftershave, das ich schon an meinem Kissen gerochen hatte, und schmeckte nach frischem Kaffee. Ah, seine Küsse machten mich irgendwie schwach.

Er zog mich ohne viel Brimborium auf mein Bett und rollte sich auf mich. Das waren ungefähr neunzig Kilo Mann und Muskeln, die auf mir landeten und mich in die Matratze drückten. Wenn ich ihm keine magische Salve verpassen wollte, war ich ihm ausgeliefert.

„Ich warte draußen", flötete Wini.

Halt!

Das geschah doch gerade nicht wirklich. Dass er mich küsste. Immer intensiver küsste. Seine Zunge strich zwischen meinen Lippen entlang und ich seufzte, weil er alle Schaltkreise in mir, die etwas mit Denken zu tun hatten, kurzschloss.

Ganz in der Ferne bimmelten ein paar Alarmglöckchen

bei mir, denn bei zwei Küssen in fünf Tagen schien sich eine gewisse Gewohnheit einzuschleichen. Das war jedenfalls zweimal öfter, als ich den Rest des Jahres geküsst worden war.

Seine Hand wanderte von meiner Schulter zu meiner Taille hinab. Immer tiefer. Und dann startete mein Warnsystem neu, als ich merkte, dass er meinen Hintern knetete und ich dabei nicht mehr als meinen Slip trug. Wo, verdammt noch mal, war meine Hose geblieben?

Atemlos drehte ich meinen Kopf zur Seite und zischte: „Hör sofort auf!"

William wirkte etwas verwundert, gab mir aber Raum. Ich strampelte mich unter ihm hervor und funkelte ihn an.

Der Kerl grinste nur und hielt mir die Wange hin. „Willst du mich wieder ohrfeigen?"

Diesmal bot er mir die andere Wange an. Das war doch nicht zu fassen. Allerdings war sein Vorschlag gar nicht blöd, weil ich damit diese surrende Energie aus meinen Fingern bekam. Also klebte ich ihm eine. Das Klatschen hallte durch das Zimmer und meine Hand kribbelte. Seine Wange tat es bestimmt noch mehr. Ich biss mir auf die Lippe und verkniff mir ein Grinsen.

Für einen Moment stand ihm die Verblüffung in den Augen, dann lachte er, setzte sich auf und zog mich mit sich hoch. „Jillian, Jillian, wo hast du nur küssen gelernt? Es gibt auch andere Wege, einen Kuss zu beenden."

Ich überging seinen Scherz und räusperte mich, denn der Abschluss unserer Küsse war gerade nicht so wesentlich, wie eine ganz bestimmte Frage: „Wo sind meine Klamotten?"

Behelfsmäßig zog ich mir die langen Haare über den Körper wie eine Decke. Als ich vorhin den Stoff an meinem Oberkörper gespürt hatte, war ich wohl nicht geistesgegenwärtig genug gewesen, meine Beine auch auf Stoff zu überprüfen. Erst jetzt bemerkte ich, dass auch mein Shirt fehlte und ich nur noch das Top und meine Unterwäsche trug.

„Die Sachen waren schmuddelig“, erklärte er schlicht. „Ich weiß ja nicht, wo du trinken warst, außer du hast das mit dem Park ernst gemeint ...“

Das zwar schon, der Dreck an meinen Kleidern stammte jedoch von der Graberde, auf der ich gelegen hatte. Es wurde Zeit, dass ich mit meiner Tante sprach.

„Also hast du mich einfach ausgezogen?“

Er zuckte die Schulter, aber sein Blick sprach Bände. So als wäre ihm meine schmutzige Kleidung gerade recht gekommen, um mich auszupacken. Ich wette, er hatte mehr als nur ein bisschen gespickt, als ich geschlafen hatte. „Du warst dazu doch nicht mehr in der Lage. Was blieb mir übrig?“

Der arme Mann. Da hatte er mich doch wirklich selbst ausziehen müssen. Er wirkte reichlich zufrieden mit der Situation.

Ich stand auf und kramte mir eine saubere Jeans und ein frisches Shirt aus dem Schrank. Es war eine ziemliche Fummelei, die langen Haare, die nun offen an mir herunterhingen, durch den Ausschnitt zu ziehen. Für einen Wechsel der Unterwäsche hatte ich allerdings keine Gelegenheit, solange William sich in meiner Nähe befand und mich ausgiebig betrachtete.

„Weißt du, man muss schon ein bisschen lebensmüde sein, um eine Hexe ständig so zu reizen“, informierte ich ihn.

„Vielleicht bin ich des Lebens etwas müde, wenn du nicht in meiner Nähe bist.“

Ich unterdrückte ein Grinsen. Der Blödmann.

Mit herrisch ausgestrecktem Zeigefinger kommandierte ich in seine Richtung: „Du wartest hier. Ich muss dringend was mit Wini klären.“

Er deutete auf das Bett und senkte seine Stimme zu einem Raunen. „Du meinst: genau hier?“

Als er mich anlächelte, waren die frechen Grübchen zurück in seinem Gesicht. Ich musste das mit der Ahnenschaft zu James Dean wirklich noch mal untersuchen. Aber nicht jetzt.

„Genau da“, stimmte ich zu.

„Soll ich mich auch ausziehen?“

Vor ein paar Schluchzern hatte ich meine Tante noch für tot gehalten und nun wollte William strippen. Allerdings glaubte er auch, dass ich nur einen über den Durst getrunken und mir Winifreds Ableben eingebildet hätte. Und dass ich einen Vorwand gesucht hatte, um ihn herzulocken. An Selbstbewusstsein mangelte es ihm wohl nicht.

Deshalb feixte ich ein bisschen: „Wenn du keinen Waschbrettbauch hast, kannst du dein Shirt ruhig anlassen.“

Ich zwinkerte und schickte mich an, das Zimmer zu verlassen, aber William war neugierig: „Was willst du denn so Dringendes von Winifred?“

Im Türrahmen blieb ich kurz stehen. „Magst du Hühnchen zu Mittag? Ich gehe nämlich eins rupfen.“

Und dann lief ich zur Küche, aus der ich sie noch immer den Hochzeitsmarsch summen hörte. Mit verschränkten Armen lehnte ich mich an die Küchentheke und räusperte mich.

Erschrocken fuhr sie zu mir herum. „Jillie."

„Ich frage gar nicht erst, warum du ihm nichts gesagt hast."

„Na, dann wüsste er doch, dass ich geklaut habe ..."

Demnach hielt sie es für besser, ihn glauben zu lassen, dass ich aus eigenem Antrieb so viel getrunken hatte, dass ich sogar ihren Tod halluzinierte. Darauf würde ich später zurückkommen. Erstmal beschäftigte mich ein ganz anderes Thema. „Wie bist du denn wieder zum Geist geworden?"

Sie strahlte über beide Ohren. „Ich bin die ganze Zeit einer geblieben."

„Aber du bist doch weggerissen worden."

Winifred nickte und vollführte mit dem Zeigefinger einen kleinen Sprung in der Luft. „Ja, allerdings nur hierher in dein Haus. Ich habe probiert, wieder zu dir zu gelangen und dir zu sagen, dass es mir gut geht, doch das ging nicht. Ich stecke auf deinem Grundstück fest."

Sie war also gar nicht ins Jenseits gerissen worden. Ihr entsetzter Blick, der mich seit dem Friedhof verfolgt hatte, war nicht ihr Todeskampf gewesen. Es hatte mir das Herz zugeschnürt, doch zum Glück war das ganz unnötig gewesen. Irgendwie war alles noch mal gut gegangen.

„Du bist ein Hausgeist geworden", stellte ich verblüfft fest.

„Es hat ganz den Anschein." Winifred sah mich ratlos an. „Ich weiß nur nicht, wieso."

„Vielleicht hat der Talisman bloß deine Reichweite erhöht", grübelte ich.

„Du meinst, ich habe das Ding umsonst geklaut? Ich wäre sowieso noch hier?“ Die Vorstellung, dass der Schamane grundlos gestorben war, bestürzte sie sichtlich.

„Das wäre eine Möglichkeit. Die andere könnte sein, dass du in der Zwischenzeit vom Schicksal eine Aufgabe zugeteilt bekommen hast, die dich nun hier hält.“ Ich tippte auf die Tischplatte und spürte ein mulmiges Gefühl. „Genau hier.“

„Aber welche denn bloß?“

„Das kann alles sein. Doch ganz egal was, ich bin so glücklich, dass du wieder da bist.“

Vollkommen unerwartet fragte William: „Was denn für ein Talisman?“

Wir fuhren beide erschrocken zu ihm herum.

Oh, oh. Eigentlich wollte Winifred nicht, dass er von ihrer Eskapade mit der Reliquie auch nur ein Sterbenswort erfuhr. Ich verstand ihre Bedenken. Wegen seiner indianischen Wurzeln könnte er die Nachricht womöglich wesentlich schlechter verdauen, als ich es getan hatte. Und sie himmelte Will an und wollte nicht, dass er schlecht von ihr dachte. Doch manchmal musste man die Hexe aus dem Sack lassen.

Nervös benetzte ich meine Lippen. Aber so wie vorhin, als ich es ihm schon einmal hatte erklären wollen, mischte sich Wini ein: „Ach, dafür haben wir später noch genügend Zeit.“ Sie sah mich beschwörend an. „Weil du nämlich einen Gast hast, Jillie, und es wäre sehr unhöflich, ihn noch länger warten zu lassen. Er behauptet, dass er schon seit zehn Stunden hier ist.“

William runzelte die Stirn, weil er der Begründung nicht traute. Als wir küssend auf meinem Bett gelandet waren, hatte es sie schließlich auch nicht gestört, dass jemand deshalb warten musste. „Ja, aber …"

„Und er hat erklärt, dass es furchtbar dringend wäre", fiel sie ihm ins Wort. Sie nickte ganz energisch. „Es geht um die Liebe seines Lebens."

„Oh, nein." Ich stöhnte. Das war bestimmt Reuben. „Ist er im Keller?"

Das wäre natürlich nicht so gut, denn wenn sie einen Vampir erst einmal zu uns ins Haus hereingebeten hatte …

„Im Keller?", wunderten sich beide unisono.

„Na, wegen des Lichts." Die Sonne schien bereits seit einer Weile.

Winifred schüttelte den Kopf. „Nein, er spielt draußen im Garten. Genauer gesagt reitet er auf Brutus durch das Kräuterbeet."

„Auf meinem Frosch?"

„Du hast einen Frosch?" William blickte mich verwundert an. „Wer passt denn auf einen Frosch?"

„Oh, nein", stöhnte ich erneut.

Mein Gast war gar nicht Reuben, der liebestolle Vampir. Es war sogar noch schlimmer.

„Ach, habe ich nicht erwähnt, dass er ein Kobold ist?", fragte Wini und fasste sich an den Kopf.

„Du hast einen Kobold?" William kam aus dem Staunen nicht heraus.

Ich nickte. „Gewissermaßen."

Entsetzt griff er nach meiner Hand. „Und du bist die Liebe seines Lebens? Weil ich nämlich auch …" Er schluckte und brach ab.

Jetzt musste ich doch grinsen. „Nein, er steht auf eine geldgierige Superblondine und will sich ihre Liebe kaufen.“

William sah mich erleichtert an.

Von seinem Blick bekam ich ein wildes Flattern im Bauch.

KAPITEL 12

Langsam wuchs mir das Arbeitspensum über den Kopf. Bevor ich mich ausgerechnet mit dem Knirps beschäftigte, dessen Anliegen von allen Dingen am ehesten warten konnte, lief ich zu meinem Computer.

„Aber zum Garten geht's dort raus", wunderte sich Winifred.

„Ich muss mich noch um etwas anderes kümmern."

Schließlich hatte ich auch noch eine echte Arbeit und mein eigenes Leben.

„Bist du immer so beschäftigt?" William folgte mir. Mit ihm auf den Fersen konnte ich Emily und Matthew erstmal nicht informieren, dass meine Tante wieder da war. Er sollte nicht alles belauschen.

Seufzend nickte ich. „Normalerweise habe ich Zeit für meinen Korbstuhl, aber die letzten Tage bin ich überhaupt nicht dazu gekommen, mich mal hinzusetzen."

Ich hatte das Gefühl, dass mir der Talisman ein Loch durch den Alltag brannte ...

Der Talisman! Wieso hatte ich nicht schon früher an das Ding gedacht? Er war noch in meiner Jeans. Hoffentlich drehte er nicht gerade eine Runde in der Waschmaschine.

Möglichst unbekümmert fragte ich William: „Wo hast du eigentlich meine Schmutzwäsche gelassen?“

„Im Waschraum in deinem Keller.“

Okay. Da lag er ganz gut. Mit einem Schatzkobold in der Nähe war es nämlich keine gute Idee, irgendwelche wertvollen Artefakte bei sich zu tragen. Diese Goldgnome waren letztlich nur so reich, weil sie klauten wie die Raben.

„Du hast ein schönes Haus“, fand Will.

Ich schluckte und hielt inne. Stimmt, er war noch nie hier gewesen. „Danke.“

„Ein bisschen kleiner als meine Farm, aber sehr gemütlich.“

Schmunzelnd schaute ich über die Schulter zu ihm. „Willst du mich etwa beeindrucken?“

„Nur, wenn es klappt. Sonst war das bloß ein Kommentar am Rande.“

Wow, er wollte mich also wirklich beeindrucken. Und irgendwie klappte das auch. Seine Farm war bestimmt toll. Alles würde nach seinem Geschmack eingerichtet sein. Ich hatte so die leise Ahnung, dass mir das gefallen würde, ganz einfach, weil William mir gefiel. Seine ganze Art und auch seine Beharrlichkeit. Vielleicht wollte er doch mehr, als nur eine flüchtige Liebelei für den Sommer.

Okay, möglicherweise waren unsere Küsse nicht die besten Ideen gewesen, um mich emotional von ihm fernzuhalten. Seine Nähe bescherte mir dieses bittersüße Bauchkribbeln. Eigentlich hatte ich ihm einen Korb gegeben, aber es gefiel mir auch, dass er jetzt hier war und mein Haus mochte. Dass er mich mochte.

Trotzdem machte es mir Spaß ihn zu ärgern.

„Ich mache mir nicht so viel aus Farmen“, wiegelte ich ab und schaltete meinen Rechner ein. Während er hochfuhr, hatte ich Zeit, meinen Anrufbeantworter abzuhören. Seit dem Midsummer Eve war alles zum Erliegen gekommen, auch meine Arbeit. Geld brauchte ich im Grunde nicht, weil Wini mich großzügig in ihrem Testament bedacht hatte. Allerdings machte es mir Spaß, nebenher ein Geschäft zu betreiben.

Da war zum einen mein Onlineshop, in dem ich Kräutertees und verschiedene Salben verkaufte. Die meisten Dinge waren magisch behandelt und kosteten etwas mehr. Dafür wirkten sie schließlich auch phänomenal und trotz meines beeindruckenden Kontostands, wollte ich mich nicht unter Wert verkaufen. Die Antifaltencreme war bei meinen Kundinnen der Renner.

Außerdem machte ich Hausbesuche wie etwa bei meinen Nachbarn, den Belmonds. Sie gehörten zu den wenigen Menschen, bei denen ich es als Freundschaftsdienst ansah und auf ein Honorar verzichtete. Die Menschen konsultierten mich, wenn es um gesundheitliche Belange ging, aber auch um Aurenreinigungen oder Geistsitzungen mit Verstorbenen durchführen zu lassen. Selbstverständlich hatten diese bloß dann Erfolg, wenn es noch einen Geist gab. Falls ich keinen auftreiben konnte, verlangte ich auch kein Geld.

„Du machst dir nichts aus Farmen?“, hakte William nach. „Liegt das daran, dass ich eine habe?“

Mein Finger schwebte bereits über der Abspieltaste des Anrufbeantworters. „Ich bin ein Stadtkind“, flunkerte ich.

„Deswegen lebst du auch am äußersten Rand Saskatoons mit unverbautem Blick auf die Prärie.“

Ich musste schmunzeln. „Zufall.“

„Deshalb züchtest du auch Zuckerahorne und stellst eigenen Sirup her.“

Jetzt war ich doch verwundert. Davon hatte ich ihm nie erzählt. „Woher weißt du das?“

„Ich war an deinem Vogelhäuschen und habe die Kerben in den Stämmen gesehen.“

„Sherlock Bonnet. Ich bin beeindruckt.“

Er berührte mein viel zu langes Haar. Wenn ich mich nur ein wenig bückte, hing es auf den Boden. Zum Glück hatte es auf Höhe meiner Knöchel aufgehört zu wachsen. „Mir gehen die Worte deiner Tante nicht aus dem Kopf ... Dass du in mich verliebt bist.“

Sein fragender Blick bohrte sich in mich hinein.

Mein Herz raste los und ich spürte, wie mir die Wärme in mein Gesicht schoss. Geräuschvoll atmete ich aus. „Ähm ...“

Das verräterische Kribbeln in meinem Bauch war zurück.

Eigentlich wollte ich nein sagen. Wollte sagen, dass das reines Wunschdenken von Winifred wäre. Nur brachte ich die Worte nicht über meine Lippen. Meine Zunge klebte mir im Mund fest und ich war mir einfach nicht mehr sicher, welche Gefühle ich inzwischen für ihn hatte.

„Ähm ...“, stammelte ich erneut.

Damit kein peinliches Schweigen entstand, spielte ich

schnell das Band ab. Ich hatte etliche Anfragen von Kunden für neue Termine. Einige hatten sich schon mehrmals gemeldet. Unter anderem eine Frau, die sich bereits ein paar Termine bei mir hatte geben lassen, diese dann aber stets auf dem letzten Drücker abgesagt hatte. Angeblich lag das daran, dass sie Probleme mit einer Horde Außerirdischer hatte, die ihr Haus belagerten und sexuelle Handlungen mit ihr vollziehen wollten.

Zum Glück brach ihre entsprechende Bandansage die seltsame Stimmung, die zwischen mir und William in der Luft hing, denn er lachte schallend los und wischte sich eine Träne aus dem Augenwinkel. „Also deshalb magst du keine Farmen. Tiere sind dir zu langweilig. Du hast einen Draht zu Aliens."

Ich klappste ihm auf den Arm und merkte sofort, wie sehr mir die Berührung gefiel. „Eigentlich sind das hier vertrauliche Informationen."

„Soweit ich weiß, bist du weder Ärztin, noch Anwältin oder Priesterin. Hast du auch nur einen schriftlichen Vertrag oder deinen Kunden wenigstens mündlich Diskretion zugesichert?"

Ich rollte mit den Augen. „Diese Dame habe ich noch nie persönlich getroffen. Sie blockiert nur mit Vorliebe Termine in meinem Kalender. Wenn ich nicht das Gefühl hätte, dass sie eine Aurenreinigung total nötig hätte, würde ich ihr längst keine Termine mehr geben."

„Jill, sie ist eben ein bisschen verrückt. Du kannst nicht die ganze Welt retten."

Ich nickte. Wie recht er hatte. Der Stamm der Cree würde mir das auch ganz sicher nicht unterstellen. Denen musste meine Familie eher wie der Bote der

Apokalypse vorkommen. Der Verlust ihres Schamanen lag mir schwer im Magen. Deshalb war es auch so wichtig, dass ich auf meiner Homepage und meinem Anrufbeantworter Betriebsferien anmeldete und bis auf Weiteres sämtliche Terminvergaben aussetzte. Ich hatte so das dumpfe Gefühl, dass die Angelegenheit mit dem Seelenanker noch längst nicht ausgestanden war, nur weil ich ihn beschafft hatte. Für meine Arbeit blieb da gerade kein Platz.

„In nächster Zeit wird diese Frau zumindest keine Termine mehr bei mir erhalten“, stimmte ich zu.

Ich erledigte ein paar Rückrufe, in denen ich Kunden, die ich schon länger kannte, wenigstens persönlich vertröstete. Dann besprach ich das Band meines Anrufbeantworters neu und bat mir etwas Urlaub aus. Anschließend nahm ich mir den Onlineshop und die eingegangenen Mails vor. Dabei verschickte ich ein Rundschreiben, in dem ich über Verzögerungen bei der Bearbeitung wegen Betriebsferien informierte, und ich passte den Internetauftritt an.

William schien von meiner Arbeit fasziniert zu sein. Das war ganz erfrischend, weil die meisten Leute dazu neigten, sich darüber lustig zu machen. „Ich finde es großartig, was du da tust.“

Mir wurde warm ums Herz. „Ich mache doch nicht viel.“

„Doch. Du nutzt deine Magie für wohltätige Zwecke.“

Das ließ mich schmunzeln. „Na ja, wohltätig mit Rechnung.“ Stolz zeigte ich ihm eine abgelegte Kostenaufstellung, die ich vor zwei Wochen an eine Kundin verschickt hatte.

„Wow“, staunte er. „Wenn ich dieser Rechnung

Glauben schenken darf, bist du ein Profi."

„Haha." Ich war doch wohl viel mehr als das. „Hexe gut, alles gut."

„Und Hexe böse?", feixte er.

„Das willst du nicht wissen, Süßer."

Innerlich hielt ich den Atem an. Flirtete ich da etwa gerade mit ihm?

„Ich bin furchtbar neugierig", beteuerte er und sah mich mit seinem durchdringenden Blick an. Ich hatte seine volle Aufmerksamkeit. Er flirtete definitiv zurück. Und das, obwohl das Thema lautete: Was ist Jills dunkle Seite?

Andererseits hatte ihn noch nicht einmal die Vorstellung abgeschreckt, dass ich meine Tante umgebracht haben könnte. Der Mann ritt Rodeo. Er war hart im Nehmen und stand wohl auf Nervenkitzel.

Ich zuckte mit den Schultern. „Ich hatte mal eine Vorfahrin, die sogar verbrannt worden ist, weil sie so boshaft war."

„Gut, dass du das nicht bist", antwortete er leichthin.

Seufzend schüttelte ich den Kopf. „Ganz so einfach ist das nicht, Will. Ich bin von ihrem Blut. Es gibt also eine ziemlich düstere Seite in mir."

Eine Hexe fiel nie weit vom Stamm. Ich hatte nicht allein ihre Magie geerbt, sondern auch das Wesen ihrer Magie.

Er wirkte ziemlich unbeeindruckt. „Ich glaube nicht an böses Blut oder Erbschuld. Machst du deshalb diesen wohltätigen Kram? Um das Negative in dir auszugleichen?"

Darüber hatte ich noch nie nachgedacht. „Es bereitet mir einfach Freude."

„Und hältst du das für ein Indiz deiner böswilligen Natur?“ Er machte nicht den Eindruck, als würde er darauf eine Antwort erwarten. Dafür hatte er einen ausreichend ironischen Unterton in seine Frage gepackt. Er nahm einen meiner Mineralsteine aus dem Regal und drehte ihn in seiner Hand. „Was genau ist das?“

Ich schaute vom Monitor auf und warf einen flüchtigen Blick auf das gelbe Gebilde, das wie erstarrter, kristalliner Schaum aussah. „Adamin. Das ist ziemlich cool.“ Eigentlich hatte ich zu tun, aber die UV-Lampe stand direkt auf meinem Schreibtisch. „Halte ihn mal bitte darunter.“

William folgte meiner Anweisung. Seine Finger umfassten das Mineral so, dass möglichst viel davon unbedeckt war. Dabei fiel mir auf, dass er schöne, starke Hände hatte.

Ganz toll, Jill.

Entschlossen knipste ich die Lampe an und fokussierte mich auf den Stein, der im UV-Licht grün aufleuchtete.

„Er fluoresziert“, staunte William.

„Ich habe ihn aus der Ojuela-Mine in Mexiko.“ Dann deutete ich auf die mittlere Regalreihe. „Das ist meine Fluoreszenzsammlung. Sie kann in praktisch allen Farben strahlen.“

„Und früher haben die Leute Briefmarken gesammelt.“ Er grinste mich an. „Das ist cool, Jillian.“

Okay, ein bisschen gefiel es mir, wenn er mir Komplimente machte.

„Danke.“

Er stellte den Adamin zurück in das Regal. Als Nächstes griff er nach einem meiner Kristallobelisken. Dieses Mal hatte er einen Rauchquarz ausgewählt. „Was ist mit denen? Leuchten die auch?“

„Nein, das sind einfach Kristalle.“ Ich hatte etliche davon in meinem Haus. Sie waren wunderbare Gebilde, um Magie zu speichern. „Ich nutze sie für Artefakte. Es gibt kaum bessere Gefäße für magische Energien. Abgesehen von Edelsteinen natürlich.“

Allerdings waren die weit weniger erschwinglich. Allein meine Kristalle kosteten mich ein kleines Vermögen, denn ich brauchte sehr viele von ihnen, weil die verschiedenen Sorten für unterschiedliche Zwecke nützlich waren. Die Beschaffenheit eines Kristalls konnte wie ein Verstärker auf bestimmte Zauber wirken.

William stand der Schalk ins Gesicht geschrieben. „Okay, wo sind bei dir die Kronjuwelen versteckt?“

Schwärmerisch schüttelte ich den Kopf. „Was ich an einem einzigen Tag bei Tiffany oder einem anderen Juwelier so anstellen könnte ...“

„Also sind Diamanten die besten Freunde von Hexen?“

„Ja, aber andere wirken auch Rituale und Zauber. Druiden zum Beispiel.“

Oder Schamanen. Der Seelenanker hatte sich nicht selbst hergestellt. Ein Werwolf hingegen könnte keine Artefakte erzeugen.

„Was war das vorhin mit dem Talisman?“, fragte William wie aufs Stichwort.

Ich tippte den letzten Vermerk in den Computer und schaltete ihn aus. Als hätte ich seine Frage überhört, erklärte ich: „Das wäre geschafft. Jetzt denken alle, dass ich Urlaub habe.“

Er sah mich eindringlich an. „Ich kann mir kaum vorstellen, dass du dir für die Rodeomeisterschaft nächste Woche freigenommen hast.“

Auch wenn Winifred sich gegen die Vorstellung sträubte, dass William ihre Verfehlung kannte, aber ich musste ihm dringend sagen können, weshalb ich so beschäftigt war.

„Zehn ganze Tage kann ich mich bestimmt nicht loseisen. Ich habe entsetzlich viel zu tun.“

Sein enttäuschter Blick sank mir wie eine Seebombe in den Magen.

Ich legte meine Hand auf seinen Arm. „Eventuell habe ich eine Idee, mit der du leben kannst. Jetzt sollte ich mich aber erstmal um diesen Knirps-Gast kümmern. Dann reden wir später in Ruhe weiter.“

Wenn William schon mal da war, wollte ich ihn nicht zwischen Tür und Angel abfertigen. Es war schon irgendwie süß, dass er extra vorbeigekommen war, als es mir schlecht ging. Freunde in der Not waren eben wahre Freunde.

Bevor ich mich um den Schatzkobold kümmerte, tippte ich Jasema eine SMS, in der ich ihr mitteilte, dass ich wegen familiärer Angelegenheiten noch etwas Zeit benötigte. Sie sollte nicht glauben, dass ich jedes Interesse an ihrem Zirkel verloren hätte. Der Midsummer Eve lag bereits fünf Tage zurück und ich hatte keine Ahnung, wie viel Zeit mich Reuben und die Cree-Indianer kosten würden.

„Ah, Rapunzel, da bist du ja“, krähte Geronimo, als er mich und meine bis zu den Füßen reichenden Haare sah. Das war noch so eine Sache, über die ich beizeiten nachdenken sollte, sonst würde ich irgendwann darüber stolpern und mir bei meinem Glück gleich das Genick brechen. Geronimo bot allerdings keinen besseren

Anblick. Er ritt tatsächlich auf meinem Frosch durch die Gegend, was in Anbetracht seiner protzigen Kleidung besonders lächerlich wirkte. Wie ein Prinz, der statt eines Schlosses nur eine Luftmatratze besaß.

„Komm her, kleiner Mann, das war dein letzter Froschritt“, erklärte ich. „Danach täte mir Brutus zu leid dafür.“

„Werde ich endlich wachsen?“, juchzte der Gnom.

Ich atmete tief durch und nickte. „Bringen wir es hinter uns. Du hast Glück, dass ich gerade sehr gute Laune habe.“

Immerhin war Winifred noch „am Leben“ und auch Wills Nähe tat mir gut.

„Heulst du immer, wenn du gute Laune hast?“, wunderte Geronimo sich ganz unverblümt. „Du siehst nämlich aus wie eine Heulsuse.“

Ungeduldig tippelte ich mit der Fußspitze auf meiner Terrassenfliese und motzte ihn an: „Willst du groß werden?“

Erschrocken nickte er. Und um es sich nicht mit mir zu verderben, zog er sich bereitwillig seinen Rubinring vom Finger und streckte ihn mir entgegen. „Für deine Mühen, oh, elfengleiche Prinzessin der Magie.“

Oh je. Dieser Zwerg hatte so viele Baustellen, dass seine Körpergröße nur ein Problem von vielen war. Kommunikativ war er eine Knallerbse und sein Outfit hatte sich seit unserer letzten Begegnung nicht verbessert.

„Du wirst dein Geld noch brauchen, wenn du dich so anstellst“, ermahnte ich ihn. „So hält dich Wendy doch gleich für vollkommen bescheuert.“

Trotzdem nahm ich den Ring und er strahlte mich an,

weil ich mich auf den Handel mit ihm einließ. Erst jetzt fiel mir auf, wie dick seine Finger waren, denn der Rubin am Ring war von stattlichem Ausmaß. Da würde ich bei der Lenkung seines Wachstums achtgeben müssen, dass ich ihm die Griffel etwas schlanker gestaltete. Er sollte schließlich nicht aussehen, als hätte er Grillwürstchen an den Händen. Geronimo war ohnehin schon nicht der hübscheste Kerl in der Stadt.

„Wie groß kannst du mich machen?“, wollte er wissen und platzte fast vor Tatendrang.

Meinen Frosch hatte er längst vergessen, nur mein Frosch ihn nicht. Brutus stupste ihn von hinten an, blähte seine Backen auf und quakte.

Geronimo machte eine wegwerfende Handbewegung. „Nein, nein, du musst mich vergessen. Wir beide können nicht mehr zusammen sein.“

Das war doch wie aus einer wüsten Telenovela für Gnome und Amphibienflüsterer.

„Er wird von mir immer vernachlässigt“, gab ich zu. Dass ich ihn sogar mit einer in den Garten geschleuderten Teetasse erwischt hatte, erwähnte ich gar nicht erst. „Jetzt ist er etwas anhänglich.“

Der Kobold sah mich sehr verwundert an. „Wieso vernachlässigst du denn einen solch magischen Frosch?“

Hä?

„Er ist nicht magisch. Kannst du nicht gucken?“

„Nein, kannst *du* nicht gucken?“, gab er zurück. Brutus quakte erneut. „Auch egal. Mach mich groß. Ich hab’ bezahlt.“

Irgendwie gönnte ich Wendy diesen Wicht ja aus tiefstem Herzen. Aber mit dem Gedanken daran, dass meine Tante bei mir war und meine schlimmsten

Vorstellungen sich in Luft aufgelöst hatten, durchdrang mich eine wunderbare Ausgeglichenheit, die nicht mal dieser vorlaute Schatzkobold ins Wanken bringen konnte.

„Such dir eine Größe aus“, sagte ich nur.

Die Übung heute Nacht mit den Wurzeln war nicht schlecht gewesen. Dadurch hatte ich mich darin verbessert, das Wachstum, das durch das magische Wasser ausgelöst wurde, in die gewünschten Bahnen zu lenken.

„Kannst du ihn auch hübsch machen?“, erkundigte sich Winifred bei mir.

„Hey!“, protestierte Geronimo. „Ich bin wunderschön. Und charmant. Und reich. Die Frauen warten nur auf mich. Ich muss bloß wachsen.“

Der Kobold konnte meine Geistertante sehen, weil er sich selbst auf eine unsichtbare Ebene begeben konnte, in der ihn niemand mehr sah, hörte oder spürte, der nicht medial veranlagt war. Anscheinend lag diese Ebene nahe genug an der Geistersphäre.

„Du hast recht. Ich warte auch bloß auf dich …“, stimmte ich zu.

Geronimo drückte seine vor Stolz schwellende Brust heraus und betastete seine Klimperketten.

„… damit wir endlich fortfahren können. Mein Terminkalender ist rappelvoll.“

„Oh. Na gut.“ Er wirkte in seiner Eitelkeit zwar etwas geknickt, besann sich aber auf die Optimalmaße, die er für Wendy brauchte. Mit seinem dicken Finger zeigte er auf William. „Ich will einen halben Kopf größer sein als der da. Ihr beide seht gut aus nebeneinander und Wendy ist etwas größer als du. Also muss ich auch größer sein als er, damit es bei uns toll aussieht. Wendy und ich, wir werden natürlich ein viel schöneres Paar sein."

Der nahm bestimmt halluzinogene Pilze. Erst hielt er Brutus für magisch und jetzt das.

„Ich finde auch, dass Billy und Jill gut zusammenpassen", flötete Winifred.

„Wen interessiert das?", pfiff Geronimo sie an, der nicht vergessen hatte, dass sie ihn durch die Blume hässlich genannt hatte.

„Na, mich." Meine Tante versuchte, möglichst würdevoll zu wirken.

Allmählich fühlte ich mich wie bei den Feen vom Fest, die sich um die Kamille gezankt hatten.

„Du da hörst auf, ihn hässlich zu nennen ... oder für William und mich Hochzeitsmärsche zu summen", stellte ich bei meiner Tante klar. Dann zeigte ich auf den Gnom. „Und du da ziehst dich aus und kommst hierher zur Kanne."

„Ich soll mich ausziehen?" Geronimo glotzte mich völlig erschüttert an.

„Hör mal, du platzt gleich aus allen Nähten. Hast du dir Wechselkleidung für die neue Größe mitgebracht?"

Er schüttelte ganz betreten den Kopf.

„Ich kann dir doch keines meiner Kleider anziehen." Tief in mir drin hatte ich gehofft, dass er bloß deshalb noch dieses bescheuerte Brokat-Hip-Hop-Kleidungschaos trug, weil er sich neue Sachen, wie aus dem *Forbes*-Magazin, gleich in der passenden Größe besorgt hatte.

Plötzlich erhellte sich die Miene des Schatzkobolds, er zog einen Saphirring vom Finger und hielt ihn William hin. „Geh mir einen feinen Zwirn kaufen."

Mir rutschte ein undamenhaftes Grunzen heraus. „Wie gut du Befehle geben kannst ..."

„Gelernt ist gelernt. Jeder ist käuflich." Er zwinkerte mir wie ein echter Kenner zu.

Na dann, Prost Mahlzeit. Also, er und Wendy, das würde eine interessante Mischung geben. Mal sehen, wer da aufstand, wenn beide nur Anweisungen erteilten.

Angestrengt rieb ich mir über die Stirn. Falls er seine Taktik nicht änderte, würde er als nackter Flitzer nach Hause gehen.

William sah entsprechend unmotiviert aus und verschränkte die Arme vor der Brust. Er stand an meine Hauswand gelehnt und ließ sich die Sonne in sein Gesicht scheinen. Den Hut hatte er wohl noch in meinem Schlafzimmer liegen gelassen.

„Hast du was an den Ohren oder an den Augen?", wollte Geronimo von ihm wissen. Er betrachtete verliebt seinen Ring und ließ den Edelstein im Licht funkeln. Das Blau glänzte wie ein paradiesischer Tropfen. „Das ist ein echter Saphir."

„Nein, mit meinen Sinnen ist alles bestens. Ich glaube eher, dass deine Etikette kaputt ist." William schenkte ihm ein grimmiges Lächeln, das Zähne zeigte. „Und solange du so klein bist, würde ich aufpassen, was du sagst, sonst könnte ich am Ende noch versehentlich auf dich treten."

Wow.

Ich musterte ihn anerkennend. Das warf ein ganz neues Licht auf ihn. Er konnte gemein sein und das gefiel mir. Außerdem beschwerte er sich nie darüber, dass ich ihn nach jedem Kuss ohrfeigte. Scheibenkleister, ich musste wirklich aufpassen, dass ich mich nicht in ihn verknallte.

Geronimos Unterlippe zitterte ganz empört. „Lässt du zu, dass er so mit mir redet?“, wandte er sich an mich.

Ungerührt pustete ich über meine Fingernägel, als müsste auf ihnen Lack trocknen. „Tja, weißt du, alle Menschen sind käuflich. Gib mir doch noch einen Diamanten, damit ich William die Leviten lese.“

„Aber du hast schon einen Rubin ...“, stammelte der Wicht.

„Der ist fürs Großmachen.“

„Bei euch werde ich ja ganz arm. Schimpfst du wirklich mit ihm, wenn ich dir einen Stein gebe?“

Er war ein hoffnungsloser Fall.

„Ist es dir das allen Ernstes wert?“

Nachdenklich wippte er mit dem Kopf hin und her. „Na ja, du bist doch eine Hexe. Wenn du sauer auf jemanden bist, jagst du ihm einen Blitz in den Arsch, oder?“

Ich schnalzte mit der Zunge und verkniff mir ein Lächeln. So dumm ich ihn fand – und obendrein lästig –, irgendwie mochte ich ihn auch. Das war ganz böses Karma.

„Gib mir einen Diamanten statt eines Saphirs, und ich hole dir die Kleidung“, erklärte William plötzlich.

Stirnrunzelnd schaute ich ihn an. Dachte er ernsthaft, ich würde ihn mit Blitzen traktieren? Seinen Blick vermochte ich nicht zu deuten.

„So mag ich das“, freute sich Geronimo und machte den Handel mit William perfekt.

„Bin gleich wieder da.“ Will nickte mir zu und ging.

„Okay, ab zur Gießkanne und ausziehen“, instruierte ich den Gnom. „Ich gehe so lange nach drinnen und besorge grüne Kristalle.“

„Wieso Kristalle?“, wollte er wissen.

„Sie unterstützen meine Magie.“

Er runzelte die Stirn. Dann kramte er große, grüne Brillanten aus seiner Tasche. Was hatte er eigentlich noch alles dabei?

„Geht es mit Smaragden besser?“, fragte er. „Kristalle sind doch viel minderwertiger.“

Ich nickte. „Ja, schon. Ich habe nur sonst keine.“

Er gab sie mir. „Die sind aber nur für den Zauber. Danach will ich sie zurückhaben.“

„Im Gegensatz zu dir beklaue ich die Leute nicht.“ Ich hielt die Steine gegen das Licht. Sie waren absolut lupenrein. Für mein Vorhaben waren sie perfekt.

„Wieso brauchst du eigentlich grüne Klunker?“, horchte er mich aus.

Auf meinen Kommentar ging er nicht einmal ein. Anscheinend fand er es nicht beleidigend, wenn man ihm unterstellte, dass er stahl. Im Schneckentempo legte er seine Miniaturbekleidung ab. Alles war so winzig, dass es schon wieder niedlich war.

„Es geht um Wachstum“, informierte ich ihn. „In der Natur ist die Farbe des Wachstums nun einmal grün. Und Magie ist Teil der Natur. Für sie gelten in vielen Belangen dieselben Regeln. Farben, Formen und Materialien können Zauber unterstützen, wenn sie richtig ausgewählt werden.“

„Aha.“ Nachdenklich zog er sich eine Socke vom Fuß. War die etwa aus Seidenfasern gemacht? Egal, was William ihm bringen würde – ganz zu Schweigen von der Frage, weshalb er es überhaupt tat –, aber er würde Probleme bekommen, den Knirps zufriedenzustellen.

Jetzt machte er sich gerade an seiner Hose zu schaffen. „Ich glaube, ich bleibe lieber beim Klauen."

Ich wollte gar nicht erst wissen, wem der Rubin, den er mir gegeben hatte, vorher einmal gehört hatte. Er speiste uns alle mit Diebesgut ab. In meiner Nähe gab es nur Elstern. Selbst Wini hatte ihre Finger nicht bei sich behalten können.

„Hauptsache, du beklaust *mich* nicht, nachdem ich dir so sehr helfe. Sonst jage ich *dir* auf jeden Fall einen Blitz in den Hintern. Und das wäre erst das Vorspiel."

Geronimo schluckte hörbar und bedeckte seinen Po mit den dicken Wurstfingern. Da er inzwischen keine Hose mehr trug, war der Anblick umso lustiger. Es war nicht so, dass ich das noch nie gesehen hätte. Wobei es in dieser Größe schon irgendwie neu war. Die Sorge um seinen Allerwertesten übertrumpfte jedenfalls die Scham, sich mir zu zeigen.

„Du wirst jetzt einmal kurz in die Kanne tauchen und dabei auch einen Schluck von dem Wasser trinken. Schließlich sollst du schön gleichmäßig wachsen. Danach kommst du sofort wieder heraus, damit du noch durch die Öffnung passt, und nimmst einen der Smaragde in deine Hände ..."

„Oh, oh!", quiekte er. „Ich habe eine Idee. Können wir meine Juwelen und all mein Gold auch vergrößern?"

Sein Hintern war vergessen. Er war ganz aus dem Häuschen bei der Vorstellung.

„Nein, können wir nicht. Das hier wirkt nur auf Organisches. Kristalle und Edelsteine sind sowieso anders als andere Materialien. Sie bilden perfekte Gefäße für Magie und leiten ihre Energie. Sie selbst sind davon allerdings vollkommen unveränderlich."

„Mist.“

„Eigentlich nicht. Sie werden dadurch zu perfekten Magieleitern und Grundlagen für Artefakte. Sie verfälschen Zauber nicht, sie verstärken sie nur und geben sie – je nach Qualität des Gesteins – hochkonzentriert weiter. Das ist eine Schönheit für sich.“

„Nein, das ist Quark. Ich hätte lieber mehr Juwelen.“

War ja klar.

„Also, Ohren aufgesperrt. Wenn du wieder draußen bist, hältst du einen Smaragd und ich halte einen. Darüber stelle ich eine perfekte Verbindung zu dir her und werde die Wachstumsmagie lenken, damit du ein stattlicher Mann für Wendy wirst. Alles klar?“

Es war sogar so klar für ihn, dass er bereits damit begann, auf meine Gießkanne zu klettern. Normalerweise hätte ich ihm dabei geholfen hineinzugelangen, aber ich wollte den nackten Kerl nicht anfassen. Er war so klein, dass ich ihn mit viel zu hoher Wahrscheinlichkeit an einer blöden Stelle berührt hätte.

Außerdem eilte es nicht wegen ein paar Minuten. Das ganze Wachstumsritual würde mindestens eine Stunde dauern. Ich müsste sichergehen, dass die gesamte Energie des Wassers verbraucht wäre, bevor er durch meine Tür spazierte, sonst könnten sich bei ihm nachträglich noch Beulen und Dellen bilden. Falls noch Energie vom Elixier übrig wäre, obwohl er bereits die richtige Größe erlangt hatte, würde ich den Rest in seinen Haaren verbrauchen. Diese ließen sich wenigstens im Handumdrehen wieder abschneiden.

Das war zumindest der Plan. Und nun platschte Geronimo auch schon in die Gießkanne.

KAPITEL 13

„Oh, nein! Du hast mich verschandelt“, beschwerte sich Geronimo lautstark.

Der Kerl machte mich wahnsinnig, denn offensichtlich litt er unter einer Wahrnehmungsstörung. Vor mir stand ein halber Gott. Eigentlich hatte er so ein phänomenales Äußeres gar nicht verdient, doch die lupenreinen Steine hatten derartig toll funktioniert, dass ich ihn haargenau so hatte wachsen lassen können, wie ich es wollte.

Ich hatte sein knautschiges Gesicht hübscher gemacht, weil nun einmal kein normaler Mensch so aussah. Ich hatte ihm stattliche Muskeln, breite Schultern, eine schmale Taille und einen sagenhaften Knackarsch verpasst. Seine Hände waren jetzt lang und schlank wie die eines Pianisten. Er war ein unfassbar schöner Mann geworden, der jeden Schönling der Filmindustrie mühelos in die Tasche stecken könnte.

Ich hatte nie zuvor mit solchen Edelsteinen gezaubert und ihre Wirkung war verblüffend.

Nur, dass Geronimo sich ganz hässlich fand und das

ungeniert herauskrakeelte. Er drehte und wendete sich in einem Anzug von Armani vor meinem Garderobenspiegel. Die zu langen Haare hatte ich ihm abgeschnitten. Zwar war ich kein Star-Coiffeur, aber ich hatte einen ziemlich modischen Haarschnitt hinbekommen. Der Blödmann sah aus wie ein Model. Obendrein überragte er mich nun um mehr als einen Kopf. Sämtliche Spitznamen, die ich bisher für ihn hatte, waren hinfällig. Geronimo war kein Gnom oder Wicht mehr.

„Du siehst megatoll aus", stellte ich klar.

„Er sieht sogar besser aus als Billy", hauchte meine Tante ganz erschüttert. „Wieso hast du das getan, Jillie? Er war gemein zu mir."

„Also, für einen Rubin kann ich mich schon mal ins Zeug legen. Außerdem geht es hier doch auch um Wendy." Okay, das klang ein wenig heuchlerisch, weil ich sie nicht mochte, aber das wusste Geronimo doch nicht. „Und so wird sie dich auf jeden Fall heiß finden."

„Das kann ich mir nicht vorstellen. Meine ganzen Runzeln sind weg", jammerte er und quetschte mit seinen Händen in seinem Gesicht herum, als wollte er sich neue basteln. „Meine Finger sind so dürr. Ich habe Muskeln, wo jeder Mann ein fürstliches Bäuchlein haben sollte. Und diese Kleidung ..."

„Früher sahst du aus wie ein schwuler Hip-Hopper aus dem Orient. Ich habe dir doch die Managerzeitschrift genannt, damit du dir mal ein Bild verschaffst. Menschliche Frauen haben ein anderes Schönheitsideal als Kobolde."

„Gib mir meinen Rubin zurück", maulte er.

Ich bohrte ihm den Finger unter die Nase. „Versuch

mich zu beklauen und ich fluche dir Hämorrhoiden an den Hintern. Und Wendy wird nicht darauf stehen, wenn du beim Sitzen immer mit dem Po wackelst wie eine Ente."

„Du bist gemein", klagte er.

„Und du bist undankbar." Ich verschränkte die Arme vor der Brust.

„Gib mir meinen Diamanten wieder", probierte er sein Glück bei William.

Der lehnte mal wieder lässig an einer Wand und schüttelte bloß den Kopf. „Auch wenn ich jetzt nicht mehr auf dich drauftreten kann ..."

„Genau, ich bin viel größer als du." Er gluckste vor Freude. „Mensch, ist das toll."

„Aber ich reite Rodeo. Mit bockigen Gäulen kenne ich mich aus."

„Dieses langweilige grau glänzende Etwas ..." Geronimo zog ein langes Gesicht und fuhr sich mit seinen schlanken Fingern am Revers entlang.

„Das ist ein Anzug", half ich aus.

„... kann meine Angebetete doch niemals entzücken."

„Geh erstmal zu ihr, bevor du hier weiter motzt." Ich wies ihm den Weg zur Tür und wünschte mir, ihn nicht mehr sehen zu müssen, obwohl er nun eine Augenweide war.

Wenn mich nicht alles trog, würde er in Kürze bei Wendy im Laden aufschlagen. Ich musste dringend mit Emily sprechen.

Nachdem er schimpfend gegangen war, stieß ich einen erleichterten Seufzer aus und schaute William an, der mir zehnmal besser gefiel, weil er niemals so eine Nervensäge sein würde. „Danke für deine Hilfe. Ich weiß zwar nicht, warum du es getan hast, aber ..."

Er kramte den Diamanten aus seiner Jeans. „Deswegen."

„Seit wann machst du dir etwas daraus?" Anfangs hatte er jedenfalls ziemlich ungerührt gewirkt, als Geronimo ihm einen Saphir hatte geben wollen.

„Tue ich nicht. Ich musste nur an deine Kristallsammlung denken." Er hielt mir den Edelstein hin. „Der ist für dich."

Wow. Was? Mein Herzschlag setzte aus. Völlig perplex starrte ich ihn an. „Du gibst mir einen Stein, der etwa zwanzigtausend Dollar wert ist?"

William zuckte nur einseitig die Schulter. „Du hast doch gesagt, dass dir ein Diamant fehlt."

„Ja, aber ... Ich kann das nicht annehmen", stammelte ich und schob mit flachen Händen Wills Hand mit dem Stein von mir fort.

Doch er umschloss nur eine meiner Hände und legte den Diamanten hinein. Dann hielt er sie fest, damit ich nichts dagegen unternehmen konnte.

„Es ist ja kein Verlobungsring", scherzte er und benetzte seine Lippen.

„William ...", seufzte ich. „Dieser Juwel ist viel zu wertvoll."

„Nicht so wertvoll wie du." Er streichelte über meine Hand. „Triff dich wieder mit mir!"

Zitternd atmete ich ein und schaute in seine wunderschönen blauen Augen. Er hatte sich für mich von Geronimo herumkommandieren lassen, nur um meiner Kristallsammlung einen Diamanten hinzuzufügen. Das hier war garantiert kein belangloser Flirt für ihn. Ich hatte das Gefühl, dass er für mich über glühende Kohlen laufen würde. Und auch wenn seine Seele sehr alt war, behandelte er mich nicht besserwisserisch oder bevormundend.

Ich lächelte ihn an. Also, wenn sich ein Mann so sehr ein Bein für mich ausriss, könnte ich vielleicht ein paar Gefühle für ihn riskieren.

Trotzdem musste ich etwas klarstellen: „Wenn du mich verletzt, verfluche ich dich."

Er grinste doch tatsächlich. „Ist das ein Ja?"

Ich nickte und es fühlte sich überraschend gut an, mich auf ihn einzulassen.

William legte seine Hand an meine Wange und trat einen Schritt an mich heran. „Dann will ich ein richtiges Date mit dir."

„Da bin ich aber gespannt ... Willst du irgendein magisches Programm auffahren?"

„Nein, ich gehe mit dir zum Stadtfest. Ich werde dir Zuckerwatte kaufen und mit dir Riesenrad fahren."

„Dir ist klar, was Emily und Matthew sagen werden?"

„Oder Emilys Bruder Michael", ergänzte er. „Du glaubst nicht, wie oft ich mir von ihm schon seine Sprüche anhören durfte."

Jetzt wurde ich aber doch hellhörig. „Was denn für Sprüche?"

„Von ‚Der Billy und die Jillie' mal abgesehen?"

Ich gluckste. „Die Leute sind einfach nicht kreativ."

„Michael hat mir klargemacht, dass du zwar nicht seine leibliche Schwester bist, dass du für ihn aber trotzdem zur Familie gehörst ..."

„Das geht ja runter wie Öl."

William nickte. „Ich meine das ernst. Er findet dich definitiv besser als Elaine, mit der er wirklich verwandt ist.“

„Das ist so süß.“

„Er hat gedroht, mich auf seiner Farm zu verscharren, falls ich dich nicht gut behandele.“

Gerührt faltete ich die Hände vor der Brust, wobei ich den Diamanten ganz festhielt. „Ach, Michael kann so reizend sein. Ich könnte ihm glatt Blumen schicken.“

„Schick ihm lieber eine Frau. Er ist ein bisschen einsam. Wenn du schon einem Gnom wie Geronimo hilfst.“

Leider war Geronimo nicht der Einzige. „Erinnere mich lieber nicht daran. Ich muss auch noch für einen Vampir eine Frau finden, weil er sonst mich will.“

„Was?“, keuchte er. „Würdest du dich etwa auf ihn einlassen?“

„Himmel, nein!“ Ich rang mir ein angespanntes Lächeln ab. „Anscheinend habe ich zu wenig von Juannas hinterhältiger Natur geerbt und versuche zu oft, Leuten zu helfen.“

„Und was willst du gegen diesen Vampir unternehmen?“ Will schnitt eine Grimasse. „Weißt du, Michael hat doch eine Schaufel ...“

Ich lachte und schüttelte den Kopf. „Nein, ich habe da schon eine Lösung. Wobei die mit ein paar Hindernissen verbunden sein dürfte. Aber es gibt noch ein viel größeres Problem.“

Sein Blick wurde schmal. „Geht es etwa um diesen Talisman, von dem du und Winifred vorhin in der Küche gesprochen habt?“

„Ja. Allerdings wäre es mir lieber, wenn sie dir die Sache selbst beichtet. Weißt du, ich habe heute nicht grundlos getrunken und mir dann eingebildet, dass

Winifred tot wäre. Ich habe erst getrunken, nachdem ich sie habe verschwinden sehen. Für viele Stunden glaubte ich, sie wäre ins Jenseits gerissen worden."

Allein bei der Erinnerung stiegen mir die Tränen in die Augen.

„Hey", murmelte Will mit seiner tiefen, beruhigenden Stimme und zog mich in seine Arme. „Die alte Lady ist noch da."

„Sie mag dich und du magst sie. Bitte vergiss das nicht, wenn du dich mit ihr unterhältst und dabei etwas hörst, was du nicht mögen wirst."

Er hielt mich an den Schultern fest und zwang mich, ihm in die Augen zu sehen. Sie funkelten so blau wie Geronimos Saphir es getan hatte. „Ich bin immer noch froh, dass du mich angerufen hast. Versprich mir, das wieder zu tun, wenn etwas ist."

Ich nickte stumm. Dann ging er nach draußen in den Garten, wo Winifred an meiner Grundstücksgrenze schwebte, die sie nicht mehr überqueren konnte.

Während ich den Seelenanker aus meiner getragenen Wäsche kramte, fummelte ich mit der anderen Hand mein Handy aus der Tasche und wählte Emilys Nummer. Im selben Moment ertastete ich die runde Steinmünze. Ich drückte auf die Freisprechtaste und packte das Telefon auf die Seite, um den Talisman in die Hand nehmen zu können.

„Oh, Jill, meine Süße. Wie geht es dir denn?", grüßte mich Emilys herzliche Stimme. „Konntest du dich ein bisschen beruhigen? Soll ich vorbeikommen?"

Sie war ein echter Schatz. Und zum Glück einer, den dieser Kobold niemals stehlen würde. Dafür würde

Geronimo ihr bald etwas anderes wegnehmen. Aber erstmal musste ich Entwarnung geben: „Winifred lebt noch. Also ... soweit man das bei ihr sagen kann. Sie ist nur in mein Haus gerissen worden.“

„Was? Oh, mein Gott. Das ist ja unglaublich toll“, freute sie sich.

Mit dem Artefakt und dem Handy lief ich zu meinem Arbeitsbereich und nickte. Das war es allerdings. Irgendwie konnte ich es noch gar nicht fassen, doch die Party, die wir deswegen eigentlich feiern müssten, blieb noch immer aus. Und das würde sie wohl auch, bis die Sache mit den Cree ins Reine gebracht wäre.

Im Hintergrund hörte ich, wie Emily nach Matthew rief und ihm die frohe Neuigkeit mitteilte. „Ich stelle dich mal auf Freisprechen, in Ordnung?“

„Okay.“ Schließlich hatte ich dasselbe getan, auch wenn ich mit dem Telefon allein an meinem Schreibtisch saß. Ich kramte nach einer hübschen Schatulle aus Muschelschalen mit Perlmuttintarsien, in die ich den Seelenanker hineinlegte. Irgendwie wollte ich die wertvolle Reliquie nicht einfach aus meiner Hosentasche ziehen, wenn ich den Cree-Indianern meine Aufwartung machte. Das würde sonst respektlos wirken. Aber das Muschelkästchen erschien mir passend, weil es schließlich um einen Anker ging. Einen, der verschollen gewesen war und nun in diesen Muscheln heimkehrte.

Ich berichtete den beiden davon, was vorgefallen war, und rückte bei der Gelegenheit auch mit der Sprache über Geronimo heraus.

„Nicht dein Ernst“, staunte Emily. „Was es alles gibt: Schatzkobolde.“

„Ja, nur das Problem wird sein – und das tut mir

ehrlich leid –, dass ihr in Kürze eine neue Mitarbeiterin suchen müsst. Sie geht garantiert mit ihm nach Barbados. Nicht bloß wegen seines Reichtums." Ich räusperte mich stolz. „Bei der Umwandlung hatte ich ein gutes Händchen und er sieht so fabelhaft aus, dass man glatt umfällt."

„Jetzt übertreibe mal nicht", sagte Emily lachend. Dann verschluckte sie sich fast. „Kundschaft", stotterte sie.

Im Hintergrund hörte ich einen Mann reden: „Ich suche eure holde Wendy."

„Das ist er", krähte ich.

Er war wirklich sehr schnell gewesen. Wenn ich sonst zur *Centre Mall* fuhr, in der sich das Geschäft von Matthew befand, brauchte ich selbst bei grünen Ampeln deutlich länger.

„Potzblitz, ist der schön", staunte Emily.

„Meinst du mich?", fragte der eitle Pfau.

„Nein, sie gehört zu mir", stellte Matthew klar. „Die Blondine, die du suchst, macht gerade Pause. Ich gehe sie dir holen." Dann kam er näher an Emilys Handy heran, weil ich ihn plötzlich viel deutlicher hörte. „Das *‚in Kürze jemanden suchen‘* würde ich mal in *‚ab sofort‘* umbenennen. Übrigens gute Arbeit, Jillian. Ich bin zwar ein Mann, aber sogar ich erkenne, dass der Kerl prima aussieht."

„Meinst du mich?", echote Geronimo erneut. „Danke. Allerdings hättest du mich mal früher sehen sollen. Da war ich wunderschön. Doch diese Jill hat es meiner Meinung nach vergeigt."

„Täusche dich mal nicht", widersprach ihm Emily.

„Doch, doch. Ich sehe bloß deshalb noch passabel aus,

weil mein optisches Potential bereits vor der Verwandlung unermesslich toll war. Oh, ich war eine Augenweide“, schwärmte er.

Ich verdrehte die Augen, blieb jedoch am Apparat, weil ich sterbensneugierig war, wie das erste Zusammentreffen von Wendy und *Prinz Hat-so-viele-Juwelen-dass-er-immer-undankbar-sein-wird* ausfiel.

„Kann es sein, dass er ein bisschen komisch ist?“, tuschelte Emily mir in die Leitung.

„Lass das ‚bisschen‘ weg. Der spinnt, dass es knallt.“

„Hey, ich kann euch hören. Das ist Freisprechen“, ereiferte er sich.

„Wendy, hier ist Kundschaft für dich“, hörte ich Matthew sagen.

Schöner Mist, wieso hatte ich keine Videokamera im Laden installiert? Da würde ich echt gerne zusehen. Aber ich hörte schon an Wendys heiserer Stimme, dass sie hin und weg von meinem Zaubererergebnis war.

„Ja, bitte?“, säuselte sie.

Ich stellte mir vor, wie sie den Knoten an ihrer Bluse festzurrte und ihren flachen Bauch herzeigte. Sicher reichte sie ihm mit ihren Highheels bis zur Nasenspitze.

„Wendy, ich bewundere dich“, gestand er ihr.

Er verlor jedenfalls keine Zeit.

„Oh“, wisperte sie verlegen. Vermutlich kämpfte sie mit einer Sabberspur an ihrem Mundwinkel.

„Ich habe Geld. Ich liebe Luxus“, zählte er auf. „Ich steh auf dich und ich bin einsam. Komm mit mir nach Barbados.“

Das war doch wohl Vorschlaghammer-Baggern von der plumpesten Art. Selbst Wendy dürfte ein bisschen mehr umgarnt werden wollen.

„Au ja“, kreischte sie und ich hörte es rumpeln.

„Sie ist ihm um den Hals gefallen und hat den Wühltisch angerempelt“, übersetzte Emily den Lärm für mich.

Was?

Hallo?

Wo blieb da die Finesse?

Emily kicherte. „Matthew hat gerade von Hand ein Schild gekritzelt, auf dem steht: *Kompetente Verkaufshilfe gesucht*. Er klebt es jetzt an die Scheibe.“

„Ich bin übrigens Geronimo“, erzählte der ehemalige Gnom. „*Dein* Geronimo. Lass uns abhauen, Baby. Ich will mit dir auf einer Yacht in den Sonnenuntergang segeln und nie mehr einsam sein.“

„Er hat gerade ihre Hand genommen“, berichtete Emily weiter. „Und Wendy grinst ganz verklärt.“

Ich hörte, wie sich Geronimo räusperte und mit belegter Stimme fortfuhr: „Süße, sag mir nur eins und mach mich zum glücklichsten Mann der Welt: Willst du mein Geld ausgeben?“

„Au ja“, quiekte Wendy.

„Dann komm, Baby.“ Er schien drauf und dran zu sein, sie sich unter den Arm zu klemmen.

„Halt, ich muss meine Tasche holen.“

Ich hörte das schnelle Klappern von ihren Absätzen. Erst entfernte sich das Geräusch, dann kam es wieder näher. So schnell lief sie bei der Arbeit sonst nie.

„Tschüss!“, zwitscherte Wendy. Und dann piepte nur noch der Bewegungsmelder des Ladens, weil jemand die Tür benutzt hatte.

War das der Kerl gewesen, der eben noch auf einem Frosch durch meinen Garten geritten war? Und jetzt war ihm Wendy hörig. Die Welt war verrückt.

„Sag mal, musstest du ihn so schön machen?“, wollte Emily erneut wissen. „Nicht, dass ich das mit Wendy als starken Verlust auffassen würde, aber das hat sie gar nicht verdient.“

„Tut mir leid. Er hat mit einem echten Rubin bezahlt“, verteidigte ich mich. Ich hatte gezaubert, was das Zeug hielt. Die Smaragde hatten es mir so leicht gemacht und ich war regelrecht in der Magie des Augenblicks versunken gewesen. Und so hatte ich mit Hilfe von Edelsteinen einen neuen Edelstein erschaffen. Einen, der allerdings noch ein wenig an seiner Wortwahl schleifen musste.

Ich spürte den Diamanten, den Will mir überreicht hatte, in meiner Hosentasche drücken. Nachdenklich holte ich ihn hervor und legte ihn zu meiner Kristallsammlung. Er funkelte wunderschön, rein und klar. Er wäre ein perfektes Medium für meine Magie.

Dass Will diesem Geronimo einen Dienst erwiesen hatte, weil er mir einen Edelstein hatte schenken wollen, war wirklich süß von ihm. Vor lauter Rührung spürte ich ein Ziehen in der Brust und strich mit der Fingerspitze über den Diamanten.

„Jill?“, hörte ich ihn plötzlich hinter mir fragen.

Überrascht schreckte ich zu ihm herum. Der Mann hatte wirklich ein Timing.

„War das etwa Billy?“, fragte Emily ganz entzückt.

„Der Billy und die Jillie“, feixte Matthew.

„Ich lege jetzt auf“, verkündete ich und tat es auch sofort. Dabei hatte ich noch gar nicht sämtliche Anliegen, die ich auf dem Herzen hatte, mit Emily besprochen. Aber die andere Sache würde warten müssen.

William stand in der Tür zu meinem Arbeitsbereich und betrachtete mich still. Um irgendwas zu sagen, erklärte ich: „Danke für den zauberhaften Diamanten."

In ihm schien ein Kampf zu toben. Knapp nickte er in die Richtung, wo sich mein Handy befand. „Dieser Trottel hat die Frau auch noch bekommen, oder?"

Wie es aussah, hatte er mal wieder mehr aufgeschnappt, als er sollte.

Ich nickte. „Ja, hat er."

„Funktioniert diese direkte Art etwa tatsächlich beim Flirten?"

Ich war selbst noch ganz verwirrt von dem, was ich gerade mitgehört hatte, und zuckte die Schultern. „Wendy schien jedenfalls kein spezielles Drehbuch zu brauchen, außer einem, in dem die Worte *reich* und *Barbados* auftauchen. So, wie er sich das erhofft hatte."

„Weißt du, ich liebe ..." Er stockte und sein Blick klebte an mir. Dann rieb er sich über den Nacken. „... deine Tante. Besonders weil sie findet, dass wir toll zusammenpassen. Aber das mit dem Anker ..."

Daher kam also sein seltsames Verhalten. Er wusste alles.

Er wirkte frustriert und rammte die Hände in seine Hosentaschen. „Der Talisman ist also dein nächstes Projekt. Was unternimmst du wegen der Cree?"

Weil mich sein unverwandter Blick so nervös machte, fing ich damit an, die wenigen Bestellungen von meinem Onlineshop, die ich nicht mehr hatte verhindern können, abzuarbeiten. Ich zog einen Versandkarton aus meiner Schublade hervor und befüllte ihn mit den ersten Produkten. Natürlich war die mirakulös gute

Faltencreme dabei.

William ging mir bei meiner Arbeit zur Hand.

„Ich werde ihnen den Seelenanker natürlich zurückbringen."

„Einfach so?"

Ratlos zuckte ich mit den Schultern. „Was sollte ich sonst tun?"

„Das Richtige zu tun, birgt auch Risiken. Bisher wissen sie nichts von dir, aber das wird sich dann ändern. Wobei, was den Talisman betrifft, bist du zumindest schon auf dessen Radar."

Ich runzelte die Stirn. „Bei dir klingt es so, als wäre dieses Artefakt lebendig. Es ist nur ein Anker, William."

„Ja, einer für Seelen. Und er hat schon mehr als eine Seele gehalten. Pass lieber auf, welche Geister du mit diesem Ding herbeirufst."

„Man kann damit keine Seele rufen, wenn der Faden in die Zwischenwelt durchtrennt ist. Im Augenblick befindet sich niemand an diesem Anker."

Er stieß die Luft aus und schüttelte den Kopf. „Du weißt doch sicher, wie es ist, wenn ein Mensch einen Werwolf sieht. Dessen Erinnerung an den Wolf ist für diesen Wolf wie ein Portal in den Kopf jenes Menschen. Was ist wohl so ein Seelenanker für die Seelen, die sich an ihm festgehalten haben?"

Ehrlich gesagt wusste ich das nicht. Mir ging es bloß darum, wieder glattzubügeln, was meine Tante einstmals angerichtet hatte.

„Ich bringe ihn nur zurück."

William schüttelte den Kopf. „Du weißt doch überhaupt nicht, was du da seit gestern Nacht besitzt." Er trat an mich heran. „Als deine Tante den Anker geklaut hat, wem hat er da wohl vorher gehört?"

„Einem Toten?", stammelte ich.

„Schamanen unterstützen sich gegenseitig. Während der eine heranwächst, leitet ihn der Verstorbene aus der Zwischenwelt an. Immer ein Lehrer und ein Schüler. Ein ewiger Kreislauf, der durchbrochen wurde. Und du bist diejenige, die hereinplatzen wird, ohne zu diesem Kreis dazuzugehören."

„Das ist natürlich nicht optimal", räumte ich ein.

„Denkst du nicht, dass es die Cree und ihre Geister sauer macht: So ein frevelhafter Diebstahl?"

Ich verschloss einen Versandkarton mit braunem Klebeband und drückte das Empfängeretikett an der Oberseite fest. „Komm schon, es sind Indianer. Die sind lieb. Jeder mag Indianer."

Das musste er doch auch so sehen, immerhin war er von ihrem Blut.

Stattdessen schaute er mich an, als hätte ich nicht mehr alle Hühnerfüße in der Zauberbrühe. „Glaubst du ernsthaft, dass es vor dem Weißen Mann niemals Gewalt und Blutvergießen in diesem Land gegeben hätte? Denkst du, Indianer hatten Äxte nur zum Zerlegen von Feuerholz? Was weißt du überhaupt von den Cree?"

Ich zuckte die Schultern. „Ich weiß zumindest, dass der Geist des Schamanen fort ist. Sonst wäre das ja alles schließlich gar kein Problem."

Billys Gesicht war wie eine Maske. „Du hast keine Ahnung von Schamanismus, Totems und Riten, oder?"

„Die Cree betreiben schon keinen Voodoo-Kult." Das wäre nämlich etwas, das ich wirklich gruselig fände, denn ich hielt nichts von Blutopfern. „Und nein, ich gehe in die Sache zugegebenermaßen ziemlich blauäugig rein, weil ich nicht Teil jener indigenen Kulturen bin und mich niemand von ihnen in ihre mündlichen Überlieferungen eingeweiht hat. Wieso? Was weißt du denn darüber?“

Grimmig setzte er das Paket ab, das er gerade noch bepackt hatte. „Ich weiß, dass ich nicht will, dass dir etwas passiert.“

Daher wehte der Wind. Er sah mich richtig hitzig an.

„Du würdest immer auf mich aufpassen wollen, oder?“, flüsterte ich und legte ihm meine Hand auf den Arm.

Er stieß die Luft aus und zog mich ganz fest an sich heran. „Ich bin vielleicht nicht so direkt wie Geronimo, aber das heißt nicht, dass ich dich verlieren will.“

Ich spürte einen dicken Kloß in meinem Hals und umarmte ihn. Dabei lehnte ich mein Gesicht an die Kuhle zwischen seiner Schulter und seinem Nacken. Er roch so wunderbar nach diesem Aftershave und ihm selbst. Ich hauchte ihm einen zarten Kuss auf seinen Hals und er erstarrte förmlich und atmete geräuschvoll ein.

„Du verlierst mich nicht, Will“, wisperte ich.

Seine Umarmung wurde fest wie ein Schraubstock. Ich fühlte mich wohl bei ihm und ließ zu, dass er mich ganz nah bei sich hielt. Ich spürte, wie mir tausend Gefühle durch mein Herz sprudelten. Verdammt, ich wusste gar nicht, ob ich einen Fluch kannte, der groß genug wäre, falls er mich doch fallenließe. Denn jetzt gerade verknallte ich mich wirklich in ihn.

„Jillian“, seufzte er und streichelte mein langes Haar.

„Ich werde nachher zu den Cree fahren und dann melde ich mich bei dir, okay? Wir bekommen das hin.“

Er lehnte sich etwas nach hinten, um mir in die Augen

sehen zu können. „Du hast gerade *wir* gesagt."

„Das muss deine Nähe sein. Die wirkt wie eine Gehirnwäsche." Ich zwinkerte ihn an.

„Ich meine das ernst mit uns."

„Ich weiß und du kommst aus dieser Nummer auch gar nicht mehr heraus. Ich will meine Zuckerwatte und die Fahrt im Riesenrad. Versprochen ist versprochen."

„Ja, und ich halte meine Indianerehrenworte."

Ich grinste ihn an und zupfte ihn an seinem blonden Haar. „Du bist doch jetzt gar kein Indianer mehr, du bist ein Cowboy."

„Jillian", sagte er gespielt drohend.

Ich deutete mit dem Finger über meine Schulter. „In meinem Schlafzimmer liegt noch dein Cowboyhut. Leugnen ist zwecklos, du Rodeowunderknabe."

„Willst du mich jetzt damit etwa aufziehen?"

Ich nickte feierlich. „Aber glaub nur nicht, dass ich eine von deinen Groupies bin, die sich das Shirt hochziehen und sich ein Autogramm von dir auf ihre Brüste kritzeln lassen."

Er machte ein unschuldiges Gesicht. „Solche Frauen kenne ich nicht. Aber falls du zufällig von so einer Frau weißt ..."

„Hey!", beschwerte ich mich und klappste ihm auf den Arm.

„Wieso? Was denn? Ich wollte doch nur sagen, dass du sie dann Michael auf die Farm schicken kannst. Der arme Kerl ist so einsam."

„Dir liegt ja richtig viel an deinem Geschäftspartner", feixte ich.

„Na, ich kann mit dem barbusigen Groupie jedenfalls nichts anfangen. Ich gehöre doch schon zu dir."

Bumm, bumm. Mein Herz schlug einen kleinen Purzelbaum.

Irgendwie hatte ich das Gefühl, dass doch noch alles gut werden würde.

KAPITEL 14

Bevor Will gegangen war, hatte er mich noch bei meinem Wagen am Park abgesetzt, damit ich mit Vezel nach Hause fahren konnte. Schließlich hatte ich in der Nacht zuvor ein Taxi benutzt und hätte sonst wieder eins benötigt. Will dachte aber auch an alles.

Nun machte ich die letzten Kartons für die Bestellung fertig. Dabei verhedderte ich mich die halbe Zeit in meinen Haaren. Hinter mir hörte ich plötzlich Winifred. Sie summte mal wieder den Hochzeitsmarsch. Ich drehte mich zu ihr um und sie strahlte mich an.

„Das ist keine Hochzeit. Wir gehen bloß auf ein Date."

Sie zuckte die Schultern. „So fängt das doch immer an."

Ja, außer bei dem Schatzkobold.

„Übrigens hat er seinen Hut in deinem Schlafzimmer vergessen", informierte sie mich. „Ob er dir ein kleines Andenken dalassen wollte?"

„Das braucht er gar nicht." Ich zeigte auf den Diamanten in meinem Regal. „Ich habe schon dieses

Geschenk von ihm bekommen."

Wini stieß einen begeisterten Pfiff aus. „Oh, Jillie, ist der schön!"

Ich schmunzelte und klebte einen Karton zu. Dabei landete fast eine Haarsträhne unter dem Klebeband. Das ging so wirklich nicht mehr. Ich stellte den letzten Karton auf die Seite und nahm die Schere zur Hand. Kurzentschlossen griff ich in mein Haar und schnitt es auf Taillenhöhe ab.

„Was machst du da?", kreischte Winifred.

Ich wickelte es mit einem Band zu einem Zopf zusammen und tütete es ein. Dann suchte ich die Adresse eines örtlichen Perückenmachers aus dem Internet und schrieb sie auf das Päckchen, mit der Notiz, dass er damit jemandem, der seine Haare durch Krankheit verloren hatte, eine Freude machen sollte.

„Die Haarlänge hat mich gestört und ich muss ohnehin noch die Sendungen aufgeben. Da kann ich sie gleich mit verschicken."

„Das ist doch wohl das beste Beispiel dafür, dass Frauen gerne ihre Frisuren wechseln, wenn sich in ihrem Leben etwas ändert", grummelte sie.

„Sei mal unbesorgt, ich kann jederzeit Wachstumswasser herstellen."

Aber jetzt musste ich endlich mit den Indianern reden gehen. Bevor ich zu den Cree hinausfuhr, könnte ich noch einen Stopp bei der Post einlegen. Dann hätte ich wieder etwas von meiner viel zu langen Liste mit Dingen, die zu tun waren und die mich von meinem wunderbaren Korbstuhl fernhielten, abgehakt.

Ich schnappte mir die Pakete und die Muschelschatulle mit dem Talisman.

„Wie weiß ich, ob es dir gut geht?“, wollte Winifred wissen.

„Im Zweifelsfall meldet sich die Polizei bei dir“, scherzte ich.

„Das ist nicht lustig.“

„Ich fahre nur zu den Indianern. Das sind nette Menschen. Wieso macht ihr euch eigentlich alle immer Sorgen?“

„Aber sie könnten sauer sein.“

„Tante, du wolltest doch, dass ich deine Schuld bei ihnen begleiche. Also mache ich das auch.“ Ich klemmte mir meine Päckchen unter das Kinn, um den kleinen Stapel zu stabilisieren. „Aber im Moment muss ich mich vor allem darauf konzentrieren, dass mir meine Schachteln nicht runterfallen.“

Das war leichter gesagt als getan, denn kaum trat ich aus meiner Haustür, erwartete mich die nächste Überraschung: Vor dem Haus meiner Nachbarn stand ein großer Umzugslaster.

Ich hatte das Gefühl, gegen eine Wand zu rennen. „Was macht denn das Ding vor ihrer Tür?“

„Ziehen sie aus?“, wollte Winifred wissen.

„Nein, bestimmt entrümpeln sie nur ihren Keller.“ Das war jedenfalls die Version, an die ich glauben wollte. Die Belmonds lebten seit vierzig Jahren hier.

Ich huschte zu meinem Wagen und verstaute die Pakete im Kofferraum. Miss Belmond erschien auf ihrer Veranda und gab zwei jungen Packern Anweisungen für ihre Kommode.

Sie sah aus wie immer: zu einem Knoten gestecktes Haar, eine rosa Strickjacke aus ihrer Eigenproduktion. Sie trug sogar dieselben flauschigen Pantoffeln, wie sie es sonst auch tat.

„Miss Belmond“, rief ich und eilte auf sie zu. „Entrümpeln Sie Ihren Keller?“

Sie stieß ein kurzes Lachen aus. „Wir entrümpeln das ganze Haus, Schätzchen.“

„Ja, aber …“ Ich schluckte und traute mich kaum, es zu fragen. „Ziehen Sie denn aus?“

Unter keinen Umständen waren sie so alt oder gebrechlich, dass sie in ein Seniorenheim hätten ausweichen müssen.

„Vorsicht mit der Kiste“, ermahnte sie einen der Packer, der hinter mir etwas einlud, das ich am liebsten wieder zurück ins Haus gezaubert hätte. Sie richtete ihren Blick erneut auf mich und stieß einen Seufzer aus. „Es ist gerade etwas stressig.“

Sie wirkte tatsächlich sehr gehetzt. Ein bisschen so, als stünde die Sintflut vor der Tür und als würde sie sich vorher noch mit Sack und Pack in Sicherheit bringen wollen.

„Aber vor ein paar Tagen saßen Sie doch noch völlig entspannt auf der Terrasse.“

Da hatte es keine Anzeichen von Umzugsvorbereitungen gegeben. Sie hatte gestrickt und ihr Mann hatte an der Limonade genippt. Wer hatte seither eigentlich gepackt? Gestern hatte nicht einmal ein Karton an der Hauswand gelehnt.

„Das war wirklich schön.“ Miss Belmond zuckte mit den Schultern und nestelte an ihrem Dutt herum. „Doch nun werden wir nach Ottawa umziehen. Unsere Enkel leben dort und wir sehen sie viel zu selten. Ein Haus ist nie so wichtig wie die Menschen.“

Außer dass die Belmonds mit ihrem wahrhaft

verwurzelt waren. Ein Hauch von Bestimmung hatte stets in der Luft gelegen, als wären sie für alle Zeit an ihr Heim gebunden. Nun löste sich meine romantische Vorstellung in Luft auf. Ich konnte mir die beiden Landeier überhaupt nicht in der Hauptstadt vorstellen.

„Es ist sehr schade, dass Sie plötzlich fortgehen. Wenn es nach mir gegangen wäre, hätten Sie für immer hier wohnen können."

„Nichts ist für immer, Jillian", entgegnete sie.

„Ich hatte ja nur gedacht, dass ..."

Ihr eines Tages zu Hausgeistern werden würdet.

Miss Belmond sah mich neugierig an. „Dass was?"

„Na, dass wir vielleicht an Silvester gemeinsam feiern."

Sie lächelte begütigend. „Oh, das ist wirklich ganz reizend, Jillian. Leider wird das nicht mehr klappen. Doch ich bin mir sicher, dass Sie bald einen hübschen, aufmerksamen Mann finden, mit dem Sie dann ins neue Jahr tanzen können. Das wäre doch viel natürlicher." Sie beugte sich vertrauensvoll zu mir. „Wir haben schon Enkel, Jillian. Denken Sie doch auch mal über Kinder nach, sonst wird das mit den Enkeln nichts mehr."

Ähm. Ich wollte nicht am Tag ihrer Abreise darüber streiten, welche Rolle die Frau in der heutigen Gesellschaft außerdem einnehmen durfte.

„Alles Gute", wünschte sie mir, was sich sicherlich auch auf den Männerfang bezog.

Ich ließ die Schultern hängen. Mit den Belmonds ging mir ein Stück Vertrautheit verloren. „Ihnen auch."

Wenn ich nicht zu den Cree gemusst hätte, wäre ich noch geblieben und hätte mich ordentlich von ihnen verabschiedet. So winkte ich ihnen bloß aus dem Fenster zu, als ich losfuhr.

Weil ich zwei Scheiben im Wagen heruntergelassen hatte, flatterte der Postschein vom Fahrtwind auf dem Beifahrersitz herum. Ich hatte alle Pakete aufgegeben und begab mich nun auf absolutes Neuland. Mir war nicht ganz klar, wo ich den Häuptling des hiesigen Cree-Stammes antreffen konnte oder wie er überhaupt hieß, also fuhr ich hinaus zum Wanuskewin Heritage Park, in dem meine Tante vor ihrem Tod gearbeitet hatte. Sicher könnte man mir dort Auskunft erteilen.

Ich nahm die Landstraße nordwärts aus Saskatoon. Wenn man die Häuser hinter sich ließ, öffnete sich der Blick über das weite Grasland. Telefonmasten säumten den Straßenrand und hin und wieder tauchten kleine Wasserlöcher auf, an deren Ufer Bäume und Büsche wuchsen. Inzwischen war es Nachmittag geworden. Der Himmel war von einem blassen Blaugrau, an dem weiße Wölkchen standen. Sie warfen Schattenflächen auf das Land. An manchen Stellen war das Gras gelb geworden, weil es seit einer Weile nicht geregnet hatte.

Ich fuhr immer tiefer in die Prärie. Vereinzelt standen Farmhäuser in der Nähe der Fahrbahn inmitten der großen Felder. Manche besaßen Gatter für Koppeln auf denen etliche Bäume gepflanzt worden waren, weil im Sommer während der Dürren auch mal vierzig Grad herrschen konnten. Da brauchten die Tiere schattige Plätze.

Irgendwann tauchte auf der rechten Seite die schmale Zufahrtsstraße auf, die zum Park führte. Ich passierte weitere Wasserlöcher, die wie Flecken auf einer Kuh Muster im endlos scheinenden Grasland bildeten. Schließlich ragte mitten im Nirgendwo das große

Eingangsschild des Parks auf. Das Rolltor auf der Straße stand offen. Daneben hatte man ein Schild mit den Öffnungszeiten montiert. Entlang der Zufahrt standen die Gerippe von mehr als einem Dutzend Tipis. Jeweils sechs lange Holzstangen waren im Kreis angeordnet in den Boden eingelassen worden, während ihre oberen Enden im Zeltmittelpunkt zusammengebunden waren. Nur die Büffelhäute fehlten. Dadurch erinnerte es mich an eine Geisterstadt.

Weiter vorne sah ich das Gebäude des Informationszentrums. Es war aus Glas und Holz errichtet worden und besaß einige spitze Dachkanten, die ich so noch bei keinem anderen Haus angetroffen hatte. Es sah aus wie ein zerschnittener Kegel. Als ich darauf zufuhr, entdeckte ich weitere Tipis. Diesmal waren sie auch von außen verkleidet und standen wie weiße Zuckerhüte im grünen Gras. Die Prärie war hier draußen etwas buckliger. Büsche und Sträucher durchzogen an verschiedenen Stellen das Terrain und der Opimihaw Creek schlängelte sich südwärts durch das Gebiet, wo er in einigen Kilometern in den großen Saskatchewanfluss münden würde.

Ich war nun auf Indianerland und Dank des Wanuskewin Heritage Parks konnte ich mir vorstellen, wie das Gebiet früher einmal ausgesehen haben musste, als die Cree hier noch frei gelebt hatten. Ich wünschte, ich hätte einen besseren Grund gehabt, warum ich diese kulturelle Begegnungsstätte aufsuchte.

Ich parkte den Wagen vor dem Informationszentrum und stieg aus. Wind wehte über das offene Land und ich musste immer wieder meine langen Haare über die Schultern zurückstreichen. Zum Glück hingen sie mir nicht mehr bis zu den Füßen.

Draußen stand eine Gruppe von zwei Frauen und etwa zehn Kindern um ein weiteres Zeltgerüst zusammen. Mehr als die Hälfte von ihnen war nicht indianisch. Sie bedeckten die Stangen mit Stoffbahnen, auf denen sie ihre Handabdrücke in bunten Farben hinterlassen hatten.

„Lasst einen Schlitz an der Seite offen, Kinder, damit ihr später noch hinein könnt. Weiß einer von euch, warum der Einstieg nach Osten zeigen soll?“, wollte eine der Frauen wissen.

„Ich weiß es“, rief ein kleines Cree-Mädchen ganz aufgeregt. „Weil der Wind aus Westen kommt.“

„Sehr gut.“ Die Anleiterin lächelte und wandte sich dann an mich. „Möchtest du auch lernen, wie man ein Tipi baut? Es ist gar nicht schwer. Für den Aufbau der Zelte sind die Frauen und Kinder zuständig.“

Sie sah aus wie ein Halbblut und wirkte sehr freundlich. Ihre Haare waren so lang wie meine und sie trug Stoffhosen und eine Bluse statt traditioneller Kleidung. So sehr es mich verlockte, ein paar Indianertricks zu erlernen, mit denen ich bei Will angeben konnte, fehlte mir leider die Zeit dazu.

Ich winkte ab und lächelte. „Nein, danke. Ich muss drinnen nur etwas fragen.“

Hätte ich sie allein vorgefunden, hätte ich mich direkt bei ihr nach ihrem Häuptling erkundigt, doch mit all den Kindern um sie herum wären zu viele Fragen aufgekommen, weil Kinder nun einmal von Natur aus neugierig waren.

Als ich hineinging, erwarteten mich offene, große Räume mit hohen Decken und vielen Fenstern, durch die das Licht hereinstrahlte. Außerdem warteten zwei gewaltige Indianerbüffel auf die Besucher. Sie sahen aus, als würden sie hintereinander herlaufen. Sie waren fast zwei Meter groß, so dass ich zu ihnen aufblicken musste. Ich fragte mich, wie viel Gras so ein Bison fressen musste, bis es über drei Meter lang war.

Auch ein fertig aufgebautes Tipi mit Büffelhaut, das innen mit Fellen und Decken ausgeschlagen war, stand zur Ansicht bereit. Das war für viele Generationen der Kreislauf der Indianer gewesen: Die Büffel folgten den Weideflächen und die Indianer folgten wie Nomaden mit ihren Zelten den Herden.

Auf der Suche nach einem Angestellten entdeckte ich eine Ausstellung mit indianischen Bildern, die den Titel *„Durch die Augen unserer Großväter“* trug. *Nimoshom O'Tapsinowin.*

Ich verstand absolut kein Wort von der Sprache der Cree und war froh, dass überall Übersetzungen angebracht waren. Die Bilder selbst waren sehr farbenfroh und zeigten das Leben der Indianer in früheren Tagen. Unschlüssig schaute ich mich um.

Eine Frau, die so wenig indianisch aussah wie meine Tante, wandte sich an mich: „Möchten Sie ein Kind aus der Bastelgruppe für Indianerschmuck abholen?“

Anscheinend war heute Tag der offenen Tür für Kinder.

„Nein, ich bin auf der Suche nach dem Häuptling der Cree.“ Verlegen lächelte ich.

Die Frau wirkte überrascht. „In dem Fall hole ich besser meine Kollegin. Sie ist eine Cree und kann Ihnen möglicherweise weiterhelfen.“

Sie verschwand in einen anderen Teil des Gebäudes

und ich stellte mir vor, wie meine Tante früher hier gearbeitet hatte – basteln mit Kindern, Gespräche mit Besuchern führen, Informationsveranstaltungen planen, Tipis aufbauen und Ausstellungen organisieren.

Als ich gerade das blaubraune Bild von Tipis im Abendlicht betrachtete, das aussah, als wäre es mit Fingern gemalt worden, gesellte sich eine weitere Mitarbeiterin zu mir. Sie war kleiner als ich und ihre indianischen Gesichtszüge waren mit ein paar niedlichen Sommersprossen gesprenkelt, obwohl ihr Haar, das sie zu einem Zopf gebunden trug, rabenschwarz war. Auch sie war mit Jeans und T-Shirt bekleidet und musste etwa fünfzig Jahre alt sein.

„Hallo“, grüßte sie mich. „Wie kann ich helfen?“

„Danke, dass Sie gekommen sind. Mein Name ist Jillian und ich möchte gerne zum Häuptling, um ihm etwas zu bringen. Können Sie mir sagen, wo ich ihn finde?“

Als ich in ihr Gesicht blickte, hatte ich das Gefühl, das Tor in eine völlig fremde Welt aufzustoßen.

„Was möchtest du von Ahtahkakoop?“

„Ahtah…?“ Herrje, das wäre genauso schwer wie damals, als ich den Namen der frechen Nymphe Ypheleyarediria hatte lernen sollen.

„Ahtahkakoop“, wiederholte sie für mich. Dann fügte sie erklärend an: „Es bedeutet *Sternendecke*.“

„Oh, das klingt hübsch.“ Ob es dafür stand, dass er sein Volk bewachte, wie der Himmel über den Menschen thronte? Oder kannte er Antworten, die sonst nur in den Sternen standen? „Ähm … Es ist sehr wichtig, dass ich mit ihm spreche. Es geht dabei um ein Artefakt.“

Sie blickte mich interessiert an. „Du meinst ein

Artefakt, wie wir es auf unserem *Pfad der Erkundungen* zeigen?“

„Ich bin mir nicht sicher.“

Denn ich wusste schließlich gar nicht, was sie dort präsentierten.

„Entlang des Pfades befinden sich einige archäologische Stätten und Ausgrabungen, in denen Artefakte der letzten fünftausend Jahre ausgestellt werden. Pfeilspitzen oder Tierknochen etwa.“

Fünftausend Jahre! Solch ein Alter. Was, wenn der Ursprung des Seelenankers auch so weit in die Vergangenheit reichte?

„Nein, ich meinte eher ein spirituelles Artefakt.“

Die Frau runzelte die Stirn, überlegte eine Weile und nickte dann. „Ich schätze, Ahtahkakoop muss selbst beurteilen, ob es wichtig ist. Aber das kann er nur herausfinden, wenn du es ihm erzählst. Ich schreibe dir auf, wo du ihn finden kannst. Komm mit.“

Angenehm überrascht von dieser schnellen Wendung folgte ich ihr zu einem Pult. Sie notierte eine Adresse für mich und machte eine kleine Zeichnung dazu. Dann hielt sie mir den Zettel hin und deutete mit der Hand aus dem Fenster.

„Du musst diese Straße wieder zurückfahren und am Ausgang des Parks nach rechts abbiegen. Dann fährst du so lange, bis du zu einer kleinen Siedlung kommst.“

Als ich das Blatt betrachtete, sah ich auch, dass sie mir den Namen des Häuptlings notiert hatte.

„Dankeschön. Das hilft mir sehr.“

Ich stand vor einer eher bescheiden anmutenden Blockhütte. Doch wenn ich die Beschreibung der

Indianerin richtig gedeutet hatte, war dies das Heim des Stammesoberhauptes Ahtahkakoop. Zumindest lebte er in keinem Zelt, auch wenn ein Wigwam draußen in seinem „Garten“ stand. Eine Telefonleitung führte zu seinem Haus und sicherlich verfügte er auch über andere moderne Annehmlichkeiten wie Strom oder fließendes Wasser. Trotzdem war diese Hütte alles andere als nobel. Jede kanadische Verkäuferin wohnte besser.

Meine Hand zitterte, als ich sie ausstreckte, um an seine Tür zu klopfen. Ich war unglaublich nervös und mein Magen war wie zugeknotet. Ich schlug dreimal gegen das Holz und rieb dann meine Hände wie Knetmasse. Meine Finger waren kalt und verschwitzt.

Das würde gar nicht gut laufen. Das würde sogar überhaupt nicht gut laufen.

Die Tür schwang auf und ein älterer Mann mit langem schwarzen Haar, der Jeans und ein Hemd trug und damit mehr wie ein Cowboy als wie ein Indianer gekleidet war, stand im Türrahmen. Wir begegneten uns auf Augenhöhe. Bloß, dass er noch gar nicht ahnte, wie tief meine Familie in der Schuld seines Stammes stand. Deshalb betrachtete er mich halb freundlich, halb neugierig. Er schien nicht allzu oft Besuch von Außenstehenden zu erhalten.

„Häuptling Ahta…“ Nervös spickte ich auf meinen Zettel. „Ahtahkakoop?“

Ein feines Lächeln umspielte seinen Mund. „Das bin ich.“

Ein kleines Mädchen erschien in der Tür und drückte neugierig ihren Kopf hindurch. Sie redete ein paar indianische Worte, die fragend klangen. Er streichelte ihren Kopf, erwiderte ihre Sprache und die Kleine verschwand zurück ins Innere. Eigentlich sah die Hütte aus, als wäre sie schon für einen zu beengt, doch der Häuptling schien hier mit seiner gesamten Familie zu leben.

Mir war richtig schlecht, als ich zu reden begann. „Ich bin hier, weil ich Ihnen etwas zurückbringen will. Etwas, das Ihrem Stamm vor fünfzehn Jahren gestohlen wurde."

Seine Stirn legte sich in Falten, als er der Bewegung meiner Hände folgte. Ich zog die Schatulle aus Muscheln hervor und hielt sie ihm entgegen. Er nahm sie an sich, musterte mich noch einmal prüfend und klappte dann den Deckel auf.

Danach stand pure Bestürzung in seinen Augen und jedes Wohlwollen wich aus seinem Blick. Mir war schon klar gewesen, dass er nicht einfach vor lauter Glück, die Reliquie wieder in seinem Besitz zu haben, ein Freudentänzchen aufführen würde. Denn im Grunde war das, was ich ihm brachte, kein Geschenk. Es war etwas, das seinem Stamm sowieso gehörte. Und die Folgen, die Winifreds Diebstahl angerichtet hatte, wogen schwer.

Er murmelte etwas Indianisches, von dem ich annahm, dass es der Name des Talismans war: *„Achak Askuwheteau.* Weißt du, was das ist?", wollte er von mir wissen.

Ich schluckte und nickte. „Der Seelenanker des Schamanen."

„Aller unserer Schamanen seit neunhundert Jahren. Der Kreislauf ihrer Spiritualität." Er tippte auf die Seite des Körpers. „Der Schamane, der hier ist." Dann wendete er die Schicksalsmünze und deutete auf den Geist, der auf die andere Seite geprägt war. „Und jener, der fort ist. Beide gehören zusammen. Zwei Seiten einer Aufgabe."

Meine Zunge hing wie ein bleischwerer Lappen in meinem Mund. Es gab keine Worte, die das Geschehene wieder hätten gutmachen können.

„*Achak Askuwheteau*", sagte er erneut. „Es bedeutet: *Der Geist, der Wache hält.*"

Diese Rolle hatte Winifred niemals erfüllt. „Es tut mir so leid", flüsterte ich.

„Woher hast du ihn?"

„Aus einem Grab." Ich fand, dass er wenigstens die ungeschönte Wahrheit verdiente. „Meine Tante hat ihn vor fünfzehn Jahren gestohlen, als sie hier arbeitete und spürte, dass es ihr nicht gut ging. Zwei Tage später ist sie gestorben, aber ihr Geist blieb erhalten."

Er nickte grimmig. „So funktioniert die Macht des Seelensteins."

„Sie hatte von seiner Magie gelesen und ihn aus Angst vor dem eigenen Tod an sich genommen. Das ist kein entschuldbarer Grund und es ist unverzeihlich. Ich bin mir sicher, dass sie das Ausmaß dessen, was sie anrichtete, nicht erahnt hat."

„Kannst du Geister sehen?", wollte er wissen, ohne dass er Näheres über meine Tante erfahren wollte.

Ich nickte stumm.

„Was bist du?"

„Eine Hexe."

Erneut nickte er. „Warum bringst du ihn mir jetzt?"

„Weil meine Tante mich darum gebeten hat. Als sie hörte, dass euer Schamane vor Kurzem gestorben ist, konnte sie mit der Schuld nicht leben, dass sie durch ihren Diebstahl von damals nun seinen Geist getötet hat.“

Er trat aus seinem Haus, schloss die Tür und lief auf meinen Wagen zu. „Ich werde dir etwas zeigen.“

Offensichtlich war ich dabei die Fahrgelegenheit. Ich konnte keinen Wagen von ihm sehen. „Habt ihr denn kein Auto?“

Häuptling Ahtahkakoop schüttelte den Kopf. „Ich versuche, die Tradition unseres Volkes zu bewahren. Wir *Paskwâw-ok* benutzen Rindenkanus und im Winter den *Tobbogan.*“

„Ich verstehe nicht, was Paka...“

„*Paskwâw-ok* heißt: Leute der Prärien“, erklärte er.

Ich hatte schon davon gehört, dass sich die Cree-Indianer in verschiedene Stämme untergliederten. In jene der großen Ebenen, der Sümpfe oder des Waldes. Oder jene, die an bestimmten Seen oder Flüssen lebten. Winifred hatte mich darüber informiert, dass es einhundertfünfunddreißig anerkannte Cree-Stämme gab.

„Was ist dieses Winter-Reisemittel?“

„*Tobbogan.* Das ist ein kufenloser Schlitten.“

Ich hatte Mühe, mir vorzustellen, wie ein Schlitten ohne Kufen eigentlich aussehen sollte, aber ich wollte ihn nicht mit meiner Unwissenheit behelligen. Schließlich war ich nicht hier, um mir vom Häuptling des hiesigen Stammes Unterricht geben zu lassen.

Wir stiegen in mein Auto und er zeigte mir, in welche Richtung ich fahren sollte. Da ich nur eine Straße und keinen Fluss sah, wunderte ich mich allerdings, was er im Sommer außer eines Kanus noch zur Fortbewegung benutzte.

Als sich das Schweigen zwischen uns ins Endlose

dehnte, fragte ich ihn schließlich danach.

„Ein Pferd."

Er lotste mich über einen schmalen Sandweg tiefer durch die Prärie, bis wir einige Minuten später vor einem weiteren ärmlichen Blockhaus angelangten, neben dem ein kleiner Bach verlief.

„Hier ist es", informierte er mich und stieg aus dem Wagen.

Ich folgte ihm und hielt einen Meter Abstand. Irgendwie hatte ich das Gefühl, dass ich ihm so meinen Respekt zollen könnte.

Als die Tür aufging, stand eine Frau in meinem Alter vor uns. Sie trug indianischen Schmuck und Lederkleidung. Sie war sehr hübsch und würdevoll. Dem Häuptling gegenüber verhielt sie sich ehrfürchtig und bat uns nach drinnen.

Die Hütte war nur spärlich möbliert. Ein paar Holzschemel, die vermutlich noch nie gute Tage erlebt hatten, standen im Halbkreis um eine Feuerstelle, auf der noch mit einem Kessel gekocht wurde. Das erinnerte mich an meinen eigenen Kessel, in dem ich allerdings keinen Biber-Eintopf oder Bisonfleisch zubereitete, sondern Tränke und Tinkturen braute.

Die zweite Hälfte der Behausung war mit Tierfellen abgetrennt. Ich vermutete dahinter ihren Schlafbereich. Ein kleiner Junge von ungefähr fünf Jahren saß auf einem Fell in der Nähe des Feuers und spielte mit einer Strohpuppe und einem geschnitzten Pferd. Wenn ich sein Spiel richtig deutete, stellte er sich dabei vor, dass das Pferd verletzt war und die bunte Puppe, an der kleine Federn hingen, es heilte.

Der Häuptling und die Frau wechselten einige Sätze in

ihrer Sprache miteinander. Dann deutete er mit der Hand zu den Schemeln. Ich folgte seiner stummen Einladung und wir setzten uns alle darauf, wodurch der Junge zu unseren Füße kniete.

„Warum habe ich dich hergebracht?“, fragte Ahtahkakoop mich.

Verdutzt schaute ich erst ihn und dann die Frau an. Sie musterte mich mit einem seltsamen Blick. Ich hatte keine Ahnung, was der Häuptling ihr erzählt hatte.

„Ich weiß es nicht ... Ist das womöglich euer Sohn?“

Er schüttelte den Kopf. „Das ist Enkoodabooaoo. Das bedeutet: *Einer, der alleine lebt.*“

Ich runzelte die Stirn, weil der Kleine ganz offensichtlich bei seiner Mutter wohnte. „Das verstehe ich nicht.“ Mein Blick huschte zu der Frau, die mich unverwandt ansah. Dabei standen ihr nicht gerade die herzlichsten Emotionen ins Gesicht geschrieben.

„Dies“, erklärte Ahtahkakoop, „ist unser neuer Schamane.“

KAPITEL 15

Enkoodabooaoo.

Einer, der alleine lebt.

Einer, dem die zweite Seite auf der Schicksalsmünze fehlte – der Geist des alten Schamanen und dessen Anleitung als sein Lehrer. Die Cree hatten also in einem Kind ihren neuen geistlichen Beistand gefunden. Schöner Mist. Die ganze Angelegenheit war völlig aus dem Ruder gelaufen.

Ich versuchte, positiv zu denken, denn immerhin musste der neue Schamane nicht erst geboren werden. Meine Kräfte würden erst wieder an eine andere Hexe übergehen können, wenn ich starb und diese danach das Vollmondlicht der Welt erblickte. Das konnte hunderte von Jahren dauern.

Die spirituellen Kräfte des Schamanen hingegen waren einfach in diesen Jungen hineingefahren. Wenn ich Ahtahkakoop richtig verstanden hatte, war dieser nach dem Tod ihres alten Schamanen aufgewacht und hatte gespürt, dass er der neue Auserwählte war, um das

Stammesschicksal mit zu leiten und sich um die Seelsorge zu kümmern.

Allerdings würde es noch mindestens zehn Jahre dauern, bis er in diese Rolle hineingewachsen war. Wenn nicht sogar noch länger.

Ich starrte auf das weite Grasland und fuhr mit Ahtahkakoop die Straße zurück. Er wollte mir noch mehr zeigen.

„Wir sind sechsundneunzig Cree in meinem Stamm. Es ist nicht so leicht, in dieser Zeit wie eine Familie zusammenzuhalten und gemeinsam aufeinander achtzugeben. Dass nun auch noch unser Schamanengeist verloren ist, macht es umso schwerer."

„Ich wünschte wirklich, die Dinge lägen anders", versicherte ich ihm, weil er es schaffte, dass ich mich schuldig fühlte, obwohl ich selbst gar nichts verbrochen hatte.

„Worte zählen nicht so wie Taten." Ahtahkakoop betrachtete mich von der Seite. „Hexen können heilen, oder nicht?"

Wir hielten vor einer weiteren Hütte und ich schaute ihn fragend an. „In gewissem Umfang auch, ja."

„Dann komm mit."

Ein weiteres Mal stiegen wir aus dem Auto. Diesmal klopfte Ahtahkakoop nur an die Tür und trat dann ein, ohne auf jemanden zu warten. Er bedeutete mir, ihm zu folgen. Im Inneren war es sehr dunkel. Er lief mit mir zu einem Bett, in dem ein alter Mann lag, der Fieber zu haben schien. Jedenfalls war sein Blick ganz glasig und seine Wangen glänzten gerötet.

„Er braucht deine Heilung."

Mit diesem Anliegen hatte ich nicht gerechnet. Zwar

hatte ich meine Arzttasche mit den ganzen Tinkturen nicht dabei, aber im Auto bewahrte ich eine kleine Notfallbox auf. Ich ging sie schnell holen und kniete mich dann neben das Bett.

Als ich den Mann fragte, was er hatte, erhielt ich keine Antwort.

„Er spricht deine Sprache nicht."

„Könnten Sie ihn dann bitte danach fragen."

Der Häuptling unterhielt sich mit dem Mann und nickte immer wieder. Dann sah er mich an.

„Was hat er gesagt?", wollte ich wissen. „Ich verstehe ihn nicht."

„Dann musst du unsere Sprache lernen."

Wegen nur eines Kranken? Wenn ich mal realistisch sein wollte, wäre der Patient schneller tot, als ich Algonkin sprechen könnte.

Ahtahkakoop schilderte mir die Symptome. Der Mann schien eine Bronchitis zu haben. In seinem Alter und unbehandelt konnte sich das schnell zu einer lebensbedrohlichen Lungenentzündung auswachsen.

Ich verabreichte ihm ein Fläschchen von meinem Fiebersaft. Er verzog nicht einmal die Miene, obwohl der Trank sehr bitter schmeckte. Indianer waren anscheinend wirklich hart im Nehmen. Anschließend rieb ich ihn mit meiner Heilsalbe an Brust und Rücken ein. Dabei sah ich einige Stammestätowierungen auf seinem Körper, die in hellblauer, weißer und roter Tinte gestochen worden waren. Sie zeigten eine Hand, einen Bärenkopf sowie indianische Schriftzeichen und Muster.

Ich ließ meine Magie in den Mann fließen, um die Wirkung der Salbe zu verstärken. Aber die Infektion saß sehr fest in seinem Körper und ich war nicht die beste

Heilerin. Mit Lungenkrankheiten kannte ich mich praktisch gar nicht aus. Ich hatte mich mehr mit Faltencremes und Gelenksalben beschäftigt. Mit dieser einmaligen Behandlung war es deshalb leider nicht getan.

„Diese Salbe soll er die nächsten Tage regelmäßig auftragen“, erklärte ich dem Häuptling, damit er meine Anweisungen an den Patienten weitergeben konnte.

Stattdessen entschied er: „Dann wirst du noch ein paar Mal herkommen müssen.“

Ich versuchte, ihm den Ernst der Lage zu verdeutlichen. „Es wäre besser, wenn er sich in seinem Alter regelmäßig von einem Arzt behandeln ließe.“

Der Mann war krank und wirkte sehr schwach. Er musste mehr auf sich achtgeben. Viele alte Menschen starben schon an Kleinigkeiten wie einer Grippe. Ganz zu schweigen von einer Lungenentzündung. Ich bezweifelte stark, dass die Cree das Angebot von Impfstoffen nutzten. Und ich selbst war nun mal keine Medizinerin. Zwar konnte ich mit Magie helfen, doch ich besaß keine Präventivstoffe.

Ahtahkakoop zeigte mit dem Finger auf mich. „Du bist nun unser Arzt.“

Das musste ein Missverständnis sein. „Wissen Sie überhaupt, welche Wirkungsbereiche Hexen zugeschrieben werden?“

Immerhin war er kein Andersartiger und kannte sich mit den Kreisen der Magie nicht aus. Durch die Existenz ihrer Schamanen und die Verzauberung von Totems wusste er zwar, dass es Magie gab, doch das bedeutete nicht gleich, dass er auch über Hexen, Druiden, Vampire oder Werwölfe Bescheid wusste.

Und was mich betraf: Ich war im Fluchen zehnmal besser als im Heilen. Und es gehörte nicht dazu, Menschen gesund zu fluchen. Ich stammte nun einmal von Juanna ab: *Nur Wutmagie ist Gutmagie.* Andere Hexen mit anderen Vorfahren waren in der Heilkunst deutlich versierter als ich.

„Sonst war Eluwilussit, unser toter Schamane, auch gleichzeitig unser Medizinmann“, erklärte er ungerührt. „Er kümmerte sich um das geistige und körperliche Heil unseres Stammes. Natürlich traue ich dir die spirituelle Fürsorge nicht zu. Aber als Hexe solltest du für unser leibliches Wohl sorgen können.“

„Ich bin aber doch keine Ersatz-Schamanin“, widersprach ich.

„Nein, das bist du sicher nicht.“ Er nickte nachdrücklich. „Sondern du bist nur unsere neue Ärztin. Es sind noch mehr von uns krank. Stellst du dich deiner Verantwortung oder wählst du den feigen Weg wie damals deine Tante?“

Ich stieß den Atem aus. Winifred hatte mich gebeten, ihre Schuld wiedergutzumachen. Damit war ich für diesen Stamm mitverantwortlich. Ob ich Zeit hatte oder nicht. Ob ich ihre Sprache sprach oder nicht. Ob sie mich mochten oder nicht.

„Also gut“, seufzte ich.

Er nickte und reichte mir seine Hand. Ich schlug ein und er hielt mich fest. „Denk daran, dass die Aufgabe hier kein Spiel ist. Und auch keine flüchtige Berufung. Du bist nun Teil dieser Gemeinschaft. Und vor allen Dingen dieser Gemeinschaft.“

„Was soll das heißen?“

Hoffentlich verlangte er nicht, dass ich in der Nähe ein

Zelt aufschlagen und die Friedenspfeife zücken sollte. Meinetwegen würde ich für ihn arbeiten, aber ich war doch keine Indianerin.

„So wie unser Schamane allein für uns wirkt, wirst auch du dich mit ganzem Herzen deiner Aufgabe bei uns verschreiben. Man ist nicht Cree und gleichzeitig Sioux." Das schien für ihn so viel zu bedeuten wie: *Eine Hexe kann nicht auf zwei Hochzeiten gleichzeitig tanzen.* Fast sah er aus, als würde er auf den Boden spucken. Die beiden Stämme mussten sich in der Vergangenheit nicht gerade herzlich gegenübergestanden haben.

„Aber ich bin nun einmal keine Cree, sondern eine Hexe."

Er nickte und hielt noch immer meine Hand fest. „Ja, das ist gut. Du bist eine Hexe, so wie unser Schamane unser Schamane ist. Aber er ist unser Schamane. Und du bist nun unsere Hexe."

„Dann darf ich keiner anderen Gemeinschaft mehr angehören?"

Er setzte ein tröstendes Gesicht auf. „Doch, deiner Familie."

Ich schluckte und starrte mit banger Vorahnung in seine dunklen Augen. „Was ist mit einem Hexenzirkel?"

Der Häuptling schüttelte seufzend den Kopf. „Wie willst du dann noch Zeit für uns haben?"

„Oh, das werde ich", versicherte ich schnell. „Und ich kann mir viel Unterstützung bei meinem Zirkel holen. Besonders in der Heilmagie braucht ihr doch meine Hilfe und da bin ich nicht so gut drin. Aber in meinem Zirkel kann ich mich darin unterweisen lassen und euch somit noch nützlicher sein."

Er runzelte die Stirn und nickte langsam. „Solange du

deine Pflichten hier nicht vernachlässigst."

Ich lächelte erleichtert. „Das werde ich nicht. Ich habe mit meinem Zirkel erst beim nächsten Halloweenfest eine Aufgabe. Da werden wir gegen Werwölfe antreten."

„Werwölfe." Er lächelte und ließ meine Hand los. „*Kaneonuskatew*." Die Übersetzung lieferte er gleich für mich mit: „Einer, der auf vier Klauen läuft."

„Habt ihr denn auch Werwölfe in eurer Gemeinschaft?" Bisher war ich nur von Schamanen ausgegangen und Werwölfe betrieben keinen Schamanismus.

Er schüttelte den Kopf. „Nein, aber wir sind ihnen begegnet und tolerieren einander. So wie wir sind sie Teil der Natur."

„Das ist eine gute Einstellung."

Sein Blick wurde wieder ernst. Ahtahkakoop klopfte sich auf die Tasche, in der er noch immer den Seelenstein trug. „Wegen des Geistes, der nicht mehr über uns wacht, werden wir uns von nun an gemeinsam neu orientieren. Wenn wir uns das nächste Mal sehen, Zauberfrau, wirst du mir erzählen, was du alles kannst, damit wir die passenden Aufgaben für dich finden können."

Der Häuptling führte mich zu einem rituellen Platz. Auf diesem waren Steine im Kreis angelegt worden. Drumherum war der Boden zertreten, als hätten Dutzende Füße darauf getanzt oder auf ihn eingestampft. Ich stellte mir tanzende Indianer vor, die ihre Trommeln schlugen. Ein wenig erinnerte mich das an den Hexentanz auf dem Midsummer Eve, an dem die Hexen um das Feuer getanzt waren und die Druiden dazu ihre Trommeln gespielt hatten.

Auch die kreisförmig angelegten Steine dieses Indianerplatzes säumten ein kleines Feld aus Asche. Wie von einem Feuer, das schon vor Wochen gebrannt hatte. Doch der Wind hatte sie nicht fortgeweht. Auch jetzt spürte ich den Atem des Windes in meinem Haar, sah seine Kraft in den wogenden Grashalmen. Aber im Inneren des Kreises wirbelte keine noch so kleine Ascheflocke auf, denn das Bemerkenswerteste an diesem Ort waren die Spuren der Magie, die in der Asche glommen.

„Hier verbrennen wir unsere Schamanen“, erklärte Ahtahkakoop. „Und von hier ...“ Er deutete auf eine leere Vertiefung im Steinwall. „... hat deine Tante den Talisman genommen.“

Er holte ihn aus dem Perlmuttkästchen und legte ihn voller Stolz zurück in das Loch, das an der Ostseite eingelassen war. Dort, wo die Sonne aufging.

„Irgendwann wird auch der kleine Enkoodabooaoo hier verbrannt werden“, prophezeite er, wobei er so liebevoll klang, als spräche er davon, dass er ein Kind ins Bett bringen wollte. „Und seine Seele wird an diesem Ort bleiben. Der Schamane, der ihm folgen wird, kann dann, so lange es nötig ist, mit ihm in Kontakt treten.“ Er tippte auf den Seelenanker. „Darüber.“

Entsetzt starrte ich auf das Schamanengrab. Ich wollte mir nicht ausmalen, dass der kleine Junge, der vorhin spielend auf dem Fell gekauert hatte, eines Tages, wenn er hoffentlich alt und grau wäre, hier verbrannt werden würde.

Der Häuptling klopfte auf den Steinwall. „Dies ist seine Bestimmung und unser Ritual. Aber wenn Enkoodabooaoo jetzt hierherkommt, findet er keinen

Geist, der ihm beisteht. Er ist erst fünf Sommer alt und trägt die Verantwortung für fast hundert Menschen. Er ist völlig allein auf sich gestellt und widmet sich seiner Aufgabe, ohne zu klagen."

Mir war klar, was er mir damit sagen wollte. Selbst ein Fünfjähriger war bereit, seiner Pflicht zu folgen. Und ich war sogar schon siebenundzwanzig. Irgendwie ergriff mich dieses Schicksal.

Ich räusperte mich und sah den Häuptling entschlossen an. „Ihr könnt auf mich zählen."

Zwar war ich unverschuldet in diese Aufgabe gestolpert, aber ich spürte, dass ich wirklich helfen wollte. Dieser Junge ging mir nicht mehr aus dem Kopf. Ich stellte mir vor, wie er hilflos mit seiner Strohpuppe am Bett des alten Mannes mit dem Husten gekniet und nicht gewusst hatte, wie er ihm helfen sollte, obwohl das seine Aufgabe war. Wie schlimm er sich dabei gefühlt haben musste. Ich würde ihm also beibringen, was ich konnte. Und ich würde zusehen, dass ich mir selbst ein tieferes Wissen über die Heilmagie verschaffte. Das schien das Hauptproblem im Stamm zu sein.

Ahtahkakoop nickte zufrieden. „Komm, ich zeige dir noch deine anderen Patienten. Außerdem möchte ich, dass du Wawetseka kennenlernst. Sie arbeitet im Kulturzentrum und wird künftig für dich da sein, wenn du etwas wissen willst. Sie kennt sich mit den Fragen der Weißen aus und hat Geduld."

Im Klartext hieß das wohl, dass der Häuptling sich nicht die ganze Zeit mit mir herumschlagen wollte. Trotzdem zeigte er mir die nächsten drei Stunden weitere Stammesmitglieder, die meiner medizinischen Versorgung bedurften. Ich half im Rahmen meiner

Möglichkeiten, aber bei einigen notierte ich mir nur, was ich für sie brauchen würde. Es blieb nicht aus, dass ich zurück nach Hause fahren, meine Arzttasche entsprechend befüllen und wieder herkommen müsste. Und ich brauchte dringend ein paar Tipps von meiner Zirkelleiterin Jasema, die nicht nur gut darin war, Bäume wachsen zu lassen oder Frösche wieder zu schrumpfen. Sie war eine echte Heilerin.

Ich nahm stark an, dass Ahtahkakoop nur deshalb die ganze Zeit dabeiblieb, weil er sichergehen wollte, dass sein Stamm bei mir in guten Händen war und ich meine Aufgabe ernst nahm. Als letzten Besuch hatte er sich Wawetseka aufgehoben, was so viel wie „hübsche Frau" bedeutete. Sie würde mir ab sofort mit ihrem Wissen zur Seite stehen.

Ich war erleichtert festzustellen, dass es sich bei ihr um die junge Halbblut-Indianerin handelte, die mich vor dem Informationsgebäude gefragt hatte, ob ich lernen wollte, wie man ein Tipi baut. Im Grunde war ich froh, dass ich künftig mit ihr zusammenarbeiten würde, weil sie nicht so streng guckte, wie der Häuptling es ständig tat. Ihre Art war sehr herzlich. Und womöglich war sie auch deshalb so geduldig mit den Fragen von uns Bleichgesichtern zu ihrer Kultur, weil in ihr selbst auch „weißes" Blut floss.

Auf der Fahrt zurück nach Hause, die ich erst antrat, als die schwarze Nacht bereits über der Prärie hing, war ich erfüllt von dem Gedanken an meine neue Aufgabe. Trotzdem fuhr ich an den Straßenrand und holte mein Handy heraus, um Will anzurufen, wie ich es versprochen hatte.

„Jill", grüßte er mich ganz erleichtert. „Wie ist es

gelaufen?“

„Eigentlich ganz gut. Ich werde den Cree künftig mit meiner Heilmagie aushelfen.“

Ich berichtete ihm von meinem langen Tag und er hörte mir zu und stellte mir lauter Fragen, weil er ganz genau wissen wollte, wie es mir bei den Indianern wohl künftig gehen würde. Erst als ich ihm alles haarklein erzählt hatte, war er zufrieden und erleichtert.

„Du hättest diesen kleinen Jungen sehen sollen. Er ist so niedlich und schon so ernst bei dem, was er spielt. Ich will ihm unbedingt helfen.“

„Das ist sehr lieb von dir, Jill. Aber ich weiß ja, dass du ein gutes Herz hast.“

Darin war aber auch Platz für William. Deshalb sagte ich: „Heute ist es schon zu spät, aber wie sieht es aus? Bekomme ich morgen mein Date?“

Ich wusste, dass Will nicht mehr viel Zeit hatte, bis er nach Calgary abreisen musste. Schließlich stand die große Rodeomeisterschaft an.

„Ich werde dich pünktlich um sechs Uhr abholen“, versprach er. „Also bleib nicht zu lange bei deinem neuen Stamm.“

Gut gelaunt fuhr ich nach Hause. Doch als ich dort endlich angelangte, erwartete mich kein schöner Anblick. Das Haus der Belmonds stand bereits leer und das Schild eines Maklerbüros war in den Rasen des Vorgartens gerammt worden.

KAPITEL 16

Kalte Hände strichen über meinen Körper. Sie waren wie dunkle Schatten und fühlten sich an, als wären sie aus Eis. Oder aus dem Jenseits. Ich schauderte und verkroch mich in mich selbst. Aber die Hände zerrten mich hervor.

Eine seelenlose Stimme drang in mein Ohr. Es fühlte sich an, als würde sie wie eine Schlange in meinen Gehörgang kriechen. „Du bist schuld an meinem Schicksal.“

Zitternd schlang ich die Arme um meinen Körper. „Welches Schicksal?“

„Mein Tod.“ Er hörte sich so unversöhnlich an. Fast schon kaltherzig. Mir war, als würde Graberde auf mich rieseln. Dann traf mich ein Windzug und wehte sie davon.

„Wer bist du?“, stammelte ich.

Er lachte gespenstisch. „Ich bin derjenige, der auch dein Schicksal ändert.“

Ich fror entsetzlich. „Was meinst du damit?“

„Das wirst du schon bald erfahren, Hexe." Das letzte Wort kam ihm wie ein Fluch über die Lippen.

Raben krächzten. Blätter verwirbelten. Und überall war Blut.

Die Bilder zerfaserten wie schwarzer Rauch. Nur sein bitterkaltes Lachen dröhnte durch meinen Kopf.

Mit rasendem Herzen schlug ich die Augen auf. Das Fenster stand offen und wehte einen eisigen Wind herein. Schaudernd stand ich auf, verriegelte es und hielt inne. Dieser Traum hatte sich so echt angefühlt, dass ich auf meinem Laken und auch unter dem Bett nach Graberde, Blättern, Rabenfedern oder Blut suchte. Doch da war nichts.

Verdammter Albtraum! Ich kroch zurück unter die Bettdecke, allerdings schaffte ich es nicht, noch einmal einzuschlafen. Anscheinend hatte mich das Schicksal des Schamanen so sehr mitgenommen, dass ich jetzt schon davon träumte, wie er mich im Schlaf heimsuchte. Ich hatte eben schon immer feine Antennen gehabt und manchmal ging meine Fantasie mit mir durch.

Seit meine Kräfte erwacht waren, hatte ich öfter seltsame Träume. Sogar von meiner toten Vorfahrin Juanna. Und immer lockte sie mich darin, meine dunkelste Seite zu ergründen.

Zum Glück war die Nacht fast vorbei. Als sich die ersten Sonnenstrahlen durch das Fenster stahlen, stand ich auf und machte mich für den Tag fertig. Allmählich ging es mir wieder besser.

Nach einem starken Kaffee, setzte ich mich an meinen Schreibtisch und rief Jasema an. Bisher hatte ich ihr nur per SMS mitgeteilt, dass ich ein paar Tage brauchen würde, bevor ich mich bei ihr melden konnte. Nun dachte sie bei meinem Anruf vermutlich, dass ich mich endlich für eine Stippvisite bei ihr ankündigte.

„Huhu, Süße", grüßte sie mich fröhlich. „Ich dachte schon, du bist von der Erde gefallen."

„Hey, Jassy. Ich weiß nicht, wie ich es sagen soll, aber ich bin …" Etwas übermüdet schloss ich die Augen. Der Lederstuhl knarzte, als ich mich nach vorne lehnte. Ich rieb mir die Stirn und überlegte, wie ich ihr die Neuigkeit am besten mitteilte.

„… aufgehalten worden?", riet sie drauflos. „Nicht so schlimm, Jill. Wann kommst du vorbei?"

„Das wird leider etwas schwierig."

„Brauchst du noch ein paar Tage?" Jasema klang unbekümmert. „Ich habe mir nämlich schon ein paar tolle Strategien überlegt, wie wir an Halloween gegen die Wölfe einen Stich landen können."

An Halloween glich die Insel im Redberry Lake einer Kürbiswiese. Die Vorstellung vom Fest baute sich in meinem Kopf auf. Ich freute mich darauf, dass Ahtahkakoop mir die Freiheit gelassen hatte, mich mit den Mädels gegen die Wölfe auszutoben.

Und wenn ich Glück hatte, schaffte ich es in absehbarer Zeit sogar, wieder meinen Onlineshop zu betreiben. Ich wollte gerne das Sortiment mit den Schutzkristallen erweitern, weil die Nachfrage danach deutlich gestiegen war. Mein Blick huschte zu der Kristallsammlung, den Obelisken, dem Rubin, den ich von Geronimo bekommen hatte, und auch Wills Diamant. Bei dem Anblick des funkelnden Steins lächelte ich.

„Jassy, es geht leider gerade nicht, weil ich für meine Geistertante eine wichtige Aufgabe übernehmen musste.“

Ich berichtete ihr von dem Seelenanker und meiner Verantwortung als Heilerin.

Erst herrschte Stille in der Leitung. Dann stieß sie die Luft aus. „Wow, also da hast du ja wirklich was auf dich geladen.“

„Bloß bin ich leider nicht so gut in der Heilmagie wie du. Deshalb wollte ich dich fragen, ob du mir nicht noch ein bisschen was beibringen könntest.“

Sie gluckste. „Das mache ich natürlich gerne, aber so schnell wirst du es nicht lernen, wie du es benötigst, um den alten Mann zu heilen.“

„Ich weiß.“

„Außerdem will ich mir unbedingt anschauen, wofür du nun bei uns fehlen wirst. Also kannst du mich abholen und nachher mitnehmen.“

„Wirklich?“, staunte ich. Sie war so ein Schatz.

„Hör mal, Jillie, du bist jetzt eine von meinen Mädels. Da ist das doch wohl selbstverständlich. Wenn du denkst, dass du den ganzen Spaß ohne mich hast, dann kannst du das gleich wieder vergessen. Dieser Häuptling mag dich ja als seine Ärztin beanspruchen, aber du gehörst auch zu meinem Zirkel. Also halten wir alle zusammen. Wenn diese Cree dich bekommen, bekommen sie uns gleich mit obendrauf.“

Ich war völlig sprachlos und hätte die ganze Welt umarmen können. Gerührt schniefte ich und spürte, wie in mir die Tränen aufstiegen.

„Heulst du etwa?“, fragte sie überrascht. „Schnell, halte eine kleine Phiole drunter. In Hexentränen steckt Magie.“

Ich lachte los. „Jetzt ist es vorbei. Wenn du so was

sagst, kann ich nicht mehr weinen."

„Mist", scherzte sie. „Ich will nämlich einen mächtigen Trank brauen, für den ich schon meine ganzen eigenen Tränen verbraucht habe."

„Wir können doch mal alle kollektiv im Zirkel weinen", schlug ich vor.

„Das ist die richtige Einstellung."

Wir verabschiedeten uns und ich richtete schnell die Salben und Tinkturen, die ich für meinen Besuch bei den Cree einpacken musste.

Winifred schwebte neben mir und sah dabei zu. Nachdem ich gestern heimgekommen war, hatte sie mich gleich mit Fragen zu dem, was bei den Indianern vorgefallen war, gelöchert. Also hatte ich alles, was ich bereits Will hatte erklären müssen, noch einmal für sie erzählt. Sie war erleichtert, dass ich meinen Dienst bei den Indianern sogar gerne übernehmen wollte. Aber am meisten freute sie sich darüber, dass ich mit Will heute Abend ein erstes richtiges Date haben würde.

„Komm nicht so spät zurück", ermahnte sie mich, als ich den Deckel meiner Tasche schloss. „Du willst dich doch noch hübsch machen."

Mit den Händen strich ich über das schwarze Leder des Arztkoffers, den ich mir schon vor Jahren für meine Hausbesuche zugelegt hatte, weil er so praktisch war.

„Es wird schon alles klappen", beruhigte ich sie.

„Ist dieser Häuptling auch wirklich nett zu dir?"

Ich nickte. „Er ist ein aufrichtiger Mann, der für sein Volk eben das Beste will."

Doch trotz seiner Bemühungen lebten sie alle in bitterer Armut und waren in der heutigen Welt noch mehr denn je dabei, ihre Identität zu verlieren. Ich musste etwas für sie tun. Ganz besonders für den kleinen Schamanen. Obwohl ich eigentlich schon in Aufbruchstimmung war, kam mir plötzlich eine Idee.

Kurzentschlossen griff ich nach einem der beiden Bergkristallobelisken, die ich von meinem Ritual auf dem Friedhof noch übrig hatte, nahm die Phiole mit dem Quellwasser, das ich vom Midsummer Eve mit heimgebracht hatte, und ging nach draußen auf meine Terrasse.

Der Himmel wirkte diesig und fahl. Eine löchrige Wolkendecke trieb mit dem Wind über das Land und ließ vereinzelte Lichtstrahlen hindurchbrechen. Ich goss das magische Quellwasser in eine Kristallschale, legte den Obelisken dazu und hoffte auf einen Sonnenstrahl, der hineinfallen und meinen Kristall erhellen sollte.

Während ich auf meinen Terrassenfliesen kniete und auf den Funken Licht wartete, hüpfte Brutus, der Frosch, auf mich zu und hockte sich quakend vor meinen linken Fuß. Er schaute mich aus seinen großen, runden Augen an, als würde er auf irgendetwas warten.

Ich runzelte die Stirn, weil mir Geronimos Worte, dass er ein besonderer Frosch wäre, durch den Kopf gingen. Langsam streckte ich die Hand nach ihm aus und er ließ es geschehen, ohne zu flüchten. Andererseits hatte er auch einen Kobold auf sich reiten lassen. Da war der grüne Hüpfer wohl nicht scheu.

Unsicher hielt ich ihm meine Handfläche entgegen, weil ich nicht nach ihm greifen und ihn dabei zu stark quetschen wollte. Plötzlich hüpfte Brutus einfach darauf. Sein kleiner Körper fühlte sich ganz merkwürdig an, so kühl und bebend. Ich kannte mich mit Fröschen wahrlich nicht aus, aber Brutus kam mir zufrieden vor.

Ich schielte auf meinen Kristall, der noch immer im Schatten lag, und widmete mich dann wieder dem Frosch. Sein Körper war nass, aber er war auf keinen Fall in meiner Gießkanne gewesen. Dann huschte mein Blick zu den Vogeltränken, die ich an verschiedenen Plätzen im Garten bereitstellte.

„Natürlich, du brauchst Wasser, oder?“

Brutus quakte.

Verwundert runzelte ich die Stirn. „War das ein Ja?“

Brutus quakte erneut.

Das war irgendwie unheimlich. War das nun Zufall, oder hatte er mich verstanden? Ich nagte an meiner Unterlippe.

„Würdest du für mich auch zweimal quaken?“

Quak. Quak.

Vor Schreck fiel mir fast der Frosch aus der Hand. „Ach, du dicker Besen ...“

Also das hatte Geronimo damit gemeint, dass mein Frosch besonders wäre. Aber war er überhaupt mein Frosch?

Ich stieß die Luft aus und kam mir etwas blöd vor, als ich ihn danach fragte: „Sag mal, bist du gerne mein Frosch?“

Er gab ein sehr langes Quaken von sich, bei dem er seine riesigen Backen aufblies, und hüpfte einmal kurz. Sein kühler Körper, der von meiner Berührung allerdings angewärmt war, platschte zurück auf meine Handfläche.

„Oh, mein Gott, ist das cool“, staunte ich. „Wini!“

Meine Tante flog sofort herbei. „Was ist denn, Jillie?“ Dann sah sie Brutus. „Oh, greift dich dieser ungezogene Frosch etwa an?“

„Nein, nein. Er kann mich verstehen. Er will bei mir sein.“ Vor Rührung gab ich ihm einen Kuss auf seine nasskalte Nasenspitze.

„Du Süßer, du“, juchzte ich.

„Er ist kaputt“, fand Winifred bloß.

„Warum sollte er denn bitte kaputt sein?“

Dieser Frosch war so niedlich. Er sah mich ganz treudoof aus seinen dunklen, runden Augen an und blähte mal wieder die Backen auf.

„Weil er sich gar nicht verwandelt hat. Los, du musst ihn bestimmt noch an die Wand werfen, damit es klappt.“

Schützend legte ich meine Hand über Brutus. „Ich werde ihn ganz sicher nicht auf irgendwas schmeißen. Vergiss das gleich wieder.“

Winifred verzog eingeschnappt das Gesicht. „Du musst auch immer alles besser wissen.“ Dann guckte sie lächelnd auf einen Punkt vor mir. „Oh, das sieht aber hübsch aus. All diese Farben, so wie ein Regenbogen.“

Ich blickte zu meiner Schale. Endlich fiel ein Lichtstrahl darauf und wurde vom Bergkristall und dem Quellwasser in seine Spektralfarben gebrochen. Mit dem Zeigefinger meiner freien Hand berührte ich den Obelisken und murmelte Zauberworte, die ihm Klarheit und Schutz auferlegen sollten. Wie von selbst sprudelte die Formel aus meinem Mund. Es ging so viel einfacher als sonst.

Als ich sprach und meine Magie auf den Kristall lenkte, zog sich das Quellwasser darum zusammen und strömte hinein. Normalerweise absorbierte der Kristall solche Zutaten wie Wasser nur, wobei das Wasser dabei verschwand. Doch dieses Mal formte sich ein Hohlraum im Inneren des Obelisken, der das Zauberwasser auffing. Auch als das Sonnenlicht hinter einer Wolke verschwand, schimmerte es weiter von innen heraus in sämtlichen Regenbogenfarben.

Staunend nahm ich den Bergkristall auf. Das ganze Wasser aus der Schale war nun in ihm eingeschlossen. Es leuchtete und glitzerte, so dass ein bunter Glanz auf meine Terrassensteine fiel.

„Jillie, dieses Quellwasser von den Nymphen ist ja fantastisch“, staunte meine Tante, die dabei gewesen war, als ich es beim Fest abgefüllt hatte. „Nächstes Mal nimmst du mehr davon mit. Sieh nur, es zaubert kleine Regenbögen.“

Entzückt faltete sie die Hände vor der Brust und bestaunte das Artefakt von allen Seiten.

Meine Hand zitterte, als ich den Obelisken hielt. Langsam schüttelte ich den Kopf. „Das liegt nicht am Wasser, Tante.“

„Sondern?“

Ungläubig starrte ich den Frosch an. „Die Magie kam aus meiner Hand.“

„Du hast doch gar nichts in deiner Hand“, behauptete Winifred.

Demonstrativ hielt ich Brutus für sie hoch. Der kleine Quaker war alles andere als nichts.

„Also wirklich, Jillie. Erst behauptest du, dass er dich versteht, und jetzt sollst du mit ihm auch noch besser zaubern können? Das ergibt doch überhaupt keinen Sinn.“

Ich musste an Jasema und ihren schwarzen Kater Jinx denken, der ihr immer um die Beine gestrichen war.

„Doch. Ich denke schon.“ Ich schluckte und nahm den

Frosch in Augenschein. Und dieses Mal sah ich ihn mit völlig anderen Augen. „Ich glaube, Brutus ist mein Hexentier.“

Er quakte einmal lang und hüpfte wieder platschend auf meiner Hand herum, was sich auf eine sehr sonderbare Art anhörte, als würde er mir damit applaudieren.

Ich war völlig blind gewesen.

KAPITEL 17

Für den Nachmittag verabredete ich mich telefonisch mit Emily und Matthew bei einem großen Baumarkt. Der Treffpunkt erschien ihnen zwar etwas merkwürdig, aber Matthew hatte als Mann natürlich überhaupt nichts dagegen, sich vor der Kulisse von Bohrmaschinen, Nagelpistolen und Sägeblättern mit Freunden zu treffen.

Ich hatte ihnen gesagt, dass ich gleich bei mehreren Dingen ihre Hilfe bräuchte, und Emily hatte sofort zugestimmt, auch wenn sie Baumärkten wenig abgewinnen konnte.

Bis dahin fuhr ich wieder hinaus zu den Cree und packte dafür Jasema ein. Es war ein herrliches Gefühl, dass sie sich für meine Tätigkeit dort interessierte und mich unterstützen wollte. Außerdem war die Idee gar nicht schlecht, dass der Häuptling sie kennenlernte. Spätestens wenn er sah, dass sich dadurch auch eine Verstärkung für seinen Stamm ergab, würde es ihn nicht stören, dass ich auch weiterhin meinem Zirkel angehörte.

Brutus quakte fröhlich, als wir Jasema und ihren Kater Jinx einsammelten.

Jassy machte große Augen. „Dich habe ich doch zuletzt gesehen, als ich dich kleiner machen musste, um dich aus der Kanne zu befreien, oder?“

Mein Frosch quakte einmal zur Bestätigung.

„Das heißt: ja“, informierte ich sie. „Einmal quaken bedeutet ja.“

Sie kicherte und kraulte Jinx hinter den Ohren. Er streckte sich genüsslich auf ihrem Schoß aus und blinzelte meinen Frosch an.

„Hast du ihn neulich nicht dumm genannt?“, fragte sie mich.

Brutus stieß ein ziemlich empörtes Quaken aus und plusterte seine Backen auf. Er glotzte mich aus seinen Kulleraugen an und knetete mit seinen knubbeligen Fingern meinen Rücksitz durch.

„Ups“, entschuldigte sich Jassy.

„Tut mir leid, Brutus. Das war, bevor ich wusste, dass du mein Hexentier bist.“

Er gab ein knatterndes Quaken von sich und platschte zurück in seinen Wassereimer, der im Fußraum vor der Rückbank stand. Ich hatte ihn mit einer handbreit Wasser gefüllt und ihm eine kleine Aussichtsplattform durch eine Einhängung angebracht. Natürlich sprang er auch manchmal einfach ganz heraus und hüpfte dann neugierig auf den Sitzen und der Hutablage herum, wobei er nasse „Fußabdrücke“ hinterließ.

„Es freut mich, dass du jetzt auch einen Familiar gefunden hast“, erklärte Jassy und grinste mich an. „Aber dass du einen Frosch hast ... Ich dachte eigentlich eher, du hättest einen Vogel.“

„Hahaha“, machte ich. Allerdings fühlte ich mich nicht beleidigt. In meiner Familie hatten doch alle einen Vogel. Aber ich hatte eben einen Frosch. „Ich finde Brutus cool.“

Er quakte zur Bestätigung, was ein bisschen im Eimer schallte. Doch das klang nicht halb so schlimm wie sein Quaken, als er damals in meiner Kanne festgesteckt hatte.

„Weißt du übrigens, was auf dem Fest los war, nachdem du so früh gegangen bist?“

Früh?

Ich schüttelte den Kopf. „Nein, was denn?“

„Du glaubst nicht, wer keine Minute nach deinem Verschwinden bei mir aufgetaucht ist.“

Bestimmt nicht mein liebestoller Vampir, oder? Er hatte sicher nicht mehreren Frauen einen Antrag gemacht. Ratlos zuckte ich die Schultern.

„Lewis, der Anführer des Wolfsrudels“, verriet Jassy.

Ich runzelte die Stirn. „Was wollte er denn?“

Sie gab ein ziemlich theatralisches Hüsteln von sich und zeigte mit beiden Zeigefingern auf sich selbst. „Mich.“

„Wie bitte?“

„Ja, stell dir vor, er meinte tatsächlich, dass man doch mal um mehr als nur den Ehrentitel kämpfen könnte. Ich hatte keine Ahnung, was er wollte, also habe ich ihn gefragt. Und er sagte doch allen Ernstes, dass er gerne mich als Preis hätte.“

„Was?“, keuchte ich. „Du bist doch keine Trophäe. Aus welchem Jahrhundert kommt der denn?“

Sie zuckte nur amüsiert die Schultern. „Diese Alphawölfe sind wirklich etwas archaisch. Ich habe ihm einen Vogel gezeigt, aber er war ziemlich hartnäckig. So leicht werde ich ihn vermutlich nicht los, also tue mir bitte den Gefallen und werde richtig schön wütend, wenn wir den Wettkampf haben. Ich habe ehrlich keine Lust, dass er mich wie so ein Höhlenmann über die Schulter wirft und verschleppt."

Ich legte ihr die Hand auf dem Arm. „Keine Sorge, da passe ich auf dich auf."

„Für seinen Spruch verdient er es, einen auf den Deckel zu bekommen. Sein Rudel gewinnt sowieso schon viel zu lange am Stück."

„Stimmt. Übrigens habe ich ein ganz ähnliches Problem. Mich will ein Vampir zur Braut nehmen."

„Nein, wie köstlich", fand sie.

„Ja, ich habe sogar versucht, ihm zu erklären, dass ich für das Allergie-Drama am Blutbuffet verantwortlich war, aber er hat mir das nicht abgekauft."

„Das tun sie nie", seufzte sie. „Echt schade."

Lachend und tratschend fuhren wir hinaus zu den Cree. Unser erster Anfahrtspunkt war die junge Halbblut-Indianerin Wawetseka. Sie staunte nicht schlecht über den Frosch, meine Hexenfreundin und deren Kater, die alle bei mir im Auto mitfuhren.

„Das ist Jassy", stellte ich sie vor. „Sie ist eine andere Hexe und kann viel besser heilen als ich."

„Oh, das ist toll", fand die junge Frau.

„Und das ist Wawetseka, die mir hilft, mich bei den Cree zurechtzufinden."

„Freut mich."

Die beiden begrüßten sich schnell, bevor Wawetseka sich auf den eimerlosen Platz auf meiner Rückbank setzte.

„Und wieso hast du einen Frosch?“, wunderte sie sich.

„Das ist Brutus. Er unterstützt mich bei meiner Magie. So wie Jinx, der Kater, auch Jasema beim Zaubern unterstützt.“

Sie machte große Augen und lächelte dann den Frosch an, als würde sie ihn begrüßen. Brutus quakte und tat sonst nichts. Wir fuhren zu der Hütte des kleinen Schamanen.

„Machen wir denn heute keinen Krankenbesuch?“ Wawetseka stutzte. Schließlich begleitete sie mich vor allem auch zum Übersetzen und damit sich niemand mit mir allein unwohl fühlen musste.

„Doch, aber ich muss dem Jungen noch etwas bringen. Und vielleicht mag er uns auch begleiten.“

Sie nickte. „Das ist eine schöne Idee.“

Es war noch immer recht frisch, als ich bei seiner Hütte ausstieg. Der Bach plätscherte hinter der Holzbaracke entlang und erzeugte einlullende Klänge.

„Brutus, ich gehe zu einem Schamanen. Möchtest du mitkommen oder lieber zum Bach?“

Er quakte und hüpfte in meine Hand. Anscheinend wollte er mit mir hineingehen. Auch Wawetseka, Jassy und Jinx begleiteten uns. Wir standen als bunte Truppe vor seiner Tür und ich klopfte an.

Die Mutter des Jungen machte auf. Heute trug sie ein Lederkleid und Fellstiefel. Sie ließ uns ein, nachdem Wawetseka ihr erklärt hatte, wer die anderen waren und dass ich etwas vorbeibringen wollte. Dabei nahm die Mutter meinen Frosch ganz besonders misstrauisch in Augenschein. Jasema sah sie eher neugierig an. Aber Jassys Familie hatte bei den Cree schließlich auch keine Schuld auf sich geladen.

Brutus quakte und sie starrte schnell wieder auf ihn.

„Der Frosch ist nicht das Geschenk“, beruhigte ich sie sogleich.

Heute saß Enkoodabooaoo auf einem der Schemel und schnitzte sich eine neue Spielfigur.

„Was ist mit deinem Pferd passiert?“, fragte ich ihn lächelnd.

Er sah zu mir auf und zuckte die Schultern. „Es ist gestorben.“ Der Junge hielt die Strohpuppe mit den Federn hoch. „Ich konnte ihm nicht helfen.“

Ach, du Scheibenkleister. Die Puppe sollte also den Stammesschamanen darstellen. Sie sollte er selbst sein.

Ich räusperte mich und ging vor ihm in die Hocke. „Weißt du, Enkoodabooaoo ...“

Er kicherte plötzlich.

„Was ist so lustig?“, fragte ich ihn und suchte Wawetsekas Blick. Sie verkniff sich ein Lachen. Nur seine Mutter wirkte nicht ganz so heiter. Jasema zuckte bloß fasziniert mit den Schultern.

„Du kannst meinen Namen nicht richtig aussprechen“, erklärte der Kleine.

Oh.

„Das tut mir leid.“ Ich probierte es gleich noch mehrere Male. Bei der frechen Wassernymphe hatte ich es schließlich auch irgendwann geschafft.

Doch dem Jungen fehlte dafür wohl die Geduld. „Sag einfach Enko. Das darfst aber nur du zu mir sagen, okay?“

Ich grinste. „Okay.“

„Und auch nur, weil du bloß bis Enko alles richtig sagst. Danach wird es schlimm“, beteuerte er. „Wirklich schlimm.“

Ich benetzte meine Lippen. „Ja, der Häuptling hat schon gesagt, dass ich eure Sprache lernen soll."

„Da möchte ich nicht dein Lehrer sein müssen", gluckste er.

Wenigstens war er gut gelaunt, obwohl sein Holzpferd tot war.

„Enko, darf ich dir eine Freundin von mir vorstellen? Das ist Jassy."

Sie trat vor, machte einen braven Knicks und zwinkerte ihm zu. Enko kicherte und hob seine Hand zu einem Indianergruß.

„Außerdem habe ich dir etwas mitgebracht", erklärte ich. „Ein Geschenk."

Auch Enko bestaunte zunächst meinen Frosch und schien ihn für mein Mitbringsel zu halten. Doch sein Blick wurde schnell auf den schillernden Obelisken gelenkt, den ich aus der Tasche holte.

„Das ist ein verzauberter Bergkristall, gefüllt mit dem magischen Wasser der Quellnymphen. Ich habe einen Sonnenstrahl darin eingesperrt. Das habe ich nur mit der Hilfe meines Frosches geschafft."

Der Junge sah mich aus großen Augen an. „Was bist du?"

„Eine Hexe." Dann zeigte ich auf Brutus. „Und dies ist mein Hexentier."

Brutus quakte zur Bestätigung und hüpfte auf meine Schulter. Dort blieb er sitzen.

„Außerdem hat dein Häuptling entschieden, dass ich von nun an als Heilerin aushelfen soll." Verlegen schaute ich auf seine Strohpuppe, die das Holzpferd nicht hatte retten können.

Der Junge nickte. „Das finde ich gut."

„Und Jassy kann noch viel besser heilen als ich. Sie möchte mir helfen."

„Ja, das ist prima", fand er. „Jeder sollte jemanden haben, der ihm hilft."

Oh je, sofort musste ich an den toten Schamanen denken, der jetzt nicht mehr für den Jungen da war. Aber Enko hatte seine Worte nicht vorwurfsvoll gesagt. Er war ohnehin ein ganz argloses Kind. Er schien einfach nur zu denken, dass Jassy meine Lehrerin war. Und ein bisschen stimmte das sogar.

Vorsichtig tippte er mit dem Finger gegen den Bergkristall und lächelte dann. Ich konnte an dem Leuchten in seinen Augen sehen, wie gut ihm sein Geschenk gefiel. Der Kleine weckte meinen ganzen Beschützerinstinkt. Er war so liebenswert und bescheiden. Andere Kinder schnappten sich Präsente einfach und rupften schon an der Verpackung, bevor man auch nur „Das ist für dich" gesagt hatte.

Ich räusperte mich gerührt. „Er verschafft dir Klarheit, wenn du nicht weiterweißt. Er wird dir in dunklen Stunden helfen. Und seine Spitze kann dir den rechten Weg weisen, wenn sich dein Pfad einmal gabelt."

Der Obelisk war natürlich kein echter Ersatz für den Lehrer, der ihm fehlte, aber er war eine Hilfe, um Enko auf seinem Weg zu begleiten. Das war das Mindeste, was ich für ihn hatte tun können.

„Wieso schenkst du mir den Regenbogenkristall?", wollte er wissen, nahm ihn aber in seine kleinen Hände und bewunderte das bunte Licht, das von ihm ausging.

„Weil es nicht richtig ist, dass du allein bist. Eigentlich müsste dir der alte Schamane zur Seite stehen."

„Eluwilussit", murmelte er seinen Namen und wirkte

sehr traurig.

„Meine Tante hat deinem Volk den Seelentalisman gestohlen – und dir dadurch deinen Lehrer. Nun bin ich hier, um einen Teil ihrer Schuld wiedergutzumachen.“

Normalerweise konnte ich Auren recht gut erkennen, aber sowohl bei Brutus als auch bei dem kleinen Enko schien meine Gabe zu versagen. Der wesentliche Teil ihrer Magie musste sich in einer anderen Sphäre verbergen.

Ich freute mich schon darauf, mit dem jungen Schamanen zusammenzuarbeiten. Sicher könnten wir beide viel voneinander lernen.

„Du warst gestern schon da“, erinnerte er sich.

„Ich bin Jillian“, stellte ich mich zur Sicherheit noch einmal vor. „Aber du kannst mich auch Jill nennen.“

Er schüttelte den Kopf und lächelte stolz. „Nein, ich nenne dich Jillian. Siehst du, ich schaffe es, mir deinen Namen zu merken.“

Jasema kicherte und nickte anerkennend.

Ich deutete zu ihr und Wawetseka. „Wir wollen ein paar Krankenbesuche machen. Möchtest du mitkommen?“

Fragend schaute Enko zu seiner Mutter. „Darf ich?“

Also verstand sie unsere Sprache doch, obwohl ich sie noch kein Wort davon hatte sagen hören. Sie wechselte auch wieder nur ein paar Sätze mit Wawetseka und nickte zu unserer Überraschung sogar.

Wawetseka sagte: „Nachher sind wir bei ihr zum Essen eingeladen.“

Enko strahlte mich an, schnappte sich seinen Kristall und die Strohpuppe und gemeinsam machten wir uns auf den Weg. Weil er so kurze Beine hatte, setzten wir ihn nach hinten in mein Auto, wo Brutus' Eimer unter seinen Füßen stand. Ich Dummkopf hatte nicht daran gedacht, dass er eigentlich einen Kindersitz brauchte. Den würde ich gleich als Nächstes besorgen. Für heute legten wir ihm ein großes Kissen unter den Po, stellten den Gurt so tief es ging und ich fuhr ganz langsam.

Zusammen schauten wir bei allen Patienten vorbei. Diesmal hatte ich auch meine Arzttasche dabei. Jassy unterwies mich, wann immer ich ihre Hilfe benötigte, und wir erklärten auch Enko jedes Mal genau, was wir taten.

Dabei versorgten wir auch den alten Mann mit der Bronchitis. Sein Fieber war inzwischen abgeklungen und sein Blick war dadurch weniger glasig. Erneut rieb ich ihn am Oberkörper ein und heute lächelte er mich sogar an, weil er wohl gemerkt hatte, dass meine Behandlung ihm geholfen hatte. Da sein Zustand trotzdem noch heikel war, übernahm Jassy seine weitere magische Versorgung. Dafür legte sie eine Hand auf seine Brust und streichelte mit der anderen ihren Kater, um seine Kraft mitzubenutzen. Als sie fertig waren, schien der Mann fast ganz gesund zu sein. Sein Husten wich einem kleinen, nur gelegentlichen Hüsteln.

Enko staunte und ließ seine Strohfigur fröhlich hüpfen.

Der alte Mann strahlte nun richtig und ich sah, dass ihm schon ein paar Zähne fehlten. Solche Dinge könnten Jassy und ich künftig verhindern.

Heute fühlte ich mich hier zum ersten Mal willkommen. Womöglich würden die Cree und ich uns in kleinen Schritten annähern können. Außerdem brachen auch unsere Hexentiere das Eis. Die Indianer waren sehr naturverbunden und es gefiel ihnen, dass wir tierische

Hilfe bei unserer Zauberei empfingen. Auch die Begleitung durch den Schamanen verschaffte uns ihre Akzeptanz. Sie mochten den Jungen und vertrauten ihm. Das war schön zu sehen.

Am Ende hatte ich so viel Spaß wie schon lange nicht mehr gehabt. Das Mittagessen nahmen wir bei Enko und seiner Mutter ein. Sie hatte Gemüse und Fisch zubereitet. Die Indianer nutzten die umliegenden Gewässer für den Fischfang. Es schmeckte sehr lecker, auch wenn sie nicht dieselben Gewürze verwendete wie ich.

Nach dem Essen wollte Enko mir auch etwas schenken. Er verschwand für eine Weile hinter dem Fellvorhang, um in Ruhe zu basteln. Wawetseka erklärte inzwischen seiner Mutter, was wir alles gemacht hatten. Dabei wurde ihr misstrauischer Blick etwas weicher.

Schließlich sagte sie sogar „Danke für die Hilfe“ zu Jassy und mir.

Wawetseka lächelte und erklärte: „Der alte Mann, der den Husten hatte, ist der Onkel von Enkoodabooaoos Vater. Sie bringt ihm immer Essen und kümmert sich um ihn.“

Ich war mir nicht sicher, ob ich die Frage, die mir unter den Nägeln brannte, stellen konnte, aber Jasema kam mir zuvor: „Wo ist denn der Vater von dem Kleinen?“

Das Gesicht der Mutter verschloss sich, allerdings vor Trauer.

Wawetseka erklärte: „Er ist tot. Er hatte einen Unfall.“

In mir stieg ein schlimmer Verdacht auf. „Wer war denn sein Vater?“

„Eluwilussit. Unser alter Schamane.“

Mein Herz zog sich vor Schreck zusammen. Alle hatten von ihm bisher nur als Schamanen gesprochen. Niemand hatte auch nur erwähnt, dass er Enkos Vater gewesen war. Deshalb sah seine Mutter immer so traurig aus. Und deshalb war es auch kein Wunder, dass sie so seltsam geschaut hatte, als das mit dem gestohlenen Seelenanker auf den Tisch gekommen war. Die Seele ihres Mannes und von Enkos Vater war wegen meiner Tante im Jenseits verschollen. Hier ging es nicht bloß um einen Schamanen.

Das könnte ich Winifred auf keinen Fall erzählen. Ihre Schuldgefühle würden sonst viel zu groß werden. Sie fand es schon schlimm genug, dass ich für ihre Fehler geradestehen musste.

Mitten in meinen Schock hinein, hörte ich Enko stolz rufen: „Das habe ich für dich gemacht."

Er tauchte hinter dem Vorhang auf und zog eine weitere Strohpuppe hervor, die kleiner war als die andere. Eine weiße Feder baumelte an ihr herunter. Er hatte den Federkiel in den Farben des Regenbogens bemalt und auf das Federblatt den Umriss eines Frosches gezeichnet.

Du liebe Güte, das sollte ich sein! Dann nahm er seine eigene Puppe zur Hand und hielt beide hoch.

„Wenn wieder jemand krank ist, können wir zusammen helfen."

Ich nickte gerührt. „Ja, Enko. Beim nächsten Mal helfen wir gemeinsam."

Als ich ging, versprach ich ihm, regelmäßig vorbeizuschauen.

Mein letzter Besuch an diesem Tag galt Häuptling Ahtahkakoop. Er hatte gesagt, dass er mehr über meine

Magie erfahren wollte. Außerdem wollte ich ihm Jasema vorstellen. Wawetseka begleitete uns auch zu ihm. Sie war zu einer Art Schatten von mir geworden, indem sie mir Dinge erklärte, bei Verständigungsschwierigkeiten übersetzte und auch sonst sehr offen mir gegenüber war.

„Häuptling, dies ist meine Zirkelleiterin Jasema. Sie hat mir heute sehr geholfen und auch Enkos Großonkel geheilt."

„Enko?", stutzte er.

„Ich darf ihn so nennen, weil ich seinen Namen so furchtbar ausspreche."

Er nickte lächelnd und stellte sich Jassy vor. „Ich bin Ahtahkakoop. Falls du meinen Namen nicht aussprechen kannst, darfst du ihn aber nicht abkürzen."

Ich glaubte, dass das seine Form von Humor war. Allerdings war ich mir dabei nicht ganz sicher.

Jassy nahm es jedenfalls mit Humor auf. „Dann wird mir das auch nicht passieren."

„Das ist die richtige Einstellung", fand er. „Und ich finde es gut, dass du uns hilfst, statt uns Jillian wegzunehmen. Wir brauchen sie hier."

Jasema nickte verständnisvoll. „Wir werden sie uns schon teilen können."

Hey!

Allerdings zwinkerte sie in meine Richtung. Zum Glück betrachtete sie mich nicht als Handelsware. Trotzdem hatte ich ein wenig das Gefühl, als ob sich meine beiden Chefs miteinander unterhielten. Und das, obwohl ich mich extra selbständig gemacht hatte, weil ich eigentlich ganz gerne unabhängig war. Aber damit war es nun vorbei und wenn ich eh schon mit allen Vorstellungen von Ungebundenheit brach, konnte ich mich auch genauso gut mit allem Drumherum auf Will einlassen. Ich freute mich schon auf unser Date.

„Gehen wir ein Stück. Man soll viel laufen", schlug Ahtahkakoop vor, obwohl sich seine Vorschläge nicht so anhörten, als würde es mir freistehen, diese auszuschlagen. Er schaute schon wieder so ernst. Vielleicht guckte er einfach immer so. Ich bemühte mich, es nicht persönlich zu nehmen.

„Mein Stamm ist sehr groß", erklärte er. „Heutzutage leben die Cree oft nur in kleinen Gruppen von Familiengröße. Wir sind viele, aber nach und nach wirst du uns besser kennenlernen. Du verstehst dich also mit Enkoodabooaoo?"

„Ja, wir haben uns ein wenig angefreundet."

„Gut." Er nickte und machte eine ausholende Bewegung mit seinem Arm. „Betrachte uns als deinen Zirkel." In Jassys Richtung sagte er. „Also uns als den ersten und ihren als den zweiten."

Ich war mir sicher, dass er diese Reihenfolge nicht zufällig wählte. Jasema war zum Glück so diplomatisch, sich nicht mit ihm auf eine Diskussion einzulassen, was auch immer sie davon halten mochte. Als Heilerin war ihr Naturell wesentlich ausgeglichener als meines.

„Wenn du das tust, Zauberfrau", fuhr er fort, „dann betrachten wir dich auch als Teil von uns."

„Okay. Es ist zwar alles noch sehr ungewohnt, aber ich werde mir Mühe geben."

„Mühe ist in deinem Kopf", sagte er. „Versuch es mit deinem Herzen."

Die junge Wawetseka lächelte bei seinen Worten, schritt aber ansonsten still an unserer Seite her.

„Erzähl mir von deiner Hexenmagie", forderte

Ahtahkakoop mich auf.

Oh je. Wo sollte ich da anfangen?

„Ich nutze die Kraft der Sonne. Ihr Licht verleiht mir Stärke."

„Dann heilst du uns also besser bei Tag", begriff er. „Was noch?"

„Fast so wichtig wie die Sonne ist die Kraft der Erde. Wir Hexen wirken Erdmagie."

„Du schätzt unsere Mutter Erde." Er nickte anerkennend. Anscheinend heimste ich damit Pluspunkte bei ihm ein.

„Zur Erdmagie gehören auch das Feuer und das Wasser", informierte ich ihn.

„Wie wirkt sich das aus?"

„Ähm ... Ich nutze Wasser sehr gerne für meine Rituale und ich könnte mich zum leichteren Zaubern auch einfach in eine Pfütze stellen."

Bei Regen funktionierte das Wirken von Magie prima. Doch natürlich hatte ich bisher davon abgesehen, mich zum Hexen in einen Waldbrand zu begeben. Das Feuer würde zwar meine Zauberei unterstützen, mich jedoch verbrennen. Trotzdem waren einige Hexen ziemlich pyromanisch veranlagt. All diese Energie, die im Feuer knisterte ...

Ohne Zweifel war das reizvoll.

Ahtahkakoops Gedankengänge schienen in dieselbe Richtung zu wandern. „Und was machst du mit Feuer?"

„Meistens beschränke ich mich darauf, ein paar Kerzen anzuzünden, wenn ich Rituale abhalte."

Das sah auch so hübsch okkult aus. Ich mochte alles, was verwunschen erschien.

„Hast du einen Mann?", wollte Ahtahkakoop plötzlich

von mir wissen.

Ich stolperte fast über meine Füße, weil ich mit so einer Frage nicht gerechnet hatte. Jasema und Wawetseka warfen sich amüsierte Blicke zu.

Schnell schüttelte ich den Kopf. „Nein.“

„Willst du einen?“

„Ähm ...“

Williams Gesicht tauchte vor meinem inneren Auge auf. Die Art, wie er mich ansah. Und die Art, wie er mich geküsst hatte. Mein Kopfkissen duftete noch immer nach ihm. Das machte es nicht leichter, nachts Schlaf zu finden.

Ahtahkakoop lächelte, weil er wohl etwas in meinem Gesichtsausdruck erkannt hatte. Erneut zeigte er von seinem Kopf zu seinem Herzen und tippte sich nachdrücklich auf die Brust. „Das solltest du mehr benutzen.“

Ich konnte kaum glauben, dass mir der Häuptling Ratschläge in Herzensangelegenheiten erteilte.

„Magst du Kinder?“, horchte er mich ungeniert weiter aus.

Bestimmt wollte er damit nur prüfen, ob der kleine Enko und ich miteinander auskämen.

„Ja, sehr.“ Ich lächelte ihn offen an.

„Dann brauchst du einen Mann“, bescheinigte er mir.

Wawetseka kicherte. Als ob wir Bleichgesichter nicht wüssten, wie das mit den Kindern ging. Sie hatten keine Ahnung, dass mir eine Hochzeit näher bevorstand, als mir das lieb war. Was sie wohl zu einem Vampirgatten sagen würden? Nein, das musste ich verhindern. Aber dafür hatte ich auch schon eine Idee.

KAPITEL 18

Später am Tag hatte ich Jasema wieder nach Hause gebracht und mich mit Emily und Matthew im Baumarkt getroffen. Nun standen wir in meinem Garten und Matthew schippte in der Nähe meiner Zuckerahorne ein großes, breites Loch in den Boden.

„Ich hätte wissen müssen, dass du mich wieder nur zum Löchergraben treffen willst", moserte er.

Wir hatten im Baumarkt Teichfolie und einen großen Spaten besorgt. Außerdem alles, was es brauchte, damit Brutus sich in seinem neuen Domizil wohlfühlen könnte. Dazu gehörten auch ein Wasseraufbereiter und wunderschöne Seerosenpflanzen.

Emily kicherte. „Wer hätte gedacht, dass dein angeblich so dummer Frosch dein Hexentier ist?"

„Aber echt. Möchtest du einen Kräutertee?" Ich deutete auf eine dampfende Kanne.

Sie nickte. Zum Glück sah sie gut gelaunt aus, denn ich hatte noch einen kleinen Anschlag auf sie vor. „Willst du Brutus eigentlich noch mal umbenennen, jetzt, da er so wichtig geworden ist?“

Ich schüttelte bloß den Kopf. „Nein, im Moment schwirren mir viel zu viele Namen durch das Oberstübchen. Diese Cree haben so verdammt komplizierte Namen und Wörter.“

Mitfühlend legte sie mir ihre Hand auf den Arm. „Ich finde es toll, dass du das machst.“

„Ja, na ja, festzustellen, dass der tote Schamane der Vater von dem Kleinen war, hat mich echt schockiert.“

„Das glaube ich dir, aber dafür hat er nun wenigstens deine Hilfe“, tröstete sie mich. „Und ich weiß, wie toll das ist, denn du bist wie eine Schwester für mich.“

Was sie sagte war wahr, denn Emily war auch für mich die allerbeste Schwester auf der Welt, ob wir nun blutsverwandt waren oder nicht.

„Apropos Schwester, ist Elaine eigentlich immer noch Single?“, erkundigte ich mich möglichst beiläufig.

„Ja, allerdings. Sie ist einfach zu wählerisch. Und seit du ihr Billy Bonnet vor der Nase weggeschnappt hast, ist sie nicht wieder fündig geworden.“

Ich hatte nichts dergleichen getan. William hatte sich einfach bloß mehr für mich interessiert als für Emilys Schwester. Dabei war sie eine echte Augenweide mit ihrem Porzellanteint, den grünen Katzenaugen und ihrem rubinroten Haar. Aber sie war keine Hexe und meine Magie schien Will ebenso sehr zu reizen, wie mich seine starke Aura faszinierte.

„Ich wüsste da vielleicht jemanden für Elaine“, begann ich vorsichtig.

Emily machte große Augen. „Hoffentlich nicht so einen schrägen Geronimo, auch wenn der verdammt gut aussah.“

„Hey!“, beschwerte sich Matthew, der Ohren wie ein Wolf hatte und uns wie immer belauschte.

„Nein, kein Kobold“, beruhigte ich sie. „Allerdings ist er auch magisch begabt.“

„Dein Frosch“, scherzte sie. „Er ist in Wahrheit ein Prinz.“

Haha.

„Nein, auch kein Frosch. Hör mal, er sieht aber sehr gut aus, ist wohlhabend und charmant ...“

„Was meinst du mit *‚aber‘*? Was für eine Sorte Magiebegabter ist er denn genau?“ Plötzlich wirkte sie alarmiert.

„... und er ist auf eine äußerst verführerische und düstere Art attraktiv“, zählte ich einfach weiter auf.

Emily bekam diesen schmalen Blick, den sie immer hatte, wenn sie annahm, dass etwas im Busch war. „Ich weiß, dass du Elaine nicht sonderlich magst. Ihr mögt euch beide nicht. Du willst ihr doch nicht irgendeinen schrägen Vogel andrehen, oder?“

„Das würde ich wirklich nicht tun. Er meint es absolut ernst.“

Sogar Braut-ernst.

„Wenn er so toll ist, warum hat er dann keine Frau?“

„Weil er sehr wählerisch ist“, behauptete ich. Immerhin musste seine Frau einen toll duftenden Hals aufweisen. „Genau wie Elaine. Trotzdem könnten beide auf ihre eigene Art zusammenpassen. Und wenn sie ihn nicht möchte, lasse ich mir für ihn etwas anderes einfallen.“

„Was denn einfallen? Geht es jetzt eigentlich um Elaine oder um ihn?“ Sie schaute mich mit ihrem gnadenlos herausfordernden Blick an.

Elaine hätte ich durchaus belügen können, aber bei Emily brachte ich es nicht über mich.

„Er ist ein Vampir und sucht seine Braut. Und wenn ich keine für ihn finde, wird er kurzerhand mich nehmen."

Emily bekam riesengroße Augen. „Du willst deinen Kopf aus der Schlinge ziehen und dafür Elaines Kopf hinhalten."

„Eigentlich nur ihren hübschen Hals." Etwas unwohl kratzte ich mich an der Kehle.

Ich hatte doch gleich gewusst, dass Elaine ein Tabuthema war. Das hatte ich bereits dem Kobold erklärt, von dem der ganze Vorschlag überhaupt erst stammte. Der Vampir hatte mich gewollt, ich hatte Wendy für ihn gewollt und Geronimo hatte mir Elaine nahegelegt. Wie es aussah, kam das ganze Schneeballsystem nun bei Emily zum Erliegen.

„Hhhh!" Empört holte sie Luft und krächzte: „Du willst also meine Schwester wirklich mit einem Vampir verkuppeln? Sag mal, bist du noch bei Trost?"

„Sei doch wenigstens ein bisschen tolerant. Gerade von dir hätte ich mehr erwartet", probierte ich es, doch noch mit der Idee bei ihr zu landen. Denn Emily wollte keinesfalls als intolerant gelten. „Immerhin hast du eine Hexenfreundin und einen Wolfsgefährten."

Ich merkte ihr deutlich an, dass das Thema Intoleranz sie verunsicherte. Sie nagte an ihrer Unterlippe. „Aber ein Vampir ..."

„Er ist echt nett", versicherte ich ihr. „Und er braucht nur hin und wieder mal ein Schlückchen aus der Ader."

Emily sah aus, als wollte ich sie hinters Licht führen.

„Na, und Elaine ist doch ein bisschen sauer auf mich,

weil ich ihr William weggeschnappt habe", plapperte ich weiter.

Emily schnaubte undamenhaft. „Ein *bisschen* sauer ist gut."

„Reuben sieht toll aus. Wenn ich ihn ihr vorstelle, wird sie mir verzeihen." Ich nickte bekräftigend. „Ja, wer weiß? Vielleicht sind die beiden füreinander bestimmt. Wir müssen dem Schicksal eine Chance geben."

Sie legte den Kopf schief. „Nur weil du sie nicht magst, musst du ihr nicht gleich einen Vampir an den Hals wünschen."

So viel Wortwitz hätte ich ihr an dieser Stelle gar nicht zugetraut. Immerhin war sie von dem Thema kein bisschen begeistert.

„Ein Vampir ist doch besser als ein Werwolf – nichts für ungut." Ich nickte in Matts Richtung, der mittlerweile mit dem Schaufeln aufgehört hatte. Stattdessen stützte er seinen Arm auf dem Spatenstiel ab und schaute interessiert zu uns herüber. Die Idee, Elaine mit einem Vampir zu verkuppeln, schien ihn mehr zu interessieren, als das Loch für meinen Froschtümpel auszuheben.

Emily japste entrüstet. „Also, das finde ich überhaupt nicht. Ein Werwolf ist garantiert toller als so ein Blutsauger."

Bei der Vorstellung schüttelte sie sich regelrecht. Als ob sie nicht wüsste, wie sie die Blutflecken aus der Lieblingsbluse bekommen sollte. Dabei waren Vampire wirklich nicht so schlimm. Und sie haarten auch nicht so.

„Was soll das werden?", wunderte sich Matthew und zeigte abwechselnd auf uns beide, erst auf Emily und dann auf mich. „Team Jakob? Team Edward?"

„Das ist doch nicht Twilight“, verteidigten wir uns im selben Atemzug.

So sehr wir auch mal streiten konnten, wenn man uns kritisierte, hielten Emily und ich zusammen wie Ei und Schale.

„Ihr seid doch geklont“, behauptete Matt. „Immer denkt ihr dasselbe. Das ist echt unheimlich.“

„Tun wir nicht. Sie will Elaine einen beißwütigen Typen andrehen.“ Emily streckte tatsächlich den Finger nach mir aus.

„Man zeigt nicht auf Leute“, beschwerte ich mich.

Verdammt, am Ende müsste ich doch noch William heiraten, um Reuben loszuwerden. Bei der Vorstellung bekam ich Herzrasen. Dann würde mein Bett immer nach ihm duften, weil er dadurch bestimmt öfter drin liegen würde. Und vermutlich würde er dann mehr ausziehen, als nur seinen Cowboyhut und die Stiefel. Oh, oh. Definitiv Herzrasen. Das konnte ja heute Abend etwas werden.

„Jetzt schau ihn dir doch erstmal an“, brach Matt eine Lanze für meine Sache. „Er kann ein feiner Kerl sein.“

Emily machte ein skeptisches Gesicht und entschied sich dafür, dass ein prompter Themenwechsel die beste Lösung wäre. „Kommst du jetzt eigentlich mit zum Rodeo, Jill? Es geht schon in ein paar Tagen los.“

„Ich weiß es noch nicht, denn ich muss mich um die Cree kümmern. Und natürlich um einen Plan B, falls Reuben nichts für Elaine ist.“

„Ja, tu das, bitte. Ich habe da wirklich so meine Zweifel. Außerdem wird es mit einem Treffen frühestens nach dem Rodeoturnier klappen, denn ich gehe auf jeden Fall nach Calgary, und ohne mein Beisein zettelst du kein Date mit Elaine an."

„Na ja", sagte ich lächelnd. „Dafür habe ich heute ein Date mit William und dann bespreche ich mit ihm auch Calgary."

Staunend sog Emily den Atem ein. Dann fiel sie mir um den Hals. „Das ist aber toll, dass du ihm eine Chance gibst."

Matt fand dafür nur seine üblichen Worte: „Der Billy und die Jillie. Wir haben es ja immer gewusst."

KAPITEL 19

„Oh, Jillie, du siehst zauberhaft aus“, schwärmte Winifred.

„Verdammt, ich fühle mich schlimmer als diese Mädchen, wenn sie auf einen Schulball gehen.“ Hektisch rannte ich durch mein Haus und machte mich fertig. Ich war in ein weißes Kleid geschlüpft, hatte mich hübsch geschminkt, etwas Schmuck angelegt und mir sogar die Nägel für ihn rot lackiert. Jetzt probierte ich verschiedene Pumps an. „Soll ich lieber weiße Schuhe dazu tragen oder bunte?“

„Auf jeden Fall hohe. Du sollst Beine bis zum Himmel haben. Oh, kannst du da nicht etwas Wachstumswasser draufgeben?“

„Auf keinen Fall“, stellte ich klar.

Ich sah doch wohl gut genug aus und wollte – wenn überhaupt – einen Mann haben, der mich toll fand, so wie ich war, ohne dass ich mich für ihn auf den Kopf stellen musste. Der Zirkus, den ich hier betrieb, war fast schon zu viel des Guten. Ach, ich wusste ja selbst nicht so recht, weshalb ich so aufgekratzt war.

Ich musste dringend durchatmen. Also schnappte ich mir meine roten Spangenschuhe, flitzte mit ihnen in der Hand zu meinem Korbstuhl und ließ mich hineinplumpsen.

„Ah, tut das gut.“

„Was machst du denn da?“, wunderte sich Winifred.

„Ich brauche eine Pause, sonst drehe ich noch durch. Wenn ich gewusst hätte, dass mich dieses Date so verrückt macht ...“

Ich schlüpfte in die Schuhe.

„Dann würdest du trotzdem gehen“, behauptete Wini.

Damit hatte sie sogar recht. Kaum hatte ich die Schuhe an den Füßen, hörte ich auch schon die Türklingel und fiel fast aus dem Stuhl. Oh nein, war es schon so spät? Wie ein aufgescheuchtes Huhn sprang ich hoch, rannte zur Tür, atmete dreimal durch und strich mir die Haare glatt. Dann machte ich William auf und versuchte dabei, so gelassen wie möglich zu wirken.

Er hatte seine Cowboystiefel gegen elegante Männerschuhe getauscht. Dazu trug er eine Anzughose und ein schickes Hemd.

„Wow, ich dachte, wir gehen bloß auf die Kirmes.“

Er lächelte mich mit seinem tollen Grübchen-Lächeln an und zog einen Strauß roter Rosen hinter seinem Rücken hervor.

Sprachlos starrte ich die Blumen an.

„Aber wir haben auch ein Date“, erklärte er. „Da ist es das Mindeste, dass ich aus meinen Cowboysachen klettere und mich für dich ordentlich anziehe.“ Er hielt mir den Strauß entgegen. „Die sind für dich.“

Ich schluckte und benetzte meine Lippen. Vorsichtig

nahm ich sie entgegen und schnupperte an ihnen. Ein feiner Rosenduft ging von ihnen aus.

„Die sind ja rot“, flüsterte ich.

„Dann habe ich die Richtigen gekauft.“

Verlegen strich ich mir eine Strähne hinter das Ohr.

„Deine Haare sind kürzer“, sagte er.

„Ja, ich wäre sonst drüber gestolpert.“

„Das sieht so auch sehr gut aus, Jillian.“

Hhhh! Wie er meinen Namen raunte, stellte mir glatt die Härchen am Rücken auf.

„Dankeschön“, murmelte ich. „Komm doch herein. Ich will die schönen Blumen schnell ins Wasser tun, bevor wir gehen.“

Er trat ein und Winifred flog aufgeregt um ihn herum. „Ist das schön, dass du mit Jillie ausgehst“, flötete sie.

„Darüber freue ich mich auch“, versicherte er ihr.

„Ach, du lieber Junge.“

Dass Wills Seele älter als die meiner Großtante war, schien sie bei ihrem Kosenamen für ihn überhaupt nicht zu stören.

Ich schnitt die Stiele an und versorgte die Blumen. Rote Rosen. Das war eine ziemlich klare Sprache. Und sein Blick war so voller Gefühle gewesen. Wie auf Wolke sieben schwebte ich ihm entgegen, hakte mich bei ihm unter und winkte meiner Tante zum Abschied.

„Macht euch einen tollen Abend“, rief sie uns nach.

Will hielt mir die Tür von seinem großen, schwarzen Pick-up auf. Ich musste schmunzeln, als ich daran dachte, wie ich ihn zugeparkt hatte. Tatsächlich fuhr er so locker und leicht mit diesem riesigen Ding durch die Gegend, wie ich es dem Fahrer dieses Monstrums von Anfang an unterstellt hatte. Ich musste aber zugeben, dass man sehr gut darin saß und viel Platz hatte.

Weil ich den Wagen nicht würde einparken müssen, streckte ich entspannt die Beine aus. „Ich war schon ewig nicht mehr auf dem Rummel."

„Dann freust du dich also auf unser Date?"

Überrascht lehnte ich mich vor und betrachtete ihn. Sein Blick war auf die Straße gerichtet, wodurch ich mich noch sicherer bei ihm fühlte.

„Spüre ich da etwa gerade ein Hauch von Unsicherheit bei dir?", zog ich ihn auf.

Er schüttelte nur den Kopf, als würde ich die dümmsten Fragen auf der Welt stellen. „Jillian, ich bin ein Mann, der eine Frau für sich gewinnen will. Wenn mich das nicht ins Schwitzen bringen würde, wäre ich herztot."

„Und dann sagst du auch noch jedes Mal genau das Richtige", seufzte ich.

Nun sah er mich doch kurz an und schenkte mir das süßeste und gleichzeitig sexyste Lächeln der Welt. Ich war so was von verloren.

Er parkte ein ganzes Stück weit entfernt vom Rummelplatz, weil alles in der näheren Umgebung bereits belegt war. Aber das störte mich nicht. Die Abendluft war mild und ich hatte nichts gegen einen Spaziergang mit ihm einzuwenden.

Aber als ich mich bei ihm unterhaken wollte, entzog er mir den Arm, sah mich nur mit einer gewölbten Augenbraue an und griff nach meiner Hand.

„Du gehst ganz schön ran beim ersten Date", staunte ich.

„Na ja, wir haben uns bereits geküsst und ausziehen durfte ich dich auch schon ..."

„Dürfen", japste ich. „Ich war betrunken und bewusstlos."

„Also, falls du statt Zuckerwatte lieber einen Schnaps willst, können wir das auch wiederholen." Er sah mich völlig unschuldig an.

„Du lebst dermaßen gefährlich. Ich kann das gar nicht oft genug betonen."

Er zuckte nur die Schultern und schlenderte Hand in Hand mit mir los. „Ich schätze, das ist es einfach wert."

Auf dem Weg die Straße herunter entdeckte ich ein Plakat von ihm neben einer Bushaltestelle. Darauf wurde er als lokaler Rodeoheld gefeiert, dem man ganz viel Glück wünschte.

Ich stupste ihn an und deutete auf das Schild. „Will, das ist so cool, dass sie Plakate von dir aufhängen."

Er grinste mich an. „Ja, die sind spitze. Ich freue mich jedes Mal."

Als wir uns der Kirmes näherten, wurde der Hype um ihn noch schlimmer. Ein paar Rodeofans erkannten ihn und stürmten mit gezückten Handys auf uns zu. „Ich glaub's nicht, da ist Billy Bonnet!", riefen sie begeistert.

Es dauerte nicht lange und immer mehr Menschen belagerten ihn. Die halbe Stadt entpuppte sich als sein Fanklub. Alle wollten Autogramme von ihm erhalten und gemeinsame Selfiebilder mit ihren Handykameras schießen.

William strahlte, bis ihm vermutlich die Wangenmuskeln schmerzten. Nach einer Weile deutete er schließlich in meine Richtung und sagte: „Entschuldigt, Leute, aber ich bin hier gerade auf einem Date mit dieser Wahnsinnsfrau und versuche, sie für mich zu gewinnen. Ich muss ihr schon ein bisschen mehr bieten, als dass sie mir bloß beim Autogrammeverteilen zuschauen kann."

Die Reaktionen dazu fielen ganz unterschiedlich aus. Von Dankesworten für die Zeit, die er seinen Fans gewidmet hatte, bis hin zu Glückwünschen für die bevorstehende Meisterschaft oder auch für seine Bemühung, mich als Freundin zu gewinnen. Es gab aber auch ein paar anhängliche weibliche Fans, die ihn gar nicht gehen lassen wollten, erst recht nicht, als er mich erwähnte.

„Aber Billy, wenn sie dich nicht will, gehe ich mit dir aus" oder „Billy, tue mir das nicht an, ich liebe dich doch." Die Bandbreite an Komplimenten und Betörungsversuchen war erstaunlich groß.

Trotzdem schaffte er es, sich von der Menschentraube loszueisen und mit mir die Kirmes zu besuchen. Wie versprochen, kaufte er mir Zuckerwatte. Und zwar die größte Portion, die man bestellen konnte. Ich musste den Stiel eine Armlänge von mir weghalten, um das süße Naschwerk nicht im Gesicht kleben zu haben.

Dann zupfte ich nach und nach kleine Zuckerwolken ab, knautschte sie in der Hand zusammen und steckte sie mir als dicke Ballen in den Mund. Himmel, war das köstlich!

„Oh Gott, ich liebe dich", seufzte ich selig.

William sah mich an, als hätte ich gerade eines der sieben Weltwunder herausgeholt. Sein Lächeln wirkte nervös. „Wirklich?"

Ich schluckte einen weiteren Zuckerklumpen herunter und starrte ihn an. „Ja, also ... das sagt man doch so, oder?"

„Wenn man verliebt ist, dann schon", erklärte er mit

diesem forschenden Blick.

Ups.

Mein Herz flatterte los, als wären gerade sämtliche Tauben aus einem Taubenschlag gestartet. Hinter seiner Schulter entdeckte ich eine Schießbude. Schnell sagte ich: „Wenn du mir ein Kuscheltier schießt, liebe ich dich noch mehr."

Er legte den Kopf schief und sah mich noch einen Moment lang an. Dann drehte er sich zu dem Stand um und nickte. „Und wenn ich die ganze Nacht Pfeile auf Ballons werfe, aber das bekomme ich hin."

Erneut streckte er seine Hand nach mir aus und ich legte meine in die seine. Ich war seit Jahren nicht mehr händchenhaltend umhergelaufen, aber es gefiel mir eigenartig gut.

Natürlich wurde William noch ein paar Mal erkannt, doch er zog sich nach einigen Fotos aus der Affäre und schaffte es, mit mir bei der Schießbude einzutreffen. Allerdings beobachteten uns gleich weitere Fans.

„Ob er so gut wirft, wie er reitet?", fragten sich ein paar von ihnen.

„Er darf mich reiten", bemerkte eine junge Blondine kichernd.

Ich verspürte das dringende Bedürfnis, ihr Hämorrhoiden anzuhexen, doch Will schien mich langsam zu kennen und schüttelte bloß grinsend den Kopf.

Er ließ sich ganz viele Darts geben und erklärte dem Inhaber des Standes: „Reichen Sie die einfach immer nach. Ich spiele so lange, bis ich für meine Jill das Kuscheltier ihrer Wahl gewonnen habe."

Meine Jill?

Ich war völlig platt von seinen Worten und fühlte mich gleichzeitig total euphorisch. Einige der Umstehenden beäugten mich neugierig. Vermutlich würde mich bis morgen die ganze Stadt für seine feste Freundin halten. Jedoch verspürte ich kein Bedürfnis, das richtigzustellen.

Stolz und grinsend zeigte ich auf ein rosa Einhorn, weil Will darauf wartete, dass ich mir einen Gewinn aussuchte. „Das da wäre toll.“

Es erinnerte mich an das Einhorn, das früher auf meiner Bettdecke im Kinderzimmer abgebildet gewesen war. Und dann war es auch noch so entzückend rosa. Es war einfach perfekt. Meine tote Vorfahrin Juanna hätte sich vermutlich im Grab umgedreht und sich lieber ein schwarzes Monster ausgesucht. Oder Plüsch total verweigert.

Wills Blick sprach Bände: ein rosa Einhorn. Was wohl ein Psychotherapeut von meiner Wahl halten würde? Mir war das ganz egal. Das Ding war süß. Und falls es sich als bockig erweisen sollte, würde Will mir schon helfen. Schließlich konnte er Rodeo. Lieber sollte er das Einhorn reiten als die Blondine. Bei der Vorstellung bekam ich fast einen Lachkrampf.

Er schaute mich neugierig an, aber ich schüttelte nur den Kopf. Ich war nicht so blöd, ihn in meinen Gedankengang einzuweihen. Immerhin war er mit Dartpfeilen bewaffnet.

Voller Elan begann er, auf die kleinen, bunten Ballons zu schießen, die an der hinteren Wand des Standes festgebunden waren. Neben den Dingern befand sich ein Ventilator, so dass sie fortwährend schaukelten. Das Konzept war so herrlich gemein, dass es mir richtig gut gefiel. Dieser Budenbesitzer hatte da eine tolle Idee gehabt. Und die meisten Menschen waren ehrgeizig genug, ihr Glück trotzdem zu versuchen und dabei ihr Geld liegenzulassen.

Williams erster Pfeil ging auch gleich daneben.

„Oh“, raunte die Menge teilnahmsvoll.

Ich lehnte mich über die Theke zum Schausteller. „Jetzt mal unter uns: Wie lange dauert das denn meistens, bis man so einen großen Gewinn schafft?“

Er lachte nur und schüttelte den Kopf. „Das kann ein bisschen Zeit beanspruchen. Aber ich habe auch Trostpreise. Immer wenn er einen kleinen Gewinn schafft, bekommst du also trotzdem was.“

Ich schüttelte den Kopf. „Nein, nein, ich will das Einhorn. Die Kleingewinne kannst du einfach immer schön an die Kinder hier verschenken. Dann freuen sich die Leute sogar darüber, wenn Will weiter so gut wirft.“

Auch sein zweiter Pfeil ging daneben und er schoss mir einen beleidigten Blick zu. „Hey, Jillian, ich kann dich hören.“

„Sei lieb zu den Kindern“, neckte ich ihn.

„Ich hole dir jetzt dein blödes Pony“, verkündete er und warf erneut.

Tatsächlich erwischte er einen der kleinen Ballons, die nur die Größe von Tomaten hatten. Das entlockte der Menge sogleich ein kollektives Jubeln. Irgendwie war das sehr unterhaltsam. Im großen Rahmen, in Calgary, würde es sicher noch toller sein.

„Das ist ein Einhorn“, korrigierte ich ihn. „Aber guter Wurf.“

Ich naschte weiter an meiner Zuckerwatte und sah Will bei der Arbeit zu. Einer meiner Bergkristalle hätte ihm jetzt prima helfen können, um seiner Hand die rechte Bewegung zum Ziel zu weisen, doch ich hatte keinen dabei und außerdem wäre es nicht fair gewesen, den nicht magischen Budenbesitzer damit zu übervorteilen. Er machte hier gerade ein tolles Geschäft. Zum einen, weil Will nicht aufhören wollte, bis ich das Einhorn erhielt. Und zum anderen, weil er gerade die meiste Aufmerksamkeit im ganzen Umkreis bekam und sich nachher bestimmt noch mehr Rummelbesucher ein paar Darts bei ihm besorgen und selbst ihr Glück probieren würden.

Am Ende hatte ich meine ganze Zuckerwatte aufgefuttert und acht Kinder hatten neue Kuscheltiere erhalten, weil Will immer einen Pfeil verschossen hatte, der ihm zum Einhorn noch fehlte. Aber dann gelangen ihm doch fünf Treffer in Folge. Er hatte vermutlich zehnmal so viel ausgegeben, wie seine Gewinne überhaupt wert waren. Doch darum ging es schließlich nicht.

Die Menge jubelte – es hatte sich inzwischen wirklich eine gewaltige Traube Schaulustiger gebildet. Sie alle waren hautnah dabei, als William voller Stolz das rosa Einhorn vom Inhaber überreicht bekam und es an mich weiterreichte.

„Schau nur, gleich beim ersten Versuch“, scherzte er.

„Haha, du kannst nicht zählen.“ Ich strahlte ihn an und drückte meinen neugewonnenen Schatz an mich. „Das ist so lieb von dir.“

„Küss ihn, küss ihn“, feuerte mich die Menge an.

Wahnsinn! Die waren echt schlimmer als Winifred.

William grinste mich an und zuckte mal wieder unschuldig mit den Schultern. Statt es dabei zu belassen, interagierte er aber gleich noch eine Runde mit seinen Fans. „Soll sie mich wirklich küssen?“, rief er ihnen zu.

„Ja!“, schrien sie zurück.

Natürlich gab es wieder ein paar Frauen, die sich als Freiwillige anboten. Will lehnte diese Angebote ganz charmant ab. „Ah, mein Herz gehört schon Jillian.“

Ich verschluckte mich fast. Wenn er unter seinen Anhängern war, schien er seine Zurückhaltung zu verlieren. Ich entdeckte hier gerade völlig neue Seiten an ihm. Allerdings fand ich seinen Umgang mit den Fans äußerst liebenswert. Kein Wunder, dass er so gut ankam.

Er trat ganz nah an mich heran. „Wie du siehst, sollten wir den Gewinn von *Pinkie Pie* mit einem Kuss besiegeln.“

„Ja, küssen!“, stimmten alle zu.

„Aber mit dem vielen Plüsch dazwischen komme ich gar nicht an dich heran.“ Er nahm mir das Einhorn aus dem Arm und reichte es dem Budenbesitzer. „Würden Sie noch mal kurz darauf aufpassen?“

„Klar, Mann.“ Er grinste uns an und bewachte das Tier.

Will nahm mich in seine Arme, streichelte meine Wange und beugte sich zu mir herunter. Bevor seine Lippen meinen Mund berührten, flüsterte er: „Ich wäre dir dankbar, wenn du diesmal die Ohrfeige weglassen würdest.“

Und dann küsste er mich einfach. Mein Herz hob ab wie eine Propellermaschine und ich sank in seine Arme. Nach dem vielen Zucker schmeckten seine Lippen wunderbar herb. Ich schloss meine Augen und versank in diesen märchenhaften Moment mit ihm. Obwohl um uns herum gejubelt und geklatscht wurde, rückten die anderen in weite Ferne.

Ich schlang meine Arme um seinen Nacken und küsste Will zurück. Es kam mir vor, als würde ich heimkehren. Das alles war so surreal. Ganz bestimmt war dies das unglaublichste Date meines Lebens. Obwohl wir eigentlich nur Zuckerwatte und eine Schießbude abgehakt hatten.

Aber Will war sehr beliebt und hätte jede andere Frau haben können. Ich war so dankbar dafür, dass er unbedingt mich wollte, denn mir war endlich aufgegangen, dass ich ihn auch wollte.

Weil wir leider nicht allein waren, löste er sich nach einer Weile von mir. Sekundenlang sah er mich an und wartete auf den Knall, der diesmal ausblieb. Schließlich grinste er mich an. „Das ist noch viel besser so."

Allein dafür hätte er eigentlich einen Klaps verdient, doch ich ließ es. Der Schausteller gab mir mein Einhorn zurück und wir verabschiedeten uns von Wills Fans und schlenderten weiter zum Riesenrad.

„Bestimmt müssen wir für *Pinkie Pie* noch ein drittes Ticket lösen", scherzte er, weil mein Plüschtier so groß war.

Doch William kaufte ohnehin mehr als nur zwei Tickets. Er löste insgesamt zehn Fahrten. Wir stiegen in das kleine Riesenrad und kuschelten uns in eine eigene Gondel. Mein Einhorn nahm er mir weg und drückte es auf seiner freien Seite fest, damit es uns nicht in die Quere kam. Dann legte er seinen Arm um mich und zog mich an sich heran.

Ich hatte tausende Schmetterlinge in meinem Bauch. Allein der Gedanke, ihn wieder zu küssen, machte mich ganz benommen vor Glück. Das Riesenrad fuhr ein kleines Stück weiter und blieb dann wieder stehen, um neue Gäste aufzunehmen. Hier oben waren wir endlich ungestört.

„Bitte, komm mit nach Calgary“, murmelte Will. „Ich will dich dabeihaben, wenn ich gewinne. Ich weiß, dass du viel zu tun hast, aber ich brauche dich auch. Es ist nicht dasselbe, wenn du nicht dort bist.“

Ich lächelte ihn an. „Die ganzen zehn Tage kann ich zwar nicht, aber ich würde mir die Zeit nehmen und zu dir zum Finale fahren. Wäre das ein Kompromiss? Denn ich will auch dabei sein, wenn du den größten Augenblick in deiner Karriere erlebst.“

Er grinste mich an. „Das ist sogar ein sehr guter Kompromiss.“

„Dann musst du aber auch zusehen, dass du es bis ins Finale schaffst“, neckte ich ihn.

„Du weißt doch, dass ich da ein bisschen schummele und etwas Vorsprung bei meinen Fähigkeiten habe.“

Ich schnalzte mit der Zunge und schüttelte den Kopf. „Das hast du also in all deinen vielen Leben gelernt.“

Er schüttelte nur den Kopf. „Ich sage dir, was ich in mehreren Leben gelernt habe: nämlich, dass ich es leid bin, Dinge zu bedauern, die ich nicht gesagt habe. Denn jedes Leben ist viel zu kurz dafür, um sich vor seinen Gefühlen zu verstecken.“

„Will …“, flüsterte ich und spürte einen Kloß in meinem Hals.

„Deshalb sage ich es dir einfach jetzt und ich hätte es schon längst tun sollen“, erklärte er. Dann lächelte er. „Durch die Blume habe ich es dir auch schon gesagt.“

Damit meinte er definitiv die roten Rosen.

Mein Herz raste wie verrückt. Ich hatte das Gefühl, dass es mir gleich aus der Brust springen würde.

Und dann sagte er, was ihm auf seinem Herzen lag: „Ich liebe dich, Jill. Und ich will mit dir zusammen sein. Du kannst mich zwar manchmal in den Wahnsinn treiben, aber ich dreh' durch, wenn du nicht bei mir bist."

Ich schluckte und fand keine Worte mehr für meine Gefühle. Also umschloss ich sein Gesicht mit meinen Händen und zog ihn zu mir heran, um ihn zu küssen. Dabei wurde alles ganz schwerelos in mir. Das Riesenrad drehte seine Runden und wir vergaßen die ganze Welt um uns herum.

Wir waren wirklich ein Paar geworden. Ich gehörte nun zu Will. Und mein Herz flog auf rosa Wolken mit ihm davon.

KAPITEL 20

Raben krächzten. Überall waren schwarze Federn. Sie verliefen wie Blut und Teer. Tropften an den Wänden herunter.

Die Wände um mich herum waren aus Holz und schrumpften plötzlich zusammen. Von allen Seiten kamen sie auf mich zu. Drangen auf mich ein. Sie formten sich zu einer engen Schachtel, die mich einschloss.

Aber dann merkte ich, dass es keine Schachtel war, sondern eine Kiste. Eine Kiste aus schwarzem Holz. Eine Totenlade.

Ich wollte schreien, doch kein Ton drang über meine Lippen. Wie wahnsinnig hämmerte ich auf den Sarg ein. Erde rieselte durch die Fugen im Holz auf mich herab und zerstäubte in meinem Mund zu Asche.

Asche, die nach Blut schmeckte.

Angeekelt spuckte ich sie aus.

„Hilfe!", schrie ich stumm in meinem Kopf.

„Mir hat auch niemand geholfen, du Hexe!" Das war

die finstere Stimme, die ich schon einmal vernommen hatte. Ich kannte sie nicht und erkannte sie doch genau. Eine erbarmungslose Männerstimme. Ich wusste, dass er mich hasste.

„Bitte nicht", wimmerte ich.

„Du bist schuld an meinem Schicksal", stieß er wütend hervor. „Wegen dir bin ich tot. Bald wirst du auch tot sein."

Dann schlug er mit einem gewaltigen Hammer auf den Sarg ein. Die Kiste zerbarst mit einem lauten Knall und die Bilder zertrümmerten in Millionen Partikel und fielen von mir ab.

Schweißnass schreckte ich hoch und rieb mir die hämmernde Stirn. Sie schmerzte, als hätte ich den Schlag auf den Kopf bekommen. Aber da war keine Beule auf meiner Stirn. Und auch in meinem Mund schmeckte ich weder Blut noch Asche.

Mir war klar, dass mich das Schicksal des Schamanen verfolgte. Zu wissen, dass Enkos Vater verbrannt und durch den Verlust des Seelenankers zum Tode verurteilt gewesen war, bereitete mir die schlimmsten Schuldgefühle und nun auch noch Albträume.

Nach dem wundervollen Date mit Will trafen mich die düsteren Bilder meines Traums so unvorbereitet, dass ich nicht wusste, was ich empfinden sollte. Es schien mir so verkehrt zu sein, mich über meine Beziehung mit Will zu freuen, während Enko gleichzeitig so hilflos war. *Einer, der alleine lebt.*

Zum Glück hatte ich Winifred nichts davon erzählt, dass der Junge wegen ihr nun ohne seinen Vater aufwuchs. Zwar konnte sie keine Albträume mehr haben, weil sie als Geist nicht mehr schlief, aber das

Schuldgefühl würde sie verfolgen und quälen – schlimmer noch als mich. Denn sie hatte schließlich wirklich etwas verbrochen.

Trotz der romantischen Entwicklung mit Will hatte ich ein bedrückendes Gefühl im Bauch. Das wurde auch nicht besser, als ich mich nach einem späten Frühstück zu den Indianern auf den Weg machen wollte.

Gerade als ich aus der Tür trat, blieb ich vor Schreck wie angewurzelt stehen. Fast wäre mir die Arzttasche heruntergefallen. Unbeholfen drückte ich sie mir vor die Brust, klammerte sie mit beiden Händen fest und starrte zum Anwesen auf der anderen Straßenseite hinüber.

Das Schild des Immobilienmaklers vor dem Haus der Belmonds war verschwunden. Stattdessen stand nun ein grauer Ford mit einem großen Anhänger vor der Einfahrt. Ich konnte kaum fassen, dass dort so schnell schon wieder jemand einziehen würde. Doch die richtige Überraschung folgte erst noch, als die neue Mieterin nach draußen trat und auf den Anhänger zumarschierte, um sich einen Karton zu schnappen.
Dabei entdeckte sie mich, wirkte nicht minder überrascht und winkte mir zu.

„Hey“, rief sie. „So ein Zufall.“

Mit einem verkniffenen Lächeln kam die blonde Frau, die abermals wie eine graue Maus wirkte, auf mich zu.

„Bianca“, stammelte ich.

Automatisch schielte ich auf ihre Kehle, doch was die Sache mit Reuben anging, war sie völlig ungeeignet. Ihr Hals war so kurz, dass es aussah, als hätte sie sich den Nacken verstaucht. Zusätzlich zog sie die Schultern ganz seltsam hoch, was sie noch mehr wie eine aschblonde Schildkröte aussehen ließ. Da würde Reuben sicherlich nicht hineinbeißen wollen. Den Geruchstest konnte ich mir also gleich sparen.

„Ja, stell dir vor, ich habe doch tatsächlich endlich eine feste Bleibe gefunden“, schwärmte sie und zeigte damit zumindest ein paar Emotionen mehr als auf dem Sommersonnenwendenfest. „Ich kann dir gar nicht sagen, wie sehr mich dieses Bed and Breakfast in den Wahnsinn getrieben hat.“

Ich blinzelte mir den verwunderten Blick aus den Augen und setzte ein Lächeln auf. „Die Welt ist ja wirklich klein.“

Viel zu klein.

Die furchtbar fade Bianca sollte also allen Ernstes meine neue Nachbarin sein?

Winifred schwebte neben mich und schüttelte den Kopf. „Das ist doch die trübe Tasse vom Midsummer Eve.“

„Ja“, bestätigte ich, ohne meine Tante anzusehen, und tat dann so, als hätte meine Antwort Bianca gegolten. „Dann also herzlich willkommen.“

„Dankeschön.“ Da sie meine Tante nicht sah, hatte sie von der Beleidigung nichts bemerkt. Ihr Blick fiel auf meine Arzttasche. „Gehst du weg?“

Zum Glück tat ich das wirklich.

„Ja, ich mache ein paar Hausbesuche.“

„Oh, dann will ich dich nicht aufhalten. Ich muss auch noch Kartons auspacken.“

Möglicherweise hatte ich sie voreilig abgestempelt. Sie bemühte sich redlich um eine höfliche Konversation. Ich gab mir einen Ruck und nahm mir vor, sie nicht zu ärgern.

Dann fiel ihr etwas ein. „Sag mal, hast du vielleicht

eine Trittleiter? Ich wollte etwas Hausputz machen und komme nicht in die ganzen Ecken und Winkel an den Decken. Es ist leider keine Lösung, dauernd mit dem Staubwedel zu hüpfen."

Ich nickte nur und rang mir ein Lächeln ab. So ein Umzug machte wirklich wenig Spaß. „Klar, komm rein. Irgendwo in meiner Abstellkammer steht bei mir noch eine rum."

Sie folgte mir nach drinnen und bestaunte ausgiebig meine Einrichtung. „Wow, du hast es wirklich hübsch hier. Und dieser Schrank ist ein echter Knüller."

Sie betrachtete dabei meinen Eichenbohlenschrank, in dem ich meine Tinkturen aufbewahrte.

„Vielen Dank."

„Und wie gut es hier duftet." Das kam von meinem Kräutertee, der noch vom Frühstück in der Kanne übrig war.

Also bot ich ihr eine Tasse an und sie schlürfte daran, als würde sie gleich verdursten. Vermutlich hatte sie wirklich vergessen, sich einen Kasten mit Getränken für den Umzug einzupacken. Der Kühlschrank drüben war garantiert leer.

Anschließend betrachtete sie meine Kristallsammlung. „Die ist wundervoll."

Bianca schien ein Mensch zu sein, der nicht mit Komplimenten sparte. Es gab schlimmere Eigenschaften an ihr. In erster Linie war das ihre Aura, die mir weiterhin unsympathisch blieb, weil sie so stumpf wirkte. Trotzdem wollte ich mich bemühen, sie nett zu finden, denn schließlich war sie meine neue Nachbarin.

Sie betrachtete nicht nur mein Haus, sondern auch meine Kleidung. Ich trug ein grünes Tunikakleid mit

Ranken- und Blütenmuster. Dazu peppten eine violette Strumpfhose und ein Paar elegante Riemchenpumps mein Outfit auf.

„Du sieht sehr hübsch aus“, fand sie.

„Danke.“ Ich kramte ihr die Trittleiter aus meiner Abstellkammer, die sich unter meiner Treppe befand, hervor und reichte sie ihr. „Damit wirst du hoffentlich weitermachen können.“

Und ich auch. Allmählich war ich spät dran für meinen Besuch bei den Cree.

Sie nickte beglückt und nahm das sperrige Gerät an sich. Ich selbst klemmte mir meine Tasche wieder unter den Arm und wir verließen das Haus. Dann wünschte ich ihr einen schönen Tag, ging zu meinem Auto und packte den Arztkoffer auf den Beifahrersitz.

„Das ist ein schöner Wagen“, lobte sie erneut.

Allmählich fand ich das seltsam. Trotzdem bedankte ich mich brav, weil ich sie nun wohl oder übel öfter zu sehen bekäme. Es war das reinste Glück, dass meine Terrasse hinter dem Haus lag. Das würde mir ungestörte Momente bescheren.

„Was ist das für ein Modell?“ Sie betrachtete mein Auto von allen Seiten.

„Ein Honda Vezel.“ Ich ließ mich in den Sitz plumpsen, zog die Tür zu und fuhr winkend davon.

Das konnte ja heiter werden.

Ich parkte gerade meinen Wagen vor Wawetsekas Unterkunft, als mein Handy bimmelte. Emily war am Apparat. Ob sie über die Sache mit Elaine schon nachgedacht hatte?

„Hey, Ems, na, wie sieht’s bei dir aus?“, meldete ich

mich.

„Oh, ganz gut.“ Sie klang entspannt. „Ich bin gerade bei Matthew im Laden und wir haben über die beiden Rodeotickets gesprochen, die ich von Billy habe.“

„Okay …“

Also doch nicht Reuben und Elaine.

„Jillie, kommst du mit zur Meisterschaft? Es geht schon übermorgen los und wir haben allerbeste Karten.“

Ich kratzte mit dem Daumennagel am Lenkrad herum. „Ich habe Will schon versprochen, dass ich zum Finale komme, aber vorher habe ich keine Zeit. Kannst du niemand anderen mitnehmen?“

Emily seufzte. „Also, wenn es dir nichts ausmacht, dann gebe ich dein Ticket eben Matthew. Ich will nicht ohne Begleitung dorthin und ich möchte auch nicht, dass die zweite Karte verfällt.“

Das war eine gute Idee. Die beiden waren ständig nur am Arbeiten. „Wer führt denn dann den Laden, wenn ihr beide geht? Wendy ist ja weg.“

Seit ihrem Entschwinden mit Geronimo hatte sich die geldgierige Blondine nicht mehr gemeldet. Vermutlich schlürfte sie gerade Cocktails mit Schirmchen am Pool oder am Strand, obwohl es noch nicht einmal Mittagszeit war.

„Wir könnten das Geschäft für die Zeit schließen. Matthew hat sich auch mal Urlaub verdient.“

Matthew war als Wolf eher ein Naturbursche. Ich konnte ihn mir nur schwer in einer völlig überfüllten Großstadt vorstellen, in der während der Rodeomeisterschaft sämtliche Hotels ausgebucht wären. Trotzdem war es schön, dass die beiden mal etwas Freizeit miteinander teilen würden. „Das hört sich gut an. Matt ist doch eine prima Lösung."

„Ja, so ein Freund ist nicht schlecht", erwiderte sie fröhlich.

„Glaube ich dir gerne, ich habe jetzt auch einen."

„Ah!", kreischte sie so laut, dass ich mir den Hörer vom Ohr weghalten musste. „Ihr seid ein Paar?"

„Ja, unser Date lief ganz gut." Ich konnte nicht verhindern, dass ich leicht dümmlich vor mich hin grinste.

„Wow. Ich kippe hier gleich aus den Latschen. Das ist super. Matt, Schatz", rief sie ihren Wolfsgefährten. „Rate mal, was passiert ist."

Er lachte leise. „Süße, ich habe das meiste schon gehört."

„Du Wolfsohr", neckte sie ihn liebevoll.

„Der Billy und die Jillie", tönte er.

Ich rollte mit den Augen. „Erinnere mich daran, ihm nächstes Mal ans Schienbein zu treten."

Emily schnaubte. „Dafür bin ich viel zu vergesslich. Er soll es sich selbst merken ... Schatz, Jill bittet dich, sie daran zu erinnern, dass sie dich treten will."

„Ja, das merke ich mir bestimmt."

Super. „Dann viel Spaß in Calgary."

Es war zu schade, dass ich mich nicht Zweiteilen konnte. Ich müsste einen Vertreter haben. Jemanden, der mich bei den Cree vertrat. Jemanden, der mich bei Reuben vertrat. Jemanden, der sich um meinen Onlineshop kümmerte. Dann hätte ich auch zur gesamten Meisterschaft mitfahren und außerdem endlich wieder öfter in meinem Korbstuhl sitzen können.

Für heute Abend nahm ich mir fest vor, mich – komme, was wolle – in meinen Sessel auf die Terrasse zu setzen. Denn William reiste heute bereits nach Calgary ab, um sich auf das Turnier vorzubereiten.

Mein Tag bei den Cree zog sich erneut sehr lang hin. Ich lernte noch mehr Stammesmitglieder kennen und Wawetseka verdonnerte mich dazu, mit ihr gemeinsam ein Tipi aufzubauen, damit ich mich mehr mit ihrer Kultur identifizieren konnte. Anschließend bastelten wir indianischen Schmuck. Ich hätte wirklich sehr gerne Ohrringe für Brutus gestaltet, aber ich hatte keine Ahnung, wo mein Frosch seine Ohren überhaupt hatte. Deswegen würde der kleine Quaker auch weiterhin ohne jeden Schamanen-Klimbim auskommen müssen.

„Kann es sein, dass du mit mir das ganze Kinderprogramm durchziehst“, fragte ich Wawetseka und fädelte dabei einige Perlen auf einen Federkiel.

Sie gab sich gar nicht erst die Mühe, ihr Grinsen zu verbergen. „So wie die Kleinen musst auch du mit den einfachen Dingen anfangen. Doch erst wenn du unsere Kultur kennst, wirst du uns besser verstehen.“

Ich seufzte und bastelte weiter an meinem Schmuck. Allerdings besaß ich dafür kein so gutes Händchen.

Wawetseka sah entsprechend kritisch aus. „Das musst du noch mal machen. Niemand würde das tragen wollen.“

Ich wendete mein kleines Kunstwerk hin und her. „Doch, vielleicht kann man es als Hühnerschmuck nehmen. Habt ihr Hühner?“

Sie bedachte mich mit einem mitleidigen Blick und schüttelte den Kopf. „Noch mal.“

Mich beschlich die dumpfe Ahnung, dass sie mich wirklich nicht anders als die Kinder aus ihren Kursen behandelte.

„Du weißt aber schon, dass ich eine echte Heilerin bin, oder?“ Na, gut. Ich musste noch viel lernen, aber dennoch.

Sie gluckste. „Basteln kannst du trotzdem nicht.“ Erneut zeigte sie auf meinen verunglückten Schmuck. „Noch mal.“

Ich gab es auf. Diese Indianer waren zähe Burschen.

„Das machst du bloß, weil ich ein Bleichgesicht bin“, behauptete ich.

Sie beäugte mich kritisch und nickte dann. „Ja, du bist wirklich etwas blass um die Nase.“

Toll.

Bei den späteren Krankenbesuchen wollte Enko uns wieder begleiten. Es gefiel ihm, dabei zuzusehen wie ich arbeitete. Wir waren ein gutes Team. Der Junge war so süß und gleichzeitig würdevoll. Ich war ganz vernarrt in ihn.

Seit ich ihm den Bergkristall mit dem Regenbogenwasser geschenkt hatte, war ich in seinem Ansehen sehr gestiegen. Ich würde versuchen, jeden Tag einen weiteren Cree von mir zu überzeugen. Am besten fing ich da bei den Kindern an. Wobei das kleine Mädchen, das neben mir am Tisch werkte, bloß kicherte, wenn sie meinen Federschmuck betrachtete. Besser, ich fand eines, das mich nicht beim Basteln beobachtet hatte.

Als ich endlich am späten Abend nach Hause zurückkehrte, brannte bei Bianca Licht im Fenster und ihr Anhänger war leergeräumt. Winifred erzählte mir in allen Details, wie sich die neue Hexe von gegenüber bei ihrem Einzug angestellt hatte. Sonderlich spannend hörte sich der Entlademarathon jedoch nicht an.

Brutus war ebenfalls zu Hause geblieben. Er liebte seinen Tümpel. Viel mehr, als dass er fleißig Fliegen und Mücken verspeist hatte, wusste Winifred allerdings nicht über ihn zu berichten.

„Bist du dir sicher, dass dieser Frosch so erstaunlich ist? Er sieht nämlich gar nicht erstaunlich aus, wenn man ihn beobachtet."

„Glaub mir, ich sah heute auch nicht besonders erstaunlich aus, aber ich kann wirklich tolle Dinge."

Vom Schmuckbasteln mal abgesehen. Und ohne Wawetsekas Hilfe wäre mein Tipi wohl in sich zusammengefallen.

Bis ich Winifred in allen Einzelheiten meinen Tag geschildert hatte, war es schon fast Mitternacht. Irgendwann zog sie sich in den Keller zurück. Möglicherweise fand sie den Keller und den Speicher eines Hauses passend für einen Hausgeist.

Endlich setzte ich mich in meinen Korbstuhl auf die Terrasse, betrachtete den Sternenhimmel und lauschte dem Platschen und Quaken von Brutus, der nun wie ein König in seinem eigenen Teich residierte. Ich atmete tief durch und sog den Duft der Kräuter in meine Nase.

Es war der erste erholsame Moment des Tages, als ich plötzlich im Augenwinkel neben mir eine Bewegung wahrnahm. Erschrocken fuhr ich herum und sah Reuben im Mondlicht stehen. Seine düstere Silhouette wurde von seiner pulsierenden Aura durchdrungen. Seit ich ihn das letzte Mal gesehen hatte, waberte sie noch stärker. Der Mann brauchte dringend eine Braut.

Dennoch, da wollte ich endlich einmal seit einer Woche wieder in meinem Korbstuhl ausspannen, und dann versetzte er mir einen solchen Schock.

„Reuben, verdammt, was machst du hier?“, zischte ich und hechtete aus meinem Sessel.

„Ich hatte Sehnsucht nach dir.“ Seine Stimme vibrierte durch die Nacht. Er stand wie ein schwarzer Schatten in der Dunkelheit, doch sein verlangender Blick loderte förmlich und war direkt auf das Pochen an meinem Hals gerichtet.

Reuben streckte die Hand nach meiner Kehle aus und ich sprang fluchtartig von ihm weg, wodurch ich auf der Kante meines Daches landete. Im Hüpfen stand ich Brutus in nichts nach.

Der Vampir lachte doch tatsächlich. Schneller, als ich gucken konnte, manifestierte er sich genau neben mir, so dass die Regenrinne bedenklich schepperte.

„Es ist schon eine Woche vergangen“, raunte er.

Er schien das gar nicht fragwürdig zu finden, dass die Frau, die er sich als Braut auserkoren hatte, vor ihm das Weite suchte.

Ich machte einen weiteren Satz von der Dachkante, landete vor meiner Terrassentür und huschte ins Innere des Hauses. Dabei zog ich die Glastür zu. Kurz darauf erschien Reubens schönes Gesicht vor der Scheibe. Er sah mich mit seinen grauen Augen an.

„Darf ich reinkommen?“, bat er mich und ich spürte genau, dass er sein magisch verstärktes Charisma auffuhr. „Drinnen plaudert es sich viel gemütlicher.“

„Auf keinen Fall. Du hast Hausverbot, Reuben. Also träume nicht mal davon, über meine Schwelle zu treten. Ich weiß genau, was das einem Vampir an Macht verleiht.“

Er lächelte wenig reumütig, sondern schien sich im

Gegenteil darüber zu amüsieren, dass ich sein Anliegen durchschaut hatte. Mit etwas mehr Nachdruck in der Stimme kehrte er zurück zu seinem Problem. „Schon eine Woche, meine Liebste. Von deinem Monat, bis ich dich zur Braut nehme, ist nicht mehr so viel übrig."

„Ich komme schon klar."

Wie Seide streichelte seine Stimme meine Sinne: „Oder lässt du dir absichtlich so viel Zeit, weil du insgeheim willst, dass ich dich zu meiner Braut mache?"

Diese Vorstellung klang noch verrückter, seit ich mit Will zusammen war. Ich wappnete mich gegen Reubens Verführungsmagie und schüttelte ungläubig den Kopf.

„Das kannst du knicken. Mich bekommst du auf gar keinen Fall. Ich mag dich, Reuben, aber ich will dich weder in meinem Haus, noch in meinem Bett haben. Und auch nicht an meinem Hals."

Bloß, damit das auch klargestellt war.

Ein wunderschönes Lächeln formte sich auf seinem Gesicht. „Aber was tust du dann für mich, mein Engel?"

Er klang so sündig, als würden wir nackt im Bett liegen. In seinem Kopf lief vermutlich gerade sein ganz persönlicher ‚*Shades of Darkness*'-Film ab.

Darauf ließ ich mich gar nicht erst ein. „Ich bin schon auf der Suche nach Ersatz für dich. Die Frau, die ich ursprünglich für dich wollte, ist inzwischen allerdings vergeben."

„Das ist aber ein seltsames Timing." Reuben schien mir die Geschichte mit Wendy nicht zu glauben, als würde er tatsächlich annehmen, dass ich ihn unterbewusst selbst wollte.

Ich verschränkte die Arme vor der Brust und funkelte ihn an. „Es stimmt trotzdem. Mir passt das auch nicht gerade in den Kram.“

Sein sehnsüchtiger Blick verschmolz mit seinem Lächeln. „Was willst du nun für mich tun?“ Da war wieder dieser Schlafzimmerton in seiner Stimme.

Dabei war *wollen* ja mal das ganz falsche Wort. Aber diese Diskussion brauchte ich gar nicht erst mit ihm zu führen. Auf dem Ohr war er taub.

„Ich habe bereits eine andere wunderschöne Frau mit samtzarter, weißer Haut und einem tollen Hals für dich in die engere Auswahl gefasst.“

„Das klingt verlockend.“ Wobei er sich eher anhörte, als würde er *köstlich* meinen. „Und wo ist sie?“

„Sie ahnt noch nichts von ihrem Glück. Aber ich arbeite daran.“

Er hauchte einen Kuss auf meine Scheibe. „Arbeite schneller. Ich warte nicht ewig. Nur meine Liebe ist für die Ewigkeit.“

Und dann sah ich bloß noch Schwärze, wo er eben gestanden hatte. So schnell, wie er sich bei mir manifestiert hatte, war er auch an einen anderen Ort weitergezogen.

Doch der Schreck seines Besuchs steckte mir noch tief in den Knochen, als ich mich schlafen legte. Mittlerweile wuchs sich die Angelegenheit mit Reuben zu meinem größten noch offenen Problem aus. Hoffentlich wäre Elaine mehr an ihm interessiert, als Emily sich das wünschte.

KAPITEL 21

Wenn ich morgens mit Brutus aus dem Haus ging, schaltete ich Winifred den Fernseher ein. Endlich gab es etwas, das sie ablenkte, sobald ich nicht da war: Rodeo.

Die Meisterschaft hatte begonnen und Reiter aus dem ganzen Land und auch aus den USA traten in sechs verschiedenen Disziplinen gegeneinander an. Es gab die Gruppe der Reiter, die ungesattelt auf wilde Pferde stiegen, jene – wie William –, die Sättel verwendeten, und jene, die auf Bullen statt auf Pferden hockten. Ein echtes Spektakel boten außerdem das Lassofangen der Kälber zu Pferd, sowie das Niederringen von Ochsen, was ganze Kerle erforderte. Und dann gab es noch die einzige Disziplin der Frauen, die so schnell wie möglich um drei Fässer herumgaloppieren mussten. Sechs Kategorien, zehn verrückte Tage im Juli und hundertzwanzig Athleten, die nur ein Ziel kannten: gewinnen.

Es war eine Zeit, in der Calgary regelrecht kochte. Irgendwo mitten in diesem Tumult waren auch Matthew und Emily unterwegs. Außerdem natürlich Will als einer der zwanzig Teilnehmer seiner Rodeo-Kategorie. Jeden Abend, wenn ich nach Hause kam, glänzten Winifreds Augen vor Begeisterung. Dann berichtete sie mir alles über das Spektakel.

Außerdem waren Will und ich dazu übergegangen, täglich miteinander zu telefonieren. Das waren fast schon kleine Dates, die wir trotz unserer Arbeit teilen konnten. Jedes Mal lernte ich ihn ein bisschen mehr kennen. Und jedes Mal, wenn ich auflegte, war ich hinterher noch mehr in ihn verliebt. Seine Stimme klang ziemlich sexy. Es gefiel mir, wenn er mir romantische Dinge ins Ohr raunte und mir seine Träume verriet. Alles war so schwerelos.

Bloß in den Nächten hatte ich noch zwei weitere von diesen grässlichen Albträumen. Immer mit dieser kalten Stimme. Ganz egal, wie viel Mühe ich mir auch gab, ich konnte diese dunklen Fantasien auch dann nicht abschütteln, wenn ich bei den Cree war und mich um Enko kümmerte. Sein Schicksal ließ mich einfach nicht los.

Heute kehrte ich schon am späten Nachmittag nach Hause zurück. Ich stellte gerade die Mülltonne unter den kleinen Verschlag neben dem Fliederbusch, als ein Wagen bei Bianca vorfuhr. Erstaunlicherweise war es dasselbe Modell wie mein Auto und es hatte exakt dieselbe Farbe. Bisher hatte ich nie einen Besucher bei ihr gesehen.

Ich wischte mir eine Strähne aus der Stirn und schaute neugierig hinüber. Ob Bianca einen Freund hatte? Ich war gespannt, wie ihr möglicher Verehrer wohl aussah und ob er eine magische Aura besaß.

Die Tür des Wagens schwang auf. Ich stellte mich auf die Zehenspitzen, um besser sehen zu können. Ein heller Haarschopf tauchte auf und dann stieg Bianca selbst aus dem Auto.

Verdutzt lief ich zu ihr. „Hey, Bianca."

Als sie mich sah, lächelte sie und zeigte voller Stolz auf ihr Gefährt. „Ist der nicht super?"

„Da werde ich dir nicht widersprechen. Schließlich fahre ich genau den gleichen."

„Ich weiß", schwärmte sie.

„Aber ich dachte, dass du einen grauen Ford fährst."

Sie schnitt eine Grimasse. „Motorschaden. Mitten auf dem Highway. Ich musste mich abschleppen lassen."

„Oh, das tut mir leid." So was wünschte ich ihr wirklich nicht. Egal, ob sie nun langweilig und farblos war oder nicht.

„Und du weißt ja, wie aufgeschmissen man ohne ein Auto ist, also musste ich mir dringend ein neues besorgen. Die Reparatur hätte sich bei meinem alten nicht mehr gelohnt."

Ich nickte. „Verstehe."

„Na, und dann fiel mir ein, dass mir dein Wagen so gut gefallen hatte. Stell dir vor, ich habe genau so einen bekommen. Super, oder? Jetzt fahren wir im Partnerlook."

Ähm ... Etwas überrumpelt stieß ich die Luft aus.

Sie strahlte mich an, als erwarte sie Lob von ihrem Mathelehrer, weil sie eine Tafelaufgabe richtig gelöst hatte.

„Ich dachte schon, dass vielleicht dein Freund angefahren kommt", lenkte ich vom Thema ab.

„Nein, ich habe keinen Freund. Aber das macht nichts,

denn dafür habe ich dich als Nachbarin. Also bin ich nicht allein."

Toll.

Das war nicht ganz dasselbe. Ich lächelte möglichst unverbindlich und ging ins Haus.

Winifred strahlte mich an und wirbelte durch die Luft. „Jillie, du hättest Will vorhin sehen sollen! Er war der Beste von allen. Mit seinem Ritt hat er sich für das Finale qualifiziert."

„Ja, er hat mir schon eine SMS geschrieben, dass er es geschafft hat. Wahnsinn, oder?"

Natürlich hatte ich ihm gleich meine Glückwünsche gesendet. Obwohl ich selbst gar nicht geritten war und nicht einmal reiten konnte, fühlte ich mich stolz. Für mich bedeutete das nun, meine Koffer für Calgary zu packen. Der Moment seines Sieges auf der Rodeomeisterschaft war zum Greifen nah. Und damit auch der Moment, an dem wir uns wiedersehen würden. Das war ziemlich aufregend.

„Auf unserem Lokalsender bringen sie einen Sonderbericht über ihn", trällerte Wini. „Komm, wir schauen ihn uns an."

Ich stellte meine Arzttasche ab und nickte. „Ich rufe ihn nur schnell an, okay?"

„Grüß ihn schön", flötete sie.

Ich verzog mich in mein Schlafzimmer, warf mich auf das Bett und genoss es, die Beine ausstrecken zu können. Will fühlte sich bestimmt noch mehr erledigt. Als es in der Leitung tutete, spürte ich mein Herz rasen.

„Jill", grüßte er mich nach ungefähr achtmal klingeln etwas außer Atem. „Ich war gerade unter der Dusche und wollte dich auch gleich anrufen."

„Du bist jetzt nackt?“, hakte ich nach.

„Wärst du mal gleich von Anfang an mit nach Calgary gekommen“, zog er mich auf.

Ich grinste. Der blöde Kerl.

„Herzlichen Glückwunsch noch mal. Wini hat mir gerade erzählt, wie toll du das heute gemacht hast.“

„Ja, nun musst du dein Versprechen einlösen und herkommen.“

„Ich werde gleich schauen, dass ich einen Flug buche.“

Will lachte bloß. „Ich habe mir schon gedacht, dass du etwas spät auf die Idee kommen könntest. Deshalb habe ich dir längst Tickets reserviert.“

Lächelnd schaute ich an meine Zimmerdecke. „Du hast wohl an alles gedacht.“

„Durchdacht und eingefädelt“, bestätigte er.

Er berichtete mir von seinem Tag, der entscheidenden Qualifikation für das Finale und wie viel bei ihm los gewesen war. Pressetermine mit Interviews, Fantreffen mit Autogrammen. Er war kaum früher in seinem Hotel gewesen als ich zu Hause. Es tat gut, seine Stimme zu hören.

„Jill, die Sendung startet“, krähte meine Tante.

Will lachte, weil er sie bis durch das Telefon hören konnte.

„So gerne ich auch mit dir telefoniere, aber Winifred besteht darauf, dass ich dich jetzt im Fernseher anschaue. Ich soll dich herzlich von ihr grüßen.“

„Grüß sie lieb zurück.“

Wir verabschiedeten uns und ich setzte mich zu Wini auf das Sofa. Doch ich saß kaum ein paar Sekunden, als mein Handy erneut bimmelte. Emily war dran.

„Das *Calgary Stampede* ist so toll“, schwärmte sie statt

einer Begrüßung.

„Hallo Ems."

„Billy ist auf Siegerkurs", verkündete sie. „Das Finale wird richtig aufregend."

„Ja, ich sitze morgen im Flugzeug und schaue es mir live mit euch an. William hat mir Tickets reserviert."

„Juhu! Na endlich. Du solltest echt mal sehen, wie dein Freund von den ganzen Weibern belagert wird", bemerkte sie genervt.

Allerdings sah ich es gerade selbst, denn im Beitrag „Billy Bonnet hautnah" wurde auch Wills Popularität unter den Rodeofans näher beleuchtet und die Glückwünsche, die sie ihm für das Finale in zwei Tagen mit auf dem Weg gaben. Da waren jubelnde Leute mit Plakaten und Frauen, die sich sogar ein Kind von ihm wünschten. Eine hübsche Blondine, die in sexy Cowgirl-Sachen mit äußerst kurzen Hosen gekleidet war, lächelte ihn mit diesem Flirt in den Augen an. Ich sah sein strahlendes Lächeln im Fernseher, die Grübchen auf seinen Wangen und die blauen Augen, die direkt in die Kamera blickten, als wollte er damit in mein Wohnzimmer schauen. Mir blieb fast das Herz stehen.

Tatsächlich ließ er sich von diesem weiblichen Fan kurz umarmen. Dabei sah ich, wie sie ihm etwas ins Ohr flüsterte. Ich wollte diese anhängliche Kuh am liebsten durch den Fernseher grillen, doch das ging leider nicht.

„Da drücken sich ja lauter Weiber an ihn ran!", keuchte ich ins Telefon.

„Sag ich doch." Emily klang ganz entrüstet.

Ich hatte schon bei unserem gemeinsamen Date gemerkt, wie beliebt William war, aber sein Erfolg bei der Meisterschaft schien ihn für viele Frauen und

Sportstar-Groupies noch interessanter zu machen. Ich musste unbedingt zu diesem Finale anreisen. Das nächste Mal, wenn Will mit einer Frau gezeigt wurde, wäre ich das hoffentlich.

Ich starrte auf den Bildschirm und fühlte einen Stich in der Brust. Dabei ging Will überhaupt nicht näher auf die vielen Frauen ein. Trotzdem war es erschreckend, wie dreist sie ihn anbaggerten.

„Du bist ja eifersüchtig, Jillie", staunte meine Tante.

„Bin ich nicht. Ich bin nur ..."

Rasend eifersüchtig.

„... müde."

„So nennt man das heute?", wunderte sie sich.

„Ich gehe gleich meine Reisetasche packen."

„Gut so, lass ihn dir nicht wegnehmen", stimmte Emily zu. „Ich freue mich auf dich, Jillie. Ruf an, wenn du in Calgary landest. Wir holen dich mit dem Auto ab."

„Wenn du jetzt packst, fliegt der Flieger auch nicht eher", beschwichtigte mich Winifred. „Du guckst das jetzt mit mir zu Ende und dann weißt du wenigstens, was du alles an ihm hast. Er ist aber auch ein zu schöner Mann."

Aufmüpfig schnaubte ich. „Hast du diese dumme Blondine gesehen?"

Meine Tante schnitt eine Grimasse. „Ja, sie kann dir nicht das Wasser reichen, Jillie."

„Ich wette, sie ist nicht mal magisch."

„Nein, bestimmt nicht. Sie ist nur ein einfaches Ding", versicherte sie mir und sah mich dabei ganz mütterlich an. „Außerdem hast du ihn doch längst verzaubert."

Im Stadion war es unglaublich laut. Eineinhalb

Millionen Rodeofans aus dem ganzen Land hatten sich zur größten Rodeoshow der Welt in Calgary eingefunden. Natürlich passten sie nicht alle auf einmal in das Stadion, aber die ganze Stadt schien zur Arena geworden zu sein. Wie auch immer Calgary sonst aussah, aber jetzt gerade war es vor allem die Welthauptstadt des Rodeos.

Obwohl Emily das zweite Ticket Matthew gegeben hatte, war es für Will kein Problem gewesen, mir Zutritt zu verschaffen. Ich hatte sogar in den VIP-Bereich gedurft, wo andere Freundinnen und Ehefrauen der Reiter und prominente Persönlichkeiten mitfieberten. Aber im Augenblick stand ich mit Matthew und Emily mitten in der Menschenmenge und besah das Spektakel.

Die Sonne knallte auf das Stadion herab, denn es hing kein einziges Wölkchen am Himmel. Dafür lag der schwere Geruch von Sand, Pferden und dem Schweiß der Menge in der Luft. Außerdem roch es nach Bratwürsten und anderen Snacks, die tonnenweise verzehrt wurden. Der Wechsel von meinem beschaulichen Korbstuhl mitten hinein in das ausgebuchte Stadion war der reinste Kulturschock.

Für Matthew musste dieser Pulk die pure Hölle sein, doch er hielt sich tapfer an Emilys Seite. Nie und nimmer würde er sie in dieser Menschenmenge alleine lassen wollen.

Jetzt gerade warf sich ein Reiter von einem Pferd auf den Rücken eines Bullen und versuchte, ihn mitten in diesem sandigen Dreck niederzuringen. Mann und Tier stanken vermutlich um die Wette. Der Bulle bockte und der Reiter spannte sämtliche Muskeln an. Die Anspannung drang bis zu mir nach oben und ich biss atemlos die Zähne zusammen.

Im Kampf Mann gegen Tier zog der Sportler dieses Mal den Kürzeren. Der Bulle bockte sich frei und rannte ihm davon. Damit platzte für den Kerl der Traum vom Sieg. Ein bisschen freute ich mich für den Bullen, aber ich verkniff mir das Klatschen, weil hier alle eher für die Sportler waren.

Verflucht, ich stand völlig unter Strom und Adrenalin. Es war unmöglich, in diesem Hexenkessel nicht mitzufiebern. Dabei war das gerade nicht einmal Wills Kategorie.

„Und das macht ihr seit einer Woche?“, staunte ich kopfschüttelnd. „Ich bin jetzt schon ganz fertig.“

„Na, wir waren überall“, erklärte Emily. „Das Calgary Stampede ist eine riesige Freiluftshow. Das Planwagenrennen fand ich richtig super.“

Matthew nickte amüsiert. „Du hättest sie sehen sollen. Sie war total aus dem Häuschen, ist auf der Tribüne auf- und abgesprungen und hat sie alle angefeuert.“

„Meine Emily?“, vergewisserte ich mich.

Sie nickte begeistert. „Die Stimmung steckt so an.“

„Ich mochte das Pancake-Frühstück am ersten Tag, das gleich nach der Parade stattfand“, erklärte Matthew.

Was das anging, hatte er eben den Hunger eines Wolfs.

Der nächste Reiter stürzte sich auf einen Bullen.

„Nie und nimmer würde ich da mitmachen.“ Damit meinte ich nicht bloß das, was der Reiter absolvierte. „Die sind alle verrückt.“

„Da siehst du deinen Freund gleich mit anderen Augen, hm?“ Emily zwinkerte mir zu.

„Die Sieger der sechs Kategorien gewinnen jeweils hunderttausend Dollar Preisgeld“, wendete Matthew ein.

„Außerdem willst du an Halloween sogar gegen Werwölfe antreten."

„Das ist nicht mal annähernd dasselbe", fand ich. „Denn ich darf sie magisch verhauen. Die Reiter da unten reiten einfach nur. Ganz ohne Magie. Das ist absurd."

„Trotzdem ist ein Pferd harmloser als ein Werwolf."

„Ich kann nicht reiten", gab ich zu. „Aber beim Zaubern weiß ich, wie es geht. Außerdem verrätst du mir doch sicher noch ein paar Geheimtricks für Halloween."

Matt lachte nur und schaute dem Sportler zu, der diesmal mehr Erfolg hatte als sein Vorgänger.

„Ach, komm schon", bettelte ich. „Dann könnte ich meine Zirkelleiterin beeindrucken. Sie hilft mir auch so lieb bei den Indianern."

Er seufzte. Wenigstens war es so laut um uns herum, dass wir ungestört reden konnten. Matt sah trotzdem bei jeder Erwähnung von Magie nach links und rechts. „Du weißt doch, dass wir Wölfe gerne unsere Geheimnisse habe."

„Aber diese Alphas auf den Festen sind ganz große, starke Jungs. So wie die Anabolika-Versionen von Leistungssportlern. Und ich weiß zwar, dass du Geheimnisse magst, aber auch, dass du einen riesengroßen Beschützerinstinkt hast. Schau mich an", forderte ich ihn auf und blinzelte von unten zu ihm hoch, weil ich mit meinen einsfünfundsechzig praktisch immer nach oben blinzeln musste, wenn ich mich mit einem Mann unterhielt. „Du willst doch nicht, dass mir etwas passiert."

Matt lachte mich allen Ernstes aus.

Ich stupste Emily in die Seite. „Tu was, der ist gemein

zu mir."

Er lachte nur noch lauter. Und das, obwohl gerade einer der Reiter in der Arena Dreck zwischen die Zähne bekam, weil ihn der Bulle abgeworfen hatte. „Du kannst doch bestens auf dich aufpassen. Und die arme, wehrlose Frau kaufe ich dir sicher nicht ab. Du hast mich mal verflucht."

„Aber nur ein bisschen." Wie konnte er da so nachtragend sein?

Emily legte mir mitfühlend die Hand auf den Arm. „Natürlich hilft er dir."

Jetzt sah er sie irritiert an. „Hey."

Sie nickte entschlossen. „Klar hilfst du ihr."

Er warf nur einen leidgeprüften Blick in den Himmel. „Ihr seid doch echt wie siamesische Zwillinge."

Ich kuschelte mich an Emily, drückte meine Wange an ihre und wir blinzelten ihn beide ahnungslos an.

„Genau das meine ich", seufzte er.

„Wir schmusen doch bloß", tönten wir unisono.

Matthew schüttelte den Kopf. „Ich freue mich schon drauf, mich mit Will darüber auszutauschen, wie ihr beide aneinanderklebt."

„Wir sind eben Schwestern im Herzen", behauptete ich.

„Schwestern fürs Leben", stimmte Emily zu.

Wir sahen den Wettstreitern dabei zu, wie sie sich im Stadion schlugen. Mit jedem, der kam, hämmerte mein Herz immer wilder wie die ausschlagenden Hufe der Pferde, weil Williams Auftritt näherrückte. Der Gedanke, dass er trotz seiner Fertigkeiten vom wilden Pferd stürzen konnte, rotierte in meinem Kopf.

Dann wurde sein Ritt angesagt. Mein Magen wurde

bleischwer.

„Ich kann nicht hinsehen", quiekte ich und hielt mir die Hände vor die Augen.

„Du konntest sogar Winifreds Leichnam in den Mund fassen. Du schaffst alles", behauptete Matthew. Er meinte das sicher als Kompliment, aber das viele Adrenalin in meinem Körper ließ mich bloß noch zittern.

Wills Ritt ging los. Die Rufe der Menge kochten hoch und das Pferd stürmte tretend und buckelnd auf das Feld. Der Stadionsprecher kommentierte jede seiner Bewegungen. Will musste sich oben halten, ohne das Pferd, sich selbst oder seine Ausrüstung mit der freien Hand zu berühren.

Mir gingen tausend tödliche Bilder durch den Kopf. Was ihm alles passieren konnte ... Was, wenn er stürzte und sich das Genick brach? Die Sekunden tickten dahin. In jeder schlug das Pferd aus. Will wurde immer wieder aus dem Sattel gerissen und drückte seine Beine in die Flanken, um sich zu halten.

Mir war so schwindlig, die ganze Welt wirkte verzerrt und Williams Runde schien ewig zu dauern. Dabei waren es nur acht Sekunden. Acht endlose Sekunden, in denen sich der Kommentator in Fahrt redete. Bang heftete ich meinen Blick auf Wills weiß leuchtenden Hut. Auf dem braunen Pferd und mit der dunklen Kleidung, die er anhatte, strahlte er heraus wie ein Stern am Himmel. Ich starrte auf diesen Hut und versuchte, die Hufe auszublenden.

Dann endlich kam die erlösende Durchsage, dass er es geschafft hatte. Sein Ritt war absolviert und die Punkte wurden zusammengezählt. Egal, ob er gewann, ich war nur froh, dass ihm nichts passiert war.

Emily hüpfte begeistert an meiner Seite auf und ab und Matt schlug mir wohlwollend auf den Rücken.

Erleichtert stieß ich die Luft aus. „Hoffentlich bekomme ich später mal nur Mädchen, die bloß Ballett lernen wollen. Mein Herz ist fast stehengeblieben."

„Ach, du denkst schon an Kinder?", foppte mich Emily.

„Nennt es Milly", schlug Matt vor. „Dann reimen sich eure Namen."

„Ich bin nicht schwanger", stellte ich klar. Da hatte ich es nicht eilig. Außerdem müsste man dafür Sex haben und Will und ich hatten uns in dem Punkt bisher Zeit gelassen. Aber wenn ich sah, wie sich andere Frauen an ihn heranschmissen, sollte ich die Zügel in unserer Romantik auch mal lockerlassen.

So lange sein Ritt mir auch erschienen war, alles danach verging wie im Flug.

Am Ende kreischte Emily: „Er hat gewonnen!"

Und tatsächlich ergatterte William die Siegertrophäe in seiner Kategorie. Alles war wie ein Rausch.

KAPITEL 22

Die meisten Leute, die hier auf der After-Show-Party waren, kannte ich überhaupt nicht. Ich würde sie mal als Rodeoprominenz bezeichnen. Sie genossen viel Ansehen und untereinander schienen sich auch alle zu kennen oder zumindest schon mal gesehen zu haben.

Ich stand in meinem flammend roten Kleid, das ich schon auf dem Midsummer Eve getragen hatte, neben Will und fühlte mich etwas deplatziert. Vermutlich hätte sich Emily so ähnlich gefühlt, wenn ich sie auf den Midsummer Eve geschmuggelt hätte.

Will schien meine Befangenheit zu spüren und streichelte meine Hand. „Ich bin froh, dass du mitgekommen bist. Solche Feiern sind nicht so spannend, wie sie in der Presse immer breitgetreten werden."

Ich musste schmunzeln. „Du weißt schon, dass sich tausende Fans um so eine Gelegenheit prügeln würden."

„Ja, aber nur, weil die nicht wissen, wie langweilig das ist."

Er grinste mich an und die Grübchen, die ich so toll fand, erschienen auf seinem Gesicht. Will hatte sich selbst auch zurechtgemacht. Er trug helle Hosen, ein elegantes Hemd und dazu ein sommerliches Sakko. Seinen sonst so obligatorischen Hut hatte er weggelassen.

Ich war heute Abend seine Begleitung. Billy Bonnet plus Begleitung. Damit war nur eine Person gemeint und nicht gleich ein Stall von Freunden und Verwandten. Deshalb waren Matthew und Emily auch nicht hier, aber das störte die beiden nicht. Sie hatten noch einmal durch die Stadt bummeln wollen, bevor die ganzen Feierlichkeiten in Calgary endeten.

Auf der After-Show-Party waren auch einige Journalisten und Reporter, die morgen sicher über das Event berichten würden. Will schlenderte mit mir direkt auf einen Saskatooner Pressemann zu, der sich den Sieg des Stadthelden natürlich nicht entgehen lassen wollte. Dabei schaute Will bewusst in eine andere Richtung, aber ich wusste genau, dass er dem Pressetypen absichtlich vor die Flinte lief.

„Was machst du denn da?“, zischte ich.

„Bitte, immer lächeln“, instruierte er mich und nickte gespielt einem anderen Sportler zu.

Mein Herz hämmerte los, als ich sah, dass uns der Reporter von seinem Begleiter filmen ließ und mit dem Mikro auf uns zuhielt. Ach, du Schreck. Jetzt würde ich mit Will im Fernsehen landen.

„Billy“, juchzte der Pressemann. „Was für ein grandioser Sieg.“

Will tat so, als hätte er ihn eben erst gesehen. „Oh, vielen Dank.“

Er strahlte charmant in die Kamera. Ich hatte das Gefühl, dass mein Gesichtsausdruck dem einer verschreckten Katze glich. Mühsam zwängte ich meine Mundwinkel nach oben. Ich schielte nach links und rechts, um mich nach brauchbaren Fluchtwegen umzusehen – etwa einer Damentoilette zum angeblichen Frischmachen. Aber wenn man einmal ein Klo suchte ...

„Als Bürger Saskatoons bin ich natürlich besonders stolz darauf, dass Sie uns den Titel in die Stadt geholt haben, Billy“, lobte der Reporter. Allerdings blinzelte er auffallend oft in meine Richtung. Die Neugier darüber, wer ich wohl war, stand ihm ins Gesicht geschrieben.

„Ja, der Tag heute ist einfach perfekt gelaufen“, stimmte Will zu und zwinkerte mich nun auch noch an.

Der hatte Nerven!

Ich biss die Zähne zusammen, weil ich meine Hexenenergie bereits spürte. Sobald mein Adrenalinspiegel anstieg, waren meine Impulsmächte nie weit weg. Jetzt bloß niemanden vor lauter Panik grillen ...

„Billy, wenn ich mir ihre hübsche Begleitung so ansehe, scheint der perfekte Tag für Sie noch in vollem Gange zu sein“, probierte der Reporter sein Glück.

Will grinste nur ganz unverblümt. „Das sehe ich genauso.“

Der Mann vom Saskatooner Lokalsender bekam dieses Leuchten in den Augen, weil er eine romantische Story zur Untermalung von Williams Siegesbericht zu wittern schien. Vermutlich überschlug er schon die Einschaltquoten.

Vor meinem inneren Auge sah ich auch Winifred vor dem Fernseher mitfiebern. Sie würde sich diese

Übertragung sicher nicht entgehen lassen.

Ach, was soll's? Ein wenig erleichterte mich die Vorstellung, dass mich hunderte weibliche Fans an seiner Seite sehen und dabei vor Eifersucht platzen würden. Das war doch ganz nett. Ich schob meine Mundwinkel noch ein Stück höher.

„Billy, würden Sie uns verraten, wer ihre reizende Begleitung ist?"

„Ja, sehr gerne. Das ist die bezaubernde Jillian."

Das Wort „bezaubernd" wählte er sicher mit Absicht für eine Hexe. Aber das war Insiderhumor, der dem Presseteam entging.

Der Reporter und sein Kameramann schwenkten das Mikro und die Kamera in meine Richtung.

„Jillian, was sagen Sie zu Billys sensationellem Sieg heute? Das hat er gut gemacht, oder?"

Selbstbewusst hakte ich mich bei William ein, damit die Weiber vor ihren Flimmerkisten noch eifersüchtiger werden könnten.

„Unbedingt. Billy ..." Seinen Spitznamen verwendete ich sonst nie, aber für all seine Fans war er nun einmal Billy. „... hat das heute toll gemacht und ich bin richtig stolz auf ihn."

Na, bitte. War doch gar nicht so schwer.

Der Reporter suchte offensichtlich noch mehr Funken für seine Story, denn er hielt William das Mikrofon unter die Nase und wurde ganz direkt: „Billy, was sich bestimmt alle weiblichen Fans fragen, die das hier anschauen: In welcher Beziehung stehen Sie denn eigentlich zu Jillian? Sind Sie ein Paar? Bisher hielten wir Sie ja für einen Single."

Bumm, bumm.

Ich war gespannt, was Will darauf antworten würde. So mitten in die Kamera vor einem riesengroßen Publikum. Würde er weiter zu mir stehen?

„Ja, man kann absolut sagen, dass Jill die Frau meines Herzens ist."

Peng.

Er hatte diesen unglaublichen Satz einfach herausgehauen und lächelte mich nun mit einem Blick an, den ich eindeutig als verliebt bezeichnen würde. Er ließ seine Gefühle einfach zu. Offen und vor aller Welt. Meine Knie verwandelten sich in irgendeine undefinierbare Weichmasse und ich klammerte mich fester an ihn, um nicht zu schwanken.

Am liebsten wäre ich jetzt mit Will allein gewesen, um ihm zu zeigen, wie nah ich ihm sein wollte, aber dieses Mikro hing immer noch zwischen unseren Nasen.

„Wow, was für eine Enthüllung", freute sich der Reporter.

„Danke für das Interview", beendete Will das Gespräch. „Aber ich würde Jill jetzt gerne auf die Tanzfläche entführen."

Er wartete die Antwort gar nicht erst ab, sondern nickte nur höflich und zog mich auch schon mit sich davon. Sicher lief die Kamera immer noch, doch nun fing sie uns bloß noch von hinten ein.

Wir erreichten das Tanzparkett und er schloss mich in seine Arme. Glücklich sank ich gegen ihn und ließ mich von ihm führen. Das war sonst nicht unbedingt mein Ding, aber seltsamerweise gelang es mir, mich bei Will fallenzulassen.

„Das hast du mit Absicht gemacht", murmelte ich.

„Emily hat mir erzählt, dass du mich mit ein paar

weiblichen Fans im Fernsehen gesehen hast. Ich wollte da bloß mal was geradestellen."

„Ich glaube, du hast damit ganz viele Herzen gebrochen."

„Solange ich deines erobert habe, ist mir alles recht." Er sah mich aus seinen unglaublich blauen Augen an. „Du weißt doch, dass ich dich liebe. Das Leben, das ich gerade habe, gehört ganz dir."

Es war das erste Mal, dass ich das Gefühl hatte, ein einziges Leben wäre nicht genug. Aber es würde reichen müssen.

„Wie lange bleibt man denn üblicherweise auf so einer Party?"

Er runzelte die Stirn. „So lange man eben will."

„Und wenn ich lieber woanders mit dir wäre?"

Sein Blick wurde verhangen. „Dann brauchst du es mir nur zu sagen."

Ich streichelte seine Wange, versank in seinen Augen und nickte ihm zu. Das Lächeln auf seinem Gesicht war unbezahlbar. Er nahm meine Hand und führte mich nach draußen, wo er uns ein Taxi heranwinkte.

Es brachte uns durch das vor Lichtern in der Nacht glänzende Calgary und setzte uns vor Wills Hotel ab.

„Stimmt so", sagte er und drückte dem Fahrer ein paar Scheine in die Hand.

Mein Herz schlug Purzelbäume, als Will meine Hand nahm und wir durch die marmorierte Lobby zu den Fahrstühlen schritten. Nervös klammerte ich mich an seiner Hand fest.

Wir waren nur noch Momente von seinem Hotelzimmer entfernt. Momente, bis wir ungestört wären. Diesmal würde ich ihn nicht nur küssen. Und diesmal wollte ich auch kein Plüscheinhorn von ihm.

Als wir vor seiner Zimmertür ankamen, funktionierte die verflixte Zimmerkarte allerdings nicht.

„Die ganze Woche klappt es und jetzt spielst du verrückt?“, redete er mit dem Ding. „Das kannst du knicken.“

Er schob sie ein paar Mal rein und raus und rüttelte an der Tür. Nach einem halben Dutzend Fehlversuchen klappte es endlich. Will drehte sich zu mir um und grinste mich an. „Wie bei der Schießbude. Gleich beim ersten Versuch.“

Zuvorkommend hielt er mir die Tür auf.

Ich schüttelte bloß den Kopf, lief in das Zimmer und sagte über die Schulter: „Wie schlecht du zählen kannst.“

Hinter mir wollte er auf den Lichtschalter drücken, doch ich stoppte seine Hand mit meiner. Das Lichtermeer der Stadt sah so hübsch aus, dass ich hier drin keine Lampe brauchte.

„Lass es aus“, bat ich ihn.

„Ich wollte nur mit meinem Zimmer angeben.“

Damit brachte er mich zum Schmunzeln. Ich drehte mich zu ihm um und strich durch sein Haar. „Weißt du denn nicht, dass du gar nicht anzugeben brauchst?“

„Hm“, machte er mit heiserer Stimme und schaute auf mich herunter. Seine Hände wanderten durch mein Haar.

„Immerhin hast du heute gewonnen. Ich glaube, das war beeindruckend.“

„Du glaubst?“

„Ich habe kaum hinsehen können“, gestand ich. „Ich hatte Angst, dass du dir alle Knochen brichst.“

Er hielt mich ganz nah bei sich und lächelte mich an.

„Alles noch heile."

Ich schluckte und starrte ihm auf die Lippen. Sein blauer Blick brachte etwas in mir zum Schmelzen. Mein Herz raste los. Plötzlich war mir so schwindlig wie beim Finale.

Seine Fingerkuppe strich gedankenverloren über meine Lippen. Die Berührung kitzelte auf meiner Haut und trieb mir sehnsüchtige Schauder durch den Körper.

„Ich liebe dich, Jill. Und ich will dich."

Er senkte seinen Mund auf meinen und küsste mich. Ich wollte ihn spüren und ihn spüren lassen, dass ich ihn brauchte. Ich wollte fühlen, dass wir zusammen waren.

Also vertiefte ich den Kuss und strich an seinem Rücken entlang. Langsam schob er mich auf sein Bett zu.

Dann grinste er. „Irgendwie denke ich immer, dass du mir gleich wieder eine klebst."

Mit einem verführerischen Lächeln blickte ich zu ihm auf. „Ich glaube, ich mache lieber etwas anderes."

Langsam schob ich die Träger meines Kleides über die Schultern und streifte es über meine Brüste bis zum Bauch herunter. Weil es zum Teil rückenfrei war, trug ich keinen BH darunter und stand nun halb nackt vor ihm. Mit einem verführerischen Lächeln strich ich meine Haare nach hinten, damit er alles gut sehen konnte.

„Oh Billy", seufzte ich. „Ich will ein Autogramm von dir."

Genau mit so einer Situation hatte ich ihn mal aufgezogen. Sein Blick sprach Bände. Er drückte mich auf das Bett herunter, beugte sich über mich und wanderte mit seinen Lippen zu meinen Brüsten. Dann leckte er mit seiner Zunge über meine Haut, so als würde er mir ein Autogramm geben. Als er bei der linken Brust ankam, saugte er meine Brustwarze in seinen Mund und massierte die andere mit seiner Hand.

Stöhnend krallte ich meine Finger in sein Haar. „Machst du das immer so?“

„Nur bei dir“, raunte er und zog mir das Kleid vom Körper. „Das war das Siegerautogramm für meine scharfe Freundin.“

Er legte seine Hände an meine Hüften und zog mir auch den Slip aus, bis ich bloß noch meine roten Spangenschuhe trug. Dann kniete er sich vor das Bett und tauchte mit seinem Mund zwischen meine Schenkel. Ich lag offen vor ihm, während er noch alles anhatte und mich verwöhnte.

Keine Ahnung, ob er das in seinen früheren Leben gelernt hatte, aber er war verdammt gut darin. Ich warf meinen Kopf nach hinten, grub die Finger in das Bettlaken und genoss seine Hingabe.

Ich hörte, wie seine Gürtelschnalle klapperte, und wusste, auch ohne hinzusehen, dass er seine Hose auszog. Er vertiefte seinen sinnlichen Kuss und machte mich bereit für den Sex mit ihm. Dann hielt er inne. Ich hörte das Knistern von Folie und wusste, dass er ein Kondom herausgeholt hatte.

Atemlos stützte ich mich auf meinen Ellbogen ab und konnte nicht widerstehen, ihn ein bisschen zu ärgern.

„Ist das auch noch nicht abgelaufen?“, zog ich ihn auf.

Seine Augenbraue wölbte sich, während er das Folienpäckchen aufriss. „Also, denkst du, dass ich nie eine Frau herumbekomme?“

Mein Puls rauschte mir in den Ohren. „Doch. Ehrlich gesagt glaube ich, dass du viel zu viele Frauen haben kannst.“

Er rollte das Gummi auf seinem harten Penis ab und suchte meinen Blick. „Viel zu viele?"

„Du bist Billy Bonnet, der Rodeoheld. Ich wette, jede Hausfrau bekommt ein feuchtes Höschen, wenn sie an dich denkt."

Will lachte kurz auf. „Du redest so einen Blödsinn, Jillian. Seit ich dich kenne, hatte ich mit keiner anderen Frau mehr was." Er schob sich zwischen meine Beine und rieb seinen Schwanz an mir. Er fühlte sich fabelhaft an. Ein zufriedenes Stöhnen drang über seine Lippen. „Du glaubst nicht, wie oft ich es mir selbst besorgt habe, während ich an dich dachte."

Himmel, sein Geständnis machte mich an. Nach ein paar Sekunden war unser Geplänkel vergessen und wir beide waren gefangen in unserer Lust. Will spreizte meine Beine noch weiter und massierte meine Perle. Stöhnend gab ich mich ihm hin. Ich war vielleicht noch ein paar Sekunden von meinem Höhepunkt entfernt, als er in mich eindrang.

Das Gefühl, ihn so nah zu spüren, raubte mir fast den Verstand. Ich hatte schon Sex gehabt, aber das hier war anders. Will war anders. Er stieß ganz tief in mich und wir hielten beide die Luft an, als wären wir erstarrt. Wenn ich die Zeit einfrieren könnte, dann würde ich es genau jetzt tun.

Wir blickten uns in die Augen und ich sah all seine Liebe darin. Mein Herz zog sich zusammen und ich spürte eine Träne in meinem Augenwinkel. Niemals zuvor hatte ich beim Sex geweint.

„Du überwältigst mich", wisperte ich.

Er küsste mir die Träne von der Wange und bewegte sich ganz langsam auf mir. Ich schlang meine Beine und

Arme um ihn und Will liebte mich sanft und zärtlich. Nach der Art, wie unser Sex begonnen hatte, hätte ich niemals damit gerechnet. Aber es war kein Sex mehr. Es war irgendwie zu viel mehr als das geworden. Es kam mir vor, als würden wir uns für immer miteinander verbinden.

„Du bist mein Schicksal", flüsterte er und küsste mich.

Wir versanken in diesem Kuss. Sekunden wurden zu Minuten. Minuten zu einer Ewigkeit. In seinen Armen lernte mein Herz fliegen. Und als wir kamen, taten wir es gleichzeitig.

KAPITEL 23

Will blieb noch zwei Tage länger in Calgary, weil er als Sieger etliche Pressetermine wahrnehmen und auch mit dem Veranstalter ein paar Dinge abwickeln musste. Da wäre zum Beispiel die Sache mit dem tollen Preisgeld.

Deshalb war ich schon vor ihm zurückgeflogen und bereits wieder zu Hause. Den Vormittag hatte ich bei den Cree verbracht und den Nachmittag zum Basteln von neuen Schutzobelisken für meinen Onlineshop genutzt. Ich war so beschwingt und voller positiver Energie, die einfach aus mir herausfließen wollte. Brutus hatte mir beim Zaubern geholfen. Alles war wunderbar.

Ich hätte die ganze Welt knutschen können, also stellte ich mich einem weiteren romantischen Thema. Wenn es mal lief, dann lief es, oder nicht?

Weil Matthew nicht so gerne flog, hatten er und Emily ihren Wagen genommen. Sie befanden sich gerade irgendwo auf halber Strecke von Calgary nach Saskatoon, als ich mit Emily telefonierte: „Hast du schon über meinen Vorschlag zu einem Date mit Elaine und

Reuben nachgedacht? Ihm läuft ein bisschen die Zeit davon."

Emily stöhnte, weil sie den Vampir am liebsten verdrängt hätte. Aber die Meisterschaft war vorbei und damit auch die Frist, die sie sich als Bedenkzeit ausgebeten hatte. Ich wollte Reuben nicht länger zappeln lassen, denn in seinem Zustand musste ihm jeder Tag, den er ohne eine Braut verbrachte, wie eine Ewigkeit vorkommen.

„Ich finde, dass Elaine das selbst entscheiden dürfen sollte ...", tastete ich mich an das Thema heran.

Sie stöhnte erneut. „Du weißt doch genau, dass du Elaine nicht sagen kannst, dass Reuben ein Vampir ist, bevor sie fest mit ihm zusammen ist."

„Schon ...", gab ich zu.

„Dann weiß sie doch gar nicht, worauf sie sich bei ihm einlässt."

„Aber sie könnte feststellen, ob sie ihn als Mann mag."

Emily stieß ein weiteres Seufzen aus. „Versprich mir, dass sie, wenn er ihr nicht gefällt, aus der Sache raus kann und er sie nicht zwingt."

Ich nickte hoffnungsvoll. „Klar."

Das würde ich ihm zur Bedingung machen. Vorher durfte er sie gar nicht erst treffen.

„Meinetwegen", gab sie sich geschlagen. „Aber wehe, der Kerl ist nicht toll."

„Ich dachte, es wäre dir lieber, wenn er ihr nicht gefällt."

„Ah, Jillie, du bringst mich echt immer in Hexes Küche."

„Ich liebe dich."

„Stell sicher, dass sie ihn ablehnen kann", verlangte

sie.

„Ja-ha“, trällerte ich.

Ich grinste und schaute von dem Schutzobelisken auf, den ich gerade angefertigt hatte. Brutus saß derweil quakend auf meiner Tastatur. Das war neben dem Tümpel sein zweitliebster Platz. Ich musste ihm immer ein Textprogramm aufmachen und er hüpfte dann über die Tasten und glotzte aus seinen süßen Froschaugen den Buchstabensalat auf dem Bildschirm an.

Das machte ihm so großen Spaß, dass er dabei lauthals quakte. An einer Schreibblockade litt er jedenfalls nicht. Allerdings war sein Froschkauderwelsch kaum zu gebrauchen. Bis auf das Wort „quak“ tippte er nicht viel richtig. Manchmal tauchte schon „Jil“ auf. Ein L mehr und wir wären im Geschäft.

Nachdem Emily aufgelegt hatte, versuchte ich, ihm ein bisschen das Schreiben zu erklären. Vermutlich war das sinnlos, aber es machte mir sehr viel Spaß, Zeit mit meinem Hexentier zu verbringen. Er war mein magischer Vertrauter und manchmal kam es mir vor, als würde das magische Band zwischen uns wachsen.

Es schien, als würde ich immer neue Tore in magische Welten aufstoßen. Der Schamanismus der Cree. Brutus, mein Familiar. Selbst die Liebe zu Will war irgendwie magisch.

Ich lag im Bett und freute mich über die gelungenen Artefakte, die ich heute angefertigt hatte. Es hatte gut getan, einmal etwas Zeit für mich zu nutzen und mich näher mit meinem Hexenfrosch zu befassen. Wir waren ein gutes Team. Das Ergebnis unserer gemeinsamen Zauberei hatte ich abfotografiert und die Bilder der

Obelisken in meinem Webshop hochgeladen.

Den Hinweis auf Urlaub hatte ich bei der Gelegenheit auch noch entfernt. Mein Leben hatte sich so weit eingependelt, dass ich zumindest stundenweise meiner selbständigen Tätigkeit weiter nachgehen wollte. Mein Leben war wieder im Lot.

Auch Winifred hatte die neuen Artefakte aus Bergkristallen, Rosen- und Rauchquarzen, sowie Amethysten bewundert. Jedes stand für eine besondere Wirkung: Klarheit, Liebe, Schutz der Lebenskraft und inneren Frieden.

Die Talismane waren bei meinen Kunden sehr beliebt. Doch selbst mit Brutus' Hilfe hatte es mich einige Kraft gekostet, so viele von ihnen herzustellen. Es waren immerhin zehn Stück geworden.

Müde, aber glücklich, lag ich nun in meinem Bett und schaute zur Decke hoch. Der abnehmende Mond schien in mein Zimmer und warf zarte Schatten in den Raum. Die Nacht war mild und mein Fenster stand offen. Die blassen Vorhänge wehten sanft im Luftzug.

Ich seufzte und drehte mich auf die Seite. Dabei landete ich mit der Nase an meinem Kissen und schon war er wieder da: dieser feinherbe Duft von Wills Aftershave. Ich lag genau dort, wo er gelegen hatte. Die Bilder unserer gemeinsamen Nacht geisterten durch meinen Kopf. Ich vermisste ihn schon jetzt.

Glücklich schloss ich die Augen. Trotzdem wälzte ich mich eine Weile hin und her, bis ich endlich Schlaf fand.

Mondlicht schimmerte auf mein Bettlaken. Ich spürte den Wind auf meiner Haut, der die Düfte der Nacht zu mir hereintrug: Blüten aus meinem Garten und die Gräser der Prärie. Das Geräusch der wehenden

Vorhänge mischte sich mit dem Rauschen von Blättern und dem Zirpen der Zikaden.

Rascheln.

Da war ein Rascheln im Raum.

Ich war nicht mehr allein.

Rauch verwirbelte in der Luft, strömte hinein, formte sich neu, nahm die Gestalt eines Geistes an. Ein grauer Geist. Dunkel und hell zugleich. Er war ganz unwirklich und dabei viel zu echt.

Sein Blick traf mich wie glühende Kohlen, loderte in der Dunkelheit. Alles war so schwarz und mir wurde kalt. Er schwebte zu mir heran. Schwebte über meinem schlafenden Körper. Ein Blick voller Hass.

Er streckte seine bleiche Hand nach mir aus. Sie hing über meinem Gesicht, meinem Hals, meiner Kehle.

Plötzlich packte er zu und drückte mir gewaltsam die Luft ab. Ich wollte schreien, doch er presste seine andere Hand auf meinen Mund. Der Schrei erstickte in meinem Hals. Ich erstickte!

Panisch schlug ich um mich. Strampelte die Decke vom Bett. Krallte meine Hände in seinen Körper aus Rauch.

Er kniete auf meinem Brustkorb, quetschte meinen Kopf ins Kissen und würgte mich immer weiter. Ich bekam keine Luft. Meine Augen brannten. Die Adern in meinem Kopf fühlten sich an, als würden sie gleich platzen. Alles tat weh. Ich zitterte und schwitzte. Meine Lungen schrien nach Luft. Ich konnte keinen klaren Gedanken mehr fassen.

„Miststück“, zischte er. „Du hast alles kaputtgemacht. Wegen dir bin ich tot.“

Er würgte noch fester. Seine Konturen

verschwammen vor meinem Gesicht, alles wurde dunkel. Abrupt ließ er meinen Hals los, packte mich bei den Schultern und schüttelte mich wie ein Besessener.

Meine Kiefer schlugen aufeinander und ich schmeckte Blut in meinem Mund. Luft. Endlich konnte ich atmen, doch jeder Atemzug tat weh und brannte in mir. Er leckte meine Wange ab. Seine Zunge war so grässlich und kalt wie ein Grab.

„Du bist tot", flüsterte er.

Er schmiss mich zurück auf das Bett. Ich röchelte und versuchte, meine Magie zu bündeln, um ihn von mir zu schleudern. Abwehrend riss ich die Hände hoch, als ein Quaken durch den Raum drang.

Ich fasste nur noch ins Leere.

Entsetzt fuhr ich hoch und tastete meinen Hals ab. Mir war furchtbar kalt.

Quak.

Ich schluckte zitternd und meine Kehle tat mir weh. Schnell schaltete ich das Licht ein. Mein Zimmer war ganz leer. Niemand war hier. Da waren keine Hände mehr.

Quak.

Brutus hüpfte durch das gekippte Fenster auf meinen Nachttisch und von dort weiter in meinen Schoß. Sein kleiner, kalter Körper platschte in meine Hand und fühlte sich vom Tümpelwasser ganz nass an. Ich drückte ihn mir an die Brust und überschüttete ihn mit Küssen, weil er mich aus diesem Albtraum aufgeweckt hatte. So, als hätte er gespürt, dass ich ihn brauchte.

„Ich hatte einen schrecklichen Traum", klagte ich.

Mein Hals fühlte sich ganz eng an. Ich war so müde und es ging mir elend. Es herrschte tiefste Nacht.

Eigentlich hätte ich weiterschlafen sollen, doch ich traute mich nicht, meine Augen wieder zu schließen. Ich schmeckte noch immer das Blut in meinem Mund.

KAPITEL 24

Als die Sonne endlich aufging, war ich so erleichtert, dass diese grässliche Nacht vorbei war. Ich hatte bloß zwei Stunden geschlafen und fühlte mich völlig gerädert. Aber als ich vor meinem Spiegel stand, konnte ich nichts von einem Angriff sehen. Es gab keine Blutergüsse an meinem Hals oder an den Schultern. Nein, ich hatte einfach den grässlichsten Albtraum aller Zeiten gehabt. Er hatte sich verteufelt echt angefühlt und ich hatte mir im Schlaf auf die Zunge gebissen.

Auf einmal gellte ein Schrei meiner Tante durch das Haus und ich stürzte auf nackten Sohlen zu ihr nach draußen. Bevor ich sie erreichte, trat ich in etwas Scharfes und schrie auf. Verflucht, tat das weh. Ich hielt mir den Fuß fest und stand humpelnd im Gang zu meinem Arbeitsbereich.

Der Boden war mit Splittern übersät. Sie schimmerten rosa, lila und klar wie Glas. Da lagen Kristalle. Zerborstene Kristalle.

„Alles ist kaputt", jammerte Winifred.

„Hast du deshalb geschrien?“, vergewisserte ich mich.

Sie nickte.

Weil niemand tot war, ließ ich mich auf einen Stuhl fallen und untersuchte den Schnitt an meinem Fuß. Ein spitzes Bruchstück von einem Rosenquarz steckte in der Wunde. Behutsam zog ich es heraus.

An all den Scherben auf dem Boden und auch an dem kleinen Splitter in meiner Hand glommen Reste von Magie. Zerstörter Magie.

„Wieso sind deine Obelisken kaputt?“, wollte Winifred wissen.

„Keine Ahnung.“

Meine wunderschönen Obelisken ... All die Mühe, die ich mir mit ihnen gegeben hatte. Sie waren keinen Tag alt geworden. Die Erinnerung an den Todesgeist stahl sich in meinen Kopf. Aber das war doch nur ein Albtraum gewesen, oder? Ich hatte weder blaue Flecken noch andere Anzeichen eines Kampfes davongetragen. Trotzdem fröstelte ich bei dem Gedanken und starrte auf den Scherbenhaufen.

Eins nach dem anderen. Erstmal musste ich den Schnitt an meinem Fuß versorgen, der immer noch blutete. Ich holte mir Heilsalbe, säuberte die Wunde, was unangenehm brannte, und strich dann die Creme darauf. Gleichzeitig ließ ich meine Energie hineinfließen. Der Schnitt schloss sich und als ich mit meinem Zauber fertig war, schimmerte neue Haut an meiner Fußsohle. Es blieb nur ein blassrosa Streifen zurück.

Ich zog mir Schuhe an und holte einen Besen. Dann fegte ich die ganzen Splitter zusammen, kehrte sie auf eine kleine Schaufel und schüttete sie in einen Eimer. Ich hatte noch keine Idee, was ich mit den kaputten

Kristallen anfangen sollte, aber zum Wegwerfen waren sie mir zu schade.

Als der Boden freigelegt war, ging ich zu meinem Schreibtisch, auf dem ich die zehn Obelisken angeordnet hatte. Neun waren zerstört worden. Bloß einer lag noch unversehrt auf meinem Tisch: der Rauchquarz.

Ich runzelte die Stirn. Wieso hätte jemand alle Steine zerstören und ausgerechnet diesen verschonen sollen? In mir machte sich ein mulmiges Gefühl breit.

Das Klappern von Tasten riss mich aus meinen Grübeleien. Brutus war auf die Tastatur gesprungen und patschte nun sorgsam mit seinen knubbeligen Froschfingern darauf herum. Das Textprogramm vom Vortag war noch geöffnet und leuchtete als weißer Kasten auf meinem Bildschirm auf. Unter dem Buchstabensalat vom Vortag hinterließ Brutus eine neue Zeile. Und dieses Mal, konnte ich erkennen, was er schrieb: „Er war das.“

Ich schluckte und ein Schaudern rann über meinen ganzen Körper. „Wer? Der Geist?“

Brutus quakte. Einmal quaken hieß „ja“.

„Dann war das gar kein Traum?“, krächzte ich. „ Er wollte mich töten?“

Er quakte erneut.

„Jemand wollte dich töten?“, kreischte Winifred und klang völlig hysterisch. „Wer? Wann?“

Ich sank auf meinen Schreibtischstuhl, weil meine Knie mich plötzlich nicht mehr trugen, und schlug mir die Hände vor das Gesicht. Mein Herz bockte und raste los wie ein Rodeopferd. Ich hatte einen Mordversuch überlebt. Dass er echt gewesen war, machte es tausendmal schlimmer als der Gedanke, es nur geträumt zu haben. So ein Traum war bereits schlimm, aber Albträume passierten nun einmal. Aber dass mich in Wirklichkeit jemand so sehr hasste ... Noch dazu ein Geist.

Immerhin war ich ein Medium und eigentlich mochten mich Geister. Mir fiel nur einer ein, der mir etwas nachtragen könnte.

Ich berichtete Winifred, was geschehen war. Sie wurde leichenblass.

„Ich habe überhaupt nichts mitbekommen", stammelte sie. „Ich war oben auf dem Dachboden und habe ..." Sie schniefte und sah mich schuldbewusst an. „Ich habe Hausgeist gespielt, während er dich töten wollte."

Am liebsten hätte ich sie gedrückt, um sie zu trösten. „Das war nicht deine Schuld."

„Aber wenn er ein Geist war, wieso konnte er dich dann anfassen?"

Ich schüttelte den Kopf. „Das hat er gar nicht. Ich habe geschlafen, als er hier war und mich angriff. Er ist über den Traum in mein Bewusstsein eingedrungen. Vermutlich stand er dabei in einer Ecke des Raumes und hat mir zugesehen, wie ich mich winde. Er hat versucht, mich im Traum zu töten."

„Geht das denn?" Winifred sah mich entsetzt an.

„Ich will es nicht herausfinden. Es hat sich zumindest verdammt echt angefühlt." Erschöpft starrte ich auf meine Finger, die ineinander verflochten waren. „Ja, ich glaube, er könnte."

Bewusstsein und Unterbewusstsein waren stark genug miteinander verknüpft. Falls dieser Geist mich im Traum tötete, dann starb ich vermutlich auch im echten Leben. Ich war ein Medium für Geister, doch ich war nicht darauf vorbereitet, mich im Schlaf zu verteidigen. So etwas zu erlernen würde mich Zeit kosten, die ich nicht hatte.

„Aber die Kristalle sind doch wirklich kaputt", überlegte Winifred. „All diese Scherben. Ich meine, deine Steine haben doch nicht geschlafen und wurden, während sie träumten, zerschmettert."

„Er wird sie mit Magie zerschossen haben."

„Welcher Geist kann denn zaubern?", stöhnte sie.

„Höchst wahrscheinlich einer, der es schon zu Lebzeiten konnte."

Besonders viel Erfahrung mit Geistern, die vor ihrem Tod Magiebegabte gewesen waren, hatte ich nicht. Dazu gab es zu wenige von uns Andersartigen und es entstanden eh kaum mal Geister nach jemandes Tod. Die Chance, dass es da einen von uns traf, war verschwindend gering. Und noch geringer wurde die Wahrscheinlichkeit, dass ich ausgerechnet so einem Geist auch noch begegnete. Es war ja nicht so, als würde ich jeden Geist Saskatoons kennen.

„Die Frage ist", flüsterte ich und nahm den einzigen Obelisken, der den Angriff überstanden hatte, in meine Hand, „weshalb er diesen nicht auch zerstört hat."

Er hatte nur drumherum gewütet. Und Wut war der richtige Begriff. Dies hier war etwas Persönliches. Seine kaltblütigen Worte gingen mir nicht aus dem Sinn: *„Du hast alles kaputtgemacht. Wegen dir bin ich tot. Du bist tot."*

„Er wird wiederkommen", prophezeite ich. „Er wird erst aufhören, wenn er mich umgebracht hat."

„Jill, was können wir bloß tun?" Winifred schaute mich ganz verzweifelt an.

Ich umklammerte den Rauchquarz und steckte ihn ein. „Da werde ich Hilfe brauchen."

„Von wem? Von Matthew und Emily?"

Ich schüttelte den Kopf. „Nein, sie sind noch mit dem Auto unterwegs. Außerdem können sie keine Geister sehen. Sie könnten mir nicht einmal helfen, wenn sie bei mir wären und es erneut passieren würde."

„Aber ich kann dir helfen", beschloss Winifred. „Ich bin ein Geist und ich kann andere Geister sehen."

„Du kannst aber nicht gerade kämpfen. Und du besitzt auch keine magischen Kräfte. Tante, ich glaube, er könnte auch dich als Geist töten."

Und wenn ihre Seele sterben würde, bedeutete dies auch kein Leben danach im Jenseits mehr.

„Aber ich bin doch schon tot", wendete sie ein.

„Das macht dich nicht sicher vor ihm. Er ist genau dort, wo du auch bist, und kann dir damit etwas tun. Sicher würde er das auch. Nein, das ist zu riskant." Ich schluckte und starrte auf das Telefon. „Ich brauche Wills Hilfe."

Immerhin sah er Geister und besaß seine eigene Zauberkraft. Außerdem würde er keine Angst vor einem Geist haben. Wer so lebensmüde war, sich auf wilde Pferde zu schwingen, hatte starke Nerven. Obendrein war er mein Freund und wollte sein Leben mit mir verbringen. Ich war mir sicher, dass er wissen wollte, was hier los war.

Winifred nickte. „Ja, ruf ihn an."

Allerdings gab es bei der Sache einen Haken. Seufzend tippte ich auf meinen Kalender. „Er kommt aber erst morgen zurück."

„Bestimmt kann er einen früheren Flug nehmen,

oder?“ Sie starrte mich ganz bang an. „Jemand will dich umbringen, Jillie. Da wird er nicht Däumchen drehen.“

Meine Hände zitterten noch immer und ich bekam Beklemmungen, wenn ich nur an die vergangene Nacht dachte. Jemand hatte versucht, mich zu erwürgen. Jemand wollte meinen Tod.

Ich wählte Wills Nummer und schluckte hart.

Er klang so fröhlich, als er an das Telefon ging. „Hey, Sonnenschein, gut geschlafen?“

Ich stieß die Luft aus und schüttelte den Kopf. „Nein, gar nicht. Es ist etwas passiert. Kannst du vielleicht früher zurückkommen?“

Ich hoffte es inständig, denn wenn ich vor Übermüdung so geschwächt war, konnte ich mich nur schlecht gegen diesen Geist behaupten.

William wirkte sofort alarmiert. „Jill, was ist los?“

„Ich habe Angst“, gab ich zu.

„Erzähl ihm von dem Mordversuch!“, quäkte Winifred.

Ich gab ihr wedelnde Handsignale, damit sie den Mund hielt.

Aber Will hatte die schonungslose Wahrheit bereits durch das Telefon gekräht bekommen. Ich hätte das auch noch gesagt, allerdings hatte ich etwas feinfühliger vorgehen wollen. Wie schrecklich musste er sich wohl jetzt so weit von mir entfernt fühlen, wenn ich Hilfe brauchte und er nicht da war.

„Mordversuch?“, keuchte er.

„Ja, ich brauche dich hier ...“ Verdammt, meine Stimme zitterte. Vor Müdigkeit war mir ganz schlecht. Ich rieb mit der Hand über meine verschwitzte Stirn und seufzte. „In der Nacht war ein Geist in meinem Haus und hat mich angegriffen, Will.“

Ich umklammerte das Telefon und benetzte meine Lippen. Mein Mund fühlte sich ganz trocken an und meine Nerven lagen völlig blank.

„Ich nehme den nächsten Flieger, der von hier geht", versprach er. „Und wenn ich jemandem das Ticket abkaufen muss."

Vor Erleichterung hätte ich fast losgeheult. Die Kombination aus Schlafmangel und Mordversuch zerrieb meine Nerven.

„Danke."

Ich machte mir gleich mehrere Espresso, von denen ich zwar noch zittriger wurde, aber die mich wenigstens wachhalten würden. Selbst wenn Will den frühesten Flug nahm, den er bekommen konnte, würde er noch mehrere Stunden brauchen.

Ich musste schleunigst herausfinden, wer mein Angreifer gewesen sein könnte. Unter Umständen half mir dieses Wissen dabei, mich gegen ihn zu wehren. Mein Blick fiel zurück auf den einzigen Obelisken, den er heile gelassen hatte.

„Ich brauche mehr Rauchquarze", erklärte ich Winifred und Brutus. „Ich weiß nicht wieso, aber dieser Geist hat nur den Rauchquarz verschont. So als könnte seine Magie dem Kristall nichts anhaben. Möglicherweise sind Rauchquarze die einzige Waffe, die ich gegen ihn in der Hand habe."

Deshalb orderte ich eine größere Expresslieferung von den Steinen. Morgen würden sie eintreffen. Dann konnte ich sie mit Schutzzaubern belegen.

„Fällt dir denn jemand ein, der mit Rauchquarzen ein Problem hat?", grübelte Winifred.

„Nein, leider nicht." Frustriert trat ich gegen das

Tischbein. „Aber das heißt nicht, dass es das nicht gibt. In der magischen Welt hat jeder seine kleinen Geheimnisse."

Entschlossen griff ich nach meiner Medizintasche.

„Willst du etwa weg?" Winifred wirkte äußerst besorgt. „Das halte ich für keine gute Idee."

„Ich will zu den Cree und werde den Häuptling und auch Enko danach fragen, ob sie etwas über Geister und Rauchquarze wissen. Keine Sorge, ich komme bald wieder. Ich möchte auch nicht, dass du in meinem Haus gefangen bist, wenn ich nicht da bin, um auf dich aufzupassen."

Mit diesen Worten lief ich durch die Haustür und rannte beinahe in Bianca, die mit meiner Trittleiter in der Hand soeben nach dem Löwenkopfklopfer greifen wollte.

„Oh, nichts passiert", quiekte sie und machte einen erschrockenen Schritt nach hinten. „Die wollte ich dir bloß wiederbringen."

Irritiert schaute ich sie an. Statt ihrer üblichen mausgrauen Kleidung trug sie Riemchenpumps, eine lila Strumpfhose und ein moosgrünes Kleid mit Efeuranken. Ich wollte wirklich nicht zu viel in ihr äußeres Erscheinungsbild hineininterpretieren, aber sie war fast exakt so gekleidet, wie ich es bei unserem letzten Zusammentreffen gewesen war.

Sollte das etwa schon wieder ein dummer Zufall sein?

Sie bemerkte meinen verblüfften Blick und lächelte mich an. „Hübsch, oder?"

Ich räusperte mich und tauchte aus meiner Starre auf. „Ähm ... ja. Ich habe so was Ähnliches."

„Ich weiß." Bianca strahlte mich an. „Das hat mir an

dir so gut gefallen, dass ich mir auch so etwas besorgt habe."

Kurzentschlossen stellte sie die Leiter an meine Hauswand und vollführte eine Drehung um die eigene Achse, damit ich sie bewundern konnte.

Sprachlos starrte ich sie an. Ihre Aura war so fade wie immer, doch es hatte den Anschein, dass Bianca versuchte, mit meiner Vorlage ihr Mauerblümchendasein zu beenden.

„Toll, ja. Sehr frisch", stammelte ich.

Sie klatschte juchzend, wünschte mir einen schönen Tag und lief vergnügt zurück zu ihrem Haus. Diese Frau war doch irgendwie komplett bescheuert. Und so sehr ich mir auch vorgenommen hatte, sie aus nachbarlichen Gründen nett zu finden, hatte ich meine liebe Not damit.

Ich beobachtete sie dabei, wie sie polternd wie ein Wiesel die Außentreppe zu ihrem oberen Balkon erklomm und im Dachgeschoss verschwand. Aber es war einerlei. Ich hatte anderes zu tun, als mich mit dieser verschrobenen Hexe zu befassen. Schnell brachte ich die Trittleiter in die Abstellkammer und verschwand ein zweites Mal durch die Tür, um meinen geplanten Besuch bei den Cree anzutreten.

Gerade, als ich in mein Auto steigen wollte, polterte Bianca mit einem Rasenmäher in der Hand ihre Außentreppe wieder herunter. Wieso um Himmels willen bewahrte sie ein Gartengerät auf ihrem Dachboden auf? Das war doch total unpraktisch.

„Ähm, du hast auch einen Schuppen hinter deinem Haus", erinnerte ich sie, als sie in Hörweite kam, obwohl sie den eigentlich nicht übersehen haben konnte.

„Was?" Völlig aus dem Konzept gerissen, schaute sie zu

mir auf. „Oh, nein, nein. Ein Schuppen ist nicht sicher. Die Leute klauen wie verrückt. Ich bewahre alles im Haus auf.“

Sie nickte entschlossen, steckte das Stromkabel ein und begann, ihren Rasen zu mähen. Der Motor knatterte so laut, dass eine weitere Unterhaltung unmöglich war. Ich war viel zu übermüdet für solchen Lärm, also floh ich in meinem Auto zu den Indianern.

„Hm“, brummte Ahtahkakoop nachdenklich, nachdem ich ihm von dem Geisterangriff berichtet hatte.

Wir standen zusammen mit Enko draußen bei dem Steinkreis der Schamanen. Der kleine Junge hatte meine Hand genommen, um mir Kraft zu spenden. Anscheinend kannten Indianer auch keine Furcht. Die waren alle so tapfer.

„Es ist nicht gut, den Ärger der Geister auf sich zu ziehen“, äußerte der Häuptling.

Ich nickte, weil ich ihm in dem Punkt vollkommen zustimmte. „Ich habe überlegt, welchen Geist ich eigentlich so wütend gemacht haben könnte.“

„Und?“ Interessiert blickte er mich an.

Ich hatte noch nie gesehen, dass er mal die Fassung verlor. Er blieb stets besonnen und klar. Ahtahkakoop war ein Mann, der keinen Bergkristall brauchte. Ich hatte mir meinen eigenen an einer Kette um den Hals gebunden, doch viel klarer sah ich die ganze Sache bisher leider immer noch nicht. Mir fehlten zu viele Puzzleteile, um das ganze Bild zu erkennen.

Zögernd nagte ich an meiner Unterlippe. „Könnte es vielleicht der Geist des toten Schamanen sein, der so wütend ist?“

Es war der einzige Verdacht, den ich hatte. All diese Albträume, die eingesetzt hatten, als die Sache mit dem Seelenanker ins Rollen gekommen war.

Aber Ahtahkakoop und Enko schüttelten beide gleichzeitig die Köpfe.

„Du suchst einen Geist, der noch da ist", erklärte der Häuptling. „Keinen, der schon fort ist"

„Die Seele meines Vaters ist nicht mehr hier", ergänzte Enko. „Das wüsste ich."

„Außerdem hätte Eluwilussit sich niemals so verhalten." Ahtahkakoop schaute mich mit entschlossenem Blick an.

Ich nickte. „Es tut mir leid, dass ich überhaupt danach gefragt habe. Irgendwie kann ich nicht mehr klar denken. Dieser Angriff war furchtbar ..."

Enko streichelte meine Hand und sah mich mitfühlend an. Im Grunde war ich erleichtert, dass sein Vater keinen solchen Groll gegen mich hegte. Wie hätte ich überhaupt gegen Enkos Vater kämpfen sollen? Ich liebte den Jungen doch.

Allerdings fing ich jetzt wieder bei null an.

„Was waren seine genauen Worte?", wollte Ahtahkakoop noch einmal wissen.

Mir wurde ganz kalt, als ich das grimmige Versprechen meines Angreifers wiederholte: *„Du hast alles kaputtgemacht. Wegen dir bin ich tot. Du bist tot.*"

Dass er mich zudem als „Miststück" betitelt hatte, ließ ich aus. Es besaß keinen inhaltlichen Mehrwert und obwohl ich Enko mit einem Mordversuch konfrontiert hatte, ersparte ich seinen Kinderohren lieber das Schimpfwort. Dabei machte es den Kohl eigentlich auch nicht mehr fett.

„Du hast bei uns nichts kaputtgemacht“, erklärte Enko sogleich. „Wenn überhaupt hat deine Tante uns beklaut.“

„Aber irgendetwas hast du getan, was seinen Tod verursacht hat.“ Ahtahkakoop musterte mich aus großen, dunklen Augen, die wohl versuchten, mein Innerstes zu ergründen.

Ratlos zuckte ich die Schultern. „Ja, aber was? Ich habe nicht die geringste Ahnung.“

„Kann es mit dem Rauchquarz zusammenhängen?“, schlug er vor.

Ich blies die Luft aus den Backen. „Weiß ich nicht. Mir fällt dazu nichts ein.“

„Hast du denn viele Rauchquarze?“, wollte Enko wissen und spielte mit dem Bergkristallanhänger, den er von mir hatte.

„Nicht so viele, nein. Aber ab und zu. Ich betreibe einen Onlineshop, in dem ich Kristalle, Salben und Tinkturen verkaufe. Hin und wieder mache ich Hausbesuche und führe auch Geistsitzungen mit Verstorbenen durch. Manchmal kaufen Kunden dann direkt bei mir Kristalle.“

„Wofür steht so ein Rauchquarz denn?“, bohrte Enko weiter.

„Für Lebenskraft. Ich belege ihn gerne mit Schutzzaubern.“

„Dann schützt er das Leben“, schlussfolgerte er.

Ich nickte. „Deswegen macht es auch keinen Sinn, dass jemand, der etwas mit einem Rauchquarz zu tun hat, meinen Tod will.“

„Vielleicht hast du ihm einen Stein gemacht, der ihn schützen sollte. Vielleicht hat das nicht funktioniert. Nun ist er tot und macht dich dafür verantwortlich.“

Ahtahkakoops Vorschlag klang für mich sehr weit hergeholt.

Welcher Kunde, der einen Schutzkristall kaufte, brachte den Hersteller um, wenn der Stein nicht funktionierte? Die meisten Leute glaubten gar nicht stark genug an Magie, um mit ihrem Leben darauf zu setzen, dass ein Rauchquarz sie beschützte. Es verlangte doch auch niemand sein Geld für einen Aventurin zurück, bloß weil er nicht in der Lotterie gewann, obwohl er diesen Stein bei sich trug.

„Ist euch bekannt, welche Geister Probleme mit Rauchquarzen haben könnten? Denn selbst wenn der Schutz nicht funktioniert hätte, warum hat er den Stein nicht wie alle anderen Kristalle zerstört?“

Ahtahkakoop und Enko schauten mich beide ratlos an. Die Mythologie der Indianer half mir bei meinem Problem also nicht weiter. Bisher hatte ich lediglich meinen einzigen Verdächtigen ausschließen können. Wenn ich in diesem Tempo weiterrecherchierte, wäre ich in Kürze tot.

„Du kannst draußen in meinem Wigwam schlafen, wenn du Angst davor hast, nach Hause zurückzukehren“, bot Ahtahkakoop an.

Dankbar lächelte ich ihn an, doch ich schüttelte den Kopf. „Nein, ich will euch nicht weiter in die Sache verwickeln.“

Keiner der Cree sollte durch diesen Geist verletzt werden. Wenn es stimmte, was dieser zu mir gesagt hatte, dann war das eine Sache zwischen ihm und mir. Irgendwie hatte ich seinen Tod verursacht und nun wollte er meinen herbeiführen. Es ging ihm um Rache und zwar Auge um Auge.

Ein weiterer Grund, nicht im Wigwam zu schlafen, war Winifred. Ich wollte sie diesem Geist nicht schutzlos ausliefern, denn sie könnte ihm nicht entkommen. Falls er mich aufsuchen wollte, aber bloß meine Tante fände, würde er seinen Zorn über meine Feigheit sicher an ihr auslassen.

Außerdem vertrieb mich niemand aus meinem eigenen Haus. Der Geist war zwar im Vorteil, weil er alles über mich zu wissen schien, während ich hingegen bis gestern Nacht noch nicht einmal von seiner Existenz gewusst hatte. Doch nun hatte er seinen Überraschungseffekt verspielt. Ich würde nicht kampflos untergehen.

„Ist es okay, wenn ich mich die nächsten Tage auf diese Sache konzentriere?“, bat ich den Häuptling.

Ahtahkakoop nickte wohlwollend. „Ja. Komm einfach wieder, sobald du kannst. Wir laufen schon nicht weg.“

„Warte“, sagte Enko. „Ich will dir noch etwas geben.“

Dafür fuhren wir zurück zu seiner Hütte am plätschernden Bach. Ich hatte keine Ahnung, was er für mich haben könnte. Immerhin war er noch kein voll ausgebildeter Schamane. Dabei hätte ich gerne ein paar Schutztotems angenommen.

Während Enko in der Hütte verschwand, sah mich der Häuptling prüfend an. „Hast du jemanden, der dir hilft?“

Ich nickte. „Inzwischen habe ich einen Freund, der schon auf dem Weg zu mir ist. Außerdem werde ich auch mal bei meinem Hexenzirkel nachfragen, ob sie mir helfen können.“

Allerdings hatte Jasema ihr ganzes Wissen über Geister von mir. Ihr Zirkel bestand aus gerade mal einem Dutzend Hexen. Ich war das einzige Medium darin. Trotzdem könnte mir unsere vereinte Magie helfen, sobald ich mir einen Plan gegen den Geist überlegt hatte.

Enko trat aus der Tür und hielt mir ein Stück Kreide entgegen. Sie war mit verklebten Federn umwickelt.

„Was ist das?“, wunderte ich mich.

„Geisterkreide.“ Er sah mich hoffnungsvoll an und legte sie mir in die Hand. „Aber sie ist fast alle. Papa hat sie gemacht.“

Gerührt starrte ich auf die gefiederte Kreide, auch wenn ich keine Ahnung hatte, was ich damit machen sollte.

Ahtahkakoop sagte: „Geister schweben gerne, aber wenn sie in einen Bereich fliegen, der mit dieser Kreide markiert ist, können sie nicht mehr davonfliegen.“ Er tippte auf eine der verkleisterten Federn. „So wie ein Vogel mit geteerten Federn nicht mehr fliegen kann.“

Ich machte große Augen. Das war ja ganz böses Ch'i. Zumindest für einen Geist. „Danke.“

„Du musst darauf achten, dass die Fläche, die du markierst, vollständig geschlossen ist“, instruierte mich der Häuptling. „Die Linie, die du ziehst, darf nicht unterbrochen sein.“

Ich nickte. Damit könnte ich ihm eine Falle stellen. Aber es war wirklich nicht mehr viel Kreide da. Ich müsste den Geist in einen ganz bestimmten Bereich locken. Das könnte schwierig sein, doch es war ein Anfang.

„Bist du sicher, dass du mir das geben möchtest, Enko? Immerhin ist es von deinem Vater.“

Er nickte. „Ich will nicht, dass du auch noch verschwindest“, sagte er nur.

Gerührt drückte ich ihn. „Ich werde wiederkommen.“

KAPITEL 25

Solange Will noch nicht bei mir war, traute ich mich nicht zu schlafen, obwohl ich hundemüde war. Der Geist war für seinen Angriff über mein Unterbewusstsein eingedrungen. Dazu besaß er nur einen Zugang, wenn ich auch wirklich schlief. Also musste ich wach bleiben. Es war erst Nachmittag, doch mir fielen fast die Augen zu.

Meine Rauchquarze würden zwar erst morgen eintreffen, aber ich führte diverse Schutzkristalle bei mir: unter anderem einen großen Achat, der mich vor schlechten Träumen bewahren sollte, und einen Bergkristall, der mir Klarheit bei meinen Handlungen schenkte.

Jenen Rauchquarz, der nicht vernichtet worden war, trug ich am Gürtel bei mir, um ihn jederzeit zücken zu können. Er stand für den Schutz meines Lebens. Mein Bett hatte ich außerdem mit einem Ritualzauber belegt, der böse Geister abschirmen sollte.

Die Zauberei hatte mich gleichzeitig wachgehalten und

weiter erschöpft. Aber ich brauchte nur mal für fünf Sekunden die Augen zu schließen und schon kehrte jener Moment, in dem dieser Geist mir die Luft abgedrückt hatte, in mein Bewusstsein zurück, als würde es gerade passieren.

Ja, ich hatte Angst vor dem nächsten Schlaf. Ich wusste nicht, über welche magischen Möglichkeiten dieser unbekannte Angreifer verfügte. Mir ging die Frage nicht aus dem Kopf, wieso der Geist die Macht besessen hatte, alle anderen Steine zu zerstören, aber jenen Rauchquarz nicht.

Um wach zu bleiben, wollte ich mir einen Film einlegen. Ich suchte das DVD-Regal ab. Mein Blick blieb bei „Denn sie wissen nicht, was sie tun" hängen. Ich zog die Hülle heraus, hielt sie einfach nur in den Händen und starrte das Titelbild an. Darauf war James Dean in einem weißen Shirt und einer roten Jacke zu sehen, wie er sich über ein Gatter lehnte. Bis auf die Kleidung aus den fünfziger Jahren war es fast, als würde ich Will betrachten.

Bitte, komm endlich zu mir.

Ich schaute den James-Dean-Film, bis mir die Augen immer wieder zufielen. Zwei lange Stunden, in denen ich Angst hatte, vor lauter Müdigkeit einzuschlafen. Was, wenn Will bloß fünf Minuten zu spät käme und er nur noch meine Leiche fände? Was, wenn der Geist genau jetzt kam?

Es hämmerte an die Tür. Halb ohnmächtig schleppte ich mich hin und machte auf. William zu sehen, war der schönste Anblick überhaupt. Schluchzend fiel ich ihm um den Hals und er drückte mich so fest, als würde er mich in sich einschließen wollen.

„Gott sei Dank, du lebst“, murmelte er und ließ mich nicht mehr los. „Dieser blöde Flieger hatte Verspätung.“

Er hob mich einfach hoch und trug mich nach drinnen.

„Ich bin so müde“, flüsterte ich.

„Jetzt bin ich ja da, Jillian. Du kannst endlich schlafen. Und morgen sehen wir zu, dass wir alles mobilisieren, um diesen Geist zu zerstören.“ Er war so sauer und so stark.

Winifred war über die Maßen erleichtert, ihn zu sehen. „Du lieber Junge, du darfst sie nie mehr alleine lassen. Versprich es mir. Sie liebt dich doch.“ Mit ihrem Geisterfinger deutete sie auf das Standbild des Fernsehers, wo ich den Film angehalten hatte. James Dean war in einer Großaufnahme eingefroren.

Er nickte. „Keine Sorge, ich bleibe.“

Will trug mich in mein Schlafzimmer und legte mich auf das Bett.

„Kannst du bitte nachschauen, ob sich jemand unter dem Bett versteckt“, bat ich ihn.

Natürlich war das töricht, aber ich konnte gerade einfach nicht anders.

Will war so lieb und schaute tatsächlich nach. Er guckte sogar im Schrank und hinter den Gardinen nach. Es nutzte nichts, Fenster und Türen gegen einen Geist zu verrammeln, also fing er gar nicht erst damit an, Bretter davorzunageln.

Ich konnte kaum noch die Augen offenhalten und schaute unter schweren Lidern zu ihm hoch. Er zog sich die Schuhe aus, legte sich zu mir ins Bett und ich kroch in seine starken Arme, sog seinen Duft ein und konnte endlich schlafen.

Als ich erwachte, schien die Sonne ins Zimmer. Der nächste Morgen war längst vorbei. Es musste später Nachmittag sein.

Quak.

„Ja, Kumpel, ich glaube, sie wird wach“, hörte ich Will sagen.

Quak.

Ich blinzelte gegen das grelle Licht an und sah mich Auge in Auge mit meinem Frosch. Als er bemerkte, dass ich die Augen öffnete, blähte er die Backen auf und hüpfte auf dem Laken auf und ab.

„Wie geht es dir?“, fragte mich Will.

Ich stöhnte erleichtert auf und räkelte mich ausgiebig. „Es hat so gut getan zu schlafen“, seufzte ich.

Meine Fingerspitzen berührten das Kopfteil, ein Fuß stieß an den Bettpfosten und einer landete an Williams Wade. Ich streckte mich so kräftig durch, wie ich nur konnte. Auch wenn ich noch nicht wieder völlig fit war, fühlte ich mich trotzdem wie neu geboren.

Und das Beste war, dass ich die Nacht überlebt hatte. Dass ich mich getraut hatte, zu schlafen, ohne Angst zu verspüren. Weil Will bei mir gewesen war.

Ich blinzelte zu ihm auf und seine blauen Augen schwebten über mir. Sein Blick brannte sich in meinen.

Quak.

Er schloss kurz die Augen und schüttelte ganz leicht den Kopf. „Dein Frosch hat jede Stunde vorbeigeschaut.“

Ich lächelte gerührt, nahm den Kleinen auf die Hand und gab ihm einen Kuss. Brutus quakte zufrieden.

Will hingegen wirkte leicht genervt von dieser Fürsorge. Sein Blick heftete sich auf meinen Frosch. „Siehst du, es geht ihr gut. Könntest du uns jetzt mal eine

Weile alleine lassen, Kumpel? Ich brauche etwas Zeit mit Jillian.“

Brutus plusterte die Backen auf.

„Keine Sorge, ich passe auf sie auf“, versicherte Will.

„Ist schon okay“, beruhigte ich meinen amphibischen Zauberlehrling.

Er sprang von meiner Hand und hüpfte durch die Tür.

„Will …“, stammelte ich.

Weiter kam ich nicht, weil er mich packte und meine Lippen mit einem gefühlvollen Kuss versiegelte. Ich lag halb unter ihm und genoss seine Nähe. Nach einer Weile löste er den Kuss und lehnte seine Stirn gegen meine.

„Ich bin so glücklich, dass du lebst“, flüsterte er. „Ich liebe dich, Jill, und dein Anruf hat mich fast wahnsinnig gemacht. Nicht schneller zu dir zu können, war entsetzlich.“

Begierig zog ich seinen Körper auf meinen, weil ich ihn unbedingt spüren musste. Ich wollte fühlen, dass ich noch lebte und dass wir zusammen waren.

Will stöhnte auf und schlang seine Arme um mich. Wir versanken in einem Kuss. Er neckte mich mit der Zunge und ich zerrte ihm das Shirt vom Leib. Er zog es sich über den Kopf und pfefferte es in eine Ecke.

Ich hielt ihn mit meinen flachen Händen davon ab, sich wieder auf mich zu legen, weil ich ihn betrachten wollte. Will war so wunderschön. All diese Sehnen und Muskeln, die gebräunte Haut von der vielen Arbeit im Freien. Nein, er war keine Rothaut, aber er war auch kein Bleichgesicht.

Seine Aura pulsierte kraftvoll in ihm. So viele Schichten aus Auren vereinten sich darin und so viele Leben. Doch in diesem Leben hier und jetzt waren wir uns begegnet.

Ich schaute ihm tief in die Augen. In diesem Blau würde ich immer wieder aufs Neue versinken.

„Ich brauche dich", wisperte ich.

Tausend Gefühle standen in seinem Gesicht. Vor allem Sehnsucht und ganz viel Liebe. Dieses Mal hielt ich ihn nicht davon ab, sich wieder auf mich zu legen.

Er küsste mich hingebungsvoll, strich mit seinem Mund über meine Lippen, mein Gesicht, meine Augenlider. Langsam zog er mich aus. Bis unsere ganzen Kleidungsstücke wild verstreut am Boden lagen. Er liebkoste mich mit seinen Blicken, seinen Händen und seinen Küssen.

Sein Körper brannte auf meiner Haut. Ich klammerte mich an ihn und rieb mich an ihm. All das Adrenalin der letzten Tage, all das Glück, weil er mich wollte, weil ich noch lebte und mit ihm zusammen sein konnte, putschten mich auf. Ich konnte keine Sekunde mehr ohne ihn sein.

Als ich mich an ihm aufspießen wollte, stöhnte er frustriert und rutschte ein Stück von mir ab. „Ich Idiot habe das Kondom in der Hosentasche."

Und die Hose lag drei Meter weit vom Bett weg. Er hatte sie vor meinen Schrank geschmissen.

Schneller als mein Frosch sprang Will aus dem Bett, kramte das Gummi aus seiner Geldbörse und war sofort wieder an meiner Seite. Mit fahrigen Bewegungen riss er das Folienpäckchen auf und schützte sich. Dann legte er sich zwischen meine Beine und ließ mich seine Härte spüren. Ich krallte ihm meine Nägel in die Haut, verschränkte meine Beine über seinem Hintern und zog ihn auf mich. Er drang tief in mich ein und wir stöhnten beide auf.

Ich biss mir auf die Lippe und schloss die Augen. Der Mann war so viel besser, wenn er nackt war. Wir fanden unseren Rhythmus und er weckte sämtliche müden Lebensgeister in mir. Verflucht aber auch, ich wollte noch ganz lange leben, um noch tausendmal mit ihm zu schlafen.

William bewegte seine Hüften, arbeitete zwischen meinen Schenkeln, keuchte und hielt mich ganz fest. So fest, dass er mich fast zerdrückte. Doch noch immer nicht fest genug. Ich wollte ihn so dringend spüren, dass ich mich an ihn klammerte, bis er sich kaum noch bewegen konnte. Bis seine Stöße zu einem Schaukeln wurden.

Dabei spreizte ich meine Schenkel so weit für ihn, dass es schon fast wehtat.

„Himmel, Jillian“, keuchte er.

Seine Hand wanderte zwischen unseren Körpern hinab. Er benetzte seinen Finger mit der Feuchtigkeit zwischen uns und massierte meine Klitoris, bis ich laut stöhnte.

„Lockere deine Beine etwas“, verlangte er und ich gab ihn wieder frei.

Er rieb mich, stieß in mich und befriedigte mich so gründlich, dass ich das Haus zusammenschrie, bis ich kaum mehr atmen konnte.

Will nahm seine Hand weg, stützte sich ab und bewegte sich schnell und heftig, bis auch er kam und auf mir zusammenbrach. Ich spürte jede Welle seines Höhepunktes.

Wir hatten das beide gebraucht.

Ich schlang meine Arme um seinen Nacken und atmete

seinen Duft ein. Er roch nach diesem tollen Aftershave, nach dem auch mein Kissen all die Tage, seit er hier gewesen war, gerochen hatte. Aber der Duft jetzt war so viel besser und intensiver. Ich hatte Will zurück.

Er presste seine Lippen auf meinen Mund und küsste mich so sanft und zärtlich, dass mein Herz Feuer fing.

„Okay, was unternehmen wir wegen des Geists?“, fragte er mich, als wir in Unterwäsche in meinem Wohnzimmer saßen. Der Sex hatte uns hungrig gemacht und ich hatte schnell etwas Gulasch in der Mikrowelle aufgetaut.

Er schaufelte sich mit großen Happen das Essen in den Mund. Anscheinend schmeckte ihm mein Kesselgulasch. Allerdings war die Situation zu ernst, um mich jetzt darüber zu freuen, dass er meine Kochkünste schätzte. Von Winifred und Brutus fehlte bisher jede Spur. Vermutlich war selbst meine dauerblasse Tante vor Scham knallrot angelaufen, als wir im Bett losgelegt hatten. So zu zweit war es allerdings auch sehr gemütlich.

Ich schnitt William eine Scheibe Brot ab und reichte sie ihm.

„Danke.“ Sein Lächeln ließ meine Haut prickeln. „Ich will nicht bloß warten, dass er hierherkommt, während wir dabei für ihn wie auf dem Präsentierteller hocken.“

In allen Einzelheiten berichtete ich ihm von meinen Schutzmaßnahmen. Morgen würde ich ihm einen eigenen Rauchquarz überreichen können. Meiner lag griffbereit neben mir. Doch obwohl ich so viel wie möglich unternommen hatte, um mich gegen den nächsten Angriff zu rüsten, hätte ich gerne noch mehr

Geschütze aufgefahren.

„Gibt es noch stärkere Hexenzauber?“, wollte er wissen. „Ich meine, hast du all deine dir zur Verfügung stehenden Kräfte bereits eingesetzt?“

Ich schluckte und schüttelte mit einem unwohlen Gefühl den Kopf. „Nein, nicht alle.“

Gespannt schaute er mich an. „Was denn nicht?“

„Oh Gott, hier ist jemand!“, unterbrach uns Winifreds Kreischen im Garten.

Ich schnappte mir meinen Rauchquarzobelisken und stürmte zu ihr nach draußen, um sie gegen diesen Todesgeist zu verteidigen. Doch kaum sprang ich mit einem langen Satz auf die Terrasse, stieß ich fast mit Reuben zusammen.

Als er mich mit dem gezückten Obelisken sah, riss er abwehrend den Arm vor sein Gesicht und manifestierte sich fünf Meter weit von mir weg. Wills Arm griff ins Leere, als er gerade nach ihm packen und ihn in die Mangel nehmen wollte.

„Es ist nur Reuben“, beruhigte ich alle. An William gewandt erklärte ich: „Der Vampir, der mich zu seiner Braut machen will.“

Reuben starrte uns aus schmalen Augen an. „Wieso seid ihr beide überhaupt halb nackt?“

„Weil wir nicht ganz ohne Klamotten im Wohnzimmer essen wollten“, fuhr ich ihn an. Das Adrenalin rauschte mir noch in den Adern und ich war entsprechend gereizt.

„Ist das dein sogenannter heißer, fester Freund, von dem du auf dem Fest erzählt hast?“, bohrte Reuben nach, ohne sich von meinem Temperament beeindruckt zu zeigen.

„Ja, allerdings“, stimmte ich zu. „Ich habe dir von

Anfang an erklärt, dass ich dich nicht will, Reuben."

„Aber dass du mich deswegen gleich umbringen willst ...", beschwerte er sich.

„Niemand will dich umbringen." Genervt verdrehte ich die Augen. Er musste nun wirklich nicht theatralisch werden, bloß weil ich ihn angerempelt hatte.

„Was soll dann dieser Rauchquarzpflock?"

Verwundert schüttelte ich den Kopf. „Das ist doch kein Pflock. Das ist ein Obelisk."

Dieser Vampir hatte doch Sargdeckel auf den Augen. Ich hielt den Stein so, dass er ihn besser sehen konnte.

Reuben blickte mich an, als würde ich ihm einen Löffel voll Spucke als Heiltrank verkaufen wollen. „Das wäre aber der dickste Zufall auf Erden, wenn du ausgerechnet einen pflockförmigen Rauchquarz gegen einen Vampir einsetzt."

Dann dämmerte mir langsam, was los war.

„Oh, nein", stöhnte ich. „Die ganze Zeit habe ich falsch herum gedacht."

Alle starrten mich fragend an.

„Ich hatte überlegt, dass einer meiner Kunden Probleme mit seinem Schutzkristall gehabt haben könnte." Dabei fuchtelte ich mit dem Artefakt in meiner Hand herum, dass es Reuben regelrecht den Angstschweiß auf die Stirn trieb. „Dabei hat der Schutzkristall gar nicht versagt. Er hat sogar sehr gut geholfen."

Auch Will begann, ein Licht aufzugehen. Dass er dafür etwas länger brauchte, war kein Wunder, weil er keinen Bergkristall am Körper trug. „Du hattest einen Kunden, der sich fürchtet. Er kauft einen Kristall bei dir. Einen, der ihn schützen soll, weil er vor jemandem Angst hatte."

„Und das zu Recht“, warf ich ein.

„Es kommt zu einem Angriff und der Kristall schützt den Kunden.“

„Gegen einen Vampir?“, hauchte Winifred. „Der Geist, der dich töten will, ist ein Vampir?“ Ihre letzten Worte waren sehr schrill.

Reuben starrte mich ungläubig an. „Dich will jemand töten?“

Ich stieß die Luft aus und erzählte alles von vorne.

„Du hast alles kaputtgemacht“, zitierte ich den Geist. „Damit meinte er meine Magie.“

„Und deine Magie am Kristall hat ihn auch zu dir geführt“, folgerte Will. „Jeder Zaubernde hinterlässt seine eigene Signatur. Er hat dich gejagt und gefunden.“

„*Wegen dir bin ich tot.* Gegen welchen Vampir auch immer sich dein Kunde verteidigt hat, er starb durch deinen Kristall“, beschied Reuben.

„Der Zauber zum Schutz der Lebenskraft, der auf dem Rauchquarzartefakt lag, hat den Kunden umso leichter und stärker beschützt, wenn er von einem Vampir attackiert wurde, weil Vampire dieses Problem mit Rauchquarzen haben“, erkannte ich.

„Ein Problem ist gut“, schnaubte Reuben.

„Aber warum helfen ausgerechnet diese Schattensteine gegen Schattenwesen wie Vampire?“

„Gerade deswegen“, erklärte unser Vampirfachmann in der Runde. „Gleiches mit Gleichem. Sie sind uns so ähnlich, dass sie es mit uns aufnehmen und uns verletzen können. Das bleibt aber unter uns.“

„Wieso weißt du so was eigentlich nicht, Jillie?“, wunderte sich Winifred. „Das mit den Vampiren und diesen bestimmten Kristallen?“

„Weil niemand von denen mit einem Schild um den Hals herumläuft, auf dem er herausposaunt, dass er anfällig gegen Rauchquarze ist.“

„So was behalten wir wirklich lieber für uns“, stimmte Reuben zu. „Die Sache mit der Knoblauchvergiftung vor einigen Festen verdeutlicht auch, wieso.“ Er wandte sich an mich. „Liebling, wenn du ein Probl…“

Weiter kam er nicht, weil William ihn anpfiff: „Du wirst sie nicht Liebling nennen, kapiert? Jill gehört zu mir.“

Reuben wurde noch blasser, als er es ohnehin schon war. „Dann seid ihr jetzt so richtig verbunden?“

„Ja“, erklärten wir unisono. Ich lächelte William an.

„Ich habe ihr schon einen Diamanten geschenkt“, setzte er einen obendrauf. „Wir heiraten noch diesen Monat.“

Was?

„Juhu“, rief Wini.

Quak.

„Oh, nein“, klagte Reuben und sah furchtbar enttäuscht aus. „Aber Jill, du hast doch erzählt, dass du schon eine neue Frau für mich gefunden hast. Bitte, stell sie mir vor, auch wenn ich dich nicht mehr damit erpressen kann, dich sonst an mich zu binden.“

Ich versuchte, mal zu überhören, wie seltsam sich das anhörte.

„Welche andere Frau?“ William hatte erneute Schwierigkeiten damit, in meiner turbulenten Welt auf dem Laufenden zu bleiben.

„Elaine“, verriet ich ihm.

Will machte große Augen, weil er Elaine schließlich kannte. Damals, bevor wir uns auf der Farm von Emilys

Bruder über den Weg gelaufen waren, hatte er auch Elaine kennengelernt. Sie hatte ihn heftig angeflirtet und wenn man ihren Worten Glauben schenken durfte, hatte er ihr Interesse bis zu genau jenem Moment erwidert, in dem er mich sah.

„Elaine", ließ sich Reuben den Namen auf der Zunge zergehen. „Bitte, Jill, ich weiß, du hast gerade Probleme, aber der Midsummer Eve liegt drei Wochen zurück. Ich habe nur noch eine Woche übrig, bis ich meine Braut gefunden haben muss. Wenn ich dann keine nehme, bleibe ich für die Ewigkeit allein."

Ich stöhnte genervt, aber ich mochte Reuben. Ich wollte nicht, dass er einsam und mit einem kalten Herzen endete. Außerdem hatte mir sein Hinweis mit dem Rauchquarz und den Vampiren wahrscheinlich entscheidend weitergeholfen.

„Also schön", stimmte ich zu. „Ich mache ein paar Fotos von dir und schicke sie weiter. Wenn sie dich sehen will, bekommst du deine Chance. Aber versprich mir, dass du sie nicht gegen ihren Willen zu deiner Braut machst, sonst schwöre ich dir bei allem, was mir heilig ist, dass ich dich persönlich pfählen komme."

„Und vorher hext sie dir noch einen Genitalpilz an", ergänzte Winifred die Drohung.

Mühsam verkniff ich mir ein Grinsen. Im Angesicht des Todes war selbst Genitalpilz nur ein kleines Übel. Doch sie hatte recht, dass ich es ab und zu Leuten, die es natürlich wirklich verdient hatten, angehext hatte. Was sollte ich dazu sagen? Wenn etwas eben funktionierte ...

Reuben nickte und war zu allem bereit.

„Na schön", seufzte ich. „Dann hole ich schnell mein Handy und danach erzählst du mir, was du sagen wolltest, bevor du für dein ‚Liebling' unterbrochen wurdest."

Ich marschierte zurück ins Haus, schnappte mir mein Telefon und zückte dann für Reuben die eingebaute Kamera. Er war ein wahrhaft fotogener Mann. Nicht, dass er das bei seiner Schönheit gebraucht hätte. Für die letzten Schnappschüsse warf er sogar noch seinen Charismazauber an. Das fand ich in Ordnung. Als Vampir benutzte er das schließlich andauernd. Es war also nichts, womit er Elaine an der Nase herumführte, weil sie es später nicht mehr zu sehen bekäme. Seine Betörungsmagie war einfach ein Teil seiner Natur.

Ich wollte das Handy schon wegstecken, als er um eine Videobotschaft für Elaine bat.

„Aber nicht länger als eine Minute, Romeo. Mich will immer noch jemand abmurksen, während du in aller Seelenruhe mit dem Handy flirtest."

Er nickte und sah direkt in die Kamera. Seine Stimme hatte dieses sexy Gänsehauttimbre, bei dem Elaine bestimmt schmelzen würde wie ein Eiswürfel in kochendem Wasser: „Hallo Elaine, ich bin Reuben. Ich weiß, dass eine Videobotschaft von einem Fremden etwas unkonventionell ist, aber ich habe nur Tolles von dir gehört und bin schon jetzt völlig fasziniert von dir. Ich will dich kennenlernen. Ich suche von ganzem Herzen eine Frau, die ich auf Händen tragen kann. Ich bin treu, ehrlich und zu allem bereit. Sag mir wo und wann und ich werde da sein." Er schraubte die Wattzahl seines perfekten Lächelns noch eine Stufe höher. Reubens Stimme war die pure Verführung. Seine Magie war echt nicht zu unterschätzen. „Gib uns eine Chance. Bis hoffentlich bald."

Ich stoppte das Band und schüttelte bloß den Kopf. „Man könnte meinen, du machst das öfter."

„Man könnte eher meinen, dass du verzweifelt bist", spielte Will es herunter.

„Hey, ihr zwei. Es ist doch schon klar, wer von euch beiden dieses Mädchen ..." Dabei zeigte ich auf mich. „... bekommen hat. Also bitte keine Rivalitäten."

Ich schickte die Bilder und die Videobotschaft an Emily. Immerhin bestand sie darauf, alles abzusegnen, was zwischen dem Vampir und ihrer Schwester lief. Da sollte man meinen, dass man im einundzwanzigsten Jahrhundert lebte, und dann gängelte einen doch die Verwandtschaft beim Verkuppeln. Amors Pfeil-und-Bogen-Job wollte ich jedenfalls nicht geschenkt haben.

Zumindest ging ich davon aus, dass Emily meine Nachricht an Elaine weiterleiten würde. Es war gar nicht so verkehrt, wenn Emily ihren möglichen Schwager mal zu Gesicht bekam, damit sie merkte, dass er nicht der Teufel in Person war, bloß weil er gerne Rotes trank.

„So, was wolltest du mir vorhin sagen?", hakte ich bei Reuben nach.

„Na ja, im Grunde nur das Offensichtliche. Wenn du ein Problem mit einem Vampir hast, kann ich dir als Vampir von besonderem Nutzen sein."

Will verschränkte die Arme vor der Brust. „Womit denn zum Beispiel?"

Bitte, lieber Gott, lass den Hahnenkampf aussterben.

„Vampire können sich ständig allerorts neu manifestieren", erläuterte Reuben. „Ich könnte ihn davon abhalten, indem ich seine Versuche mit einem Gegenzauber unterbinde."

Das wäre zusätzlich zu Enkos Geisterkreide hilfreich.

Aber mir fiel gerade etwas anderes auf.

„Deshalb war er plötzlich verschwunden“, stöhnte ich und klatschte mir die Hand an die Stirn. „Anfangs dachte ich, dass er weg wäre, weil ich aus dem Traum aufgewacht war. Aber es war kein Traum. Er war bei mir im Haus und hat sich einfach fortmanifestiert. Wieso hat er seinen Angriff nicht beendet? Weshalb hat er einfach aufgehört?“

„Vielleicht wollte er, dass du in Angst lebst“, riet Reuben. „Vampire mögen Spielchen mit dem Verstand.“ Er räusperte sich verlegen. „Psychospiele. Er nutzt seine Macht, seine Manifestation, seine Kräfte der Zerstörung, seine rohe Gewalt gegen dich“, zählte er auf. „Er zeigt dir die Herrschaft, die er im Trancezustand, wenn du schläfst, über dich hat. Er wollte dich noch gar nicht umbringen. Er wollte nur ‚hallo‘ sagen und es ankündigen. Du sollst vor ihm zittern und dich verwundbar fühlen.“

Reuben hörte sich ganz so an, als würde er mir schildern, wie er selbst es machen würde, wenn er jemanden so richtig hasste. Oder er war einfach gut darin, sich in Wesen seiner Art hineinzuversetzen.

„Toll“, zischte ich frustriert. „Bisher mochte ich Vampire eigentlich.“

„Hör damit nicht auf, bloß weil einer an dir Rache üben will.“ Reuben sah mich eindringlich an.

Fröstelnd rieb ich mir über die Arme. Halbnackt gegen Mitternacht im Freien zu stehen, half nicht gerade dabei, meine innere Kälte zu vertreiben.

„Aber es ist auch deine Chance“, fand Reuben.

„Wieso denn das?“

„Weil er für so einen dummen Effekt eine Gelegenheit

verstreichen ließ, die er in dieser Form kein zweites Mal erhält. Das sagt uns auch, dass er sich überlegen fühlt. Er befürchtet nicht, dass er damit die Möglichkeit, dich zu töten, verspielt hat. Er ist unvorsichtig und überschätzt sich. Das ist gut. So können wir ihm eine Falle stellen."

„Was für eine Falle?", fragte Winifred hoffnungsvoll.

„Ich kann ihn an der Manifestation hindern. Dann kann er einem Angriff von dir mit dem Rauchquarz nicht mehr so einfach entgehen."

„Wieso hat er den Stein nicht zerstören können?", wunderte ich mich. „Können etwa alle Vampire Rauchquarze nicht kaputtmachen?"

„Ich schon", widersprach Reuben. „Aber mich hat auch niemand mit so einem Ding getötet. Im Moment des Todes wurde das zu seiner Achillesferse. Wenn er mit einem Butterbrot getötet worden wäre – ja, ich weiß, dass das Beispiel hinkt –, dann könnte er keine Butterbrote mehr vernichten."

„Woher weißt du so was, Reuben?", fragte William ihn sehr argwöhnisch. „Jill ist ein Medium und kennt sich mit Geistern aus. Ich bin ein Wiedergänger, also in gewisser Weise ein lebender Geist. Aber wie kommt es, dass du dich besser damit auskennst als wir?"

Reuben zuckte nur mit den Schultern und schenkte ihm ein stolzes Lächeln. „Weil ich unter meinesgleichen einer bedeutenden Aufgabe nachgehe."

„Du hast eine Aluminiumhütte", erinnerte ich mich. Allerdings fiel mir nicht ein, inwiefern das mit seinen Kenntnissen zu tun haben sollte.

Reuben rollte mir seinen düsteren, grauen Augen. „Nein, ich bin Archivar. Ich trage die Geschichte der hiesigen Vampire in unseren Annalen zusammen."

„Ich dachte immer, das wären langweilige Typen“, stichelte William.

„Also, ich finde ihn sehr nützlich“, brach Winifred ganz überraschend eine Lanze für ihn.

Dabei hatte sie ihn neulich am Kampfplatz des Sommersonnenwendenfestes noch ins Koma gewünscht, weil er ihrer Meinung nach Wills und meinem Liebesglück in die Quere gekommen war.

„Ist gut, du kannst uns helfen“, beschloss sie.

„Wie will er das vom Garten aus tun?“, stutzte William.

„Na, sie muss ihn eben ins Haus bitten“, sagte Winifred leichthin.

„Er ist ein Vampir“, verdeutlichte Will das Problem. „Niemand bittet Vampire freiwillig zu sich nach Hause. Wenn sie einmal über die Türschwelle durften, können sie für immer hinein. Egal, ob du sie dann noch da haben willst oder nicht.“

Reuben zuckte mit den Schultern und verzog ansonsten keine Miene. „Das ist ja völlig richtig, aber einen Punkt scheint ihr dabei alle zu übersehen.“

„Und welchen?“

„Dass Jill ihren Todesvampir schon längst ins Haus gebeten haben muss.“

KAPITEL 26

„Ich habe niemals einen Vampir reingelassen“, stammelte ich und hatte das Gefühl, dass mir gleich schlecht werden würde.

„Süße“, erwiderte Reuben und funkelte Will an, damit er ihm nicht mehr ins Wort fiel, weil er einen Kosenamen für mich benutzte. „Er war ganz offensichtlich in deinem Haus. Und anders ist das nun mal nicht möglich. Du hast ihn sicher nicht wissentlich eingelassen. Aber jetzt kann er rein und raus, wie er will.“

Mir wurde ganz schlecht bei der Vorstellung. Wann war mir dieser Fehler unterlaufen?

Reuben gönnte mir einen Moment Ruhe, damit ich das sacken lassen konnte. Dann fügte er an: „Deshalb wäre es sinnvoll, wenn du mir ebenfalls den Zutritt ermöglichst. Sonst hat er den Trumpf in der Hand.“

„Jillie“, beschwor mich Winifred, die von Reubens Charisma ganz geblendet war. „Es macht keinen Sinn, dass ausgerechnet der Vampir, der dich töten will, einen

Vorteil gegenüber dem Vampir hat, der dich beschützen möchte."

„Wer sagt mir, dass du nicht Jillians nächtlicher Angreifer bist?" Wills finsterer Blick bohrte sich in Reuben.

Der zupfte nur an seiner Kleidung herum. Im Gegensatz zu Will und mir hatte er deutlich mehr als bloß seine Unterwäsche an. „Sieh mich an, Wiedergänger, ich bin quicklebendig. Ich könnte genauso wenig als Geist aus meinem Körper fahren wie du aus deinem."

„Mir ist kalt, ich gehe jetzt rein", murmelte ich und trabte auf das Haus zu.

„Jillian." Reuben manifestierte sich direkt vor meiner Nase und blockierte mir damit den Zugang durch die Terrassentür. „Wie wäre es, wenn ich dir als Gegenleistung für dein Vertrauen mein Vertrauen beweise?"

Fragend runzelte ich die Stirn. „Wie willst du das tun?"

Er lächelte mich an wie jemand, der die Gefahr liebte. „Was brauchst du für einen Todesfluch? Mein Haar und mein Blut, richtig?"

Ich starrte ihn aus großen Augen an. Mit so einem Fluch hatte ich noch niemanden belegt. Er gehörte in das dunkelste Repertoire einer Hexe. So wie Juanna es beherrscht hatte. Ich hingegen hatte mich nie so tief in die Finsternis ihrer – und meiner – Macht vorgewagt. Ich hatte Angst davor, wie es mich verändern könnte, denn wie hieß es doch immer so passend: *Wenn du lange genug in einen Abgrund blickst, blickt der Abgrund auch in dich hinein.*

Es war eine mir zur Verfügung stehende Macht, die ich

noch nie eingesetzt hatte. Jene, nach der mich Will fragte, als er unsere Optionen prüfte. Jene, von dem ich ihm noch nichts verraten hatte.

Still nickte ich. „Du wärst ziemlich verrückt, einer Hexe dein Blut zu geben. Es gibt nichts Mächtigeres als Blutmagie."

Leider hatte der Vampirgeist kein Blut mehr, das ich ihm hätte stehlen können. Sein Körper dürfte ein Häufchen Asche sein.

Ungerührt zuckte Reuben mit den Schultern. „Du hast gesagt, dass du mich magst. Obendrein hilfst du mir dabei, meine Braut zu finden. Also bin ich bereit, es zu riskieren, weil ich glaube, dass du mir nichts tun wirst. Darum geht es doch beim Vertrauen. So wie du mir vertrauen musst, dass ich dir nichts tue, wenn du mich in dein Haus lässt."

Ich schluckte und nickte. „Okay, dann hole ich ein Gefäß, in dem ich dein Blut und deine Haare aufbewahren kann. Warte hier."

Er zog ein ironisches Gesicht. „Als ob ich dir folgen könnte."

Ich ging nach drinnen, kniete mich vor meinen Eichenbohlenschrank und suchte nach einem roten Behälter, der am besten dafür geeignet war, Blut darin aufzubewahren.

William drängelte sich an Reuben vorbei ins Haus und gesellte sich zu mir. „Bist du dir sicher, dass du das Risiko eingehen willst?"

„Fakt ist, dass ich ein Problem habe, bei dem er mir helfen kann. Und Fakt ist auch, dass ich Hilfe brauche. Besonders, wenn der Geist nicht einfach nur ein normaler Geist ist."

Ich fand eine kleine Schale mit Deckel aus Rhodochrosit, einem roten Mineral, das geschliffen und poliert worden war. Sie war nicht größer als die kleinen Döschen, in denen Kinder ihre Milchzähne aufhoben. Doch es genügte vollkommen, um eine kleine Menge von Reubens Blut darin aufzufangen.

Bevor ich zu ihm zurückkehrte, zog ich mir etwas über. Auch William schlüpfte in seine Sachen. Eigentlich war das ein Jammer. Ich hauchte ihm einen Kuss auf den Nacken und streichelte über seinen Po in der Jeans.

Er schenkte mir einen verführerischen Blick und ein Grinsen. Selbst ohne irgendwelche Charismamagie sprach ich zehnmal mehr auf ihn an als auf Reuben.

„Ich muss das machen“, erklärte ich ihm. „Auch wenn ich damit gegen meinen Vorsatz verstoße, niemals einen Vampir in mein Haus zu lassen. Aber wie es aussieht, habe ich das eh längst getan.“

William seufzte und nickte. „Na gut, wir haben ja einen Pflock im Haus und morgen wirst du noch ein paar mehr davon herstellen können.“

„Das sind Obelisken. Warum will mir das niemand glauben?“

Er machte ein ernstes Gesicht. „Dann frag den toten Vampir, der dich heimgesucht hat.“

Auch wieder wahr. Trotzdem würde ich diese Obelisken weiterhin als Obelisken und nicht als Pflöcke in meinem Onlineshop verkaufen. Vorausgesetzt, dass ich lange genug dafür lebte.

Ich würde das Will so nie sagen, weil er sich sonst noch in seiner Ehre als Mann verletzt fühlen könnte, allerdings war ich dankbar für Reubens Hilfe, weil zwei Kerle gegen diesen Todesgeist besser waren als einer.

Und letztlich schützte Reuben damit auch Will. Ich könnte es mir nie verzeihen, wenn ihm wegen mir etwas zustieße.

Reuben wartete in meinem Korbstuhl auf der Terrasse und plauderte mit Winifred.

„Sie sitzt dort furchtbar gerne", tratschte meine Tante gerade.

„Ja, sehr bequem." Reuben räkelte sich gemütlich. „Aber er ist kein guter Aufenthaltsort, wenn die Sonne aufgeht."

„Wir haben auch einen tollen Keller", versicherte sie ihm.

Was war denn da los?

„Reuben zieht hier doch gar nicht ein", klärte ich sie auf.

Er lächelte, als er zu mir aufsah.

„Soll ich dich lieber mit einem Messer schneiden oder willst du ...?"

Weiter kam ich nicht, weil Reuben sich kurzerhand in den Unterarm biss. Blut rann aus seiner Haut. Schnell hielt ich die Schale darunter.

„Ist die winzig", amüsierte er sich.

„Reuben, ich will mir keinen Blutspendebeutel abfüllen. Ein paar Tropfen genügen vollkommen, um dich zu verfluchen. Falls ich das wirklich müsste ..."

Als das Gefäß gefüllt war, klappte ich den Deckel zu und versiegelte es mit einem Schutzzauber. Dann nahm ich eine Gartenschere und schnitt Reuben an einer Stelle, an der es nicht so auffiel, eine Haarsträhne ab. Er sollte schließlich hübsch bleiben.

„Brauchst du keine Wurzel dran?", erkundigte er sich.

„Es reicht, dass es von deinem Körper stammt."

Ich verschwand ins Haus und ging zur Feuerstelle in meiner Küche, auf der mein Hexenkessel stand. Hinter einem losen Stein in der Ziegelwand versteckte ich die Schale mit dem Blut und seine Haare.

Anschließend trat ich zu ihm nach draußen und atmete tief durch. Das war absolut nicht einfach. Reuben lächelte mich auf seine ganz eigene Art an und ließ dabei absichtlich einen langen Vampirzahn unter der Lippe hervorblitzen. Sein Humor war eine Sache für sich, aber nicht unbedingt der meine. Trotzdem, er war hilfsbereit und meinte es anscheinend gut.

Ich räusperte mich lautstark, weil meine Kehle ganz trocken war. „Ähm, Reuben …“ Tief durchatmen. „Komm doch bitte herein.“

Schwups.

Sofort entdeckte er mein Haus für sich und sah sich neugierig um. „Das ist so aufregend wie das Auspacken von Geschenken, wenn man nicht weiß, was drin ist.“

Winifred gab ihm allen Ernstes eine Führung, weil sie fand, dass er sich hier auskennen musste, um mich im Notfall besser beschützen zu können.

„Dieser Todesgeist hat sich doch auch ein Bild von der Lage gemacht“, sagte sie nur und widmete sich ihm wieder. „Reuben, du Guter, hier ist unser Keller. Geht der so für dich? Dort kannst du auch tagsüber zu uns stoßen.“

„Sie hat ihn regelrecht adoptiert“, stöhnte ich entnervt.

Will drückte meine Schulter. „Wir haben die Pflöcke.“

„Nein, keine Witze mehr. Wir müssen weiter überlegen, wie wir vorgehen sollen.“

Reuben manifestierte sich auf der Couch neben uns. Der Kerl machte mich ganz schreckhaft. Gut, mein

Frosch bewegte sich zwar auch etwas sprunghaft, dafür aber wenigstens sichtbar fort.

„Also, wir Vampire können nur entlang von Kraftlinien reisen, wenn wir irgendwo hervortreten wollen. Das sind mögliche Punkte, an denen er dich heimsuchen könnte. Am besten betrachtest du das magische Netz als Transportröhren."

Bei dem Gedanken erschauderte ich. Mein Haus stand an einem Ort, durch den etliche Kraftlinien verliefen. Deswegen hatte ich die Lage auch so gut gefunden. Jetzt gerade kam es mir jedoch vor, als wohnte ich in einer Falle mit zu vielen Ein- und Ausgängen für meinen Feind. Trotzdem war einer dieser Knotenpunkte womöglich ein guter Bereich, um ihn mit der Kreide, die ich von Enko bekommen hatte, zu markieren.

„Lass uns noch mal darüber nachdenken, wer dein Kunde gewesen sein könnte, der den Rauchquarz gekauft hat", schlug Will vor. „Das müsste uns zu deinem Angreifer führen."

„Meistens kaufen Frauen bei mir ein", bemerkte ich. „Allerdings führe ich genau Buch über meine Verkäufe. Ich brauche die Rechnungen für das Finanzamt. Wartet, ich gehe es holen."

Ich hastete zu meinem Arbeitsbereich und holte die letzten zwei Verkaufsordner. „Ich weiß nicht, wie weit der Tod dieses Vampirs zurückliegt. Das hier sind die aktuellsten Unterlagen. Zur Not müssen wir uns noch durch ältere Ordner arbeiten."

Quakend hüpfte Brutus auf meinen Schoß und schaute mir zusammen mit den anderen dabei zu, wie ich mit dem Finger an den Verkaufslisten entlangfuhr. Rauchquarze gehörten zum Glück nicht zu den häufigsten Bestellungen. Vielleicht lag das daran, dass Frauen lieber rosa, lila und rote Farbtöne bevorzugten, weil sie oft auch dekorative Aspekte in ihr Kaufverhalten einfließen ließen. Obendrein interessierten sich die meisten mehr für einen Glücksbringer in der Liebe als für einen Schutzstein der Lebenskraft.

Ich überflog die Namen, erinnerte mich so gut es ging an die Gesichter dazu und überlegte, was ich von den einzelnen Personen wusste. Bisher klingelten da keine Glöckchen.

Aber als mein Finger über einen Namen glitt, setzte fast mein Herz aus. Irgendwie hatte ich das Gefühl, dass dieser Name mit dem Schicksal des Geistes verknüpft sein könnte. Vielleicht kam diese Ahnung durch die Magie des Bergkristalls, den ich ununterbrochen trug.

„Alice May", flüsterte ich.

„Was ist mit ihr?" Will legte seine Hand auf mein Knie und beugte sich über den Ordner.

Ich schloss die Augen und ließ die Bilder an unser Treffen zurückkehren. In zahlreichen Meditationen hatte ich mir antrainiert, mich so besser an Vergangenes zu erinnern.

„Ich habe sie zuletzt vor fünf Monaten getroffen."

Es war ein nebliger Wintertag. Wir waren in einem Café in der Innenstadt verabredet. Ich hatte Alice May zuvor erst zweimal getroffen. Beim ersten Mal war sie eine fröhliche junge Frau gewesen, die frisch verliebt war. Ihre blauen Augen leuchteten mit ihren frisch getönten roten Haaren um die Wette. Dabei erzählte sie mir, dass sie sich die Haare für ihn gefärbt hätte. Einen Mann, der sinnlich und aufmerksam war und Rot liebte.

Sie kaufte einen Rosenquarz bei mir, weil sie wollte, dass seine Liebe zu ihr stark wurde. Er erschien ihr wie ein vollkommener Prinz.

Beim nächsten Mal, als wir uns sahen, war sie bereits zwei Monate mit ihm zusammen. Er hatte ihr einen Schlüssel für seine Wohnung gegeben. Die vielen Geigen ihrer Anfangszeit, die am rosaroten Himmel gehangen hatten, spielten nicht mehr ganz so verträumte Klänge. Sie waren zu einem klimpernden Windspiel geworden, das milde Abende und wilde Stürme kannte. Seine Liebe zu ihr war sehr stark geworden.

Sie kaufte einen Rutilquarz bei mir, mit dem sie ihre eigenen Gefühle für ihn ergründen wollte. Er war ein Prinz mit Rissen in der Fassade.

Als ich ihr nun begegnete, saß sie wie ein verängstigtes Lamm vor einer Tasse mit schwarzem Kaffee. Jedes Geräusch machte sie nervös und als sie mich sah, wirkte sie unsagbar erleichtert. Inzwischen machten seine tiefen Gefühle ihr Angst. Er war besitzergreifend geworden, wollte sie ganz für sich, reagierte eifersüchtig und war davon besessen, mit ihr zu schlafen. Wenn sie ihm dabei in die Augen sah, war sein Blick so gierig, dass sie fortlaufen wollte.

Er hatte ihr einen Antrag gemacht. Wollte sie für immer an sich binden. Wenn sie nur daran dachte, bekam sie keine Luft. Sie wollte weg. Bloß noch weg. Es ging nicht mehr anders. Sie musste ein neues Leben beginnen, in eine andere Stadt gehen, wo er sie nicht fände. Thunder Bay. Eine Wohnung dort hatte sie bereits angemietet. Alice wollte noch an diesem Abend in den Nachtbus steigen.

Sie bedankte sich für meine Hilfe, sagte mir Lebewohl

und kaufte einen Obelisken aus Rauchquarz bei mir.

Aber nicht nur zum Schutz ihres Lebens, das sie wieder selbst in die Hand nehmen und somit seiner Kontrolle entziehen wollte, sondern auch weil der Rauchquarz wie ein Gegenspieler des Bergkristalls war. Sie wollte sich vor ihm verbergen und der dunkle Stein sollte ihre Spuren verhüllen, so wie man nicht durch ihn hindurchsehen konnte.

Alice May war nach Thunder Bay gegangen. Ich hatte sie nie mehr gesehen. Auch mein Blick auf sie war verloren.

„Dann war ihr düsterer Freund sicher der Vampir“, vermutete Will.

„Und er wollte sie nicht einfach nur heiraten“, fuhr Reuben fort. „Er suchte, so wie ich, seine Braut. Ihm lief die Zeit davon und er war von ihr besessen.“

„Er muss gemerkt haben, dass sie sich ihm entziehen wollte. Irgendwann, nachdem ich Alice getroffen hatte, zu einer Zeit, als sie den Rauchquarz schon besaß, müssen sie sich noch einmal begegnet sein.“

Ich wollte mir gar nicht ausmalen, wie viel Angst Alice in dem Moment gehabt haben musste.

„Bestimmt war er von der Idee nicht begeistert, dass sie ihn verließ.“ Will starrte Reuben an, als hätte er ein leibhaftiges Wespennest vor sich sitzen. Er traute ihm noch immer nicht. Ich hatte selbst Mühe mit der Idee, dass ich einen Vampir eingeladen hatte. Aber Reuben hatte Alice May nicht bedroht. Es brachte nichts, ihm diesen Hut aufzusetzen.

„Sie muss ihn mit dem Kristall getötet haben.“ Reuben schlug sich die Hand auf die Brust, dort, wo sein Herz war. „Es reicht nicht, dass sie ihm damit eins über den

Kopf gezogen hat. Sie muss ihn gepfählt haben, damit er starb."

„Die arme Alice", stöhnte ich. „Was sie alles hat durchmachen müssen."

„Hast du ihre Adresse in Thunder Bay?", wollte Will wissen.

Ich schüttelte den Kopf. Alice hatte ihre Spuren verwischt und keine Anhaltspunkte über ihren Verbleib hinterlassen. Ich war schon froh, dass sie mir genug vertraut hatte, um mir zu sagen, in welche Stadt sie zog.

„Wir müssen sie finden und herausfinden, was sie weiß. Ob sie wirklich ihren Freund gepfählt hat?"

Zitternd rieb ich über meine Arme. Brutus quakte, sprang von meinem Schoß hoch und platschte mir ins Gesicht. Ich gab ihm einen Kuss und kuschelte ihn an meine Halsbeuge.

Reubens Blick verschleierte sich. „Diesem Frosch geht es beneidenswert gut. So ein schönes Plätzchen."

„Denk an Elaine und lass Jill in Ruhe", knurrte Will.

Schlichtend hob ich die Hand. „Ich muss nach Thunder Bay fahren, denn wir müssen unbedingt herausfinden, ob der Geist wirklich mit Alice in Verbindung steht. Es könnte passen, aber bisher ist das nur eine Vermutung."

Der Geist war so schrecklich gewesen, dass ich ihn wirklich fürchtete. So wie Alice ihren Freund gefürchtet hatte. So sehr, dass sie besonders weit weggezogen war, denn Thunder Bay lag am Superior Lake, einem der fünf großen Seen. Noch hinter Manitoba in Ontario. Das waren etwa tausendfünfhundert Kilometer.

„Es wäre besser, wenn Emily für dich geht", fand William. „Du musst hier noch weitere Vorkehrungen treffen. Matthew kann den Laden auch alleine führen."

Sie würden nun zwar von ihrer Reise aus Calgary zurückkehren, aber trotzdem ...

„Toll, da bitte ich sie erst darum, dass ihre Schwester mit einem Vampir ausgehen darf, und gleichzeitig setze ich sie darauf an, der völlig verängstigten Exfreundin eines Vampirs zu folgen, deren Furcht so weit ging, dass sie ihn vermutlich getötet hat. Unter solchen Umständen darf Reuben Elaine doch niemals kennenlernen."

„Reuben ist nicht dieser Irre", mischte sich Winifred ein. „Das wird Emily schon auseinanderhalten können."

So sicher war ich mir da nicht.

„Reuben, du führst doch die Aufzeichnungen über die örtlichen Vampire", wandte sie sich an ihn. „Alice May war von hier. Ihr Liebhaber sicher auch."

„Das ist sehr gut möglich", stimmte er zu. „Meine Unterlagen sind sehr umfangreich. Ein Datum würde helfen, wenn wir schon keinen Namen von ihm haben. Wann genau hat dein letztes Treffen mit dieser Kundin stattgefunden?"

Ich schaute auf mein Rechnungsbuch. „Laut Quittung am dreizehnten Februar."

„Einen Tag vor dem Valentinstag", seufzte Winifred. „Diese Liebe hat kein gutes Ende genommen. Es würde mich nicht wundern, wenn das auch noch ein Freitag war."

Ich zuckte die Schultern, weil ich mir keine Wochentage auf die Rechnungen schrieb, sondern nur Daten.

„Reuben, kannst du schauen, ob du eine Karteikarte von diesem toten Vampir hast." Winifred machte eine vielsagende Handbewegung, als würde sie durch seine

Vampir-Annalen blättern und dabei fündig werden.

„Ich benutze nicht unbedingt Karteikarten, aber ich werde nachschauen“, versprach er uns. „Wenn es in der Zeit um den dreizehnten Februar herum etwas in den Aufzeichnungen gibt, finde ich es.“

KAPITEL 27

„Ems, ich bin es", meldete ich mich bei Emily, sobald die Nacht vorbei war.

Reuben war längst fort, doch er hatte sich noch nicht mit neuen Erkenntnissen zu dem Vampir, den wir suchten, zurückgemeldet. Vielleicht waren wir auch völlig auf dem Holzweg und klopften den Busch an der falschen Stelle ab.

Möglicherweise hatte Alice May einen ganz normalen Mann gekannt, der einfach stark geklammert hatte. Ich hoffte es nicht, weil uns die Zeit davonlief.

Der Geist, der mich in Angst und Schrecken versetzte, konnte jederzeit wieder auftauchen. Vermutlich allerdings lieber nachts, wenn seine Vampirmagie am stärksten war. Das war nicht gerade beruhigend. Vor allem, weil meine Hexenenergie bei Tageslicht und Sonne besser wirkte.

„Jillie", grüßte sie mich. „Wir sind in der Nacht endlich zurückgekommen von der langen Fahrt. Ich packe gerade die Koffer aus."

Ich seufzte und schaute auf Brutus' bezaubernden Gartenteich, auf dem die Seerosen blühten und kleine leckere Mücken für ihn herumschwirrten. Seine lange Zunge schnellte begeistert hinter ihnen her.

Dies hier war ein friedlicher Ort. Zumindest sollte er das sein. Meinem Frosch beim Frühstück zuzusehen, wärmte mir das Herz. Ich musste auch ihn beschützen.

„Vielleicht packst du noch nicht alles aus“, begann ich.

Ich spürte, wie Emily stutzte. „Was meinst du damit?“

„Ist Matt bei dir?“

„Ja, warum?“

„Kannst du bitte die Freisprechfunktion nutzen?“ Schließlich wäre es besser, wenn er auch gleich Bescheid wüsste, was los war.

„Okay, ist an“, bestätigte sie, doch sie klang irritiert.

„Sitzt du?“ Ich wollte nicht, dass sie vor Schreck umkippte.

„Nein, wieso? ... Hey“, beschwerte sie sich. „Matt hat mich einfach auf einen Stuhl geschoben.“

„Da kommt sicher nichts Gutes“, erklärte er. „Wenn Jill schon so fragt.“

„Ja, tut mir leid. Matt hat recht. Ich habe ein riesiges Problem mit einem rachsüchtigen Geist, der mir vorwirft, für seinen Tod verantwortlich zu sein, und der mich deshalb umbringen will.“

„Was?“, schrie Emily. „W...w...wie denn umbringen?“

Sie stammelte ganz verzagt. Es war, als würde sie mich fragen, ob ich wirklich jenes böse Umbringen meinte, das mit Töten zu tun hatte. So als könnte es doch noch etwas Harmloses sein.

„Er hat versucht, mich im Schlaf zu erwürgen, als ihr noch unterwegs wart.“

„Oh, du lieber Himmel, oh, du lieber Himmel", wiederholte Emily wie ein überdrehtes Uhrwerk.

„William ist jetzt bei mir", beruhigte ich sie. Es war nicht gerade leicht, sie zu beruhigen, weil ich selbst solche Angst hatte. „Und Reuben hilft mir auch."

„Der Vampir für Elaine?", flüsterte sie und hörte sich noch immer ganz mitgenommen an. Zum Glück hatte Matt sie auf einen Stuhl gesetzt.

„Ja, genau der. Er ist wirklich sehr nett und hilfsbereit."

Sie seufzte. „Ich habe seine Fotos und das ‚Bewerbungsvideo' gesehen und an Elaine weitergeleitet. Sie meldet sich garantiert, sobald sie wach wird und ihn sieht. Wenn ich doch bloß gewusst hätte, dass du in solchen Schwierigkeiten steckst, dann wäre das ganz egal gewesen."

Ich schüttelte den Kopf. „Nein, auch Reuben läuft die Zeit davon. Er muss Elaine so schnell wie möglich treffen, um zu wissen, ob sie in Frage kommt oder nicht. Ich will nicht, dass er einsam endet. Er beschützt mich gegen diesen Geist. Da hat er es verdient, dass ich auch etwas für ihn tue. Keine Sorge, wir kümmern uns auch um mein Problem. Wir wollen versuchen, so viel wie möglich über diesen Angreifer herauszufinden."

„Gut", schaltete sich Matthew ein. „Wie können wir helfen?"

„Wir haben den Exfreund einer Kundin von mir im Verdacht. Allerdings kenne ich ihn selber nicht und die Kundin ist nach Thunder Bay umgezogen. Ich habe weder eine Adresse noch eine Telefonnummer von ihr und im Internet habe ich sie auch nicht gefunden."

Ich seufzte, weil ich trotz langer Recherche am

Computer keine neuen Anhaltspunkte gewonnen hatte. „Sie wollte vor ihm fliehen und untertauchen. Ich könnte also Hilfe in Thunder Bay gebrauchen."

„Emily und ich werden gemeinsam dorthin fliegen", versprach Matthew.

„Aber du hast doch Flugangst. Und außerdem müsstest du den Laden schließen", stammelte ich.

„Jetzt hör mir mal zu ..." Seine Stimme wanderte ganz dicht an den Hörer. „Wenn dich so ein irrer Geist umbringen will, dann sind mir die Tageseinnahmen und meine eigenen Zipperlein egal, verstanden?"

Wow.

Matthew konnte echt sauer werden und gleichzeitig war er so ein lieber Kerl.

„Danke", flüsterte ich aus tiefstem Herzen.

Mir war es viel lieber, dass Emily nicht allein reiste. Sie war keine Andersartige und konnte sich nicht mit Magie schützen. Obendrein erkannte sie diese auch nicht.

Ich wusste nicht, was in Thunder Bay los war, aber die Vorstellung, dass meine süße Freundin an allen möglichen Türen klingelte und dabei *irgendeinem* unangenehmen Typen in die Hände lief, war beunruhigend.

„Was sollen wir machen, wenn wir sie finden?", wollte sie wissen.

„Ihr müsst herausfinden, ob sie ihren Freund mit einem Kristall von mir getötet hat und falls ja, wie der hieß."

„Und du glaubst, dass sie uns das sagt?"

„Es war vermutlich Notwehr. Ihr Freund dürfte ein Vampir gewesen sein ..."

„Ein Vampir?", krächzte Emily. „Du hast gesagt, die

sind nett.“

Sie klang, als wäre sie drauf und dran, das Aufeinandertreffen von Elaine und Reuben zu unterbinden.

„Reuben ist auch nett. Aber der, den wir suchen, ist gefährlich. Allerdings kann es sein, dass wir mit Alice May auf der falschen Spur sind“, gab ich zu bedenken. „Dann würde ihr Freund noch leben, sie hätte niemanden getötet und sie wüsste auch nichts von Vampiren.“

„Okay, das bekommen wir hin“, versicherte Matthew und klang, als wäre er zu allem entschlossen. „Zur Not dringe ich in ihr Unterbewusstsein ein. Wir finden diesen Mistkerl, der dich töten will.“

„Danke“, betonte ich nochmals. „Ich kann euch auch das Geld für die Flugtickets und den Verdienstausfall im Laden ...“

„Stopp“, unterbrach mich Matthew. „So fangen wir gar nicht erst an.“

„Aber ...“

„Keine Diskussion, Jill. Wir müssen jetzt eh los zum Flughafen. Tschüss.“

Er legte einfach auf, bloß weil ich ihm Geld geben wollte.

Verdutzt starrte ich auf den Hörer und musste einmal mehr feststellen, dass ich die besten Freunde auf der ganzen Welt hatte.

Damit besaß ich einen Vorteil, auf den dieser Vampirgeist gewiss nicht zurückgreifen konnte. Ich wollte ihm aus allem, was ich finden konnte, einen Strick drehen. Dieses Monster hatte versucht, mich zu töten.

Meine anfängliche Angst wurde mehr und mehr von

tiefer Wut und Abscheu überlagert. Ich hatte das Gefühl, als würden meine dunklen Fähigkeiten ganz nah unter der Oberfläche lauern.

Dann hörte ich die Tür. William war von einem kleinen Einkauf zurück.

„Hey, ich habe gerade mit Matt und Emily gesprochen. Sie nehmen den nächsten Flieger nach Thunder Bay und helfen uns."

„Das ist doch mal eine gute Nachricht."

Will ließ seine Stiefel im Flur stehen, zog die Lederjacke aus und holte eine riesige Schachtel Kondome aus einer Tüte. In der Nacht hatten wir sein letztes verbraucht und im Augenblick, wo mir der Tod im Nacken saß, konnte ich mich gar nicht oft genug mit Will lebendig fühlen.

Von einem Moment zum anderen ging es mir besser. „Soll das der Jahresvorrat sein?"

Er schüttelte den Kopf und hatte diese frechen Grübchen im Gesicht. „Es reicht so lange, wie es eben reicht." Er verstaute sie in meinem Nachttisch. Dann deutete er zurück zur Haustür. „Sag mal, wer ist diese merkwürdige Frau von gegenüber?"

Ich verdrehte die Augen. „Die kleine Blonde, die dasselbe Auto fährt wie ich? Das ist Bianca."

„Blond?", wunderte sich Will. „Sie hat doch die gleiche Haarfarbe wie du."

Wie bitte? Seit wann denn das?

„Nein, sie ist aschblond und ihre Aura ist ganz fade."

„Dann meinen wir wahrscheinlich nicht dieselbe. Sie ist in das Haus genau gegenüber von deinem verschwunden."

Fassungslos ließ ich mich auf das Bett plumpsen.

„Die macht mich nach", stöhnte ich und konnte kaum glauben, wie weit ihr Vorsatz schon zurückreichen musste. „Ich habe sie auf dem Fest kennengelernt. Sie wollte wissen, wo ich wohne, weil sie neu hier war und sich nach einer Bleibe umsah. Da habe ich mir noch gar nichts dabei gedacht. Plötzlich zogen die Belmonds, die seit vierzig Jahren im Haus gegenüber gelebt haben, aus und einige Tage später zog Bianca ein. Ich hielt das für einen blöden Zufall."

Aber daran glaubte ich allmählich nicht mehr. Bianca war eine Hexe. Was, wenn ihre Magie hinter dem plötzlichen Auszug meiner Nachbarn steckte? Es war von Anfang an seltsam gewesen, dass ausgerechnet sie sofort danach gegenüber eingezogen war.

Entnervt rieb ich meine Schläfen. „Anfangs fuhr sie noch einen grauen Ford. Dann stand auf einmal genau mein Auto auch vor ihrer Tür. Angeblich hatte ihr alter Wagen eine Panne."

„Oh je", brummte Will und setzte sich zu mir auf die Bettkante.

„Das nächste Mal sah ich sie in denselben Klamotten, wie ich sie auch trage. Das war ein total krasser Wechsel, weil sie vorher so mausgrau war. Und immer hat sie mir strahlend verkündet, dass sie sich das bei mir abgeschaut hat. Tja, bisher war sie blond ..."

„Jetzt hat sie exakt dieselbe Haarfarbe wie du."

Ich kniff die Augen zusammen. „Wie exakt?"

„Sehr exakt. Sie trägt sie auch in derselben Länge und mit dem gleichen Schnitt wie du."

„Sie hat doch nur schulterlanges Haar." Ich schnappte mir mein Kopfkissen, vergrub mein Gesicht darin und schrie einmal gründlich. Dann schaute ich fragend zu

Will. „Meinst du, sie hat mein Wachstumswasser geklaut?“

„Keine Ahnung, Jillian. Aber sie tickt anscheinend nicht richtig.“

Ich nickte entschieden. „Ja, das ist sie. Wenn sie nicht richtig tickt, dann meinen wir definitiv dieselbe.“

„Ich habe sie draußen getroffen, als ich aus dem Auto stieg“, berichtete er. „Sie meinte, sie wäre eine Nachbarin von dir und hätte mich noch nie hier gesehen. Ich war mal so unverblümt, mich ihr als dein fester Freund vorzustellen. Was danach passierte, war dann nur noch schräg.“

Ich legte das Kissen zurück an seinen Platz und traute mich kaum zu fragen. „Wie schräg?“

„Man sollte meinen, dass sie mich dadurch in Ruhe lässt, aber kaum sage ich, dass wir ein Paar sind, hat sie angefangen, mich anzubaggern. Ich habe echt schon viel erlebt, aber sie war mehr als eindeutig.“ Er bemühte sich, mir ihren Wortlaut wiederzugeben: „Sie und dich, euch würde so viel verbinden. Da wäre doch wohl auch derselbe Mann drin.“

„Was?“, tobte ich.

Die dunkle Energie, die in mir lauerte, kam meiner Oberfläche deutlich näher. Ohne auch nur nachzudenken, sprang ich vom Bett auf und stürmte zur Haustür hinaus. Diese hinterhältige Schlange würde gleich mal merken, wie wenig verbunden ich mich mit ihr fühlte.

Ich brauchte sie auch gar nicht suchen zu gehen. Wie eine aufgeschreckte Tarantel rannte sie mit dem Rasenmäher in der Hand erneut die Außentreppe herunter. Sie hatte tatsächlich ihre Frisur verändert und sah am Kopf nun wirklich eins zu eins so aus wie ich.

„Bianca!“, schrie ich einmal quer über die Straße.

Sie schaute ganz verwundert zu mir auf. „Oh, Jill, ich muss den Rasen mähen. Das solltest du auch mal tun. In den Statuten der Nachbarschaft steht nämlich, dass ...“

Ich ließ diese Hexe gar nicht erst aussprechen, sondern donnerte einen wütenden Blitz in ihren bescheuerten Rasenmäher. Das Ding fing an zu qualmen. Sie jaulte erschrocken auf und ließ ihn fallen. Er rumpelte die letzten Stufen der Treppe herunter und kam zischend auf dem Boden auf.

„Du hast ihn kaputtgemacht“, krähte sie entsetzt. Dann schwenkte ihre Stimmung um und sie wurde weinerlich wie ein kleines Kind, dessen Plüschhasen man die Beine abgeschnitten hatte. „Was habe ich dir denn getan? Warum bist du nur so gemein zu mir?“

Sie kauerte sich über das Wrack ihres Rasenmähers und schaute aus großen Augen zu mir hoch. Ihre Aura pulsierte ein wenig, blieb aber sonst fade. Mir fiel kein anderes Wort dafür ein, aber ihre magische Signatur wirkte regelrecht komatös.

Ihre Bambi-trauert-um-den-Rasenmäher-Nummer kaufte ich ihr nicht ab. Inzwischen wusste ich, wie verlogen sie war.

Ich richtete meinen Finger auf ihre jämmerliche Gestalt. „Was du getan hast? Du machst mich nach und gräbst obendrein meinen Freund an.“

„Das würde ich nie tun“, versicherte sie wie eine brave Klosterschülerin. „Das muss ein Missverständnis sein.“

Von wegen! Lügen haben kurze Beine. Und diese Hexe hatte auch sehr kurze Beine.

„Was soll das jetzt schon wieder mit deinen Haaren?“,

schimpfte ich weiter. „Die sehen aus wie bei mir.“

Jetzt lächelte sie ganz eigenartig und strich sich ganz verliebt über die dunklen Haarsträhnen. Eine Farbe, die ihr überhaupt nicht stand. „Ja, sind die nicht hübsch? Ich habe sie aus einem Perückenladen.“

Mir klappte fast der Unterkiefer auf den Boden. Diese Haare sahen nicht nur aus wie meine – es waren meine! Nämlich jene, die ich mir abgeschnitten und für einen kranken Menschen zur weiteren Verwendung eingetütet und an das örtliche Perückengeschäft geschickt hatte. Bianca war zwar durchaus krank, ich hatte da aber weniger eine mental gestörte Person im Sinn gehabt. Wie hatte sie meine Haare überhaupt gefunden? Dieses Biest war noch viel schlimmer, als ich gedacht hatte.

Wütend packte ich „ihre“ Haare und riss daran.

Sie quiekte wie ein Schwein beim Schlachter, denn die Haare saßen so fest, dass sich die Perücke keinen Millimeter rührte. Stattdessen ruckte mir ihr Kopf entgegen. Ich ließ sie los und machte einen Schritt von ihr weg. Was auch immer Bianca mit der Perücke angestellt hatte, sie hatte sie sich nicht einfach nur aufgesetzt. Entweder waren die Haare angeklebt oder angenäht.

„Du bist doch krank!“, fuhr ich sie an.

Bianca begann, ziemlich irre zu lachen und dabei gleichzeitig zu weinen. Sie sah aus wie eine Geistesgestörte. Es war das Letzte, was ich zusätzlich zu meinem Vampirproblem noch brauchte. So sehr mir diese Frau auch ein Dorn im Auge war, ich hatte gerade keine Zeit, mich mit ihr zu befassen.

Eigentlich.

Aber als ich mich von ihr abwandte, fiel mir ein

Kratzer an ihrem Wagen auf. Ich schauderte, weil ich genau den gleichen auch auf meinem Tankdeckel hatte. Diese perfektionistische Irre hatte sich nicht nur dasselbe Auto gekauft, sie hatte es sogar auf haargenau dieselbe Weise ramponiert.

Aber *haargenau* schien bei ihr wohl das Stichwort zu sein. Die Abscheu knisterte bis in meine Fingerspitzen. Ich sah einen Gartenschlauch neben ihrer Haustür liegen, nahm ihn und prüfte, ob Druck darauf war. Als kaltes Wasser hervorspritzte, drehte ich mich zu ihr um.

Sie beobachtete mich mit schief gelegtem Kopf. Ansonsten saß sie da wie ein Reh, das ein Auto auf sich zurasen sah. Mit einer Salve meiner Wutmagie brutzelte ich ihr meine Haare vom Kopf. Sie schrie auf und ich war froh, dass zum nächsten Nachbarhaus mehrere hundert Meter Abstand lagen.

Als ich mir sicher war, dass Bianca kein Haar mehr von mir besaß – und wie es aussah auch keins mehr von sich selbst –, duschte ich sie mit ihrem Gartenschlauch ab. Sie kreischte wie am Spieß, wehrte sich aber ansonsten nicht. Wahrscheinlich waren ihre magischen Kräfte zu schwach entwickelt. Als ich das Wasser abstellte, zuckten noch kleine Blitze an ihrem Kopf, auf dem statt Haaren bloß noch gekräuselte Flusen vorhanden waren.

Ansonsten war Bianca unversehrt. Es war mir wirklich nur um die Haare gegangen. Was zu viel war, war zu viel. Und was meins war, war auch meins.

Sie kauerte einfach nur am Boden und starrte mich aus hasserfüllten Augen an. Ihre Aura war blasser denn je.

Ich wendete mich voller Abscheu ab und lief zurück zu meinem Haus. Die Beziehung zwischen ihr und mir hatte ich damit gerade neu definiert. Sie brauchte sich nicht einzubilden, dass sie mich imitieren und nachäffen konnte, ohne dass das Konsequenzen hatte. Fürs Erste musste das reichen, denn jetzt musste ich mich auf den Vampir konzentrieren.

KAPITEL 28

Der Rubin zerbröselte wie ein Puderzuckerklumpen, wenn man ihn zerdrückte. Der kostbare Edelstein, den Geronimo mir überlassen hatte, verschaffte mir einen unglaublich starken Zauber.

Brutus und ich hatten meine Kraft gemeinsam gelenkt und durch den Rubin gebündelt. Es gab nichts Mächtigeres als Blutmagie und es gab keine bessere Art, diese zu erwirken, als mit der Reinheit und Kraft eines blutroten Edelsteins.

Ich wünschte, ich würde noch mehr Diamanten, Rubine und Juwelen besitzen, um meiner Magie Nachdruck zu verleihen.

„Da geht er hin“, fasste Will das Ableben des Rubins zusammen. „Was genau hast du jetzt noch mal gemacht?“

„Ich habe mein Blut für Vampire vergiftet. Blut ist überall in meinem Körper. Es ist auch da, wenn ich schlafe. Falls er noch einmal in mein Unterbewusstsein vordringen will, schwächt ihn der Kontakt zu mir. Wenn ich Blutmagie gegen ihn wirke, ist sie stärker. Sollte er mich beißen und von mir trinken – selbst wenn er es mit seiner Traummagie tut –, greift ihn das ebenfalls an."

Will schaute mich beeindruckt an. „Warum hast du das nicht schon früher gemacht?"

„Weil es Hassmagie ist. Das ist nicht dasselbe wie Wutmagie. Wutmagie ist impulsiv und entsteht aus dem Moment heraus."

„Aber Hass kann man auch kalt servieren", stimmte er zu.

Ich seufzte und schüttelte den Kopf. „Nach der Sache mit Bianca war ich so aufgebracht, dass ich mich getraut habe, diesen Schritt zu gehen. An sich ist das noch einer der schwächeren Hasszauber, aber durch den Rubin wirkt er sehr stark und vermutlich permanent. Ab jetzt wird jeder Vampir, der mit meinem Blut in Kontakt kommt, ein Problem mit mir bekommen."

Damit schied ich auch endgültig als Reubens Braut aus. Mir was das schon immer klar gewesen, aber dieser Zauber würde selbst ihm das kalte Grausen bereiten.

„Wow, wenn das alle machen würden ...", überlegte Will.

„Ich habe gerade einen extrem kostbaren Rubin gegrillt, der eine fünfstellige Summe wert gewesen sein dürfte. So etwas hat nicht jeder. Ich sonst ja auch nicht. Außerdem kann nicht jede Hexe diese dunkle Hassmagie wirken."

„Gut, aber du kannst es. Dann zaubere noch mehr davon."

Ich seufzte und erzählte ihm von Juannas dunkler Vergangenheit, die sie auf den Scheiterhaufen gebracht hatte. Von ihrer Leidenschaft für die Abgründe der

Magie. Es war eine zweischneidige Macht. Eine, die der Zaubernden zum Verhängnis werden konnte. Eine, die stärker werden konnte, als man selbst es war.

„Baby, ich pass' auf dich auf", versprach Will. „Aber Reuben hat doch gesagt, dass Rauchquarze so gut gegen Vampire wirken, weil sie aus denselben Schatten stammen wie Vampire. Was, wenn du Juannas ganze Kraft und Dunkelheit brauchst, um diese Kreatur aus der Geisterwelt zu töten? Gleiches mit Gleichem zu bekämpfen."

„Ich will nicht sein wie er. Für das, was ich draußen mit Bianca gemacht habe, fühle ich mich wirklich schlecht. In meiner Wut geschah ihr alles recht, aber wenn ich jetzt so zurückblicke, habe ich womöglich überreagiert."

„Vergiss diese Stalker-Hexe", riet er mir. „Wenn sie wirklich deine Haare auf dem Kopf hatte, ist das krank."

„Ja, aber manchmal guckt sie so hilflos wie ein eingesperrtes Kind, dem man Unrecht tut. Ihrer gestörten Seite die Haare zu grillen, war nicht das Problem. Aber wenn sie dann so verletzlich schaut – dieser Blick verfolgt mich förmlich."

William packte mich bei den Schultern. „Jillian, sie hat auch kein Mitleid mit dir. Und was das andere betrifft: Allein dass du ein schlechtes Gewissen Bianca gegenüber hast, beweist doch schon, dass du nie so dunkel werden könntest wie dieser Geist oder Juanna. Ich wette, dass sie niemals bereut hat, was sie anderen angetan hat. Lass uns deine Kräfte aktivieren. Lieber habe ich dich ein bisschen finster als mausetot."

„Na gut", stimmte ich zu. „Aber im Gegenzug will ich deine Vergangenheit bei Gelegenheit auch ergründen dürfen."

Und damit meinte ich seine früheren Leben.

Er legte sich wie zum Schwur die Hand auf sein Herz. „Ich war niemals James Dean."

„Möglich, aber ich will wissen, wer du warst."

William nickte und schenkte mir ein betörendes Lächeln. „Wenn du mir versprichst, ganz unartige Magie zu wirken, können wir darüber reden."

Ich bereitete alles für eine Meditation vor, mit der ich zu den tiefsten Tiefen meiner Macht reisen wollte. Ganz wohl fühlte ich mich dabei nicht, aber Will hatte noch schnell ein Telefonat beendet und war nun bei mir, um auf mich aufzupassen.

„Lass uns noch mal Sex haben, bevor ich zum Biest werde", versuchte ich, ihn von der Sache abzulenken.

Er grinste nur und schüttelte den Kopf. „Ich wette, wenn du das Biest in dir entfesselt hast, geht es immer noch zwischen uns ab."

Kaum war er mit Telefonieren fertig, klingelte nun plötzlich mein Handy und ich streckte ihm die Zunge heraus, weil ich damit einen kleinen Aufschub erhielt.

William rollte nur die Augen. „Lass dir keinen Mixer und keine Abos andrehen."

„Nein, ich kaufe mir einen Rasenmähroboter und stelle ihn direkt vor meine Haustür, damit Bianca ihn sehen und vor Wut schmoren kann."

„Am Ende schießt sie ihn dir noch ab."

Da hatte ich meine Zweifel, ob sie das hinbekam. Sie hatte zwar gewaltig einen Knick im Besen, doch mit magischen Leistungen hatte sie bisher nicht geglänzt. Es war ganz normal, dass es unterschiedlich talentierte

Magiebegabte gab. Bianca würde ich nur einen von zehn möglichen Punkten geben. Also ganz schlecht.

Emilys Name leuchtete auf dem Display und ich schaltete auf Freisprechen.

„Hey, Ems, wie geht's bei euch?"

„Wir sind in Thunder Bay gelandet. Matthew organisiert gerade einen Leihwagen, mit dem wir herumfahren und unserer Recherche nachgehen können. Und bei euch?"

„Ich habe mein Blut für Vampire vergiftet und hatte mal wieder eine seltsame Episode mit meiner Nachbarin."

„Jill wird von ihr gestalkt", warf William ein.

Wieso mischte sich eigentlich ständig jemand in meine Telefonate ein und knallte dem anderen die Tatsachen vor die Füße? Ich wollte die schlechten Nachrichten nicht unbedingt so schonungslos hinausposaunen.

„Was?", krähte Emily auch sogleich. „Verdammt, Süße, was genau machst du eigentlich immer, dass du so viele Schwierigkeiten hast?"

„Ich habe mir das ja nicht ausgesucht", verteidigte ich mich. Denn schließlich wollte niemand mehr als ich bloß friedlich in einem Korbstuhl in der Sonne sitzen.

„Pass gut auf sie auf, Will." Emily klang so besorgt, als wäre ich ihr kleines Küken. Dabei war das sonst eher andersherum.

„Mach ich", versicherte er.

„Gibt es von Reuben schon was Neues zu diesem Freund von Alice May?"

Ich zuckte mit den Schultern. „Bisher nicht. Aber Reuben recherchiert gezielt nach einem Vampir. Vielleicht ist Alice May nicht die Person, die wir suchen.

Dann könnte das Datum, das wir ihm genannt haben, falsch sein."

„Wir werden hier jeden Stein umdrehen", versprach sie. „Irgendeine Spur, der wir nachgehen, wird schon was ergeben. Mach du so lange deine Zauber und sei schön fies."

William grinste mich mit diesem „Na siehst du"-Blick an.

Also gut, es war wohl an der Zeit, mich in die dunkle Magie von Juanna zu vertiefen. Selbst meine herzensguten Freunde drängten mich dazu.

Nach dem Gespräch mit Emily, bereitete ich mich auf die Reise in mein innerstes Dunkel vor. Wir zündeten im Keller einige Kerzen an. Das Feuer gab mir Kraft und stand gleichzeitig für Erleuchtung. Der Keller war sowohl ein ungestörter Ort, als auch einer der symbolisch für Vergrabenes stand. Die Mächte, die ich rufen wollte, hatte ich sehr tief in mir verborgen gehalten.

Es war kalt hier unten, aber wenigstens war es weder klamm, noch roch es modrig. Das Kerzenlicht flackerte an den Wänden und tauchte Wills Gesicht in einen geheimnisvollen Schein.

Ich nahm die Asche der verbrannten Blätter, die ich vom Fest mitgebracht hatte, und streute sie über meinen Kopf, um mich zu erinnern und auf die Magie meiner Vorfahrin zu besinnen. Juanna war im Feuer gestorben. Ihre Kräfte waren durch Feuer gewandert. Nun sollten sie neu in mir heranwachsen. So wie es die Pappel auf dem Midsummer Eve getan hatte, jener Baum, den die Druiden hatten emporwachsen lassen. Ich hatte ihr junges Laub in der ewigen Flamme verbrannt, einer

Flamme, die es schon zu Juannas Zeiten gegeben hatte. Sie schloss den Bogen durch die Zeit.

Nun bedeckte ich meinen Kopf mit der Asche, in welcher der Neubeginn und die Reinheit jenes urtümlichen Feuers lagen. Mit den Händen fuhr ich durch mein Haar und murmelte Zauberworte, die all diese kleinen Aschepartikel an mich banden und zu einem Teil von mir machten.

„Jill, dein Haar wird ganz grau." Williams Stimme klang ehrfürchtig. „Ich meine wirklich dein Haar."

Das war nicht weiter schlimm. Magie nahm und gab. Magie veränderte. Ich würde eine andere werden. So, als würde eine weiße Hexe grau werden, oder eine graue Hexe schwarz.

Ich griff nach zwei weißen Kerzen, nahm eine in jede Hand und hielt ihre Dochte aneinander, um ihre Flammen zu verbinden. Eine Kerze war ich, eine Kerze war Juanna. Wir brannten gemeinsam in der Hitze unserer Kraft.

Heißes Wachs tropfte auf meinen Körper. Magie tropfte in mich hinein.

Ich schloss die Augen und tauchte in mich selbst. Es war egal, ob ich mir dabei ein Land vorstellte, in dem es sonnige und eisige Plätze gab, an die ich reisen konnte, oder ob ich – so wie jetzt – an ein Labyrinth dachte, das helle und dunkle Gänge kannte. Ich brauchte nur ein Bild.

Bisher war ich an den Schattengängen vorbeigezogen, war den Wegen des Lichts gefolgt. Hatte nur manchmal eine graue Abkürzung genommen und dabei Spiegel voller Tricks gesehen. Spiegel, in denen ich mich selbst fand. Spiegel, in denen ich mir beim

Zaubern zusehen und dabei lernen konnte, wie ich es zu tun hatte.

Ich lief in ein Labyrinth aus Hecken. Grünes Laub rankte an den Büschen. Die weißen Gänge kannten Blüten und liebliche Düfte. Auf Wasserflächen glänzte die Magie der Heilung. Und die Sonne schien dort.

Ich wendete mich davon ab und folgte dem Pfad des Nebels, dessen Ende ich nicht sehen konnte. Immer, wenn eine Gabelung kam, nahm ich den etwas dunkleren Weg. Immer dunkler wurden die Gänge. Bis die Hecken über meinem Kopf zusammenwucherten und kein Licht mehr hindurchließen.

Blüten fand ich längst nicht mehr. Die Blätter an den Sträuchern welkten und kräuselten sich. Einige Stämme wirkten verbrannt. Und das Wasser, in dem ich mich zaubern sah, war modrig und getrübt.

Ich folgte dem Weg, folgte dem Pfad aus Asche. Es wurde kühler. Die Nacht brach herein. Die Sträucher wichen dornigem Gestrüpp, verholzten immer mehr, bis ich in einen hölzernen Stollen hineintrat. Ölige Pfützen aus dunklem Wasser zeigten mir die Magie der Krankheit.

Der Weg gabelte sich. Die Dunkelheit rief meinen Namen. Es war eine Frauenstimme mit einem fremdländischen Akzent. Ich hatte diese Stimme nie zuvor in meinem echten Leben gehört und wusste doch mit völliger Sicherheit, dass es Juannas Ruf war, dem ich folgte.

Holz wich Stein, Stein wich kalten, schwarzen Spiegeln. Spiegeln, in denen der Tod und die Zerstörung abgebildet waren. Ich gelangte in ein düsteres Spiegelkabinett. Auf jedem sah ich mich selbst zaubern, sah, was es aus mir machen konnte. Auf jedem Abbild war ich mehr Juanna und weniger ich, war ich dunkler und mächtiger und weniger menschlich.

„Ich zeige dir, wie du Geister tötest", raunte sie.

Mir wurde kalt, als ich sie hörte.

„Ich zeige dir, wie du Vampire vernichtest."

In den Spiegeln starben Vampire.

„Ich zeige dir, wie du dein Herz verschließt."

Ihr kaltes Lächeln blitzte auf dem schwarzen Glas.

„Ich will mich nur schützen", entgegnete ich.

„Du kannst ich sein. Wir sind zwei Leben mit derselben Magie."

„Ich werde niemals wie du."

„Dann tritt durch diesen Spiegel, wenn du nichts zu verlieren hast." Sie deutete auf eine teerige Flüssigkeit, die von der Decke strömte und eine Wand aus Dunkelheit formte. In ihr spiegelte sich nichts mehr. Sie verschluckte alles.

„Aber gib gut Acht, der Spiegel ist auf der anderen Seite. Erst wenn du hindurchgehst, kannst du deine wahre Macht sehen."

Auf den schwarzen Spiegeln um mich herum sah ich mich selbst, sah mich Dutzende Zauber und Rituale wirken. Doch egal bei welchem Zauber, ich trug immer eine Augenbinde. Mein Herz hämmerte im selben Takt wie das Tröpfeln des Teers an den Spiegelrändern.

Langsam schritt ich auf die letzte Barriere in mir zu. Auf den schwarzen Vorhang. Ich streckte einen Finger danach aus und spürte Kälte. Ein verbrannter Tropfen aus dunkler Asche lief meinen Arm hinauf, über meine Schulter, meinen Hals und wie ein drittes Auge auf meine Stirn.

Ich sah ein kleines Loch im Vorhang aus Teer, so groß wie dieser Tropfen. Dahinter gab es keine Spiegel mehr. Dahinter gab es nur noch Wissen. Ich schritt durch die pechschwarze Wand und alle Spiegel um mich herum zerbarsten. Ein schwarzes Feuer knisterte in der Luft. Eine neue Flamme.

„So geh nun fort und töte, was du töten musst", flüsterte Juanna.

Und alle Bilder fielen in sich zusammen.

Ich schlug die Augen auf und blickte in Wills wunderschönes Gesicht. Ich war zurück in meinem Keller, aber ein Teil von mir würde für immer dort bleiben. Ich spürte eine Dunkelheit in mir, die ich nun einsetzen konnte. Doch so wie Will aus seinen früheren Leben die einzelnen Geschehnisse nicht mehr benennen konnte, war ich orientierungslos über das, was ich nun alles zu bewirken vermochte.

Aber meine Macht war verändert. Selbst meine Aura war es. Schwarze Fäden durchzogen meine rote Energie.

„Jill, deine Augen ... und deine Haare." Will starrte mich an.

„Was ist damit?" Als ich die Worte aussprach, war ich erleichtert, dass meine Stimme noch dieselbe war und ich mich nicht wie Juanna anhörte.

„Du hast ein schwarzes Geflecht in deiner grauen Iris. Und deine Haare sind zwar wieder dunkelbraun, aber du hast lauter schwarze Strähnen darin. Das ganze Grau der Asche wurde schwarz."

„Magst du mich trotzdem noch?", flüsterte ich.

Er schüttelte den Kopf.

Für eine Sekunde glaubte ich, dass sich mein Schicksal wiederholen würde und dass der Mann, an den ich mein

Herz verloren hatte, mich fallenließ.

Doch Will sagte: „Ich mag dich nicht einfach bloß, Jillian. Ich liebe dich. Alles wird gut. Jetzt kannst du ihn besiegen."

Gerührt blickte ich auf meine Hände. Die Kerzen waren vollständig verbrannt, in meinem Schoß klebte getrocknetes Wachs. Es waren schwarze Wachsflecken, obwohl ich weiße Kerzen angezündet hatte.

„Die Kerzen wurden immer kürzer", berichtete Will. „Sie brannten viel schneller herunter, als ich das sonst je gesehen habe, und veränderten die Farbe von weiß zu grau, bis sie schwarz waren. Irgendwann hast du nur noch Feuer in deinen Händen gehalten, aber kein Wachs mehr. Und auch die Flamme wurde schwarz."

Trotzdem hatte ich keine Brandblasen an den Händen. Ich runzelte die Stirn und hielt eine Hand über eine der noch brennenden Kerzen am Boden. Ich spürte ihre Hitze kaum. Also hielt ich sie tiefer ins Feuer.

Entsetzt packte Will meinen Arm und riss meine Hand aus der Flamme. Allerdings spürte ich keinen Schmerz und es war auch nichts an mir verbrannt. War ich nun immun gegen Feuer geworden, weil Juanna darin gestorben war? Weil meine Kräfte im Feuer wiedergeboren worden waren?

Ich wusste es nicht. Bisher hatte ich meine Hände jedenfalls nicht einfach so in Kerzen halten können.

„Jill, das ..." William stutzte. „Ich weiß nicht, was du gemacht hast, aber es wirkt."

Als ich aus meiner knienden Position aufstand, hatte ich das Gefühl, mich gestärkt zu erheben. Normalerweise war ich nach einer Meditation müde und nach so einer hätte ich erst recht erschöpft sein müssen, doch es war, als würde die Energie in mir pulsieren. Ich hatte sie befreit. Bisher war ich schon mächtig gewesen, aber das jetzt übertraf alles. Hoffentlich würde ich in meiner Macht nicht untergehen.

Will nahm meine Hand und brachte mich ins Bett. Es war spät geworden. Wir legten uns nebeneinander und ich genoss die Wärme, die von seinem Körper ausging.

„Ich bin froh, dass du das gemacht hast“, murmelte er. „Ich kann den Gedanken nicht ertragen, dich zu verlieren. Dass du mit diesem Vampirgeist alleine warst und er dich quälen und umbringen will, macht mich wahnsinnig. Ich will den Kerl töten.“ Er küsste meinen Mund. „Ich werde dir nicht mehr von der Seite weichen. Das ist dir doch klar, oder?“

Ich lächelte ihn an. „Ich liebe dich auch, Will.“

Es waren Worte, die ich niemals zuvor laut ausgesprochen hatte. Der Blick in seinen Augen, als ich es ihm sagte, war wertvoller als jeder Edelstein.

Wir lagen ineinander verschlungen und er küsste mich. Ich spürte, wie seine Lust erwachte. Aber als wir uns in dieser Nacht liebten, spürte ich, dass ich niemals wie Juanna sein würde. Durch Will wusste ich das. Sie hatte ihr Herz verschlossen, doch meines stand weit offen für ihn.

KAPITEL 29

Ein lauter Knall riss uns aus dem Bett. Es klang, als hätte jemand eine Kanone abgefeuert. Nackt wie wir waren, rannten wir in den Flur. Alles war wie sonst, bis auf meinen Eichenbohlenschrank.

Ein gewaltiges Loch klaffte in der Mitte und hatte beide Schranktüren zerfetzt. Holzsplitter lagen über den ganzen Boden verteilt, genau wie die zerstörten Überreste unzähliger Tränke, Fläschchen und Tiegel.

Von dem Vampirgeist selbst war nichts zu sehen. Er hatte mir wortwörtlich einen Warnschuss vor den Bug versetzt und mich daran erinnert, dass es ihn noch gab und er hier ein- und ausgehen konnte, wie er wollte.

Wütend krallte ich meine Nägel in die Handflächen. Wäre er doch bloß etwas länger dageblieben, dann hätten wir es endlich hinter uns gebracht.

Dass er mit meinen Nerven spielte und diese Warterei auf das, was kommen würde, machten mir zu schaffen.

Will holte bereits einen Besen.

Wie viele Eimer mit Splittern würde ich noch füllen

müssen? Jedes Mal vergriff der Geist sich an den Objekten meiner Magie.

Die Stimmung war entsprechend geknickt. Ich prüfte, was durch den Angriff alles vernichtet worden war. Die Liste war gefühlt endlos. Manche Dinge davon waren schwer herzustellen gewesen, weil sie bestimmte Zeiten im Jahr und seltene Zutaten verlangten.

Als mein Handy klingelte, schreckte ich hoch. Es war Emily. Sie hörte sich müde und bedrückt an: „Willst du erst die gute oder die schlechte Nachricht hören?“

Ich stieß die Luft aus. „Fang mal mit gut an.“

„Elaine will sich so schnell wie möglich mit Reuben treffen. Sag ihm das vielleicht lieber erst, wenn er dir geholfen hat. Sie war wie gebannt von ihm und total aus dem Häuschen. Außerdem will sie ihn unbedingt allein sehen. Dabei habe ich ihr ein Doppeldate mit Matthew und mir zusammen nahegelegt.“

Sie hörte sich nicht besonders glücklich an. Aber dies war laut ihren eigenen Worten die gute Nachricht. Für Reuben war es das auf jeden Fall auch.

„Und was ist die schlechte Neuigkeit?“ Ich starrte aus dem Fenster. Ein gewaltiges Gewitter braute sich zusammen und der Wind drückte gegen die Scheiben.

„Matt hat mich in so einem Archiv abgesetzt, wo ich die ganzen Zeitungen von Thunder Bay durchschauen konnte. Die heben hier echt alles auf. Er selbst hat sich mit dem Wagen auf die Suche gemacht. Jedenfalls habe ich etwas gefunden und glaub mir, das ist keine gute Nachricht.“

Mein Herz raste los. „Und was?“

„Ich schicke dir mal ein Bild von einer Frau aus der

Zeitung und du sagst mir, ob das deine Kundin ist."

Ein paar Sekunden später empfing ich eine Fotonachricht von Emily. In Schwarzweiß blickte mir ein Gesicht entgegen, das ich sofort wiedererkannte. Es sah aus, wie die Aufnahme von einem Führerscheinfoto.

„Das ist Alice", bestätigte ich aufgeregt. Ein banges Gefühl machte sich in mir breit.

„Das habe ich schon befürchtet. Hier steht, dass die Leiche von Alice May vor fünf Wochen in ihrer Wohnung gefunden wurde. Die junge Frau soll erstickt sein, aber es fanden sich keine Anzeichen von äußerer Gewalteinwirkung."

Mir sackten die Beine weg und ich kauerte mich auf den Boden vor eine Wand. „Oh, mein Gott."

„Es wurde nicht als Mord eingestuft."

„Er wird sie im Unterbewusstsein angegriffen haben, genau wie mich."

Allerdings hatte er Alice May bis zum bitteren Ende gewürgt. Ob er ihr zuvor auch schon aufgelauert und sie mit seinen Psychospielchen drangsaliert hatte?

Mir war richtig schlecht und die finstere Macht in mir ballte sich zusammen wie die gelb-grauen Wolken am dunklen Himmel.

„Steht da, ob bei ihr ein Kristall gefunden wurde?" Die Wahrscheinlichkeit, dass die Zeitung so etwas berichtete, war natürlich verschwindend gering. Außer wenn so ein Rauchquarz direkt in ihrer Hand oder auf ihrem Kopfkissen entdeckt worden war.

„Nein." Emily seufzte. „Dann rufe ich mal Matthew an und sage ihm, dass er nicht weiter zu suchen braucht. Wenn das fünf Wochen her ist, wird ihre Wohnung inzwischen auch längst geräumt sein. Aber wir haben ja, weswegen wir hergeflogen sind: die Bestätigung, dass Alice May die Frau war, die diesen Todesgeist kannte. Leider kann sie uns jetzt keinen Namen mehr nennen."

Wir verabschiedeten uns und ich wünschte ihnen einen guten Heimflug. Allerdings sah es bei dem Unwetter, das sich hier zusammenbraute, nicht danach aus, dass sie heute noch herfliegen könnten.

Bedrückt erzählte ich Will von Emilys Entdeckung im Zeitungsarchiv. Der Geist hatte sie ermordet, weil sie ihn umgebracht hatte. Gleiches mit Gleichem. Dieser Kerl lebte das Motto wirklich. Ich stand als Nächste auf seiner Liste. Er hatte bewiesen, wozu er im Stande war. Falls Reuben nichts fand, kamen wir dem Kerl einfach nicht näher.

Ich verzauberte die Rauchquarze, die inzwischen geliefert worden waren und gab Will zum Schutz gleich zwei Stück, damit er in jeder Hand einen dieser Obelisken führen könnte.

Dann erzählte ich ihm auch von Enkos Zauberkreide und wir wählten einen Punkt im Wohnzimmer aus, weil er sehr zentral lag. Außerdem trafen sich hier zwei Kraftlinien. Ich hatte nicht vergessen, was Reuben darüber erzählt hatte, dass dies mögliche Transportröhren für den Vampirgeist waren, wenn er sich direkt in meinem Haus manifestieren wollte. Aber die Fläche, die ich mit der Kreide einschließen konnte, war kleiner als meine Badewanne. Sobald ich den Beginn der Linie mit dem Ende verband, wurde die weiße Zeichnung unsichtbar.

„Wow", staunte ich. „Hast du das gesehen?"

„Ja, zum Glück." Will schaute zur Decke hinauf. „Wir sind ziemlich genau unter deiner Lampe. Das ist eine gute Markierung. Lass sie trotzdem besser ausgeschaltet, weil er kein Licht mag. Wir wollen ihn nicht damit von diesem Bereich fernhalten."

Ich nickte und bläute Winifred ein, dass sie sich um diese Stelle herumbewegen sollte, falls sie nicht daran festkleben wollte wie der Kleister in den Federn, die diese Geisterkreide umschlossen hatten.

Als ich aufstand, sah ich einen rosa schimmernden Splitter am Boden funkeln. Er stammte sicher von einem meiner kaputten Kristalle. Den musste ich beim Zusammenkehren übersehen haben.

Ich runzelte die Stirn und starrte auf den kaputten Eichenbohlenschrank im Flur. All die Scherben und Splitter, die der Geist bei mir hinterlassen hatte, gingen mir nicht aus dem Kopf.

Und dann machte es klick. Ein sehr wichtiges Puzzlestück fiel an den rechten Platz.

Natürlich! Ich hätte mich selbst ohrfeigen können. Ich hatte zwar weder Haare noch Blut von meinem Angreifer, um ihn wirkungsvoll zu verfluchen, aber ich hatte tausende Splitter, die alle von seiner Magie berührt worden waren. Und dieser Vampirgeist bestand im Grunde genommen nur noch aus Magie. Diese war sein neuer Körper geworden. Bloß dass das keiner war, den man leicht verwunden konnte.

Ich kramte im Eichenbohlenschrank nach der Erde, die ich vom Midsummer Eve mitgebracht hatte, als es an der Tür klingelte.

„Ich mache schon auf", sagte ich und lief hin.

Schließlich hatte ich keine Lust, dass Will am Ende wieder Bianca in die Arme lief. Aber von ihr war nichts zu sehen. Dafür standen sechs Frauen vor meiner Tür, deren Auren in Orange- und Rottönen leuchteten. Sie waren alle Hexen. Und eine davon kannte ich sogar: Jasema.

„Was machst du denn hier?“, stammelte ich.

„Dein William hat mir alles erzählt“, sagte Jassy. „Deshalb habe ich gleich mal noch fünf weitere Mädels aus meinem Zirkel mitgebracht. Mit dir zusammen sind wir sieben. Du weißt, was das für eine wirkungsvolle Anzahl ist.“

Ja, das wusste ich. Grundsätzlich war eine ungerade Anzahl an Zaubernden besonders hilfreich. Eine war man immer schon von allein. Drei konnten besonders gut heilen, weswegen Jasema, Enko und ich eine gute Gruppe gewesen waren. Fünf vermochten die Elemente effektiv zu beeinflussen. Und sieben Hexen waren großartig im Fluchen.

„Brauchst du uns vielleicht für ein bisschen Zauberei?“, erkundigte sie sich.

Ich fiel ihr um den Hals und drückte sie. „Du bist einfach immer zur rechten Zeit am rechten Ort. Gerade hatte ich eine Idee.“

„Sehr schön“, befand Will. „Kommt doch rein.“

Die sechs Frauen traten ein. Jasema ließ ihre Finger durch eine meiner schwarzen Haarsträhnen gleiten. „Du hast dich aber verändert, seit wir uns das letzte Mal gesehen haben.“

Dabei war das noch gar nicht lange her. Natürlich nahm sie meine dunklere Aura wahr. Aber es schien sie nicht zu erschrecken. Sie stellte mir die fünf anderen Frauen aus unserem Zirkel vor. Bisher hatte ich noch gar keine Gelegenheit gehabt, diese auch näher kennenzulernen. Sie waren zum Glück kein bisschen so wie meine grauenvolle Nachbarin.

Jasema schaute sich das Loch in meinem Schrank an. „So ein Jammer um die schönen Sachen, die du da drin hattest. Wie können wir dir denn helfen, Jill?“

Ich gab William einen Kuss, weil er das für mich getan hatte, und holte den Eimer mit den Splittern hervor.

„Er ist ein Vampirgeist. So eine Kreatur ist mir bisher noch nie begegnet. Ich habe gerade überlegt, wie ich ihn verfluchen könnte, als ihr kamt, und ich hatte folgende Idee: An den Splittern kleben Reste seiner magischen Signatur. Das ist fast so gut wie Haare oder Blut.“

„Weil Magie ihn jetzt bestimmt“, folgerte auch Jasema.

Ich stupste mit dem Finger in ihre Richtung. „Exakt. Er ist deshalb schwer zu treffen, also will ich ihn verwundbarer machen.“ In meinen Fingern hielt ich das Gefäß mit der Erde von der magischen Insel im Redberry Lake hoch. „Ich will ihm gewissermaßen einen Körper anfluchen.“

Jasemas Augen leuchteten voller Staunen. „Du willst seinen Geist erden und ihn körperlich machen?“

„Genau.“

„Geht denn das überhaupt?“, fragte eine der Hexen aus Jassys Gefolge.

Ich blickte in sechs faszinierte Gesichter.

„Ich denke, ich weiß jetzt, wie es geht.“ Es war dunkle Totenmagie, weil es widernatürlich war, einem Geist einen Körper anzudichten.

Juannas Worte spukten durch meinen Kopf: *„Ich zeige dir, wie du Geister tötest.“*

Jasema legte ihre Hand auf meine und sah mich zuversichtlich an. „Ja, ich glaube auch, dass du das schaffen kannst. Sieh dich nur an, Jill: Du bist ein Juwel geworden."

Zumindest hatte ich die Magie eines Rubins in meinem Blut. Blut, das ich noch brauchen würde.

Wir zündeten uns Kerzen an, stellten sie in Windlichter und setzten uns bei dem aufziehenden Sturm nach draußen auf meine Terrasse. Die Fliesen waren schön warm von der Hitze der letzten Zeit.

Ich stellte den Eimer mit den Scherben in unser Zentrum und schüttete die Erde darauf. Damit sollte er auch als Geist so verwundbar werden, als besäße er noch einen Körper. Jeder Körper war aus der Natur geboren. Aus Humus. Und der Humus von der Insel unserer magischen Feste war besonders mächtig. Es war die dritte meiner drei von dort mitgebrachten Zutaten, die ich nun verwendete. Das Quellwasser befand sich in Enkos Bergkristall-Talisman. Die Asche hatte ich zur Meditation auf mein Haar gestreut. Und die Erde würde nun dem Geist eine Art Körper verleihen, den wir treffen könnten.

Ich konnte es kaum erwarten, mir an Halloween neue Zutaten von der Insel im Redberry Lake zu holen.

Die Hexen sahen mich erwartungsvoll an. Wir fassten uns an den Händen und verbanden unsere Energien. Brutus hüpfte in meinen Schoß und Jinx, der Kater von Jasema, schmiegte sich an seine Herrin.

Jassy lächelte und nickte mir zu.

Ich murmelte Zauberformeln, die mir nie zuvor über die Lippen gekommen waren. Worte, die düster klangen. Worte, die in das Reich des Körperlosen vordrangen. Die Erde und Splitter schmolzen zu einer Masse zusammen. Im Eimer entstand ein funkelnder Brei, der von den Kristallen, an denen seine Magie klebte, durchzogen war.

Als die Verbindung perfekt war, hielt ich meinen Finger darüber, stach mit der Spitze des Rauchquarzobelisken durch meine Haut und ließ einige Tropfen Blut auf den Brei fallen.

Blut, das giftig für Vampire war.

Blut, welches das Schicksal des Vampirgeistes mit meinem verband, weil er nun durch meine Hand sterblich wurde. Jetzt wusste ich, dass ich ihn töten konnte. Meine Magie hatte es schon einmal vermocht. Damals durch Alices Hand. Dieses Mal würde ich ihm den Rest geben.

Ich umklammerte den Rauchquarz und starrte in den dunklen Himmel. Ein Gewitter braute sich zusammen. Bald würde es so weit sein.

KAPITEL 30

„Sag Bescheid, wenn du uns noch mal brauchst", verlangte Jasema und drückte mich.

„Das werde ich."

Die sechs Frauen verließen mich wieder, doch die Magie unseres gemeinsamen Fluches blieb bestehen. Inzwischen hatte es zu regnen angefangen. Überall, wo die Tropfen einschlugen, spritzte der staubige Boden auf. Nach der langen Dürre wurde es wirklich langsam Zeit für Regen.

Brutus machte es sich drinnen bei mir gemütlich. Es war Abend geworden und ich wollte gerade einen Kräutertee aufbrühen, als Reuben sich im Wohnzimmer manifestierte. Er traf genau in dem Moment ein, als ein gewaltiger Blitz in der Ferne über den tiefschwarzen Himmel zuckte.

Erschrocken fasste ich mir an die Brust. „Mach das nie wieder ohne Vorankündigung. Es gibt Telefone."

Er setzte sich top gestylt auf meine Couch. Mit seiner Art zu reisen, wurde er nie nass. Trotzdem strich er sich über die Stirn, als würde ihm eine feuchte Strähne ins Gesicht hängen. „Wieso, was ist denn?"

Ich rollte mit den Augen und schüttelte den Kopf. Der Kerl war doch nicht zu schlagen.

„Hast du etwas herausgefunden?", fragte ich ihn.

Hoffentlich war das der Grund für sein plötzliches Auftauchen.

„Also, das war gar nicht so leicht. Zuerst habe ich nach Berichten über einen Toten gesucht. Allerdings wurden keine Tode in der Zeit verzeichnet."

„Aber Alice May ist die richtige Spur", beharrte ich. „Emily hat herausgefunden, dass sie ohne Spuren äußerer Gewalteinwirkung erwürgt worden ist."

Es war sicher kein Zufall, dass sie auf dieselbe Weise gestorben war, wie er mich angegriffen hatte.

„Du hast recht, die Spur ist richtig, aber ich musste anders suchen und das hat Zeit gekostet. Dass kein Tod verzeichnet wurde, heißt ja nur, dass keiner bekannt geworden ist."

„Nun sag schon", drängte ich ihn.

„Deshalb habe ich nach dem gesucht, was nicht da ist." Selbstzufrieden schaute er mich an.

„Was nicht da ist?", wiederholte ich lahm.

„Ja, versteh doch! Ich habe nach dem Vampir gesucht, der plötzlich nicht mehr in den Überlieferungen aufgetaucht ist."

„Du hast ihn gefunden", flüsterte ich.

Reuben nickte und ich fiel ihm um den Hals. Zum Glück klappten Umarmungen noch. Nur mein Blut würde ihm jetzt nicht mehr bekommen. „Danke schön."

Hinter mir räusperte sich William lautstark.

Ich löste meine Umarmung und lächelte ihn verlegen

an. Dann zeigte ich auf Reuben und erklärte: „Er hat ihn gefunden."

„Er heißt David Crowley", verkündete er auch sogleich.

„Himmel, klingt das harmlos."

Reuben erzählte uns das Wenige, was er über Crowley herausgefunden hatte. Er war zwar – wie alle Vampire – ein charismatischer Typ gewesen, aber ein Einzelgänger, der sich nur wenig in der Saskatooner Vampirgesellschaft bewegt hatte, weswegen es auch nicht besonders viele Einträge zu ihm gab. Umso schwerer war es Reuben auch gefallen zu bemerken, dass er irgendwann gar nicht mehr in den Berichten aufgetaucht war.

„Zuletzt soll er sich unsterblich in eine Frau verliebt haben", berichtete Reuben. „Und da enden auch schon die Aufzeichnungen."

Uns allen war klar, dass diese Frau Alice May gewesen war. Seine Obsession für sie hatte Alice in die Flucht getrieben und beide das Leben gekostet.

„Alice hat nie erwähnt, dass er ein Vampir war", grübelte ich. „Vermutlich hat sie das gar nicht gewusst. Oder sie wollte es mir nicht anvertrauen."

Sie war gerade mal dreiundzwanzig geworden. Eine hübsche, junge Frau, die sich in den falschen Mann verliebt hatte.

Ein lauter Knall lärmte von der Haustür zu uns herein. So, als hätten die heftigen Sturmböen etwas dagegenklatschen lassen. Ich sprang auf und spähte zur Tür hinaus. Aber da war kein Dachziegel heruntergefallen. Vor meiner Türschwelle lagen Rosenquarzsplitter und Bianca stand mitten auf der Straße und starrte mich hasserfüllt an.

War sie jetzt völlig irre geworden? Sie musste den Kristall an meine Haustür geschmissen haben.

Hagelkörner prasselten mit einem Mal vom Himmel. Es lärmte wie hundert Pistolenschüsse. Kieselgroße Eisbrocken schepperten auf die Straße, drückten auf die Autodächer und trafen auch Bianca.

Aber das Wetter schien ihr völlig gleichgültig zu sein. Sie zuckte nicht einmal mit der Wimper. Hätte sie noch Haare gehabt, wären diese nun wild um ihr Gesicht herumgeflogen. So wie der Wind auch an meinen Haaren zerrte. Doch sie war noch immer kahl am Kopf und trug dieselben Flusen, mit denen ich sie zuletzt gesehen hatte.

„Nein, nein, nein!“, brüllte sie aus voller Kehle über den Sturm hinweg, der alles schwarz machte und nur weiße Körner am Boden zurückließ. „Immer machst du alles kaputt.“

Wie bitte? Ich hatte den Kristall ganz sicher nicht zerstört. Wer hatte eigentlich den Kuckuck in ihrer Birne abgeschossen?

„*Du* bist doch diejenige, die mich verfolgt“, schrie ich sie an. Die Welt um uns herum versank im Lärm. „Wieso lässt du mich nicht in Ruhe?“

Bianca dachte gar nicht daran. Stattdessen schmiss sie einen weiteren Kristall auf meine Türschwelle. Erst, als er vor meinen Füßen zersplitterte, erkannte ich, dass es ein Rutilquarz war.

Und schlagartig fielen die Puzzleteile ineinander. Erst hatte sie den Rosenquarz geworfen. Dann den Rutilquarz. Dieselben Steine in derselben Reihenfolge wie Alice sie bei mir gekauft hatte.

Aus schreckstarren Augen sah ich sie an. „Du bist

dieses Monster?“

„Du hast alles kaputtgemacht“, wiederholte sie mit der Stimme von Bianca. Doch die nächsten Worte klangen wie der Geist aus der Nacht des Angriffs: „Wegen dir bin ich tot.“

„Er ist hier“, schrie ich nach drinnen zu den anderen ins Wohnzimmer.

Für einen Moment blitzte die echte Bianca durch die Maske des Grauens und sah mich entsetzt an. Aus Augen, die mich um Hilfe anflehten. Doch dann kippte ihr Kopf schräg zur Seite und der Hass loderte wieder in ihrem Blick auf. Langsam wie ein Zombie kam sie auf mich zu.

Entschlossen zog ich meinen Rauchquarz aus der Tasche. Will, Reuben und Winifred erschienen hinter mir.

„Der Geist steckt in Bianca“, rief ich ihnen zu.

Ich starrte auf den Obelisken in meiner Hand. Solange der Geist in Biancas Körper blieb, konnte ich ihn nicht pfählen, ohne auch sie zu töten. Er benutzte sie als lebenden Schutzschild. Sie bewegte sich wie eine Marionette, die an Strippen hing, auf mein Haus zu.

Es war das erste Mal, dass ich unter ihrer dumpfen Aura pechschwarze Flecken durchblitzen sah. Er hatte sich hinter ihrer Aura versteckt. Deswegen hatte ihre Hexenaura so fad gewirkt. Dieser Geist hatte Bianca schon die ganze Zeit unterdrückt und in seinen Klauen. Wer wusste schon, wie diese arme Frau in Wirklichkeit war?

„Wie bekommen wir den Geist aus ihrem Körper?“, zischte ich verzweifelt.

„Macht Platz für die kleine Bianca.“ Die Stimme des

Vampirgeistes donnerte durch die Schwärze des Unwetters. Er steuerte ihren Körper nach seinem Willen.

Als ich das sah, wurde mir noch etwas klar: Dieser Vampir, David Crowley, war nicht einfach nur zu einem normalen Geist geworden. Er war so niederträchtig und rachsüchtig gewesen, dass er sich gegen das herkömmliche Jenseits entschieden und lieber die Mächte der Finsternis auf sich geladen hatte. Nun war er ein Diener der Hölle: ein Dämon. Und damit war er auch in der Lage, von einem anderen Menschen Besitz zu ergreifen und in dessen Körper zu wohnen wie ein Parasit.

Jetzt verstand ich auch mein schlechtes Gewissen, das ich bei Bianca verspürt hatte, als ich ihr die Haare vom Kopf gebrannt hatte. Bianca war gar nicht das Problem. Sie war nur ein Opfer. Besessen von diesem dämonischen Geist. Die Momente, in denen sie mir leidgetan hatte, waren die Momente, in denen ihre Verzweiflung durchgeblitzt hatten.

Ich konnte bloß hoffen, dass Juannas Macht für diesen Gegner ausreichte.

Er ließ mir keine Zeit zum Überlegen. Bianca zückte ein langes Fleischermesser und hielt es sich selbst an den Hals. Dabei war ihre Bewegung so ruckartig, dass der ganze Zwang, der auf ihr lastete, deutlich wurde.

„Macht mir Platz oder Bianca könnte den Kopf verlieren“, drohte der Geist.

So war er also in mein Haus gekommen. Ich hatte Bianca hereingelassen, als sie die Trittleiter brauchte. Allerdings hatte ich dabei angenommen, nur eine Hexe ins Haus zu bitten. Doch der Vampirgeist war in ihren Körper gefahren und der Einladung gleich mit gefolgt.

Ich bedeutete den anderen, Bianca Platz zu machen, damit sie durch die Tür treten konnte. Aber dann wurde mir die Gefahr bewusst, die Biancas Zustand für Will und Reuben darstellte. Denn wenn der Dämonengeist in ihren Körper hatte fahren können, dann könnte er auch von Reuben und Will Besitz ergreifen.

„Lauft weg“, zischte ich ihnen zu. „Bringt euch in Sicherheit.“

„Das kannst du vergessen, Jill“, stellte William klar.

„Oh, ist dein schöner Schrank kaputt?“ Die Stimme des Geists war voller Häme. Dann sah er meinen Frosch auf einem der Kristalle sitzen. Biancas Kopf ruckte zu mir herum. „Die dümmsten Hexen haben die dicksten Frösche.“

Er ließ Bianca lachen, dass einem das arme Mädchen leidtun konnte. Sie musste doch ganz krank im Kopf sein, wenn er seit Wochen in ihrem Körper hauste.

„Was war das doch für eine glückliche Fügung, dass deine Nachbarn ausgezogen sind, Jillian.“ Mein Name drang voller Hass aus Biancas Mund. „Natürlich eine Fügung, der ich nachhelfen musste.“

Ich hatte doch gleich gewusst, dass der ganze Umzug der Belmonds so seltsam übereilt stattgefunden hatte. Sie hatten eben selbst nicht gewusst, dass sie ausziehen würden. Der gehetzte Blick von Miss Belmond an jenem Morgen ging mir nicht aus dem Sinn. So, als hätte sie vor etwas fliehen wollen.

Wieder ließ der Geist Bianca auflachen. Ihr Körper fuhr zu mir herum.

„Du bist David Crowley, oder?“, fragte ich ihn.

Bianca nickte. „Du dumme Hexe hast mir meine Alice gestohlen. Wir waren so glücklich. Aber dann wollte sie mich verlassen, statt meine Braut zu werden. Ich wollte sie nur ein bisschen schlagen, damit sie merkte, dass sie ohne mich niemand war. Dass sie meine Stärke brauchte."

Seine Stimme schwenkte um in tiefsten Hass: „Sie hat unsere Liebe betrogen, indem sie mich mit diesem Quarzpflock erstochen hat. So konnte ich sie nicht gehen lassen. So nicht. Nein. Ich habe Rache geschworen. Alice hat schon davon gekostet. Aber du wirst sie auch schmecken, denn du bist ebenso schuld mit deiner Magie. Ohne deinen Zauberdreck hätte sie mich niemals töten können. Wir wären noch zusammen."

Er schnalzte mit der Zunge. „Als ich sie in Thunder Bay gefunden habe, hatte sie sich sogar die Haare wieder blond gefärbt, obwohl ich rot liebe. Blond war sie gar nicht mehr so hübsch. Blond war sie nicht mehr meine Alice. Sie hat alles, was wir einmal waren, verraten. Und als sie endlich tot war, wusste ich nicht mehr, was ich überhaupt je an ihr gefunden hatte. Sie war so leblos. Ohne diesen köstlichen Puls war sie nichts Besonderes mehr. Tot. Tot. Tot. Und diesen hässlichen Körper hier brauche ich auch nicht mehr."

Plötzlich fing Bianca qualvoll zu würgen an. Anscheinend drückte er ihr den Hals ab, wie er es bei Alice und mir schon getan hatte.

Wir mussten dringend eingreifen. Aber er befand sich viel zu weit von der Kreidemarkierung entfernt. Für unseren Plan, ihn dort hineinzulocken, blieb Bianca keine Zeit.

Will, der etwa drei Meter von ihr weg stand, riss seine Arme nach vorne und krampfte seine Hände zusammen. Seine Muskeln traten hervor und er rüttelte und zerrte scheinbar an der Luft. Bianca konnte ich ansehen, dass der Geist, der in sie hineingefahren war, immer wieder nach links und rechts aus ihr herausgezogen wurde. Ich musste ihn unbedingt treffen, wenn er herausragte.

Schnell stach ich mir den Obelisken in die Hand, sodass seine Spitze von meinem Blut getränkt war. Dann sprang ich mit einem langen Satz auf Bianca zu, zielte und stieß nach ihm. Doch der Geist floh zurück in ihren Körper, der noch immer keine Luft bekam und langsam blau anlief. Mein Stich traf Biancas Nacken und durchbohrte ihre Haut. Es war nicht das Herz und auch kein anderes lebenswichtiges Organ.

Trotzdem erwischte ich zumindest auch teilweise den Geist in ihr. Und mein giftiges Blut schmeckte ihm so wenig wie der Rauchquarz. Es war nicht ganz so geplant gewesen. Ich hatte Bianca nicht verletzen wollen. Er sollte nur ihren Körper in Ruhe lassen.

David Crowleys Geist schrie auf und starrte mich halb wahnsinnig an. In seiner Überheblichkeit hatte er geglaubt, unverwundbar zu sein. Doch der Obelisk drang so hart durch ihn hindurch, als würde ich in einen echten Körper stechen. Mein Blut schwächte ihn und mit Biancas schlaffem Körper konnte er wenig anfangen. Mit einem Satz fuhr er aus ihr heraus und raste auf William zu, um sich einen frischen Körper zu holen. Er war so schnell, dass ich ihn mit meinem Kristall nicht mehr erwischte. Bianca klatschte zu Boden.

Will hielt noch immer seine Arme nach vorne gestreckt, um ihn abzuwehren, doch der Dämonengeist war zu stark. Ich sah, wie Crowley auf ihn zuraste. Sah wie Wills Gesicht sich vor Anstrengung verzerrte. Und auch, wie Reuben ihn mental zu packen versuchte, jetzt, da er endlich aus Bianca herausgefahren war.

Wir würden alle zu spät kommen. Der Geist berührte Will bereits. Doch bevor er ganz von dem Mann Besitz ergreifen konnte, den ich liebte, warf sich Winifred dazwischen und rammte ihn mit aller Kraft, die sie aufbringen konnte, an William vorbei und schubste ihn in die Kreidezone.

Der Dämon schoss einen Blitz auf sie ab, so wie er meinen Eichenbohlenschrank getroffen hatte, und Winifreds Körper segelte einige Meter davon bis durch die Wand.

Sie hatte uns allen Zeit verschafft und Will gerettet. Reuben packte den Dämon. Gemeinsam mit Will nahm er ihn in die Zange. Jetzt konnte er sich hinter keinem anderen Körper mehr verstecken und klebte außerdem in dem markierten Bereich. Auch wenn die Indianer nicht hier waren, half mir ihre Schamanenmagie. Alles wurde zu einem Kreis, der sich hier schloss, so wie sich die Kreidespur um David Crowleys Geist geschlossen hatte.

Ich drückte die Spitze des Rauchquarzobelisken erneut in meine Wunde, riss ihn hoch und sprang auf Crowley zu. Mit aller Kraft und Verzweiflung, weil er Winifred abgeschossen, Alice getötet, mich gewürgt und von Bianca Besitz ergriffen hatte, rammte ich ihm die blutige Spitze bis in sein finsteres Herz hinein. Der Fluch, den Jasema, ihre Hexen und ich gewirkt hatten, traf ihn mit voller Macht.

Zum zweiten Mal wurde David Crowley von einem Rauchquarz gepfählt. Doch dieses Mal war sein Tod endgültig. Sein Geist wurde regelrecht auseinandergerissen und starb in einem gellenden

Schrei, welcher der Hölle angemessen war, in die er gerade fuhr.

Mein Blick fiel auf die bewusstlose Bianca, aber ich wollte auch wissen, was mit Winifred los war.

„Ich kümmere mich um sie“, erklärte Will und kniete sich neben Bianca. Auch Reuben setzte sich in Bewegung.

Ich rannte um die Ecke und sah Winifred im Flur liegen. Ein gewaltiges Loch klaffte in ihrem Bauch. Sie zerfaserte bereits, doch als sie mich sah, lächelte sie.

„Ist er tot?“, flüsterte sie.

Ich nickte und kauerte mich neben ihren Geist. „Du hast Will gerettet.“

„Dann war das wohl meine Aufgabe: den Mann, den du liebst, zu beschützen. Deshalb war ich noch hier.“ Sie nickte. „Das ist ein guter Tod. Ich weiß nun, dass er bei dir ist.“

Ich schniefte und nickte. „Ja, ich liebe ihn. Aber dich liebe ich auch. Ich werde dich so vermissen.“

„Dafür hast du jetzt einen Mann an deiner Seite. Und auch ich werde meinen Mann wiedersehen.“ Ein kleines Husten drang aus ihrem Mund und ihre Lippen kräuselten sich wie Rauch. „Denk dran, mir immer frische Blumen auf mein Grab zu stellen. Es soll schöner sein als das von den zwei alten Vetteln, die neben mir begraben sind.“

Innerlich rollte ich mit den Augen. Selbst im Tod gab sie mir noch Anweisungen. „Ist gut, das mache ich.“

„Ich liebe dich, meine Kleine.“ Ihr Geist verrauchte und mein Herz blutete. Sie hatte die Aufgabe erfüllt, die das Schicksal ihr zugeteilt hatte.

Mit zitternden Händen und Tränen in den Augen

strich ich durch die Luft, wo sie eben noch gelegen hatte. „Leb wohl, Wini. Wir sehen uns irgendwann wieder."

Ich rappelte mich hoch und lief zu den anderen. Bianca schlug gerade ihre Augen auf und William hielt einen Tiegel meiner Heilcreme in den Händen, mit der er sie verarztet hatte.

„Hey, Bianca, wie geht es dir?"

Wenigstens war ihr Gesicht nicht mehr blau angelaufen und sie blutete auch nicht mehr aus der Nackenwunde. Jetzt, da der Geist aus ihr verschwunden war, hatte sie gar keine trübe und abstoßende Aura mehr. Meine Abneigung ihr gegenüber hatte die ganze Zeit nur Crowley gegolten. In Wahrheit umgab sie eine sehr zarte und wunderhübsch schillernde, orangerote Aura.

„Wo bin ich?", stammelte sie und hielt sich den Kopf. „Wer seid ihr?"

KAPITEL 31

Ich trug einen Strauß aus bunten Orchideen, als ich zu Winifreds Grab ging. Der letzte Strauß, den ich ihr gebracht hatte, war welk geworden. Alle Pflanzen sahen von dem Hagelschauer, der über Saskatoon gewütet hatte, etwas mitgenommen aus.

Ich leerte die Steckvase, holte frisches Wasser und stellte die Orchideen auf ihr Grab.

„Siehst du, Wini, ich bringe dir einen neuen Strauß, damit dein Grab das Schönste weit und breit ist."

Ich wusste, dass sie gelächelt hätte. Liebevoll reinigte ich die Schrift an ihrem Grabstein und polierte ihn, bis er glänzte.

„Es ist so eigenartig still im Haus, seit du nicht mehr da bist", erzählte ich ihr. „Brutus quakt zwar gerne aus Leibeskräften in seinem Tümpel herum, wenn alle anderen schlafen wollen, und Will ist natürlich auch bei mir. Aber es ist nicht dasselbe wie mit dir."

Ich nickte und streichelte ihren Grabstein. „Ja, du hast recht, Zeiten ändern sich." Dann gluckste ich. „Du glaubst nicht, wer mir gerne mal ein Ohr abschwatzen kommt."

Ich wartete ein paar Sekunden, damit sie neugierig werden konnte, auch wenn ihr Geist nicht mehr hier war.

„Reuben, der Vampir. Seit ich ihn in mein Haus gelassen habe, schneit er regelmäßig vorbei."

Ich kniete mich vor die eingepflanzten Blumen auf ihrem Grab und pflegte sie ein wenig mit Magie und Wachstumswasser, weil der Hagel ihnen arg zugesetzt hatte.

„Ach, das weißt du ja noch gar nicht. Stell dir vor, Reuben ist jetzt wirklich mit Elaine zusammen. Und Elaine mag mich plötzlich, weil ich sie mit Reuben bekannt gemacht habe. Dinge gibt es ... Sie ist hin und weg von ihm. Die beiden sind echte Turteltäubchen. Ich bin froh, dass er nicht einsam bleiben muss. Und wenn ich so darüber nachdenke, passt Elaine viel besser zu ihm als Wendy."

Ich schaute zu dem Baum hinüber, an dem wir die Seile befestigt und damit Winifreds Sarg hochgezogen hatten. Es schien drei Leben her zu sein.

„Gestern habe ich mit den Belmonds telefoniert. Mir war nicht wohl dabei, dass Crowley sie aus ihrem alten Haus vertrieben hat. Aber wenigstens diese Geschichte hat ein gutes Ende genommen."

Mister Belmond war doch tatsächlich an das Telefon gegangen. Ich hatte eigentlich mit seiner Frau gerechnet, weil sie immerhin diejenige von ihnen beiden war, die so gerne gesprochen hatte, aber anscheinend war er in Ottawa aufgeblüht.

„Uns geht es prima, Jillian", hatte Mister Belmond erklärt.

„Sie sind damals so plötzlich abgereist. Ich habe mich gar nicht mehr richtig verabschieden können."

„Ja, wenn ich so darüber nachdenke, ist das wirklich Knall auf Fall gelaufen", hatte er zugestimmt. „Dabei hatten wir uns schon öfter überlegt, zu unseren Enkeln zu ziehen. Aber wir hingen ja auch so an unserem Haus. Ich weiß gar nicht genau, warum wir es uns auf einmal anders überlegt haben, aber ich bin froh, dass wir es gemacht haben."

Natürlich kannte ich den Grund dafür, aber ich würde ihm diesen niemals erzählen können.

Ich streichelte Winifreds Grabstein. „Er hat mir von seinen Enkelkindern vorgeschwärmt und klang wirklich glücklich. Jetzt leben drei Generationen Belmonds in Ottawa."

Das brachte mich auch zum nächsten Punkt, von dem ich Winifred erzählen wollte: „Übrigens, ich habe mit Will sehr lange meditiert, um mehr über seine früheren Leben zu erfahren. Also, er war nie James Dean, was ich eigentlich immer noch nicht so recht glauben kann, aber ich bin mit ihm bis an den Anfang gereist. Zurück zu seinem ersten Leben."

Ich schüttelte den Kopf. „Das glaubst du nie, obwohl es erklärt, weshalb er Bianca medizinisch so gut versorgen konnte. Dass er mal ein Indianer gewesen war, stand ja schon länger fest, aber Will war nicht irgendein Indianer. Er war ein Schamane vom Stamm der Ojibwa. Vielleicht ist sein Geist auch deshalb auf Reisen gegangen."

Ich seufzte und lauschte dem Wind in den Blättern über mir. „Bianca geht es so weit ganz gut. Sie hat zum Glück keinerlei Erinnerungen an die Zeit mit diesem

Vampirdämon, sonst hätte sie womöglich noch bleibende Schäden davongetragen. Langsam lebt sie sich hier ein. Sie möchte trotz allem, was vorgefallen ist, nicht fortgehen. Aber jetzt, wo Bianca sie selbst sein kann, ist sie eine nette Nachbarin, und ich helfe ihr, wo es geht."

Ich seufzte. „Ich habe ihr zwar angeboten, ihre Haare mit Wachstumswasser zu behandeln, und mich tausendmal dafür entschuldigt, dass ich ihr die Haare vom Kopf gebrannt habe, aber sie sagt, dass ihr das hilft, mit sich ins Reine zu kommen, wenn sie in den Spiegel sieht. Sie sei stolz auf jeden neuen Zentimeter, den ihre Haare mit der Zeit wachsen würden."

Bianca war wirklich tapfer. Ich hatte ihr einen neuen Rasenmäher gekauft, was sie sehr verwundert hat. Der neue stand nun aber im Gartenschuppen, wo er hingehörte, statt auf ihrem Dachboden.

Inzwischen war sie so weit, dass sie über manche Vorfälle, die ich ihr erzählte, lachen konnte. Ich hätte das bei Bianca eigentlich nicht für möglich gehalten, aber allmählich wurden wir Freundinnen.

„Übrigens arbeitet Bianca inzwischen bei Matt und Emily im Laden und sehr zu deren Freude ist sie wirklich fleißig und zuverlässig. Sie will hier ein neues Leben anfangen. Der Tag, an dem wir den Dämon getötet haben, ist zu ihrem zweiten Geburtstag geworden. Es wird bestimmt seltsam, wenn sie ihn nächstes Jahr feiert."

Bianca war damals aus eigenen Stücken von Montreal nach Saskatchewan gezogen, weil sie Lust auf ein neues Abenteuer gehabt hatte, und war dann dummerweise Crowleys finsteren Plänen zum Opfer gefallen. Er hatte sie als Eintrittskarte zum Midsummer Eve benutzt. Er musste gedacht haben, dass er in Form einer Hexe besser an mich herankommen könnte, und hatte dann seine Stalker-Absichten als Bianca getarnt ausgelebt.

„Ich muss jetzt los. Alle Blumen sind wieder hübsch und ordentlich. Du kannst also richtig angeben mit deinem Grab. William wartet draußen im Auto. Wir fahren noch weg. Aber das erzähle ich dir nächstes Mal."

Ich hauchte einen Kuss auf meine Hand und berührte ihren Grabstein. „Grüß da drüben alle lieb von mir."

Irgendwie fiel es mir leicht, mir vorzustellen, dass Winifred als quirliger Geist das Jenseits aufmischte.

Ich lief zurück zum Wagen und stieg ein.

„Alles okay bei dir?", wollte Will wissen.

Ich nickte und küsste ihn auf seine sinnlichen Lippen. So viel Zeit musste immer sein. Vorfreudig lächelte ich ihn an. „Lass uns losfahren. Das wird eine tolle Überraschung."

Wir fuhren aus Saskatoon heraus. Inzwischen war mir der Weg in Richtung Wanuskewin Heritage Park so vertraut, dass ich ihn im Schlaf fahren könnte. Aber wir bogen nicht in den Park ein, sondern fuhren weiter bis zu der kleinen Holzhütte am Bach. Ich liebte das plätschernde Geräusch. Brutus hüpfte auch gleich los, weil er gerne darin baden wollte.

„Aber lauf nicht weg", ermahnte ich ihn scherzhaft. Er war mein kleiner Froschprinz geworden und er war genau richtig, so wie er war.

Seine Antwort bestand aus einem Quaken, denn ich konnte ja nicht überall meine Tastatur mit hinnehmen. Inzwischen tippte er richtig gut. Er war ein Fall für eine Talentshow.

„Komm", sagte ich zu Will.

Hand in Hand liefen wir zur Tür der Baracke und ich klopfte dreimal. Ich fühlte mich wie der Weihnachtsmann, der einem kleinen Jungen, der längst mein Herz erobert hatte, ein Geschenk brachte.

Die Tür ging auf und uns strahlte ein kleiner Bergkristallobelisk in den Farben des Regenbogens entgegen. Enkoodabooaoo trug ihn als Kette um den Hals. Seine Augen richteten sich interessiert auf meinen Begleiter.

Er brauchte aber nicht zu denken, dass ich ihm hier einfach nur ein weiteres Bleichgesicht anschleppte. Die Ojibwa und die Cree waren zwar nicht vom selben Stamm, aber sie hatten sich in der Vergangenheit gut miteinander verstanden. Und Enkoodabooaoo brauchte noch immer jemanden, der ihm half, seine Fähigkeiten zu verstehen.

Ich strahlte den kleinen Jungen über das ganze Gesicht an. „Enko, das ist William."

Und mit diesen Worten begann ihr gemeinsames Abenteuer.

EPILOG

„Da ist Post für dich“, sagte Will grinsend. Er zog mich an sich heran und gab mir einen langen, feurigen Kuss.

„Das muss aber tolle Post sein“, flüsterte ich.

Er deutete auf den Küchentisch und ich sah dort eine bunte Karte liegen, auf der ein Strand abgebildet war. Neugierig ging ich hin und nahm sie auf. In fröhlichen, bunten Buchstaben stand „Barbados“ vorne drauf. Als ich die Karte drehte, musste ich grinsen.

„Holde Zauberhexe, mein Leben mit Wendy ist zu einem Traum auf einer Karibikinsel geworden. Wir sind sehr glücklich und zu meinem unfassbaren Erstaunen findet mich meine Liebste trotz deiner Zauberei attraktiv. Nun gut ... vielleicht hast du das ja doch ganz ordentlich hinbekommen. Danke und hab ein schönes Leben. Ich muss dann mal wieder Geld ausgeben. Hochachtungsvoll Geronimo.“

Ich kicherte und hängte mir die Karte an den Kühlschrank. Matthew und Emily würden sich bestimmt totlachen, wenn ich sie ihnen zeigte.

„Übrigens habe ich mir etwas einfallen lassen, weil du immer nicht aus deinem Korbstuhl herauszubekommen bist.“

Seit dem ganzen Trubel hatte ich es mir wirklich oft darin gemütlich gemacht, um meine Seele wieder baumeln zu lassen. Aber dabei hatte ich Will ganz bestimmt nicht vernachlässigt. Die obere Schublade meines Nachttisches war schon wesentlich weniger voll.

Ich gluckste. „Und was willst du dagegen tun?“

Er zuckte nur mit den Schultern. „Na, vielleicht habe ich mir einen zweiten gekauft und daneben aufgebaut.“

Jetzt lachte ich laut. „Wir werden noch wie so ein altes Ehepaar enden, das gemeinsam in den Sonnenuntergang schaut.“

Er grinste nur und tippte sich zum Gruß an die Stirn.

Ich ging zu ihm und schlang ihm von hinten meine Arme um den Bauch. „Weißt du, ich habe mir überlegt, dass wir, obwohl ich meinen wunderbaren Korbstuhl mit den kuscheligen Auflagen und der weltbesten Aussicht so sehr liebe, doch auch mal zusammen eine kleine Reise machen könnten.“

Will nickte amüsiert. „Da muss ich erst Enko fragen, ob er mir freigibt.“

Ich lächelte. „Es läuft gut mit euch beiden, oder?“

„Ja, er will zwar, dass ich seine Mutter heirate, aber ich habe ihm schon gesagt, dass ich mit dir zusammen bin.“

William legte seine Hände auf meine Arme und zog mich mit sich zu meinem Kristallregal. „Was hältst du eigentlich davon, wenn wir den hier in einen Ring verarbeiten?“, fragte er und hielt dabei den Diamanten hoch, den er mir geschenkt hatte. Er funkelte wunderschön im Licht, aber Wills Augen strahlten noch mehr.

„Meinst du das ernst?“, stammelte ich.

Statt einer Antwort runzelte er die Stirn. „Musst du mit Bianca wieder zu Jassy und für eure Hau-die-Wölfe-Nummer üben, oder hast du Zeit für einen Ausflug?“

Seit William den Cree half, hatte Ahtahkakoop mir erlaubt, noch mehr bei meinem Hexenzirkel mitzumachen. Auch Bianca war Jassys fröhlicher Runde beigetreten. Schon bald würden wir an Halloween in den Wettkampf ziehen. Ich freute mich riesig darauf. Und die Wölfchen sollten besser Acht geben, denn ich war stärker denn je. Ich würde gut auf Jassy aufpassen müssen, denn Lewis, der Anführer des Wolfsrudels, wollte sie vermutlich immer noch für sich als Gewinn beanspruchen, falls wir verlieren sollten.

Ich strahlte ihn an. „Ich habe Zeit.“

Will nahm meine Hand, führte mich aus dem Haus und setzte mich in sein Auto. Dann fuhr er zwei Stunden nach Süden, worüber ich mich langsam zu amüsieren begann.

„Wie lange geht denn dein kleiner Ausflug genau?“, feixte ich. „Hat unsere Urlaubsreise etwa schon angefangen? Und wieso durfte Brutus uns nicht begleiten?“

Ich löcherte ihn mit Fragen, was ihm jedoch nur ein Grinsen entlockte.

Als Will plötzlich abbog, wusste ich, wohin wir fuhren. Nach draußen auf die Ranch von Emilys Bruder Michael. Dorthin, wo ich Will zum ersten Mal begegnet war. Der Wagen holperte über die sandige Zufahrtsstraße zur Ranch, die sich durch die endlos erscheinende, grüne Prärie schlängelte.

Einige Pferde grasten draußen auf den weiten Rasenflächen. In Wills Nähe gab es irgendwie immer wilde Pferde. Das war etwas, was Ahtahkakoop, der selbst nur ein Pferd statt eines Autos besaß, sehr an ihm schätzte. Mittlerweile waren wir in die Gemeinschaft der Cree aufgenommen worden.

„Willst du für mich Rodeo reiten?“, fragte ich ihn.

Er lächelte nur und parkte den Wagen vor einem der Farmhäuser. Die Arbeiter kannten ihn schon und grüßten ihn freundlich. Er sattelte uns Winnetou und sah mich herausfordernd an. Nun stand er genau wie damals, als ich ihm davongelaufen war, im Stall.

„Diesmal kommst du mit mir, Jillian.“

Irgendwie war es ja auch sexy, wenn er so fordernd war. Ich schmunzelte und nickte. „Also gut, aber ich hab wirklich noch nie auf einem Pferd gesessen. Lass mich bloß nicht fallen.“

„Das würde ich niemals tun.“ Sein Blick barg ein Versprechen und ich vertraute ihm.

Er half mir auf das Pferd und schwang sich dann selbst darauf. Gemeinsam ritt er mit mir über das weite Grasland. Es war ein seltsames Gefühl, auf einem Pferd zu sitzen. Mein Auto machte nie so buckelnde Bewegungen. Die ersten Minuten fiel es mir schwer, den richtigen Takt zu finden. Es kam mir so vor, als würde ich immer genau dann auf das Pferd plumpsen, wenn es mir in seinen Bewegungen entgegenkam.

Will gab mir einige Tipps und leitete meinen Körper mit seinen Bewegungen an, was schon wieder ziemlich sexy war. Obwohl mir mein Hintern später sicher mehr wehtun würde, als wenn ich auf einem stocksteifen Besen gesessen hätte, genoss ich die Zeit in seinen

Armen. Der Gedanke, dass es für Will oft so war – hier oben auf dem Rücken eines Pferdes durch das weite Land zu reiten – brachte mich ihm und seiner Welt ein weiteres Stück näher. Und ich konnte nicht genug davon bekommen, ihn kennenzulernen.

Will ritt mit mir zu dem einzeln stehenden Baum am großen See, der golden in der Sonne glänzte, und half mir vom Pferd.

„Autsch", stöhnte ich und rieb mir den Po.

Wie um alles in der Welt schaffte er es nur, auf einem wild buckelnden Pferd Rodeo zu reiten? Mein Hintern hielt leichtes Traben schon für grenzwertig.

Will grinste mich bloß an, nahm meine Hand und führte mich zum Baum. Hier hatte er mich damals auch auf Winnetou aufgespürt, als ich mit Emily Quad gefahren war. Aber dieses Mal sah der Baum etwas anders aus, als ich ihn in Erinnerung hatte.

Jemand hatte ein Herz in die Rinde geritzt. Jemand, der jetzt mit einem Cowboyhut auf dem Kopf neben mir stand.

Und in dem Herz, das er mir schon vor Wochen hatte zeigen wollen, als ich feige vor ihm davongerannt war, stand eine einfache Frage, die alles auf den Kopf stellte: *„Willst du mich?"*

Mein Herz hämmerte wie die Hufe eines Wildpferdes in der Brust und mein Mund war ganz trocken vor Staunen. Will streckte mir den Diamanten hin und nahm meine Hand. Und dann machte er das Kitschigste und Schönste zugleich: Er ging herunter auf ein Knie.

Seine blauen Augen schauten erwartungsvoll zu mir auf. Ich sah das freche Lächeln und seine Grübchen, weil er mich dermaßen aus dem Konzept gebracht hatte. Er hatte sich schon damals für das ganze Leben, das er gerade lebte, auf mich festlegen wollen.

„Willst du mich?“, sprach er die Frage laut aus.

Und in dem Moment wusste ich die Antwort. Glücklich fiel ich ihm um den Hals und warf ihn dabei um, sodass wir beide im Gras lagen. Sein schönes Gesicht ragte über mir auf. Der Duft von Sommer und Steppe durchzog die Luft. Und die feinherbe Note von Wills Aftershave, die ich so sehr liebte, seit mein Kissen nach ihm geduftet hatte.

Er zupfte mir ein Blatt aus dem Haar und lächelte auf mich herunter.

„Ja“, antwortete ich.

Von ganzem Herzen ja.

Wenigstens für dieses Leben würde er zu mir gehören.

ANNA WINTER

Anna Winter wurde 1982 geboren und lebt mit ihrem Mann und einer kleinen Tochter in Süddeutschland.

Schon als junges Mädchen war sie von Märchen und anderen Geschichten gefesselt, illustrierte Erzählbände für ihre Familie und begann, mit acht Jahren auf einer alten Schreibmaschine zu schreiben.

Sie hat unzählige Bücher gelesen und die Faszination für Worte nie verloren. Später schrieb sie Romane für ihre Freundinnen, die sie zur Veröffentlichung ermunterten. Inzwischen erfreut sich ein breites Publikum an ihren Büchern.

Sie schreibt bereits an ihrem nächsten Roman.

Bisher von Anna Winter erschienen:

„Lea – Untermieterin bei einem Vampir“

„Schattenherz – Fesseln der Dunkelheit“ (1)

„Nachtkuss – Fesseln der Dunkelheit“ (2)

„Tränenschloss – Fesseln der Dunkelheit“ (3)

„Der Werwolf in der Badewanne – Eine Vollmondlektüre“ (1)

„Die Hexe fällt nicht weit vom Stamm – Eine Vollmondlektüre“ (2)

„Lucys Wunsch – Ein Winterroman“ (1)

IMPRESSUM

Herausgegeben von
Alexander Pohl
IDEEKARREE Leipzig
Alfred-Kästner-Str. 76
04275 Leipzig
www.ideekarree.de

5508533R00267

Printed in Germany
by Amazon Distribution
GmbH, Leipzig